FOLIO POLICIER

Joe Ide

Lucky

Une enquête d'Isaiah Quintabe

Traduit de l'anglais (États-Unis)
par Dominique Garneray

Denoël

Titre original :
RIGHTEOUS

Éditeur original : Mulholland Books / Little, Brown and Company

Américain d'origine japonaise, Joe Ide a grandi dans les quartiers chauds de Los Angeles, dévorant les aventures d'Arthur Conan Doyle. Il s'est essayé à plusieurs métiers avant de se consacrer à l'écriture. Les enquêtes d'IQ lui valent la reconnaissance des plus grands auteurs de roman policier, Michael Connelly et Attica Locke en tête. Joe Ide vit aujourd'hui à Santa Monica, en Californie.

Pour Diane

Prologue

Isaiah avait dix-sept ans lorsque son frère aîné, Marcus, fut tué par un chauffard. Isaiah laissa tomber ses études et passa des mois à rechercher le conducteur de la Honda Accord qui avait percuté son frère de plein fouet, le réduisant à un corps disloqué qui se vidait de son sang dans le caniveau. Marcus représentait tout pour lui : un ami, un guide, sa seule famille.

Huit ans plus tard, dans la casse auto de son ami TK, il était tombé par hasard sur l'Accord. Le soleil était en train de se coucher. Il longeait l'ancien circuit de course que TK et lui s'étaient aménagé au milieu des rangées de véhicules abandonnés. Ces épaves évoquaient à Isaiah les photos de la guerre de Sécession qu'il avait vues à la bibliothèque. Des soldats jonchant le champ de bataille. Des cadavres contorsionnés, des dents de chrome brisées, des yeux explosés, fixes, regardant l'horizon à tout jamais.

Pas un filet de vent ne perturbait cette fin de journée. Une corneille solitaire croassait plaintivement au sommet d'une montagne de pneus, comme si elle était la dernière de son espèce. C'est au détour de cet empilement de caoutchouc qu'Isaiah l'aperçut. La vue de l'arme du crime éveilla en lui un flot de souvenirs douloureux qui le paralysa : le sourire de Marcus, chaleureux et réconfortant, sa voix sincère et sûre d'elle, son regard plein d'amour, toute son attention concentrée sur l'avenir d'Isaiah, un avenir brillant et riche de promesses. Lorsque ces images s'estompèrent, Isaiah se moucha, essuya ses larmes et éprouva une autre vague d'émotions, mélange incandescent de colère et de résolution. Se demandant ce qui avait bien pu le pousser à abandonner ses recherches, il imagina le chauffard suivant tranquillement le cours de sa petite existence, se fichant pas mal du meurtre qu'il avait commis, celui de la plus belle personne qui ait jamais existé.

Isaiah quitta la casse en essayant de se persuader que tout cela remontait à longtemps, qu'il valait mieux laisser ça derrière lui. Ses recherches à l'époque lui avaient fait perdre le contrôle de sa propre vie, presque jusqu'à en mourir. Les blessures psychiques de cette horrible période avaient fini par cicatriser. Inutile de rouvrir cette vieille plaie pour y planter un poignard.

Cette nuit-là, assis sur le perron de sa maison, il partagea une barre énergétique avec son chien. Le pitbull avait appartenu à un tueur à gages. Après avoir mis celui-ci derrière les barreaux, Isaiah avait adopté le chiot et l'avait baptisé Ruffin, en référence au chanteur préféré de Marcus. Âgé de dix semaines, pesant moins de six kilos, Ruffin était alors aussi mignon qu'amusant. Neuf mois plus tard, l'adolescent de vingt-six kilos qu'il était devenu, à la musculature impressionnante, à la robe d'un gris d'ardoise et aux yeux d'ambre qui lui donnaient un air féroce, n'inspirait plus le moindre attendrissement aux passants lorsqu'il remorquait son maître pendant leurs promenades.

Isaiah comprit alors qu'il s'était leurré : il n'avait toujours pas accepté la mort de Marcus. Faire son deuil était sans doute l'expression la plus dénuée de sens qui soit. La vie ne continuait pas comme on voulait vous le faire croire, le deuil n'était pas un état dont on pouvait espérer sortir un jour. Il devenait peu à peu partie intégrante de soi. Quelque chose qui changeait votre façon de voir, de sentir et de réfléchir. Et quand la douleur revenait, ce n'était pas sous la forme d'un simple souvenir : elle brûlait et vous dévorait totalement, comme au premier jour, intacte malgré les années.

Ruffin suivit Isaiah à l'intérieur jusqu'à la deuxième chambre qui lui servait de bureau. Une vague de chaleur s'était abattue sur Long Beach, et l'atmosphère de la pièce était étouffante. Les lieux étaient si peu meublés qu'on les aurait cru abandonnés, bien qu'il s'en serve tous les jours. Il y avait là un vieux bureau de professeur, un fauteuil qui grinçait, deux meubles à tiroirs, des boîtes d'archives empilées par terre et une table pliante d'un mètre quatre-vingts de long, totalement vide. Pas un bibelot, pas un objet personnel à l'exception de deux photos au mur. Sur l'une, Marcus et Isaiah faisant des grimaces face à l'objectif. Sur l'autre, Mme Marquez tenant par les pattes un poulet qui se débattait avec l'énergie du désespoir et prénommé Alejandro par sa propriétaire en souvenir de son *pendejo* d'ex-mari. Isaiah avait accepté le volatile en guise de paiement pour ses services à seule fin de sauver la pauvre créature d'une mort certaine. Lorsque le tueur à gages s'était introduit chez Isaiah dans le but de l'assassiner, il avait sans le vouloir pulvérisé le poulet dans un panache de plumes.

Isaiah posa un carton sur la table, à côté d'un dossier renfermant les informations qu'il était parvenu à réunir jusqu'ici. Le numéro d'immatriculation de l'Accord lui avait permis de découvrir l'identité de son propriétaire : Fred Bellows. La page Facebook de celui-ci présentait un type blanc, bedonnant, la quarantaine, au visage ressemblant à un biscuit pas cuit, et au pantalon remonté jusqu'au troisième bouton de sa chemise à carreaux bleus, marron et jaunes. Sa femme donnait l'impression d'être sa sœur jumelle, et leurs trois enfants, malgré leur jeune âge, avaient déjà la brioche. Fred habitait Wrigley Heights, un joli quartier au nord d'Hurston où Marcus et Isaiah avaient vécu pendant un temps. Isaiah sortit du carton plusieurs photos qu'il étala sur la table. Des clichés de l'Accord pris à la casse. Le phare avant droit était brisé, le bord supérieur du pare-chocs un peu enfoncé, et un éclat de peinture s'était décollé de la carrosserie. Il semblait impossible, injuste même, que la mort de Marcus ait infligé si peu de dégâts au véhicule. Un énorme cratère ou un séquoia millénaire fendu en deux par la foudre auraient mieux symbolisé la perte de cet être unique.

Sièges et tableaux de bord avaient été arrachés, mais Isaiah avait récupéré plusieurs choses dans l'habitacle. Quatre mégots de Marlboro écrasés, quatre cannettes de bière Carta Blanca, un sac en papier blanc froissé et un emballage de sandwich roulé en boule. Isaiah déposa ces objets sur la table et ouvrit l'emballage. Au fond se trouvait un bout du sandwich rabougri, momifié, et des morceaux de piments jalapeño. L'emballage provenait de Kayo Subs, comme l'indiquait le logo imprimé sur le papier : une cible aux couleurs de l'arc-en-ciel, percée en son cœur par un poing brandissant un sandwich.

Isaiah avait, gravée dans le cerveau, une carte exhaustive d'East Long Beach, où étaient répertoriés chaque territoire de gang, chaque planque de consommateurs de crack, chaque asile de nuit, chaque bar, chaque club, chaque salle de billard, chaque spot de drogue, chaque bout de trottoir de prostituée, chaque scène de meurtre, chaque domicile de criminel sexuel, chaque détaillant d'alcool, chaque parc dans toute la zone. Tout lieu en rapport avec des criminels, à une activité criminelle quelle qu'elle soit, même potentielle. Isaiah plaça la sandwicherie Kayo sur cette carte mentale. Elle se trouvait pile en face du parc McClarin. Marcus et lui y avaient fait une partie de basket juste avant l'accident. Isaiah entendit le faible *ping* de son sonar intérieur.

Le sac en papier blanc était des plus ordinaires. À l'intérieur se trouvaient des serviettes jetables propres, un sachet de moutarde et une facture, pour l'achat d'un sandwich XXL et d'un paquet de chips. Datée du même jour que l'accident, à 17 h 02. Marcus avait été renversé aux alentours de dix-huit heures. *Ping ping.* Fred aurait sans aucun doute été capable de vider quatre Carta Blanca d'un coup, mais il avait plutôt une tête à boire des Budweiser ou des Coors, et, en bon père de famille, jamais il n'aurait laissé traîner des cannettes dans sa voiture. C'était le meurtrier qui les avait laissées là. A & J Liquor se trouvait à deux numéros à peine de Kayo : le chauffard achète son sandwich, se prend quelques bières, s'installe derrière son volant, boit, fume et mange pendant… une heure ? Possible dans le cas d'un super petit déjeuner complet dans un *diner*, mais le type n'avait pas même fini son sandwich. Il était bien plus probable que son but premier était d'attendre dans sa voiture. Il avait dû acheter un sandwich parce que Kayo était tout proche, manger quelques bouchées pour laisser le reste, ayant manifestement plus envie de fumer et de descendre une bière toutes les quinze minutes. De deux choses l'une : soit l'individu était un alcoolique accro à la nicotine, soit il était très nerveux. Vraiment très nerveux. *Ping ping ping.*

À la fin de leur partie de basket, Isaiah et Marcus avaient remonté au nord jusqu'à Bethesda, pris Baldwin Avenue et, au bout de deux blocs, s'étaient retrouvés dans Anaheim Street, où l'Accord avait percuté Marcus alors qu'il traversait. Le sonar d'Isaiah bipait frénétiquement comme si une torpille lancée à pleine vitesse ne se trouvait plus qu'à quinze mètres de lui. L'Accord venait de l'ouest. Pour prendre la direction de l'est comme cela avait été le cas, à partir de Kayo le chauffeur aurait dû les dépasser et *faire demi-tour* plus loin. À quoi bon se donner tout ce mal ?

Ce n'était pas un accident. *C'était un meurtre planifié.*

1

Délai de grâce

La piste de danse avait tout d'une émeute sous une boule disco, des mains tendues brandissaient des tubes verts phosphorescents et des bouteilles de vodka Cîroc à six cents dollars pièce, des go-go danseuses en bikini à fourrure et body résille remuaient comme des tentacules évanescents, l'atmosphère était dense, étouffante, saturée de vapeurs d'alcool, d'eau de Cologne musquée et de phéromones.

C'était un samedi soir au Seven Sevens. Le DJ balança un morceau de dubstep, la basse pulsant comme les battements cardiaques de la planète Terre, tandis qu'un geignement nasal louvoyait entre les rythmes syncopés et qu'un moine bouddhiste sous acide récitait en boucle *The world is mine the world is mine the world is mine*, la musique accélérait, les nappes de synthés tournoyant toujours plus haut, culminant jusqu'à la transe, et le rythme implacable gagnait encore et encore en vitesse, transformant les danseurs en fourmis belliqueuses, avec une énergie si considérable qu'elle menaçait de faire s'écrouler les murs du club, et soudain, une pause, un ralentissement, les pulsations s'apaisant jusqu'à une cadence impérieuse sur laquelle tous les clients se mirent à dodeliner de la tête.

Dans la cabine du DJ se tenait une Asiatique, nimbée d'une lumière vaporeuse, comme si Scotty venait de la téléporter aux platines. Ses cheveux d'un noir brillant bougeaient comme la crinière d'un cheval au galop, une étoile jaune brillait au milieu de son haut rouge qui exhibait son nombril, et son short en jean était si court que Benny lui avait dit qu'on distinguait les contours de son « truc ». En proie à une joie féroce, elle s'écria au micro : « Quoi de neuf, my people ?! C'est votre reine kamikaze préférée, votre wasabi extra-piquant, votre sixième épice du troisième type, votre chow mein sauce champagne, DJ Dama, baby, mon set est fini, je m'caaasse, PEACE ! »

Janine Van descendit de l'estrade et s'enfonça dans la foule. Elle adorait ce moment, les gens qui criaient, sifflaient, applaudissaient, lui tendaient la main pour un high five. Un groupe d'étudiants saouls se mirent à hurler comme une meute de coyotes fous amoureux, les bad boys de l'assistance la détaillaient de la tête aux pieds, main vissée au menton, avec un hochement de tête approbateur. Clairement, être une bombe, ça n'a jamais fait de mal à personne. DJ Young Suicide prit le relais sans même un regard quand il la croisa. Connard. Comme si elle était une simple stagiaire, pas même digne d'un clin d'œil. Allez, rira bien qui rira la dernière, va se réveiller un matin en DJ *Old* Suicide, le même jour où elle sera programmée en tête d'affiche au Marquee.

Janine avait choisi son pseudo de DJ Dama parce que le nom sortait de l'ordinaire et qu'il signifiait *weed* en chinois. Elle avait des fans à Los Angeles, à San Francisco, mais surtout ici, à Las Vegas, sa ville natale. Le club avait accepté qu'elle assure la première partie de DJ Young Suicide, DJ Twista et DJ Gone Viral, mais bientôt elle cesserait de chauffer la salle pour d'autres. Les touristes chinois étaient en train de la découvrir. Ils adoraient voir une fille d'origine chinoise exceller dans autre chose que le tennis de table et les problèmes de maths.

Elle était plutôt bien payée, sept cent cinquante dollars le set, pas mal pour une nana de vingt et un ans qui mixait en pro depuis seulement onze mois. Elle faisait deux sets par semaine, ce qui aurait été largement suffisant pour beaucoup, mais les machines à sous et les tables de black jack engloutissaient ses revenus aussitôt qu'elle touchait ses cachets, et à présent, Leo les avait dans sa ligne de mire, Benny et elle. Ils ne lui avaient emprunté que cinq mille dollars, mais cela faisait quatre semaines qu'ils ne lui avaient pas versé ses 20 % d'intérêts, et maintenant ils lui devaient près de neuf mille dollars, plus mille huit cents d'intérêts.

Il leur arrivait parfois de rester à l'écart des tables de jeu : ils remisaient le démon du jeu au fond de leur placard et se concentraient sur leurs carrières respectives, Janine en tant que DJ, Benny en tant qu'étoile montante du motocross. Ils passaient deux ou trois jours à faire l'amour et à fumer de la weed, et puis le démon finissait par défoncer la porte du placard, deux fois plus gros et plus musclé qu'auparavant, et ils se retrouvaient en un rien de temps au casino, jurant de gérer leurs mises plus raisonnablement, promesse en totale contradiction avec leur méthode habituelle consistant à tout claquer, indépendamment de l'importance de leurs gains ou de la vitesse à laquelle ils perdaient. Il y avait de cela quelques mois, Benny avait perdu son sponsor, après avoir raté plusieurs réunions. Comme il n'avait plus les moyens d'assurer les frais de maintenance de sa moto, Janine et lui n'avaient rien trouvé de mieux pour régler ce problème que de jouer encore plus : ni l'un ni l'autre n'auraient envisagé une seconde de se tenir à distance des casinos. Ils jouaient dès qu'ils arrivaient à mettre la main sur un peu de fric. Le jour de Noël, malgré la sale pneumonie qu'ils avaient attrapée et les quelque vingt-sept dollars qui restaient dans le pot commun, ils étaient allés tenter leur chance aux machines à sous à cinq *cents*, et s'étaient fait virer par la sécurité après avoir craché des mollards gros comme des limaces dans les seaux réservés à leurs gains hypothétiques.

Janine aimait Benny. Elle l'adorait, carrément. Il était marrant et doux, et au pieu, c'était un dieu. Il n'était pas spécialement intelligent, mais il savait l'écouter et l'avait toujours traitée avec respect, deux qualités plutôt rares chez un homme. Mais Benny était le pire des joueurs qui ait jamais existé. Il était responsable de la majeure partie de leurs dettes : Janine lui en voulait, car Leo s'obstinait à considérer qu'ils devaient tout partager, y compris les arriérés. Il savait que pour rien au monde Benny ne quitterait Vegas, et Janine savait que si elle partait, non seulement elle leur briserait le cœur à tous les deux, mais elle le laisserait seul face à leur créancier, et Leo était un salopard de la pire espèce. Quand il tenait quelqu'un à sa merci, il n'hésitait pas à lui faire du mal et n'essayait même pas de cacher le plaisir qu'il en tirait.

Leo avait des indics dans toute la ville. Beaucoup de gens qui lui devaient de l'argent ne demandaient qu'à balancer leurs amis pour bénéficier d'un délai supplémentaire, même minime. Leo tomba sur Benny au Siesta Vegas Motel, juste au moment où il allait acheter une cannette de Mountain Dew au distributeur automatique. Il lui confisqua sa clé et ils rentrèrent tous dans la chambre, Balthazar sur les talons de Benny afin de prévenir toute tentative de fuite.

« Alors, t'as de quoi me payer mes intérêts ou non ? demanda Leo. Et pas de mytho.

— Bientôt, Leo, très bientôt, je te jure, répondit Benny en hochant la tête. La maison de ma grand-mère va bientôt être vendue et le notaire m'a dit qu'il aurait un chèque pour moi d'ici quelques jours, une semaine grand max.

— Tu me l'as déjà sortie, celle-là. » Leo avait tout de l'usurier véreux. Lunettes aviateur aux verres roses au milieu d'un visage de rongeur, demi-sourire mauvais constamment aux lèvres, longs cheveux gras plaqués en arrière. Ses goûts vestimentaires le poussaient à ne porter que des chemises à motifs cachemire et col pelle à tarte, et personne n'avait jamais osé lui dire que le disco n'était jamais revenu à la mode. Leo avait la médaille d'or des enfoirés, il maltraitait ses débiteurs même quand ils le remboursaient et méprisait l'ensemble du genre humain, y compris ceux qui se disaient être ses amis, se fichant de savoir que tous auraient préféré passer leur soirée à la morgue plutôt que d'aller boire un verre avec lui.

« Il me faut juste encore un peu de temps, fit Benny. Tu sais, comme un délai de grâce.

— Un délai de grâce ? répéta Leo. Tu crois que t'as affaire à qui, là, au Crédit Mutuel des Cons ? Un délai de grâce ? Cette expression figure pas dans mon lexique, pour la simple et bonne raison, au cas où tu l'aurais pas encore remarqué, que je suis un criminel. Un enfoiré professionnel, dévoué à son métier, indécrottable et fier de l'être, qui n'a jamais suivi que ses propres règles, et ma règle numéro un, c'est Rembourse-moi mon putain de pognon.

— Tu sais que je l'ai pas, répliqua Benny. Regarde un peu autour de toi. » La chambre de motel que Benny et Janine louaient au mois était déjà en soi un trou à rats et, avec les tas de linge sale et humide qui jonchaient le sol, on ne savait pas où mettre les pieds. Benny avait l'habitude de garer sa moto à l'intérieur pour ne pas payer de frais de stationnement, il préférait à présent la laisser chez Ray afin que Leo ne puisse pas mettre la main dessus. Janine, elle, entreposait son matériel de DJ dans le garage de Sal.

« File-moi ce que t'as sur toi, dit Leo.

— Allez, Leo, fit Benny. C'est l'argent de mon loyer.

— File-lui, répéta Balthazar, ou je te brise ta putain de nuque, hein ? »

Balthazar était originaire du Saskatchewan, de l'autre côté de la frontière canadienne, face au Montana. Si le Montana était réputé pour ses truites et ses bisons, le Saskatchewan, apparemment, s'était spécialisé dans les plus terrifiantes erreurs de la nature. Balthazar dépassait les deux mètres, avec un menton en galoche, des yeux comateux sous un front digne d'une créature de Frankenstein dont le corps aurait été assemblé à partir de morceaux d'orang-outan et d'immeubles de bureaux. Benny se demandait souvent où il trouvait ses fringues. Il l'avait même vanné un jour à ce sujet en lui demandant si le type qui lui avait taillé son pantalon vendait aussi des chapiteaux de cirque. Balthazar lui avait mis une claque, un revers d'une de ces mains qui ressemblaient bien plus à des pieds. « Joue pas au con, hein ? »

Benny donna son portefeuille dans lequel se trouvait tout ce qu'il lui restait, quatre-vingt-trois dollars qu'il avait gagnés au Lucky Streak, un casino de la ville d'Henderson, limitrophe à Las Vegas. Lorsqu'il avait les idées noires ou qu'il était stressé, c'était là-bas qu'il allait jouer. Les lieux étaient aussi enfumés qu'une forêt en proie à un incendie, le velours des tables de black jack était méchamment élimé, et la faune essentiellement constituée de retraités en chemise hawaïenne et déambulateur. Si on achetait sa carte de membre, on recevait en cadeau un pack de six cannettes de Pepsi, on pouvait jouer au craps pour une mise minimale d'un dollar, et pour trois dollars et quatre-vingt-dix-neuf *cents*, on avait droit à deux œufs au plat, deux tranches de bacon, deux saucisses, un toast et une gaufre.

« Déshabille-toi, ordonna Leo.

— Hein ?

— T'as parfaitement entendu. Déshabille-toi, ou Zar va le faire.

— Hé, attends un peu, tu vas quand même pas… c'est vraiment pas une bonne idée, Leo, j'ai la diarrhée !

— Un peu de dignité, et garde ton boxer. Pas envie que t'embaumes l'intérieur de ma caisse.

— Je sais bien que je te dois beaucoup de fric, mais c'est pas une raison pour m'humilier.

— Sûr, c'est juste pour le plaisir. »

Tandis que Benny se déshabillait, Leo faisait des commentaires : « Regarde-toi un peu, espèce de putain de loser. C'est contraire à ta religion, de laver ton linge ? Même tes chaussettes sont dépareillées. Avec ton portefeuille en plastique, ta coupe de cheveux pourrie, ton bracelet de coquillages à la con. Va comprendre pourquoi Janine se tape un raté comme toi. Ça, c'est un des plus gros mystères de l'univers. Un de ces quatre elle va se rendre compte qu'elle a qu'à se baisser pour se trouver un meilleur mec, et elle te jettera comme un vieux tampon.

— Mon portefeuille est pas en plastique », répondit Benny.

Benny était assis sur la banquette arrière de la Mercedes blanche de Leo, plus silencieuse que sa chambre de motel à quatre heures du matin. Ils venaient de sortir de Las Vegas et traversaient la banlieue nord, un amoncellement de cités-dortoirs dépareillées qui, dans le fond, se ressemblaient toutes. Bientôt ils débouchèrent sur le désert, où régnait une telle obscurité qu'on ne voyait que ce que les phares éclairaient. Il n'y avait rien à des kilomètres à la ronde, pas même une station essence abandonnée.

« On va où, Leo ? demanda Benny pour la cinquième fois.

— Je te l'ai déjà dit, répondit Leo. Tu verras quand on y sera. Elle est où, Janine ?

— Elle fait un set au War Room.

— Ça t'arrive d'ouvrir la bouche pour balancer autre chose qu'un mensonge ? Elle est au Seven Sevens, y a son nom sur cette putain de pancarte à l'extérieur.

— Allez, Leo, sois cool. Si tu me fous en l'air, je pourrai pas te rembourser.

— Le truc, c'est que les tables de jeu, c'est pas la solution pour me rembourser, en tout cas pas avec ta façon de jouer. Je te l'ai déjà dit, va falloir que tu trouves le fric d'une autre manière.

— Je le trouverai, Leo, je te le jure sur ma petite sœur. Je t'ai dit qu'elle avait un cancer ?

— T'as pas de petite sœur, t'as une grande sœur, et elle est déjà morte d'un cancer. Tu te rappelles, on était allés la voir à l'hosto pour lui soutirer du fric ? »

Ils tournèrent et traversèrent un immense parking, complètement vide, sinistre dans les faisceaux des phares : le genre de lieu où la fille tourne la tête, aperçoit l'assassin psychopathe, et se met à courir de toutes ses forces. Ils s'arrêtèrent tout au bout.

« Descends, ordonna Leo.

— Descends, toi. Moi, j'attends ici », répliqua Benny.

Balthazar tendit son bras d'orang-outan et lui mit une claque. « Descends, hein ? »

Dès la première bouffée d'air, Benny sentit l'odeur de poubelle, et il sut où il était. Il était déjà venu ici, en excursion avec l'école, alors qu'il n'avait encore que onze ans. Un débile qui ressemblait à Bob l'Éponge avec sa salopette orange leur servait de guide. « La décharge régionale d'Apex est l'une des plus grosses décharges au monde, avait-il déclaré comme s'il leur présentait le Grand Canyon. Le puits central a une superficie de cent quarante-cinq hectares, une profondeur de soixante mètres, il contient actuellement cinq cents millions de tonnes de déchets, et quand il sera plein, il en contiendra un milliard ! Eh oui, les enfants : un milliard de tonnes de poubelles ! Qu'est-ce que tu en dis, jeune homme ?

— J'en dis que ça pue », avait répondu Benny.

Balthazar poussait Benny devant lui. Leo ouvrait la marche avec une lampe torche. Benny sentit que l'atmosphère était différente, chargée d'une chaleur et d'une pourriture très particulières.

« Leo, je t'en prie, fais pas ça, supplia-t-il. Je vais le trouver quelque part, ton fric, je te le jure sur…

— Sur quoi ? l'interrompit Leo. Ta nièce de deux ans qui a la syphilis ? Ta mère qui est en train de crever de tumeurs au cul ? Ferme ta gueule, un peu. »

Benny se rappelait parfaitement les gigantesques pyramides de déchets qui pouvaient s'écrouler sur elles-mêmes à n'importe quel moment, le tout recouvert de fientes de mouettes et grouillant d'un million de rats.

« Si tu me laisses ici, je vais crever, tu sais, Leo ?

— Ouais, si t'as de la chance.

— Fais pas ça, s'il te plaît », fit Benny. Il distinguait à présent le bord du puits principal, et l'odeur qui s'en dégageait était si dense qu'elle en devenait presque gélatineuse. Il se mit à pleurer. Il voulut faire marche arrière, mais Balthazar le saisit par la peau du cou, le souleva comme pour l'accrocher à une patère, et le poussa en avant. « Fais pas ça, je t'en supplie, répéta Benny. Je cambriolerai une banque, j'irai à la gare routière et je sucerai des bites dans les chiottes pour te le trouver, ton fric. » Il sanglotait comme un gamin, le mucus phagocytait ses paroles. « Non, je t'en prie, Leo, je t'en supplie, s'il te plaî-aî-aît.

— Les intérêts d'ici vendredi, déclara Leo. Sans quoi tu peux dire à Janine que la prochaine fois, ce sera son tour.

— OK, mais là, tu dépasses les bornes… »

Leo adressa un signe de tête à Balthazar, qui projeta Benny dans les ténèbres. Celui-ci poussa un long cri entrecoupé par ses roulades le long de la pente, qui s'interrompit soudainement lorsqu'il atterrit Dieu sait où. Leo resta à l'affût d'un geignement ou d'un appel à l'aide, mais il n'entendait que des sacs plastique secoués mollement par la brise. Leo se demanda si Benny s'était brisé le cou.

« Je l'avais prévenu, non ? lança-t-il, un soupçon de regret dans la voix.

— Un petit chanceux, ce mec, répliqua Balthazar. On aurait pu aussi bien le buter avant de le balancer, hein. »

2

Citron et cyprès

Isaiah était en train d'acheter du jus de cranberry dans la boutique de Beaumont lorsque son portable vibra. Un numéro inconnu. « Allô ?

— Isaiah, c'est toi ? » Une voix féminine.

« Oui, c'est bien moi.

— C'est Sarita. »

Le cœur d'Isaiah sursauta, sa langue se souda à son palais. « Vraiment ?

— Oui, c'est vraiment moi, répondit-elle en riant. Ça fait tellement longtemps. Comment vas-tu ? » Sa voix était joyeuse, détendue, pleine d'assurance. À couper le souffle.

« Ça va. Et toi ?

— Très bien. Écoute, je suis désolée, je n'ai pas beaucoup de temps pour parler maintenant, mais j'aimerais bien qu'on se voie, histoire de prendre des nouvelles. Ça te dirait ? »

Il dut s'éclaircir la gorge avant de pouvoir répondre. « Ouais, bien sûr, ce serait génial.

— J'ai bien conscience que c'est un peu précipité, mais que dirais-tu de tout à l'heure vers huit heures ?

Je serai à l'Intercontinental Hotel, à Century City. Tu vois où c'est ?

— Non, mais je trouverai. »

Surexcité, Isaiah s'empressa de rejoindre sa voiture, regrettant d'avoir tant d'affaires en attente. Quelqu'un avait cambriolé la maison de Mme Myra, volant entre autres choses une broche que sa mère lui avait donnée sur son lit de mort alors que, rongée par les métastases, elle avait fredonné d'une voix rauque et essoufflée un gospel. La broche était une pure babiole : un bout de verre coloré serti dans un bout de métal peint qu'aucun prêteur sur gages n'aurait pris et que personne d'autre que Mme Myra n'aurait accepté de porter. Du reste, tout cambrioleur avec un tant soit peu de dignité s'en serait débarrassé à peine sorti du lieu de son crime. Pour la retrouver, Isaiah devrait passer au peigne fin tous les collecteurs d'eau pluviale, toutes les bennes à ordures et toutes les ruelles du voisinage. Et puis il y avait Doris Sattiewhite, caissière dans une supérette Shop 'n Save, harcelée par son ex-mari, Mike. Celui-ci se rendait sur son lieu de travail, payait en pièces de un et cinq *pennies* et, pendant qu'elle recomptait la menue monnaie, il lui répétait en boucle : « Je vais m'occuper de ton cas, salope. Tu m'entends ? Je vais m'occuper de ton cas. »

Raymond Marcel, alias Rayo, était un jeune garçon de treize ans qui vivait dans une famille d'accueil dont la mère avait fixé un cadenas au frigo et dormait avec un pied-de-biche sous son oreiller. Rayo avait le physique de Shrek et dépassait de trois têtes tous ses camarades de classe : ses interactions sociales n'étaient définies que par sa colère, sa vie de brimades et une fascination pour la souffrance. Ses victimes préférées étaient les membres du club de sciences au collège Carver. Une délégation de représentants du club avait frappé à la porte d'Isaiah et l'avait supplié de faire quelque chose. Ils avaient peur d'aller à l'école, peur d'en sortir, peur constamment. Malheureusement, comme le lui avait signifié la présidente du club en tentant d'enlever son cartable sans laisser tomber l'étui de son tuba, le club n'était actuellement pas en mesure de lui verser son per diem. En revanche, ils étaient tout disposés à lui remettre un billet à ordre, payable lorsque leur start-up serait lancée ou bien, comme elle le lui exposa en tâchant d'enlever une mèche de cheveux coincée dans son appareil dentaire, le club pourrait lui servir d'yeux et d'oreilles dans tout le quartier. En un mot comme en cent, devenir ses agents de renseignement. Isaiah lui avait dit qu'il réfléchirait à leur proposition avant de lever la séance.

Aucune de ces affaires ne l'enthousiasmait. Il s'agissait de vrais problèmes mais terriblement prosaïques, aussi motivants que de nettoyer son four. Et puis Sarita venait de réapparaître dans sa vie. Toutes les affaires sur lesquelles il avait travaillé s'étaient toujours accompagnées d'une bonne dose d'anxiété, mais ça ne l'avait jamais empêché de résoudre l'énigme centrale, ce qui suffisait à mettre un terme à ses inquiétudes. Là, c'était différent. Il ne parvenait pas à comprendre la situation, ne parvenait pas même à savoir s'il était confronté à une situation digne de ce nom, et s'il y avait une énigme à résoudre, il était incapable de l'identifier.

Une Chevrolet Nova bleu roi, modèle 1966, jantes

chromées vingt pouces, s'arrêta devant la boutique de Beaumont, le moteur glougloutant à l'arrêt, un small-block 327 à en juger par le bruit qu'il faisait. Du rap tambourinait à l'intérieur, avec une telle insistance qu'on aurait dit que la musique tentait de briser une vitre pour s'échapper. À la base, Isaiah n'était pas fan de rap. Mais ce morceau incorporait par-dessus le marché accordéons et trompettes qui donnaient l'impression que des Mexicains bien énervés gueulaient sur une féroce polka.

Deux membres des Sureños Locos 13 et une fille du nom de Ramona descendirent. Isaiah avait récemment eu affaire à eux, et ils lui avaient juré qu'ils le fumeraient la prochaine fois qu'ils le croiseraient. Ramona devait avoir quinze ou seize ans. Des mèches roses tranchaient dans sa chevelure de jais, ses sourcils denses retouchés au crayon se fronçaient au-dessus de ses yeux encore enfantins, ses lèvres étaient peintes de rose, avec un contour prune, son marcel blanc dévoilait ses bras recouverts de tatouages, son jean était trente tailles trop grand, l'ourlet agrafé à ses baskets blanches immaculées afin qu'elle ne se prenne pas les pieds dedans. Son attitude était différente de celle de ses potes. Elle semblait aussi dure qu'eux, prête à enfoncer un cul de bouteille brisée dans la gorge d'Isaiah, mais une forme de précipitation désespérée perçait dans le moindre de ses gestes, comme si elle avait quelque chose à prouver et qu'elle était pressée de le faire.

« Alors, sale enculé, lança-t-elle. Tu te souviens de moi ? »

L'un de ses comparses portait des lunettes noires englobantes et une casquette des Raiders.

L'autre, Vicente, arborait un sourire suffisant et un filet à cheveux sur son crâne lisse. « T'es vraiment con, toi, lança-t-il. Putain, à ta place, je me serais cassé depuis longtemps. T'es en territoire Loco, *ese.* » D'un mouvement de bras, il désigna Chuck Transfert d'Argent, Lo Mejor (bijoux et prêts), Carlita Mariage où toutes les robes étaient couleur piñata, et Z & Z, dont les présentoirs extérieurs croulaient sous les sacs à main, les sweat-shirts et les peluches.

« T'es prêt à te faire bolosser, enculé ? » cracha Ramona.

Vicente avança d'un pas. « Hein, t'en dis quoi, petite salope, insista-t-il. T'es prêt ou quoi ? »

Derrière sa vitrine, entre le néon Bud Light et un poster de tabac à chiquer Red Man, Beaumont regardait les Mexicains mettre la pression à Isaiah. Bande de sauvages. Croient pouvoir intimider tout le monde, pensent que tout leur appartient. Ce spectacle le mettait sacrément en rogne et il avait peur pour Isaiah. Il retourna à la caisse enregistreuse, tendit la main sous le comptoir, en sortit le Colt Commander calibre .45 qu'il avait rapporté du Vietnam. Le pourtour de la bouche du canon était rouillé, et il restait encore sur la crosse quelques taches de boue de rizière séchée. Il se demanda si ce foutu machin fonctionnait encore.

« Écoutez, fit Isaiah pour gagner du temps. J'ai merdé, OK ? Je voulais pas vous manquer de respect.

— T'es venu chez moi juste pour faire chier mon frère, contre-attaqua Ramona.

— Ça tiendrait qu'à moi, vous savez quoi ? » dit Vicente. De deux de ses doigts il mima un pistolet, qu'il pointa sur la tête d'Isaiah. « Blam. » Vicente s'appuyait sur son pied droit, abaissait son épaule droite, s'apprêtant à décocher un coup de poing. Ramona et Casquette Raiders s'écartèrent, afin de coincer Isaiah sur le seuil. Le seul recours qu'il lui restait, c'était d'ouvrir les hostilités. Et le mot d'ordre était : *surtout ne pas tomber*. Une fois à terre, on pouvait espérer repousser un adversaire, mais trois, c'était impossible.

Isaiah lâcha la bouteille de cranberry qui se brisa sur le trottoir. Vicente baissa les yeux, Isaiah en profita pour lui envoyer un coup de coude droit qui percuta son nez dans un bruit de glace qui craque. Puis il pivota en sens inverse et son coude heurta la tempe de Vicente qui, le regard soudain perdu, s'écroula comme un arbre qu'on abat. Ramona balançait déjà un coup de pied circulaire qu'Isaiah bloqua de l'avant-bras, enchaînant sur un coup de poing au plexus solaire. Elle tomba à genoux, le souffle coupé net, mais Isaiah, déséquilibré, ne put parer le poing, gros comme une tête de marteau, de Casquette Raiders qui le frappa en plein dans le front et le fit reculer dos contre la porte. Raiders enfonça alors son avant-bras dans la gorge d'Isaiah et se mit à pousser aussi fort que s'il voulait déplacer une cloison de béton, grognant, mâchoire serrée, suant à grosses gouttes par tous les pores de sa peau. Isaiah sentait que sa trachée allait bientôt céder. Il raidit son index et son majeur et les planta dans l'œil gauche de son agresseur. Raiders hurla en se détournant. Isaiah en profita pour le frapper entre la tempe et la mâchoire, et lui donner un coup de genou dans les couilles. Raiders s'effondra, mais Vicente et Ramona, déjà remis, se ruaient sur Isaiah. Ils l'encastrèrent littéralement dans la porte, et le jetèrent à terre.

« Tue-le, dit Ramona. Tue-le, cet enfoiré. »

Assistant à la scène, Beaumont se sentait inutile et idiot, le pistolet pesant trois tonnes dans sa main rongée d'arthrose. Canarder au M16 des petits mecs en pyjama noir qu'on arrivait à peine à distinguer, ce n'était pas la même chose que de tirer à bout portant sur un membre de gang avec un pistolet qui avait 50 % de chances de s'enrayer. Il se saisissait maladroitement de son portable lorsqu'une voiture vint se garer à côté de la Nova. C'était une Chevrolet Caprice, modèle 1995, dans ces eaux-là en tout cas, noire, avec une calandre noire et des jantes noires. La voiture de Dark Vador s'il était devenu flic. Un Mexicain en descendit. Il était plus âgé que le trio et élégamment vêtu : pantalon de toile kaki qui semblait taillé sur mesure, polo noir boutonné jusqu'au cou. Il paraissait fatigué et irrité mais ses traits étaient empreints d'une noblesse indéniable.

« OK, ça suffit comme ça », déclara Manzo. Il écarta les trois jeunes gangsters comme s'il ouvrait des rideaux. « Relève-toi. » Il tendit la main et remit Isaiah sur pied.

« Tu fais quoi, putain ? hurla Ramona. C'est lui

qui s'est ramené chez moi juste pour emmerder Frankie.

— Tu crois que je suis pas au courant ? dit Manzo en décochant un regard noir à Isaiah. On a déjà discuté de ça, lui et moi. » Manzo avait gardé de cet échange de vues quelques bleus et contusions.

« Y a rien à discuter ! rétorqua-t-elle.

— Tu ferais mieux de la fermer, *chica*, conseilla Raiders.

— Je vois pas pourquoi il s'en sortirait sans qu'on le punisse. C'est de la connerie, tout ça.

— T'as su ce qui était arrivé à la fille de Néstor ? demanda Manzo.

— Néstor ? C'est qui, Néstor ?

— C'est ma filleule. Et tu te rappelles quand ce petit Blanc complètement pété foutait le feu à toutes les maisons du quartier ?

— Je sais pas, si, peut-être.

— Et tu te rappelles la fois où quelqu'un a cambriolé l'école où va mon fils Nikki, et a volé tous les ordinateurs ?

— Ouais, je m'en souviens, mais…

— Et tu te rappelles la fois où Jorge, qui nous livre toute notre weed, s'est fait serrer pour trafic et a failli prendre quinze piges ?

— Putain mais tu me parles de quoi, là, Manzo ?

— Je te parle d'Isaiah. C'est lui qui a mis la main sur le mec qui était sur le point de violer la fille de Néstor, et c'est lui qui a attrapé le mec qui foutait le feu partout, et c'est lui qui a récupéré les ordinateurs de l'école, et c'est lui qui a compris qu'il y avait eu incitation de la part des flics, et qui les a forcés à relâcher Jorge.

— Et alors, qu'est-ce qu'on en a à foutre, Manzo ? lança Ramona. Tu vas pas jouer au gentil juste parce que… »

Manzo lui en retourna une si violente qu'elle s'écroula comme si on venait de lui arracher la colonne vertébrale. Le coup avait été si foudroyant qu'Isaiah et les deux autres Locos ne purent réprimer un ouuuuh muet.

« Écoute-moi bien, Ramona, fit Manzo en la dominant de toute sa taille. Je vais te le répéter encore une fois. Tu peux pas te permettre de péter un plomb juste parce que t'en as envie. Il faut que tu réfléchisses aux conséquences. Il faut que tu pèses le pour et le contre. Si tu défonces Isaiah et qu'il quitte le quartier, à qui ça profitera le plus ? À la fille de Néstor qui s'est pas fait violer ? Aux gens dont les maisons ont pas cramé ? À toi ? Si Jorge s'était retrouvé en taule, il y aurait plus eu un gramme de weed à vendre, et t'aurais fini par bosser au Taco Bell. »

Ramona gisait sur le flanc, les mains sur le visage, du sang coulant entre ses doigts. Manzo la poussa légèrement de la pointe du pied. « Tu m'écoutes ? C'est important, ce que je te dis, là. Si tu veux aller loin, genre au sommet de la hiérarchie, il faut que tu prouves que tu vaux mieux qu'un simple soldat. Faut que tu sois maligne. Faut que tu apprennes à prévoir les choses. Faut que tu te serves de ta putain de cervelle. En d'autres mots, réfléchis, sale petite conne, et si tu me traites encore une fois de gentil, je te tue. » Il se tourna vers Vicente et Raiders. « Et ça vaut aussi pour vous deux, tas de cons. Comme si c'était la première fois que je vous racontais toutes ces merdes. Vous captez vraiment rien à rien, bande de *pendejos* ? On est des hommes d'affaires, maintenant, compris ?

— Compris », répondit humblement Raiders.

Manzo foudroya Vicente du regard. « T'as entendu ce que je viens de dire, Vicente ? » lança-t-il, exigeant une réponse. Vicente soutint son regard, d'un air de défi. Il laissa durer ce moment délibérément, afin d'éprouver la patience de Manzo. Et juste avant d'atteindre le point de non-retour, Vicente brisa le silence : « Carrément, Manzo. C'est toi qui sais. »

Manzo décocha un dernier regard à Isaiah, remonta à bord de sa Chevrolet et disparut au coin de la rue.

« Quel sale connard, celui-là », fit Vicente. Raiders et lui ramassèrent Ramona, dont la tête dodelinait comme celle d'un nourrisson.

« T'apprendras jamais, *chica*, dit Raiders. C'est pas parce que t'es la sœur de Frankie que tu peux tout te permettre. »

Les yeux mi-clos, des bulles de sang aux commissures des lèvres, elle dévisagea Isaiah. « J'en ai pas encore fini avec toi, sale enculé. »

Isaiah s'étala sur le canapé, posa un sac plastique rempli de glaçons sur son crâne et prit un quatrième comprimé d'ibuprofène. Son corps était recouvert d'ecchymoses et d'écorchures. Chaque inspiration lui faisait mal, mais il n'y avait pas eu fracture. Il repensa à Manzo. Une semaine auparavant, ils s'étaient battus, et ce combat aurait très bien pu se solder par la mort d'un des deux. Le fait que le chef de gang ne se soit pas joint au tabassage l'avait surpris. Et puis qu'est-ce que c'était que tout ce bla-bla sur la fille de Néstor et ces ordinateurs volés ? Pourquoi Manzo l'avait-il défendu ? Ça cachait forcément quelque chose, une sorte de coup à trois bandes à la Michael Corleone. Manzo avait une réputation de stratège, qui réfléchissait toujours plusieurs coups à l'avance, bien plus intéressé par le long terme que sa meute.

Il restait encore trois heures avant son rendez-vous avec Sarita, mais il commença quand même à se préparer, un volcan dans l'âme, bouillonnant un peu plus à chaque minute qui passait. Elle avait été la petite amie de Marcus à l'époque où Isaiah était encore au lycée, et il avait toujours eu le béguin pour elle. Douce, d'un charme à couper le souffle, la peau couleur café avec deux mesures de crème, et intelligente au point de décrocher une bourse pour faire son droit à Stanford et entrer au barreau dès sa première tentative. Il n'y avait rien de plus fleur-bleue que de penser à ses yeux, mais Isaiah ne put s'en empêcher. Ses yeux brillant comme du cuivre poli, ce regard sage et doux qui se plantait droit dans le cœur de son interlocuteur. C'était grâce à son regard qu'elle se moquait que Marcus ne soit qu'un simple ouvrier polyvalent qui n'avait jamais mis les pieds à l'université : elle le voyait pour ce qu'il était, un homme profondément gentil. Lorsqu'elle leur rendait visite, Isaiah se sentait obligé de quitter le salon par peur de trahir ses sentiments.

Il prit une douche et s'habilla. Il n'avait pas l'habitude de se regarder dans la glace sauf pour se laver les dents, mais il tenait à savoir ce que verrait Sarita. Il passa dans sa chambre et se contempla dans le miroir en pied. Il faisait son âge, vingt-six ans. Un mètre quatre-vingts, mince, rien qui permette de dire a priori s'il était sportif ou non. Son visage le surprit, ou plutôt son expression : sérieuse, sur le qui-vive. Une fille lui avait dit un jour qu'il avait l'air de se préparer pour les emmerdes. Il trouvait son nez trop épaté, ses lèvres trop épaisses. Et cela le dérangeait énormément de penser cela de lui-même. Il n'était pas trop mal. Sans plus.

Il emprunta Anaheim Street pour rejoindre l'autoroute, s'efforçant de respecter la limitation de vitesse. Le trajet fut court mais assez déprimant : ceux qui avaient façonné cette ville n'avaient de toute évidence pas le goût des arbres ni des espaces verts. Il passa devant la carrosserie Pronto où on avait bouché un trou dans l'aile de son Audi avec de la résine tellement pourrie qu'elle s'enlevait d'un coup d'ongle ; devant Bed Time Mobilier où on vendait des matelas reconditionnés au prix du neuf ; devant le Lavomatic Clean King où les samedis s'écoulaient dans l'attente qu'une machine se libère ; devant le petit centre commercial où Looney Hopkins avait été flingué ; devant le parking où Luis Delgado avait rencontré son destin ; devant le salon de coiffure où Isaiah se faisait couper les cheveux et où de vieux messieurs jouaient aux dominos ; devant le Tristar Liquor Mart où le caissier, muni d'un fusil d'assaut, officiait derrière une vitre à l'épreuve des balles.

L'Intercontinental Hotel se trouvait à Century City, riche enclave dédiée au shopping, aux immeubles de bureaux et aux propriétés de luxe, au pied de Beverly Hills. Le grand salon de l'hôtel grouillait d'hommes en costume, et le vacarme était tel qu'on ne parvenait pas à entendre une voix distincte. Isaiah se fraya un chemin dans la foule : verre à la main, chacun donnait de la voix pour se faire entendre, se tenait à l'affût du bon moment pour prendre la parole, comme si quelqu'un allait crier : « À vos marques ! » Même si personne ne semblait faire attention à lui, il ne se sentait pas à sa place. S'il avait été moins nerveux, il aurait sans doute pensé à enfiler autre chose qu'un simple jean et une paire de Timberland. Il se posta près du comptoir et parcourut la foule du regard à la recherche de Sarita, espérant ne pas être arrivé trop tard, ou trop tôt, ou du mauvais côté de la salle, ou carrément au mauvais endroit.

Un homme noir, très grand, vêtu d'un costume bleu marine et chaussé de souliers caramel s'approcha de lui. La trentaine athlétique, le regard condescendant, et si impeccablement mis qu'on l'aurait cru photoshoppé. « Excusez-moi, fit-il, mais il me semble que vous n'avez rien à faire ici, n'est-ce pas ? » Il avait ce type d'assurance que confèrent les succès dans la vie, un charme qui confinait à la vanité, et un large sourire à la Lando Calrissian. « Tu as cru que tu pouvais t'incruster ici, boire quelques coupes de champagne, manger quelques gambas, sans que personne ne te remarque, hein ? »

Isaiah hésita à lui dire qu'il attendait Sarita, puis

se ravisa. C'était le genre de type qui aboyait contre son assistante, portait des chemises sur-mesure et ne buvait que du vin français. « Je n'ai rien pris à boire ni à manger, dit Isaiah. D'ailleurs, qu'est-ce qui te dit que j'ai rien à faire ici ?

— Je connais toutes celles et tous ceux qui ont été invités à l'anniversaire d'Arthur, et il se trouve que toi, je ne te connais pas », déclara l'homme. Il resserra son nœud de cravate qui n'en avait absolument pas besoin, se pencha en avant et sur un ton confidentiel, sans pour autant baisser la voix, ajouta : « Si je peux me permettre un conseil, quand on veut passer pour ce qu'on n'est pas, la moindre des choses, c'est de faire un minimum attention aux apparences.

— C'est le même problème que j'ai avec ta montre, lâcha Isaiah.

— Hein ? Qu'est-ce qu'elle a, ma montre ? »

Isaiah avait enquêté sur un vol de bijouterie commis par un employé, et il avait appris à faire la différence entre le plaqué platine et le plaqué au rhodium, les diamants et les zircons, l'or dix-huit carats et le toc, entre une vraie montre et une contrefaçon. « Ta montre essaie de se faire passer pour une Rolex, déclara-t-il.

— Une contrefaçon, ma montre ? s'indigna l'homme. Ridicule. » Il contempla le gros disque d'or à son poignet comme s'il était en train de se transformer en crapaud.

« Regarde bien l'aiguille des secondes, fit Isaiah. Elle se déplace par à-coups. Sur une véritable Yacht-Master, elle tourne en un mouvement continu. En outre, la date devrait bénéficier d'un agrandissement × 2,5, et sur la tienne, on est plus proche d'un agrandissement × 2. Puis-je me permettre un conseil à mon tour… ? Si tu veux vraiment passer pour un as du barreau, achète-toi une vraie montre. »

Ils se regardèrent longuement dans le blanc des yeux, le sourire à la Lando Calrissian tendu comme un garrot.

« Dégage tout de suite ou j'appelle la sécurité », dit l'homme.

Un discret parfum de citron et de cyprès annonça son arrivée. Sarita fendait la foule. Même avec son tailleur sombre et sobre et son chignon classique, elle faisait figure de pur-sang multimédaillé s'extrayant d'un troupeau de chevaux de trait. « Isaiah ? » lança-t-elle. Elle le serra longuement dans ses bras. « Ça me fait tellement plaisir de te revoir ! » Elle s'écarta mais ses mains restèrent sur les épaules d'Isaiah. « Mon Dieu, tu es le portrait craché de Marcus.

— Pas vraiment, dit-il. Tu es resplendissante, Sarita.

— Oh, vous avez déjà fait connaissance, tous les deux ? Isaiah Quintabe, voici Kevin Marshall, l'un de mes collègues.

— Comment allez-vous, lança Kevin, comme s'il s'apprêtait à dégainer une arme.

— À merveille, répondit Isaiah.

— Tu veux bien nous excuser, Kevin ? demanda Sarita. On doit discuter, Isaiah et moi.

— Bien sûr », fit Kevin. Il poussa un petit soupir de dédain, et s'en alla.

« Qu'est-ce qui s'est passé ? s'enquit Sarita.

— Rien du tout.

— Je suis vraiment désolée, mais je devais absolument venir à cette fête. C'est l'anniversaire d'un des associés de mon cabinet. Allons faire un tour, ce sera mieux pour parler. »

Ils sortirent et descendirent plein sud l'Avenue of the Stars, une vaste artère immaculée, parcourue en son milieu par un long parterre de plantes résistantes à la sécheresse, impeccablement taillées, et une fontaine cristalline. Tous deux s'excusèrent de ne pas être restés en contact et évoquèrent leurs souvenirs communs, Marcus, l'appartement, le quartier, toutes les personnes qu'ils connaissaient alors. Sarita avait eu vent des exploits d'Isaiah par la presse. Après l'article paru à son sujet dans *The Scene*, d'autres avaient suivi, dans *Vibe* et le *Long Beach Press-Telegram*. Isaiah refusait de donner des interviews, mais ses clients n'hésitaient pas à parler de ce jeune homme discret et modeste qui résolvait leurs problèmes dont tout le monde se foutait, et se faisait payer en poulets vivants et en muffins à la myrtille.

« Marcus aurait été tellement fier, tellement heureux pour toi, dit-elle. Je n'ai jamais connu personne dont la joie était si entière, si libre. Mon Dieu, qu'est-ce qu'il me manque.

— Moi aussi », répondit Isaiah dans un murmure afin que sa voix ne s'étrangle pas d'émotion.

Ils passèrent devant un gratte-ciel qui se dressait telle une sentinelle, arborant des centaines de fenêtres réfléchissantes comme autant de boucliers. Au-delà, sur ce trottoir comme sur l'autre, il n'y avait plus rien à voir que de hautes haies derrière des grilles de fer forgé aux extrémités courbées vers l'extérieur, et les toits de demeures qu'on ne pouvait qu'imaginer.

« Quand Marcus est mort, j'ai été démolie, dit Sarita. Partout où j'allais, je m'attendais à ce qu'il apparaisse soudain pour mettre un terme à cette mauvaise blague. Je pleurais constamment, et quand je ne pleurais pas, je dormais. Mais la fac de droit a commencé, et je ne pouvais pas me permettre d'échouer. Ça a été une vraie bataille, mais aussi une bénédiction. Potasser, c'est la seule chose qui m'a empêchée de me jeter sous un bus. »

Isaiah la laissait bien volontiers parler : c'était l'excuse parfaite pour la contempler. Elle était aussi belle que dans son souvenir, mais son enthousiasme éblouissant et irrésistible avait laissé place à une tension, une circonspection qui semblait signifier « je suis dans le monde maintenant, le vrai, et ça ne rigole pas, ici ».

Elle avait grandi près du parc MacArthur, à l'autre bout de Cambodia Town, dans un quartier semblable à tant d'autres. Elle avait mené de front deux boulots alimentaires, tout en obtenant les meilleures notes de sa promotion à l'université publique de Long Beach. Puis elle était partie faire son droit à Stanford, avait passé un semestre à l'étranger avant de décrocher son diplôme avec les félicitations du jury. Elle avait été aussitôt engagée par un modeste cabinet de San Francisco. L'endroit idéal pour débuter, mais, au bout de deux ans, elle se sentait déjà prête à passer au stade supérieur. Lorsqu'on lui proposa de rejoindre le cabinet Edgars, Mehlman, Cross & Severeid, basé à Los Angeles et fort de deux cent vingt et un avocats, pour un salaire deux fois supérieur, elle avait bondi sur l'occasion. Cela ne faisait qu'un an qu'elle y travaillait, mais elle avait l'impression d'y être depuis une éternité. La charge de travail était inhumaine, soixante à soixante-dix heures par semaine. Une suite sans fin de rendez-vous avec les clients, de relectures minutieuses des clauses des contrats, de rédaction de dépositions, de plaidoiries au tribunal, de paperasse diverse liée aux procès, un millier d'appels téléphoniques à passer et un millier d'e-mails auxquels répondre, avec pour seule perspective à court terme exactement le même régime, voire plus. Sept ans minimum pour devenir associée du cabinet. Cinq si on mettait les bouchées triples.

« Je suis un rouage d'une machine pour laquelle je n'ai d'autre valeur que celle de mes heures facturables », conclut-elle. Ils empruntèrent une passerelle pour traverser Olympic Boulevard, congestionné par les bouchons malgré l'heure tardive, un torrent de feux arrière rouges à perte de vue.

« Tu penses faire quoi alors ? demanda Isaiah.

— Je compte rester quelques années, acquérir de l'expérience, de quoi ajouter une jolie entrée sur mon profil LinkedIn, et puis… je ne sais pas. Bosser pour une ONG, devenir procureure. Faire quelque chose qui ait vraiment du sens. »

Isaiah se demandait quand elle se déciderait à lui parler de ce qui l'intéressait vraiment. Tout ce bavardage n'était qu'un prélude, mais ça ne lui posait pas le moindre problème. Et si elle voulait lui demander une faveur ensuite, encore moins.

L'Avenue of the Stars s'achevait sur Pico Boulevard, en face du Hillcrest Country Club, et des studios Fox au coin de la rue. Ils s'arrêtèrent et Sarita se tourna vers lui, visiblement nerveuse. « Ce n'est pas tout, dit-elle. Ma sœur a un problème.

— J'ignorais que tu avais une sœur.

— Demi-sœur. Même père, mères différentes. Janine vit à Vegas. C'est une fille super, et je l'aime plus que tout, mais elle est accro au jeu, et ça la met régulièrement dans des situations impossibles. Je lui ai longtemps prêté de l'argent jusqu'à ce que je prenne conscience que ça nourrissait sa dépendance, et j'ai arrêté. Mon père aussi. Nous avons décidé tous les deux d'attendre qu'elle touche le fond, et qu'elle se fasse aider. Bien malheureusement, notre vœu vient de se réaliser. Elle est vraiment au fond du gouffre, et elle a plus que jamais besoin d'aide. Elle et son abruti de petit copain.

— Qu'est-ce que je peux faire ? » demanda Isaiah, impatient de savoir ce qu'elle attendait de lui, de partir s'y coller, et de revenir lui dire que tout était réglé. Sarita pinça les lèvres et ferma les yeux, désespérée. Isaiah aurait voulu la serrer dans ses bras, mais redoutait que cela paraisse déplacé.

« Mon Dieu, Isaiah, elle s'est vraiment mise dans un pétrin pas possible. »

« T'as dit quoi ? demanda Janine.

— J'ai dit, le match Bears contre Packers », cria Benny. Cela faisait maintenant vingt minutes qu'il se récurait sous la douche avec du vinaigre et du bicarbonate de soude pour retirer jusqu'à la dernière molécule du parfum de poubelle dont il était inondé. « On mise deux dollars sur le challenger et sur le score final. Si on se plante, ça fait juste 5 % avec Shelton.

— Shelton veut plus prendre nos paris, » observa Janine. Elle ramassa le boxer de Benny du bout des doigts, le jeta dans le panier de linge sale et mit le tout sur le pas de la porte.

« Alors, on répartit les mises, proposa Benny. J'ai eu un tuyau de Nate, le pronostiqueur, celui qui parie au Caesars. La septième à Belmont. On met deux, allez, trois dollars même, sur le sixième cheval arrivant en première position, et le reste pour la deuxième position. Angelo va miser super gros sur cette course.

— Nate ? C'est pas le type qui t'avait dit qu'il fallait miser les yeux fermés sur Gone Girl à la Santa Anita Cup ?

— La jument a trébuché au départ, ça arrive tout le temps.

— La jument a trébuché parce qu'elle s'était cassé une jambe *avant même* le putain de coup de départ, corrigea Janine. Et d'où on les sort, ces dollars dont t'arrêtes pas de parler ? »

Benny sortit de la salle de bains en se séchant les cheveux. Il dégageait une odeur de vinaigrette. « T'as pas reçu un chèque ?

— La dernière fois que j'ai joué au Seven Sevens, Sal m'avait déjà fait une avance.

— T'as rien touché ?

— Je lui dois plus que le cachet d'un set. Il m'a dit qu'il me donnerait cent dollars si je lui montrais mon "truc".

— Cent dollars pour qu'il *regarde* ?

— C'est vraiment un gros pervers. Il m'a dit qu'il

voulait savoir si les vagins des Chinoises étaient vraiment bridés.

— T'aurais dû accepter, dit Benny.

— J'ai accepté », répliqua Janine.

Benny s'immobilisa, opina du chef, s'efforçant de prendre la chose avec recul et maturité. « Bien sûr, forcément, on en a besoin, de ce fric. »

Se demandant si Benny croyait vraiment qu'elle avait montré sa touffe à Sal, Janine le regarda retourner la pièce à la recherche d'un boxer qu'il n'aurait mis que deux ou trois fois. Elle adorait tout chez lui. Ses yeux marron d'une naïveté enfantine et son visage adorable, un peu bébête. Ses cheveux auraient eu besoin d'un bon coup de ciseaux. Un peu trop Jésus-Christ sur les bords, mais il avait le corps qui allait avec, des muscles noueux et nerveux, une sorte d'armure pour maigrichon super membré.

Benny sortit le lait du mini-frigo et en but à même la brique. « Je crois que j'ai avalé une merde de rat. Et ton père ?

— Pas moyen, répondit Janine, en se disant qu'elle éviterait un certain temps de boire du lait et d'embrasser Benny. Il refuse de me parler tant que je ne serai pas retournée aux réunions des GA et que je ne me serai pas trouvé un nouveau parrain. »

Benny et elle avaient fait connaissance à une réunion des Gamblers Anonymous, à l'église méthodiste All Saints, dans la salle réservée habituellement au catéchisme. À eux deux, ils connaissaient presque toutes les personnes présentes. Benny lui avait dit qu'il ne manquait plus qu'un jeu de cartes pour faire une bonne partie de Texas Hold'Em. Elle avait ri. Ils avaient pris place sur les sièges du fond et, chaque fois qu'une nouvelle personne s'apprêtait à prendre la parole, ils misaient quelques dollars sur la fréquence de phrases telles que « J'ai touché le fond », « J'ai tout foutu en l'air », ou « J'ai détruit ma famille ». Benny gagna la majeure partie des paris. Après la réunion, ils étaient allés au Venetian jouer un peu, juste pour s'amuser, tous deux voulant savoir à quel point l'autre était accro. Et pour reconnaître un toxico, rien de tel qu'un autre toxico. Lorsqu'ils firent un black jack en même temps, ils surent que c'était le destin qui les avait guidés l'un vers l'autre. Ils firent l'amour dans le van Volkswagen de Janine et faillirent se marier à la chapelle Golden Moments, mais la cérémonie coûtait cent vingt-neuf dollars, et ils avaient besoin d'argent pour continuer à jouer.

« Leo a raison, fit Janine. On a la poisse, on pourra jamais réunir l'argent d'ici la fin de la semaine. Il faut qu'on trouve un autre moyen.

— Tu vois, c'est précisément de cette attitude de merde que viennent tous nos problèmes, lança Benny. C'est pour ça qu'on arrive pas à se sortir de cette spirale de la lose. T'es convaincue qu'on ne va pas gagner, ce qui fait qu'on perd à chaque fois.

— Vois un peu les choses en face. C'est toi qui as perdu la plus grosse partie de l'argent.

— Tu te rappelles à Bally's, la fois où je jouais sur cette machine à sous progressive, près de la zone de paris sportifs ? J'avais cumulé trois victoires et puis t'es venue me porter la poisse en me disant que t'avais paumé cinq fois. Ça m'a fait perdre les trois gains cumulés et trois autres après ça.

— Va te faire foutre, Benny. Tu sais juste pas quand t'arrêter.

— Ah, parce que toi, tu sais ? »

Depuis quelque temps ils se disputaient fréquemment, le poids de leur dette envers Leo affectait considérablement leur relation. Et leurs conditions de vie n'amélioraient pas les choses. Quand le père de Janine l'avait mise dehors, Benny s'était réjoui qu'elle s'installe dans sa chambre de motel. Janine, elle, fut horrifiée à son arrivée, mais n'en avait rien laissé paraître. La chambre ressemblait à une usine de recyclage, l'odeur de weed et de linge sale faisait partie intégrante du décor, et on aurait dit que la salle de bains avait servi à une caserne entière de l'armée de terre.

Benny cherchait à présent un pantalon, fouillant à pleines mains le foutoir qui leur faisait office de biotope, balançant des chaussures par-dessus son épaule. « Où est mon putain de fut' ? s'exclama-t-il. Il était là tout à l'heure, putain ! »

Janine sentait qu'il était sur le point de craquer, près de tomber en morceaux. La nuit dans la décharge avait dû être aussi horrible qu'humiliante. La pente du puits étant trop raide, il avait dû faire un long détour pour en sortir. Elle l'imaginait en train de marcher tant bien que mal dans les monticules de détritus glissants, dans des bruits ignobles, ses pieds nus s'enfonçant dans des os de poulets en décomposition, des têtes de poisson, du marc de café et des petits sacs bleus remplis de merdes de chien. Il lui avait raconté que la puanteur était telle qu'il avait passé tout le temps à vomir. L'aube se levait lorsqu'il avait retrouvé la terre ferme. Il avait dû demander à un conducteur de pelleteuse de lui prêter son téléphone, Leo lui ayant confisqué le sien.

« Vous devriez pas camper ici, mon vieux, avait dit le chauffeur. Vous pouvez mourir là-dedans, vous savez...

— Camper ? avait répété Benny, figé sur place, recouvert de crasse gluante. Vous croyez vraiment que j'étais en train de camper ? »

Benny finit par trouver son pantalon suspendu au bouton de porte. « Qui est-ce qu'on connaît qui a de l'argent ? » demanda-t-il. Encore humide après sa douche, il avait du mal à enfiler le pantalon et sautait sur place comme pour une course de sac à patates.

« On connaît plein de gens qui ont de l'argent, répondit Janine, mais personne qui serait prêt à nous accorder un prêt.

— Il doit bien y avoir quelqu'un ! » fit Benny. Sa voix était rocailleuse, étranglée, son pantalon coincé à mi-cuisses, des larmes coulant de ses yeux d'enfant. Janine détourna le regard. Quand on craque, on n'a jamais envie d'avoir un public.

« Et ton père ? lança Benny.

— Tu me l'as déjà demandé. Il refusera de me prêter de l'argent, Benny. On en a parlé une centaine de fois.

— On doit combien à Leo, là ? Trois semaines d'intérêt ?

— Quatre.

— Ton père est riche. Qu'est-ce que ça lui ferait de nous filer la thune ?

— T'as qu'à lui demander toi-même, Benny. Vous êtes tellement complices tous les deux. »

Le père de Janine détestait Benny, mais il aurait détesté tout prétendant s'éloignant un tant soit peu de l'archétype du gentil jeune homme d'origine chinoise, sac à dos sur les épaules, coupe de cheveux minable et bourse d'études en chimie. Le jeu, ça le mettait hors de lui. Il avait un jour raconté à sa fille que dans sa jeunesse, il avait joué très gros au mahjong, et que ç'avait fichu sa vie en l'air. Comment au juste ? Cela, il l'avait passé sous silence. Mais le moment où elle avait vraiment décroché le jackpot de sa colère, c'était quand elle lui avait annoncé qu'elle arrêtait la fac pour se lancer dans une carrière de DJ. Il l'aurait sûrement mieux pris si elle lui avait dit qu'elle voulait devenir chauffeur de taxi ou cow-boy.

Benny sortit la bouteille de vodka du placard. Il dévissa le bouchon et avala une longue gorgée, avant de s'essuyer la bouche de la main. Janine le dévisageait.

« Je vais me bourrer la gueule, OK ? dit-il. Je l'ai bien mérité.

— Ouais, j'imagine », répondit-elle d'une voix douce.

Benny balaya les magazines de motocross du canapé et s'assit sur les coussins, si sales que le motif écossais semblait d'une seule couleur.

« Je suis trop merdique, fit-il en pleurant franchement. Je suis désolé, Janine. Excuse-moi de ne pas être à la hauteur. »

Elle s'assit à côté de lui, posa son bras sur ses épaules, sa tête contre la sienne. « Ça va aller, Benny.

T'es au fond du trou, c'est tout. Ça arrive à tout le monde. »

Benny avala une autre longue gorgée, sans prendre le soin cette fois d'essuyer ses lèvres molles et humides. « Faut aller voir ton père. On a personne d'autre vers qui se tourner.

— Papa, c'est hors de question, OK ? » Elle se releva et serra ses bras contre sa poitrine, plus terrifiée qu'en colère. L'homme qu'elle aimait était en train de craquer. « Sérieusement, Benny, laisse tomber. »

Benny resta un moment immobile, les yeux fixes, comme s'il contemplait encore les ténèbres de la décharge. Il vida la bouteille de vodka, et la laissa tomber par terre. « Je vais en racheter, déclara-t-il. T'as besoin de quelque chose ?

— Non, ça va », répondit Janine en faisant semblant de regarder quelque chose sur son téléphone.

Benny s'avança vers la porte. « Leo a dit que la prochaine fois, ce sera ton tour.

— Mon tour ? Mon tour de quoi ?

— D'aller à la décharge. T'es sûre que tu veux rien ? »

3

La crème de la crème de la crème

Ils reprirent le chemin de l'hôtel. Sarita lui raconta tout au sujet de Janine, les mots coulaient en cascade. Isaiah n'avait jamais prêté attention au fait que son nom de famille, Van, était chinois.

« C'est timbré, hein ? lança Sarita.

— Hallucinant, c'est clair », répondit Isaiah. Les pétrins dans lesquels les gens s'enfonçaient l'étonnaient toujours autant. Celui-ci entrait d'emblée dans son top 10 des pires embrouilles. « Tu voudrais que j'aille à Vegas ? Voir ce dont il retourne ?

— Oui. Janine est une menteuse compulsive, avec un peu de chance elle aura tout inventé pour me soutirer de l'argent. Elle l'a déjà fait plusieurs fois. Mais peut-être qu'elle dit vrai, et dans ce cas, elle a vraiment besoin d'aide… Je, je suis désolée, Isaiah, je suis en train de te demander de laisser tomber tout ce que tu es en train de faire pour t'occuper de ça.

— Je ne fais rien en ce moment », assura-t-il alors qu'il avait d'autres affaires en cours et qu'il avait repris son enquête sur le meurtre de Marcus. Il lui en parlerait une fois l'assassin remis aux autorités.

Histoire de la surprendre. De l'impressionner. Histoire de lui faire oublier leur différence d'âge.

« Ce n'est pas tout », fit Sarita. Elle hésita, prit une grande inspiration. « Je suis liée par le secret professionnel. Tout ce que ma sœur m'a dit et me dira devra rester exclusivement entre elle et moi. Aller voir les autorités à ce propos, ce serait briser la déontologie et je me ferais sans doute virer du cabinet.

— Pourquoi ?

— Nous autres avocats, on nous paye avant tout pour garder des secrets. Si on apprenait que j'ai brisé mon obligation de confidentialité, les autres clients du cabinet seraient en droit de se demander si leurs secrets sont bien gardés… et on pourrait me traîner au tribunal.

— Avec quel chef d'inculpation ?

— Complicité. Le fait de te mêler à tout ça pourrait être interprété comme une couverture, et, de fait, je ne suis pas en train de te demander de t'en mêler. »

Et pourtant, c'est bel et bien ce qu'elle est en train de faire. C'était compréhensible : l'une des personnes qui lui étaient le plus chères au monde était en danger. Lui aussi aurait fait n'importe quoi pour Marcus, et vice versa. Ça dépassait le respect des lois, et de loin. « Aucun problème, déclara-t-il. Si quelque chose arrive, j'assume tout. Toi et moi n'avons jamais parlé de cette affaire.

— Je m'en veux de te mettre dans cette situation, fit Sarita.

— C'est rien du tout.

— C'est beaucoup te demander.

— Si tu ne l'avais pas fait, je me serais proposé.

— Il faut que je te dise qu'il y a de réels risques de représailles.

— Ne t'inquiète pas pour ça », répliqua Isaiah, heureux de la portée héroïque de l'affaire.

La nuit était douce et paisible. Elle posa la main sur le bras d'Isaiah, et il sentit un courant électrique entre sa peau et la sienne. C'était si anormal et si indéniable qu'Isaiah était convaincu que Sarita l'avait senti elle aussi. À moins que ? Dans son boulot, il faisait preuve d'un flair exceptionnel pour interpréter le flux d'émotions des différents protagonistes. Mais cette affaire-ci était tout à fait différente.

« Il faudrait qu'on se voie plus souvent, dit-elle.

— Ouais, ce serait bien. » Était-ce le fruit de son imagination ou était-elle vraiment en train de ralentir le pas ? Il se força à marcher à la même allure afin de s'en assurer. Oui, elle ralentissait bel et bien. *Elle fait durer la conversation.*

« Tu comptes rester à Long Beach, Isaiah ?

— Je n'en sais rien, peut-être », répondit-il en se disant qu'elle devait habiter dans l'une de ces luxueuses propriétés cachées par des murs et des grilles.

« Rien ne t'oblige à vivre là-bas, tu sais. Des gens qui ont des problèmes, on en trouve partout.

— Ouais, je sais. » Était-elle en train de dire qu'elle ne voulait pas fréquenter quelqu'un qui vivait dans le ghetto ? Que s'il emménageait ailleurs, peut-être qu'il aurait une chance ?

Sans lâcher son bras, Sarita desserra légèrement son étreinte. « Ça me fait tellement plaisir de te revoir », lâcha-t-elle. Ne sachant que répondre, il hocha la tête. C'était en train de se passer beaucoup mieux que ce qu'il s'était imaginé. Il aurait aimé en profiter pleinement, mais un sentiment de trahison vis-à-vis de Marcus lui filait mal au crâne, comme la musique de ce groupe de polka mexicaine.

Ils arrivèrent devant l'hôtel, Isaiah regrettant qu'il se trouve aussi près : il aurait bien marché jusqu'à Pasadena ou Glendale. Sarita le serra fort contre lui, son corps contre le sien, le parfum de citron et de cyprès lui fit tourner la tête et tout souvenir de Marcus s'évapora dans le ciel sans étoiles de Los Angeles.

« Merci, Isaiah, dit-elle. Merci du fond du cœur. » Elle le regarda, les yeux pleins de… Était-ce du *désir* ?

« Il faut que j'y aille, dit-elle en faisant un pas de côté. Tu m'appelles, d'accord ? »

Isaiah éprouva un soulagement infini, tant émotionnel qu'intellectuel. Se trouver en compagnie de Sarita, c'était comme de passer un test de personnalité et de savoir-vivre. Il songea à lui dire au revoir, mais cela lui parut maladroit. Elle se retourna et pénétra dans l'hôtel. À travers la baie vitrée, Isaiah la regarda parcourir le hall où les énormes lustres projetaient une lumière tamisée. Elle marchait d'un pas rapide, ses talons hauts cliquetant sur le sol de marbre. Puis elle tourna à un angle et disparut.

En rentrant chez lui, Isaiah se serait giflé pour toutes les choses qu'il avait dites, et toutes celles qu'il n'avait pas dites. On entendait souvent que les femmes aiment les hommes qui les font rire, et il ne se souvenait pas d'avoir déclenché une telle réaction chez une femme, même une seule fois. Qu'était-on censé faire ? Raconter des blagues ? Marcus, lui, y serait arrivé sans peine. Il aurait pu faire s'esclaffer une famille entière, en pleines funérailles. Et puis il aurait passé un bras sur ses épaules, l'aurait réconfortée. Marcus était capable de ce genre de gestes sans susciter la moindre équivoque. Il se serait montré sage, de bon conseil. Même à présent qu'il était loin de Century City, Isaiah était toujours incapable de trouver quoi que ce soit de réconfortant ou d'avisé à dire. Et il avait passé tout le temps avec elle à opiner de la tête et à répondre par monosyllabes, incapable qu'il était de prendre part ne serait-ce qu'à une banale conversation. Ça, c'était un autre mystère. De quoi devait-on parler avec autrui ? De la météo ? De l'Afghanistan ? De Taylor Swift, dont il ignorait tout ? Et qu'est-ce qu'il avait dit, à la fin ? *Ce serait bien* ? Elle lui proposait de passer plus de temps ensemble, et tout ce qu'il trouvait à répliquer, c'était « Ce serait bien » ? Et il y avait eu ce dernier regard, ce regard de désir, de nostalgie peut-être. Était-il adressé à lui ou à Marcus ? Comment savoir ? Peut-être était-ce sa façon à elle de lui faire comprendre qu'elle aurait aimé qu'il ressemble plus à Marcus. C'était placer la barre très haut. Très, très haut. Isaiah savait que ce ne serait pas facile. Réussir à sauver la sœur de Sarita semblait être un bon départ.

Le lendemain matin, assis dans son fauteuil, il buvait un expresso en écoutant du Segovia, un air aussi ardent qu'il l'avait été la veille. Son téléphone bourdonna. Un SMS de Sarita. Elle insistait pour rémunérer ses services. Alors qu'elle était encore enfant, son père avait ouvert un compte afin de financer ses études. Mais elle n'avait pas eu de raison d'y toucher car elle avait décroché toutes les bourses d'excellence au long de son cursus. Intérêts et dividendes s'étaient amassés durant toutes ces années et Sarita disposait à présent d'une véritable petite fortune.

Ne discute pas. Je te paierai, point final.

Le fait de me payer, ça ne te mouille pas encore plus ?

Je te paierai en liquide.

Pas possible. Tu me ferais payer si j'avais besoin d'un avocat ?

C'est différent.

Pas du tout. C'est exactement la même chose.

Isaiah, ne serait-ce que pour ma conscience,
il faut que tu me laisses te rémunérer.

Isaiah réfléchit brièvement avant de répondre.

Je refuse ton argent, mais tu pourras payer mon associé.

Tu as un associé ?

Après sa dispute avec Benny, Janine alla au casino MGM Grand pour jouer au poker vidéo. La perspective de la confrontation avec son père la faisait frémir, elle avait besoin de temps pour réfléchir un peu. Elle portait une petite culotte rouge, couleur porte-bonheur pour les Chinois. Elle en avait une dizaine du même modèle, qu'elle portait dans tous les cas de figure. Selon les maîtres feng shui, les entrées principales étaient maudites, aussi pénétra-t-elle dans le MGM par l'entrée latérale New York New York. Jadis, on entrait en passant dans la gueule d'un gigantesque lion doré jusqu'à ce que la direction du casino apprenne que les joueurs chinois auraient préféré ramper dans un conduit d'aération plutôt que d'emprunter cette voie. Si se laver les mains était l'un des rites les plus simples, éviter de toucher l'épaule d'autrui, en revanche, se révélait plus compliqué quand on se trouvait à une table de craps. Il ne fallait jamais parler de livres parce que le mot chinois pour « livre » ressemble à « perdre ». Le côté ouest du casino était le plus favorable. « Huit » en chinois évoquant le mot « prospérité », Janine choisit la huitième machine à partir de l'extrémité de la rangée. En toutes circonstances, éviter le « quatre », qui évoquait la mort. Benny disait que le temps d'observer tous ces codes et ces superstitions, il y avait de quoi oublier ce qu'on était venu faire au casino.

Elle joua un peu, mais elle n'avait pas la tête à ça. Elle se rabattit sur le pub et but deux bières. Elle s'imaginait en train de tomber dans la fosse de la décharge, aspirée par un trou noir de déchets en décomposition et de merdes de rat. Un frisson glacial lui parcourut la colonne vertébrale. Elle devait absolument voir son père.

Ken Van vivait au Red Rock Country Club, une copropriété luxueuse avec parcours de golf, étendues d'eau privatives et grosses maisons semblables à des Big Mac couleur beige. Il était déjà tard lorsque Janine se gara dans l'allée derrière la Lexus de son père. Il devait être en train de travailler, à cause du décalage horaire de douze heures qui les séparait de Hong Kong et Macao. Elle entra et s'engagea dans le couloir, vers son bureau. Elle l'entendait en pleine conversation sur son portable.

« Non, j'ai bien peur qu'il y ait eu erreur, disait-il d'une voix qui laissait entendre que c'était de sa faute. J'attendais quatre palettes, pas trois – il est arrivé quelque chose ? Oh, je vois, bien sûr. » C'était généralement ce ton qu'il employait, un ton d'excuse qui impliquait que le problème rencontré était des plus fâcheux et qu'il était de tout cœur avec le responsable. « C'est tout à fait compréhensible, poursuivait-il. Oui, très bien, non, ne vous inquiétez pas, je prendrai les mesures nécessaires. » Janine aurait aimé qu'il dise pour une fois à son interlocuteur : « C'est quoi ton putain de problème, espèce d'abruti ? » Mais il avait cette aversion très chinoise pour toute confrontation directe. Et puis c'était une mauviette. Tommy Lau, censé être son associé, passait son temps à s'essuyer les pieds sur son dos, et il se laissait faire sans jamais rien dire. « À la bonne heure, conclut Ken. On se rappelle très vite. » Il raccrocha et murmura, comme s'il craignait que l'interlocuteur puisse l'entendre : « Espèce de sale putain de menteur. »

Janine jeta un coup d'œil par la porte entrebâillée. Son père était assis à son bureau, penché au-dessus de son ordinateur portable comme pour déchiffrer des lettres trop petites. Elle l'avait toujours trouvé très beau : élégant, une poitrine étroite et zéro fesses, cinquante-six ans et pas une ride ni une trace de blanc dans ses cheveux de jais. Elle trouvait qu'il ressemblait au type qui présentait l'émission culinaire *Iron Chef*, et qui faisait des mouvements de kung-fu en criant « Poitrine de porc ! ».

« Salut p'pa. »

Il sursauta, puis afficha une mine agacée. « Qu'est-ce que tu viens faire ici ?

— Moi aussi, ça me fait plaisir de te voir.

— Tu viens me demander de l'argent, c'est ça ?

— Hein ? Non, pas du tout. Je suis juste passée prendre deux ou trois trucs. Sérieux, quoi. »

Elle tourna les talons et sortit. Une brise irritante secouait les palmiers et froissait l'eau de la piscine. Elle envisagea un instant de retourner dans le bureau pour dire à son père qu'elle devait vingt-sept mille dollars à Leo, et qu'il comptait la balancer au cœur de la décharge si elle ne lui versait pas les intérêts. Mais il ne l'aurait pas cru : elle lui avait menti trop de fois, et quand même se serait-il laissé convaincre, jamais il ne lui aurait donné ne serait-ce que dix-huit *cents*, à plus juste raison plusieurs milliers de dollars. Il lui aurait dit « Bien fait pour toi » ou « Ça t'apprendra », furieux d'avoir conçu et élevé une fille capable d'accepter un prêt à 20 %. Pourquoi n'avait-elle pas essayé de faire baisser le taux ? Avait-elle oublié qu'elle était chinoise ?

Il ne restait plus qu'une alternative. Soit Janine s'achetait une combinaison spéciale déchets dangereux et attendait la visite de Leo, soit elle volait son père. Après tout, c'était une question de vie ou de mort. Littéralement. Le problème était qu'il n'avait jamais d'argent liquide chez lui. Un jour, il avait voulu payer une pizza avec sa Black Card American Express. Le livreur avait refusé, avançant que les cartes de crédit en titane, ça n'existait pas.

Elle rentra au motel, se gara sur le parking et resta un moment assise au volant. L'autoradio était allumé, elle percevait la musique et les conversations par intermittence, au gré de ses réflexions. Lorsqu'elle avait quitté la chambre, Benny était avachi sur le canapé, comme si on l'avait abattu, trop saoul pour essuyer la morve qui recouvrait sa lèvre supérieure, le regard vitreux, empreint d'un sombre désespoir. Qu'aurait-elle pu lui dire ? Qu'elle n'avait rien demandé à son père parce que cela aurait été trop humiliant ? À tous les coups, il aurait rétorqué : « Ah ouais ? Tu veux de l'humiliation, essaie un peu de passer une nuit dans la décharge. » Elle avait envisagé de lui mentir, mais cela n'aurait pas marché. Ils se voyaient constamment en train de mentir aux autres. Souvent même, ils affabulaient en binôme : l'un des deux lançait le début d'un bobard, par exemple une somme qui tomberait au terme d'un procès imaginaire, et l'autre le complétait sans qu'ils aient à échanger un seul regard.

Cette rumination mentale finit par la fatiguer et elle reporta son attention sur l'animateur à la radio.

C'était le même qui faisait la voix off des bandes-annonces de films d'action. Là, il était en train de parler d'un service de protection contre l'usurpation d'identité, rabâchant que les victimes de ce type de crime se comptaient par milliers et que les voleurs de coordonnées personnelles se faisaient des milliards de dollars par an.

Le vol d'identité. Voilà une idée.

Les clients du père de Janine n'étaient pas simplement de gros richards, ils étaient la crème de la crème de la crème. Le genre de crème que les casinos faisaient venir en jet privé et installaient dans des suites grandes comme un château, avec piscine à débordement sur le balcon, majordome et plats signatures de Nobu, le fameux chef japonais des stars, disponibles 24/7, parce que tout casino savait que ce genre de crème pouvait balancer cinq cent mille dollars sur la table de baccara sans même appeler son comptable. Pour ce qui était de l'usurpation d'identité, se dit Janine, quoi de mieux que celles répertoriées dans l'ordinateur de son père ?

Cette mission à Las Vegas enthousiasmait Isaiah. Il n'aurait pas pu rêver meilleure façon de se rapprocher de Sarita. C'était l'occasion parfaite de lui montrer ses talents d'enquêteur, de devenir le preux chevalier qui réussit à sauver sa sœur. Isaiah avait hâte de s'y mettre.

Il était dix heures du soir, le premier vendredi du mois, et une légère brume fraîche envahissait les rues. Au volant de son Audi, Isaiah passa devant une dizaine de food trucks garés à la queue leu leu sur

Abbot Kinney Boulevard, petite artère chaotique de Venice Beach. Galeries d'art, boutiques de vêtements, restaurants haut de gamme et épiceries bio côtoyaient bars miteux, carrosseries et immeubles d'habitation lacérés de graffitis. Le genre de lieu où l'on se rendait quand on voulait s'encanailler gentiment. La rue était bondée, de longues files d'attente piétinant pour un taco fusion coréen ou une part de cheesecake d'Oncle Tetsu. Isaiah se demanda pour quel type de plats il aurait été prêt à attendre aussi longtemps, et n'arriva à penser à rien d'autre qu'à une boîte de pâté Alpo pour Ruffin. Il aperçut enfin le food truck qu'il recherchait, D & D'S DOWNHOME BUTTERMILK FRIED CHICKEN. Il ne lui restait plus qu'à trouver une place où stationner.

«Kelly?» appela Dodson. Une blonde, short en jean blanc et sweat University of Southern California apparut face au comptoir du food truck.

«C'est moi, fit-elle. J'ai oublié de vous demander si vos plats étaient sans gluten.

— Y a pas plus sans gluten», répondit Dodson, sachant pertinemment que c'était tout l'inverse. Cette mode du sans gluten était une arnaque, et Dodson ne pouvait qu'admirer le génie de celui ou celle qui l'avait lancée : convaincre les gens que quelque chose qu'on trouve naturellement dans le pain et les céréales était mauvais pour le système immunitaire pour leur fourguer des aliments qui en étaient dépourvus : c'était aussi brillant que de vendre des voitures sans roues afin de prévenir les accidents de la route.

« Et vos poulets ? insista la fille. Ils sont élevés en plein air ?

— En plein air ? répéta Dodson. Nos poulets vivent dans une résidence trois étoiles avec une petite ferme au fond du jardin. Je vous ai dit qu'ils ne recevaient aucune injection d'hormones de toute leur vie ? » Dodson achetait ses poulets au supermarché Vons. Ses chances de se faire démasquer étaient assez faibles, à moins que la fille ait un kit de chimiste au fond de son sac en jute Vive le bio. Il lui passa une boîte en polystyrène toute chaude et des couverts en plastique. « Une excellente soirée à vous, et si ça vous plaît, n'oubliez pas de nous liker sur Facebook.

— Arrête de papoter avec tout le monde et grouille-toi un peu », lança sèchement Deronda en remuant du poulet dans l'huile bouillante, un foulard autour de la tête, trempé de sueur. « J'ai deux commandes d'avance sur toi.

— Je ne papote pas, je fais des relations publiques, rétorqua Dodson. Un truc qui t'échappe complètement. »

Un food truck neuf, tout équipé, valait une centaine de milliers de dollars, mais le GMC Worhorse 2001, long de cinq mètres cinquante, qui affichait cent quatre-vingt-six mille kilomètres au compteur et sentait la graisse recuite et la tortilla carbonisée, avait été mis en vente à soixante-douze mille cinq cents dollars. Dodson l'avait obtenu à soixante-huit mille. Deronda qui, à l'époque, travaillait dans une pharmacie Rite Aid, avait liquidé son plan épargne retraite et son père lui avait prêté un peu d'argent. Dodson avait vendu son portefeuille d'actions et emprunté à ses proches qui n'étaient ni en phase terminale ni âgés de moins de douze ans. Il regrettait d'avoir mis tout l'argent du cambriolage dans l'achat de l'appartement pour Flaco. Cherise n'arrêtait pas de lui chauffer les oreilles avec cette histoire.

Le food truck était équipé, il ne manquait plus que quelques coups de pinceau. Les associés avaient longuement débattu avant de se mettre d'accord sur un jaune canari avec D & D'S DOWNHOME BUTTERMILK FRIED CHICKEN écrit sur le côté en grosses lettres marron avec deux pilons de poulet croisés en guise d'armoiries. Chacun considérait que le premier « D » de « D & D » correspondait à son prénom.

« Et voici, cher monsieur, dit Dodson. Si ça vous plaît, n'oubliez pas de nous liker sur Facebook. Pardon ? Oui, un vrai poulet fermier, élevé en plein air, aussi affranchi que vous à la fin de votre mise en liberté surveillée. Je vous ai dit que nos animaux ne recevaient aucune injection d'hormones de toute leur vie ? Hein ? Vous espérez que ce sera aussi bon que le poulet frit de votre mère ? Faites-en lui goûter, à votre maman, vous verrez, elle viendra nous demander notre recette.

— Dodson, fit Deronda, donne lui la boîte et passe au suivant, merde. »

D'un commun accord, ils avaient décidé que Deronda se tiendrait à l'écart de la clientèle. À leurs débuts, un client avait voulu se faire rembourser au motif que son plat était trop salé. « Pas de ça ici, lui avait-elle lancé. Vous vous croyez où, au supermarché ? Vous l'avez acheté, vous le mangez. » Un autre client s'était plaint que ses macaronis au fromage étaient trop gras. « Le fromage, c'est de la matière grasse, avait-elle rétorqué, comme si elle avait devant elle le roi des abrutis. Le seul rôle des macaronis, c'est de servir de support à cette matière grasse. De quoi ? Ouais, vas-y, poste une mauvaise critique et tu m'auras sur le cul jusqu'à ton dernier jour. » Phrase que le client avait recopiée texto dans son avis Yelp.

Les gens commençaient à se lasser d'attendre et se rabattaient sur un taco mahi-mahi ou un sandwich vietnamien. « Je t'avais dit quoi ? lança Deronda à Dodson. C'est de l'argent jeté par les fenêtres, ça, rien de plus.

— Tu vois bien que je fais au plus vite, non ? répliqua Dodson. Putain. J'ai plus besoin de faire du fric que toi. »

Les frais généraux du food truck étaient exorbitants et le bébé était censé naître la semaine suivante. Dodson avait essayé de convaincre Cherise d'attendre que l'affaire soit véritablement lancée pour tomber enceinte, en lui montrant un article qui parlait d'une femme des Appalaches qui avait eu un enfant à soixante-sept ans. Sur la photo, on la voyait enveloppée dans un châle, vêtue d'une robe de l'époque des pionniers, avec dans les bras un nouveau-né encore plus ridé qu'elle. Le père, barbe miteuse et grand sourire édenté, levait les pouces devant l'objectif.

« Tu vois ? avait fait Dodson. Pas besoin de se précipiter.

— Sois pas bête, Dodson, avait rétorqué Cherise. C'est le bébé de sa petite-fille, pas le sien, tu le sais aussi bien que moi. Maintenant ramène-toi et fais ton devoir. »

La foule s'était maintenant réduite à une poignée d'amateurs de street food, de bikers et de gens qui avaient simplement la dalle. Dodson était exténué. Il s'appuya dos au frigo, se demandant si le fait de se lancer dans le licite avait été une erreur. Il s'était déjà posé cette question une bonne centaine de fois, mais, dans le fond, il savait qu'il était trop vieux pour continuer dans les activités illégales. C'était indigne de ses talents et de ses qualités. Sans compter que Cherise l'avait menacé de le quitter s'il ne se prenait pas en main. Dealer du crack, c'était une sinécure comparée au fait de devenir un adulte responsable.

« Tu fais quoi, planté là ? lui lança Deronda. Allez, on nettoie et on rentre. » Pour des questions de sécurité, ils garaient le camion dans le jardin de Deronda, juste sous la fenêtre de sa chambre, où elle dormait avec le fusil à pompe de son père, un Kel-Tec quatorze cartouches.

Deronda récurait la plaque de cuisson en se disant qu'elle se faisait plus de fric chez Rite Aid, sans parler des avantages d'un contrat salarié. Mais pour rien au monde elle ne serait retournée bosser là-bas, à ranger des étagères du matin au soir, à se coltiner les clients et leurs questions idiotes, avec des caméras aux quatre coins de la pharmacie et une demi-heure de pause déjeuner. Son patron était un petit Blanc du nom de Brian dont le visage disparaissait sous ses boutons d'acné, et qui commençait chacune de ses phrases par « Je suis votre manager et en tant que tel… ». Elle aurait pu refaire du strip-tease au club Kandy Kane. Alonzo, le gérant, l'appelait de temps à autre pour lui dire que son boule était un trésor national, et qu'il en allait de son devoir d'en faire profiter ses concitoyens. Mais elle avait fait un trait là-dessus, définitivement. Elle n'avait jamais compris comment trente mecs qui bandaient pouvaient rester bien sagement assis dans la même pièce. Et puis il y avait son fils, Janeel. Il allait entrer en maternelle, et elle n'avait aucune envie que l'un de ses petits camarades raconte que son papa avait vu la maman de Janeel toute nue. Le gamin était parti pour le week-end avec son grand-père pour visiter le zoo de San Diego, et elle se réjouissait de profiter des deux soirées à venir, enfin seule.

« Tiens, regarde qui est là », dit-elle. Isaiah était planté devant le comptoir du food truck.

« J'arrive trop tard pour un assortiment ? demanda-t-il.

— Comment ça va, Isaiah ?

— Ça va. Et toi ?

— Ça irait vachement mieux sans Dodson. »

Celui-ci apparut. « Yo, ça roule ? lança-t-il en souriant. Qu'est-ce que tu deviens ? »

Tous deux s'assirent à un arrêt de bus, Isaiah avec son poulet : Deronda avait insisté pour qu'il paye son dû et n'avait pas consenti ne serait-ce qu'un *cent* de ristourne.

« C'est vraiment délicieux, commenta Isaiah. C'est la recette de qui ?

— La grand-mère de Deronda. T'as vu comme

c'est croustillant ? Après avoir mis la chapelure, tu laisses reposer, le temps que ça ramollisse un peu. C'est ça le secret.

— Je m'en souviendrai », dit Isaiah. Culinairement, tout ce qui dépassait le niveau d'un steak à la poêle était pour lui une perte de temps.

« Ouais, les clients adorent, mais c'est un vrai bordel à faire rouler, cette affaire. En plus on a les prêts à rembourser. Et bosser avec Deronda… Je crois que je préférerais avoir un yéti en cuisine. »

Dodson était pareil à lui-même : un poids plume décontracté, sans affectation, avec des bras noueux et une attitude qui dissuadaient beaucoup de gens de lui chercher des poux. Mais Isaiah percevait une touche de regret dans sa voix, comme s'il avait loupé une sortie et qu'il était obligé de continuer à rouler droit devant.

« Le bébé doit naître quand ?

— Bientôt. Cherise ressemble à Jabba le Hutt. J'envisage de louer une grue pour pouvoir la sortir du lit, et cette histoire de fringales de la femme enceinte, c'est vraiment pas des blagues. L'autre soir elle s'est dévoré des côtes de porc avec de la sauce au fromage fondu.

— Vous avez déjà choisi un prénom ?

— Si c'est un garçon, je voulais l'appeler Tupac mais Cherise a tout de suite pris la mouche, genre, c'est ça, ouais, donnons-lui un nom de rappeur mort, et pourquoi pas Eazy-E, ou L'A Capone, ou même Ol'Dirty Bastard ? Je vois déjà ça d'ici : à table, Bastard, le dîner est prêt ! »

Dodson avait croisé Isaiah à deux reprises depuis l'affaire Black the Knife. Ils avaient papoté de tout et de rien, sans savoir de quoi discuter ni même s'ils avaient quoi que ce soit à se dire. Ils vivaient dans des mondes différents. Dodson avec son food truck, Cherise, leur cercle d'amis, et le bébé à venir. Isaiah avec ses enquêtes, seul au milieu d'un cercle d'amis inexistants.

Isaiah finit son repas et referma la boîte. « Meilleur poulet frit de toute ma vie, commenta-t-il.

— Ça me touche beaucoup, mais quelque chose me dit que tu n'as pas fait toute la route depuis Long Beach juste pour trois pilons de poulet, remarqua Dodson. Qu'est-ce que t'as derrière la tête ? »

Isaiah lui expliqua les problèmes de Sarita, et qu'il devait se rendre à Las Vegas pour s'occuper de cette affaire. « Un peu d'aide serait la bienvenue, conclut-il. Si tu pouvais m'accompagner, je t'en serais vraiment reconnaissant. »

Dodson hésita, peinant à en croire ses oreilles. Il n'y avait pas si longtemps, Isaiah aurait refusé de demander de l'aide même s'il avait eu un bras coincé dans une friteuse, et où est-ce qu'il avait appris à utiliser le mot « reconnaissant » ? Il y avait quelque chose de très bizarre là-dedans. « Pas possible, dit Dodson. Deronda péterait un plomb si je la laissais seule dans ce camion, et si le bébé naît en mon absence, Cherise m'étranglera avec le cordon ombilical.

— Tu recevras la totalité du per diem », dit Isaiah.

Dodson le dévisagea un instant, avant de jeter un coup d'œil au food truck. « Laisse-moi voir comment je peux m'arranger. »

Janine avait du mal à croire qu'elle était en train de ramper à quatre pattes sur la moquette, à six mètres de son père endormi dans son lit, ses ronflements aussi assourdissants qu'une table métallique qu'on aurait traînée sur un patio en béton. Sa grande erreur avait été de parler à Benny d'usurpation d'identité et de crème de la crème. Il était devenu timbré, avait dessaoulé en un clin d'œil, et s'était mis à danser et à chanter : « Les affaires reprennent, les affaires reprennent. » Un vrai gamin. Il fit la sourde oreille lorsqu'elle tenta de lui expliquer que son paternel était très malin et que si elle se faisait prendre il était fort probable qu'il appelle les flics. Benny était alors vraiment entré dans le vif du sujet, élaborant des plans, dessinant des croquis incompréhensibles et détaillant chaque étape du casse, comme Brad Pitt dans un film de cambrioleurs. Et à présent, elle se trouvait dans la chambre de son père, puant la transpiration malgré son déodorant, si terrorisée qu'elle avait du mal à se retenir de pisser.

Son objectif : le portable en charge qui clignotait sur la table de nuit. C'était là-dedans qu'elle trouverait le mot de passe de son ordinateur. Il racontait à tout le monde qu'il ne l'avait marqué nulle part afin d'éviter tout risque de piratage – un gros mensonge. Il lui avait expliqué son astuce lorsqu'elle était encore sa petite fille chérie qui ne rapportait que des A de l'école, et qu'il prenait un plaisir infini à la préparer au monde complexe qui l'attendait. Deux de ses nombreux mots de passe avaient une importance absolue. L'un permettait d'ouvrir ses dossiers d'affaires, l'autre ses e-mails cryptés. Tous deux étaient composés de douze caractères, une suite de chiffres, de lettres et de symboles extrêmement difficile à retenir. Il lui avait montré comment il s'y prenait.

« D'abord je vais dans ma liste de contacts. Puis je choisis quelqu'un d'inoffensif, et par inoffensif, j'entends qui passe inaperçu. » Ken avait alors scrollé, faisant défiler des centaines de noms, pour s'arrêter à une certaine Laura Vincent. « C'est ma coiffeuse. Je l'ai choisie parce que son nom de famille commence par la même lettre que le nôtre. Facile à retenir, hein ? Bon, tu vois le numéro de téléphone ? Ce sont les sept premiers caractères du mot de passe. Et l'adresse, ce sont les cinq derniers. Alors, à ton avis, où se trouve l'autre code ?

— Dans le contact d'une personne dont le nom de famille commence par A-N, répondit Janine.

— Exactement. Bravo. Martin Anders, c'est mon assureur. Donc tu vois, même si quelqu'un me volait mon portable, il ne saurait pas même où chercher, et moi, j'aurais toujours mes codes. »

L'odeur chimique qui se dégageait de la moquette lui donnait la nausée. Elle se sentait ridicule, vêtue de noir, cagoule comprise. C'était une idée de Benny : il faisait une fixette sur les ninjas. Il s'était proposé pour faire le cambriolage, mais si le père de Janine s'était réveillé, qu'il le reconnaisse ou pas, il l'aurait abattu avec le pistolet qu'il conservait dans le tiroir de sa table de chevet.

Ken Van se retourna, claqua la langue et reprit ses ronflements. Janine sentit son corps se figer. Elle retint son souffle, se demandant ce qu'elle dirait s'il se réveillait. Elle se voyait déjà, allongée sur le dos comme un chiot soumis, en train de lui dire « c'est moi, p'pa », et lui qui répliquerait « bon sang mais qu'est-ce que tu fiches là, Janine », et alors elle répondrait… Quoi, en fait ? Qu'elle avait perdu une lentille de contact ? Qu'elle avait décidé de laisser tomber sa carrière de DJ pour se reconvertir en ninja ?

Elle reprit sa lente progression, mais la respiration de son père changea, et il bâilla. *Il s'était réveillé.* Elle se trouvait au beau milieu de la chambre, avec nulle part où se cacher. Elle se roula en boule comme l'un des tatous qui traversaient le fond du jardin paternel. Finalement, les fringues noires, c'était une excellente idée. Elle jeta un coup d'œil par-dessous son bras. Son père était assis au bord du lit. Elle distinguait ses pieds et ses mollets pâles. Était-il en train de la fixer, laissant la colère enfler en lui ? Ça lui aurait bien ressemblé, de la laisser mijoter comme ça en attendant qu'elle craque.

Il s'éclaircit la gorge, et se leva.

Autoroute 15, direction Las Vegas. 130 km/h à travers le désert brûlant et infini, la route droite comme un cordeau, les lignes à haute tension parallèles à l'asphalte découpant un paysage marron terne et gris poussiéreux.

« Comment tu t'es arrangé, avec Deronda ? demanda Isaiah.

— Je vais lui verser la moitié du per diem, c'est plus que ce qu'elle gagne avec le food truck. Sa sœur va lui filer un coup de main.

— Et Cherise ?

— Le docteur a dit que le bébé n'arriverait pas avant la semaine prochaine, et tu peux pas savoir le bien que ça me fait de prendre un peu le large. La mère de Cherise passe quasiment toutes ses journées à la maison, et elle me déteste. Chaque fois qu'elle me voit, elle me fait « Oh, c'est toi », comme si j'étais pas censé me trouver chez moi. Et je t'ai dit que Cherise m'avait obligé à participer à sa baby shower ? Putain mais qu'est-ce qu'on en a foutre d'avoir un tout p'tit pyjama avec un hippocampe dessus ? Le bébé a jamais vu l'océan, et il ne saura pas ce que c'est avant ses six mois, minimum.

— Ça t'inquiète de devenir père ?

— Non, ce qui m'inquiète c'est de devenir fauché. Avec tout ce que ça va me coûter d'élever ce gamin, j'aurais de quoi racheter un KFC. J'ai essayé de convaincre Cherise d'adopter. Tu sais, on trouve un gamin somalien ou congolais, dix-huit, dix-neuf ans, un petit gars tout reconnaissant trop heureux de se trouver direct un boulot et de participer aux frais familiaux.

— À ce point-là ?

— J'ai fait et refait quatre ou cinq fois un budget prévisionnel à long terme, et je tombe toujours sur le même résultat. Si on commence pas rapidement à faire plus de thunes avec le food truck, la famille Dodson devra bientôt loger dans ma voiture. »

Isaiah n'avait jamais vu Dodson dans un tel état, à s'inquiéter, comme n'importe quel être humain normal, d'un futur par définition imprévisible. « Allez, tu dois quand même avoir un peu hâte.

— Ouais. Des fois je m'imagine en train de faire des trucs avec le gamin. Je pourrai lui apprendre à miser aux dés, à rouler un spliff, à bien choisir son gang… Répète pas ça à Cherise, hein ? »

Ils franchirent la frontière entre la Californie et le Nevada et passèrent devant Whiskey Pete's, un casino réservé aux personnes incapables d'attendre Las Vegas pour claquer leur argent ou désirant se débarrasser du peu qu'il leur restait au retour. Ce bâtiment solitaire, perdu au milieu du désert, était comme tombé du ciel, un caprice du dieu du hasard.

« Alors t'as fait quoi, depuis le temps ? demanda Dodson.

— Résolu des affaires.

— Tu t'es trouvé une nana ?

— Non.

— J'ai entendu dire que Vatrice Coleman voulait sortir avec toi.

— Ouais, elle m'a appelé pour m'en informer. Pas mon genre.

— Pas ton genre ? Comme l'ensemble du genre humain, je présume. C'est une super nana, elle a fait la fac en plus.

— Filière cosmétique.

— Toujours aussi supérieur, hein, négro ? Au cas où t'aurais oublié, toi-même t'as décroché au lycée, t'as même pas ton bac. Comparée à toi, c'est Einstein, cette meuf.

— N'empêche que je n'ai pas envie de sortir avec elle.

— Cherise aimerait bien t'arranger le coup avec sa copine Kalina, poursuivit Dodson. Tu vois qui c'est ? Sosie d'Halle Berry, avec la peau plus sombre.

— Oui, je sais qui c'est. On n'a rien en commun.

— Un peu dur d'avoir quelque chose en commun

avec un putain d'anormal comme toi. Tu sais ce que c'est, ton problème ? T'es vraiment trop bizarre. T'attends quoi, au juste ? Une nana avec un doctorat qui aimerait passer son temps à la maison à jouer avec ton foutu pitbull ? »

Non, celle que j'attends, c'est Sarita. Le plus gros de la culpabilité qu'il traînait depuis tant d'années s'était volatilisé, et des sentiments qu'il avait jusque-là ignorés refaisaient surface. Il était seul. Il aspirait à avoir des amis, à sortir et fréquenter des gens. Il voulait s'amuser, sans savoir comme on s'y prenait. Inviter Dodson à le suivre jusqu'à Vegas, c'était pour lui un pas de géant. Il se sentait vulnérable, comme si ce besoin qu'il éprouvait était une faiblesse.

Isaiah s'était déjà rendu à Las Vegas à l'occasion d'autres enquêtes, et à chaque nouveau séjour, les lieux l'impressionnaient un peu moins. Les façades kaléidoscopiques du Strip[1] perdaient un peu plus de leur attrait, les couleurs des néons étaient si vives et si avides d'attention qu'elles finissaient par s'annuler. Il se demanda si les touristes s'étaient concertés pour se ressembler à ce point. Les hommes avaient tous une bedaine de buveur de bière, portaient bermuda, polo de golf et chaussures de running. Leurs épouses : forte poitrine, corsaire blanc et haut à motifs floraux. Le sphynx du Luxor avait dû être

1. Tronçon sud du Las Vegas Boulevard, principale artère desservant l'essentiel des casinos de la ville. (*Toutes les notes sont du traducteur.*)

conçu par quelqu'un qui n'avait jamais construit que des châteaux de sable. La statue de la Liberté avait un air paumé, comme si elle s'était aventurée dans un parc d'attractions dont elle n'arrivait plus à trouver la sortie. Les canaux du Venitian étaient du même bleu qu'une cuvette w-c équipée d'un bloc nettoyant, et la tour Eiffel aussi illuminée qu'Elton John à un concert de Nouvel An. Tout n'était que spectacle. Un spectacle trop tape-à-l'œil, trop bruyant, trop énorme. Une fois, Isaiah s'était acheté un hot dog : il ne lui avait coûté que quatre-vingt-dix-neuf *cents*, et il était aussi gros qu'un chat.

Isaiah n'était pas du genre à jouer, les probabilités de gagner étant absurdement basses, mais à l'occasion, il lui arrivait de faire une partie de poker. Il était assez bon, calculait rapidement les chances d'obtenir des bonnes mains et lisait le bluff de ses adversaires comme à livre ouvert, mais il avait horreur de rester assis des heures d'affilée. Et dans cette ville, à part jouer, il n'y avait rien d'autre à faire que regarder. Regarder les grandes eaux, regarder le spectacle son et lumière, regarder la silhouette des immeubles de New York et la bouteille de Coca géante, aussi grande qu'un missile nucléaire. Les clichés du photographe écologiste Ansel Adams à l'hôtel Bellagio avaient quelque chose d'indécent. Comme de voir Pavarotti aux MTV Awards, ou une famille de gazelles descendre l'Avenue of the Stars.

« On va où ? demanda Dodson.

— Janine joue dans un club, ce soir. Elle nous a mis sur la liste des invités. »

Seven Sevens, c'était un peu le métro de Tokyo à l'heure de pointe : impossible de lever un bras sans éborgner quelqu'un. Se faufilant dans la foule, Isaiah s'excusa une bonne centaine de fois, Dodson sur ses talons. La musique, si l'on pouvait appeler ça ainsi, était un mur de sons, sonneries de portables, cannettes en alu, sirènes, sifflements, code Morse, halètements de chiens, bourdonnements de guêpes, cornes de brume, coups de canon et bouts de chansons qu'Isaiah ne reconnaissait pas, le tout calé sur un rythme aussi rapide qu'un roulement de tambour.

Isaiah observa la piste, les mecs qui roulaient des épaules et opinaient de la tête, leur regard portant au-delà de leur partenaire comme s'il y avait forcément plus torride à l'autre bout de la salle, certains serrant dans leur main des bouteilles d'alcool, comme s'ils étranglaient une oie. Isaiah n'avait jamais vu une telle concentration de chaînes en or. Les filles dansaient les bras en l'air, faisant sinuer leur corps, riant et souriant à l'attention de leurs amies. Regardez-nous ! On est là ! Isaiah se demandait à quoi cela rimait de porter une minijupe quand on avait des cuisses qui ressemblaient à deux bélugas nageant côte à côte. Apparemment, c'était Kanye West et un cheik saoudien qui s'étaient chargés de la déco du coin lounge, où une partie de la clientèle buvait en s'efforçant d'avoir l'air cool : pas évident quand on est assis sur un sofa rose tellement moelleux qu'on se retrouve les genoux au niveau de la poitrine. Était-ce cela, le fun dont Isaiah avait tant entendu parler ? Il se sentit vieux, à côté de la plaque, et regretta de ne pas être chez lui à jouer avec Ruffin.

« Ça faisait un foutu bout de temps que j'avais pas mis les pieds dans un club, s'écria Dodson par-dessus la musique. Ça tape, hein ? Ça me rappelle ma folle jeunesse. »

Janine était aux platines, vision fantasmatique nimbée d'un halo de lumière, fluide et rythmique, un bras tendu vers le ciel, pompant de bas en haut, ses longs cheveux remuant comme si elle était sous l'eau, sa musique ordonnant aux danseurs d'accélérer, de ralentir, de péter un câble.

« Douée, la petite, hein ? » commenta Dodson.

Le rythme se cala sur un boom-boom propice aux mouvements de tête métronomiques. « Quoi de neuf, my people ?! C'est votre reine kamikaze préférée, votre wasabi extra-piquant, votre sixième épice du troisième type, votre chow mein sauce champagne, DJ Dama, baby, mon set est fini, je m'caaasse, PEACE ! » La foule explosa en un concert cacophonique d'acclamations, d'applaudissements, de hurlements et de quelques invitations à la soulager de la tension sexuelle qu'elle avait engendrée.

« Eh ben, elle a mis le feu au club, fit Dodson.

— Elle vient de nous montrer son meilleur profil, rétorqua Isaiah. Et maintenant, elle va nous montrer son profil imbécile. »

Tous trois se rendirent au motel pour discuter. Sarita avait parlé d'Isaiah à sa sœur, l'assurant qu'il était digne de confiance et l'exhortant à lui raconter ses problèmes sans omettre le moindre détail. Isaiah connaissait déjà toute l'histoire, mais il tenait à connaître son point de vue, et à clarifier certains aspects. Ne souhaitant pas s'asseoir au milieu des détritus qui jonchaient la chambre, il resta debout, mains dans les poches. Dodson partageait son dégoût et choisit de s'adosser à un mur. Janine prit place sur le canapé, les yeux rivés au sol, hochant la tête sans arrêt. Elle avait enfilé un pantalon de jogging et un T-shirt : la vision fantasmatique avait fait long feu. Elle ressemblait à présent à une gamine qui, en balançant un gros caillou dans une vitre, avait malencontreusement tué quelqu'un. Elle leur parla de Leo, de la somme due, de la décharge à ciel ouvert, de leur désespoir, à Benny et à elle, et du vol des données de son père.

« Au début, tout s'est bien passé, dit-elle. Papa était tellement dans les vapes qu'il est passé aux toilettes sans me voir. J'ai pris son téléphone en posant le mien à la place, je suis descendue et j'ai copié ses données sur une clé USB. Après quoi j'ai attendu qu'il se soit rendormi, j'ai de nouveau échangé les portables, et je suis partie. À mon retour ici, on a consulté les fichiers, avec Benny. Merde, qu'est-ce que je donnerais pour fumer un joint.

— Continuez, fit Dodson.

— C'était des documents commerciaux, de la compta. » Des larmes de rage lui échappèrent. « Des bordels et des salons de massage. Des tas et des tas. Ici, à Henderson, Reno, San Diego. » Elle tira son ordinateur portable du tas d'ordures qui recouvrait sa table basse, pianota brièvement et tourna l'écran vers les deux enquêteurs : « Regardez. »

C'était une galerie de photos. De jeunes Chinoises, entre dix-huit et vingt-deux ans, leur prénom et leur lieu d'origine écrits au marqueur noir.

MEI – FUJIAN
JIAO – HÚNÁN
LIJIANG – GUANGXI
AH KUM – FUJIAN

Il y en avait des dizaines. Elles ne ressemblaient ni à des modèles, ni à des starlettes, ni à des prostituées. C'était juste des filles ordinaires. Janine fit défiler les pages de photos. « J'arrive toujours pas à y croire », fit-elle. Son expression se fit dure, empreinte d'amertume. « Mon propre père. Mac en chef de tout un réseau. C'est pour ça qu'il passe sa vie au téléphone, à superviser ses employés, pour s'assurer que tout le monde marche au pas. Vous savez ce qu'on dit, le client a toujours raison.

— Votre père serait à la tête de ce réseau, selon vous ? » demanda Dodson. Isaiah le regarda. C'était une question sensée, mais qui donnait l'impression que Dodson menait l'enquête, et qu'Isaiah le secondait.

« Non, répondit Janine. Il travaille pour une triade. La 14K. Des milliers de membres actifs. Particulièrement vicieux. Spécialisés dans le trafic d'êtres humains, trafic de came, kidnapping, tout un tas de trucs dégueulasses.

— Comment savez-vous qu'il s'agit de la 14K ? demanda Dodson, empiétant à nouveau sur les plates-bandes d'Isaiah.

— Mon oncle, Tommy Lau, enfin ce n'est pas vraiment mon oncle, était jadis leur Maître de la Montagne, le président de la 14K, si on veut. Mon père et lui se parlent tout le temps. Tommy m'a raconté un jour qu'il avait quitté la triade pour se mettre au trading de devises. Faut croire qu'il m'a menti.

— Quelque chose m'échappe, lança Isaiah, sentant qu'il devait en placer une au plus vite. Si vous saviez que ces données appartenaient à la triade, pourquoi ne pas vous en être débarrassée ?

— C'est ce que je voulais faire », répondit Janine. De nouveau, ses larmes se mirent à couler. « C'est Benny, fit-elle. On s'est engueulés. Il a pris la clé USB et il est parti. Il ne répond plus à mes appels. Il a complètement disparu.

— Qu'a-t-il l'intention de faire avec cette clé ? » demanda Dodson.

Janine essuya ses larmes sur son bras, se redressa, et inspira profondément. Et maintenant, le bouquet final, pensa Isaiah.

« Benny va les faire chanter, déclara Janine. Il veut faire chanter la triade 14K. »

4

Seb Habimana

Il faisait si chaud dans son bureau qu'Isaiah avait du mal à respirer. Il ouvrit la fenêtre et fit entrer un courant d'air encore plus poisseux que l'atmosphère de la pièce. Il ne décolérait pas depuis qu'il avait découvert que Marcus avait été assassiné. En le percutant, la voiture avait brisé son crâne, ses deux jambes, écrasé sa cage thoracique et ses poumons, provoqué un arrêt cardiaque et plusieurs hémorragies internes. Il avait expiré après six heures de chirurgie.

Isaiah mit de côté le sac en papier de la sandwicherie Kayo et les photos de l'Accord. Il s'efforça de reprendre son calme. Il lui fallait réfléchir le plus objectivement possible, sans se laisser parasiter par ses émotions. Après le décès de Marcus, un fonctionnaire lui avait remis un gros sac plastique contenant les effets de son frère. Il n'avait jamais eu le courage de regarder à l'intérieur. Le simple fait d'y penser l'emplissait d'une terreur morbide. Il le sortit du carton, inspira profondément, et l'ouvrit. S'en échappèrent soudain des odeurs de cuir, de papier, de nylon et de moisissure, ainsi qu'une autre odeur qui lui fit fermer les yeux. Beaucoup prétendaient que c'était la même qu'on sentait sur ses doigts après avoir tenu trop longtemps des pièces de monnaie, mais cette odeur ne devait rien à un quelconque métal. C'était un cocktail de substances chimiques organiques et d'acides aminés qui donnait au sang son odeur si particulière.

D'abord le portefeuille. Permis de conduire, quelques cartes de visite, une carte Visa dont la date d'expiration était passée depuis longtemps, un coupon de réduction pour du Nesquik, une liste de commissions, et dix-sept dollars. Isaiah reconnut chacune des clés du trousseau. Il y avait en outre quelques pièces de monnaie et un couteau pliant qui avait appartenu à leur père. Marcus avait toujours raconté qu'il s'agissait d'une véritable antiquité, mais il était plus probable qu'il ne s'agisse que d'un vieux couteau. Quinze centimètres, manche en os, lame légèrement abîmée mais toujours aussi tranchante qu'un cutter. Dans le fond du sac gisait ce qu'il restait du portable de Marcus, écrasé lors de l'impact.

Le sac à dos était un JanSport gris, usé, semblable à un milliard d'autres. Isaiah se souvint que l'ambulancier avait coupé aux ciseaux les bretelles afin de pouvoir l'enlever. Il était maculé d'une grosse tache noire de sang coagulé de la forme d'une île. À l'intérieur se trouvait un exemplaire du *Monde connu* d'Edward P. Jones. Isaiah se dit qu'il y jetterait un œil, histoire de voir ce qui avait motivé son frère à le lire. Il y avait également un mètre un peu abîmé, une pince multi-outils, des lunettes de sécurité, un coupe-vent plié, un thermos vide, une petite boîte de bouchons d'oreilles et un paquet de masques chirurgicaux. Marcus avait toujours un chantier en cours : le bruit et la poussière faisaient partie de son quotidien.

La tache de sang s'étendait jusqu'à la poche à l'avant. Une partie de la fermeture Éclair était encore recouverte de sang séché : personne n'avait jugé bon de l'ouvrir. Après toutes ces années, Isaiah s'en chargea, et une autre odeur familière parvint à ses narines. La plupart des gens disaient qu'elle venait du papier ou de l'encre, mais pour Isaiah, ce n'était que la puanteur combinée de millions de mains sales. Pas un bout de billet de vingt dollars ne dépassait de la liasse repliée et soigneusement maintenue par un élastique. Trois mille dollars. Plus un paquet de seringues sans aiguille et, bien plus dérangeant, seize petits sachets en plastique contenant de la poudre blanche. Celle-ci n'anesthésia pas le bout de sa langue : ce n'était pas de la cocaïne. La poudre avait une légère odeur de vinaigre, résultat de l'acétylation de la morphine en héroïne. Ces petits sachets en contenaient assez pour vous envoyer en prison. Impossible de déterminer le degré de pureté. Il ne fallait pas croire les flics des séries télé qui en goûtaient du bout du doigt avant de lâcher un « Ouais, c'est de la pure » : c'était de la connerie. La seule façon de déterminer la pureté de l'héroïne était de l'analyser dans un labo. On avait pu la couper avec n'importe quoi, de la vitamine B, de la quinine, du paracétamol ou du fentanyl réduit en poudre. Le fentanyl, un antidouleur de synthèse cinquante fois plus puissant que la morphine, était très à la mode ces derniers temps. On appelait *flatline* le mélange héroïne/fentanyl, autrement dit, tracé plat.

Les implications de cette découverte étaient vertigineuses. Marcus était-il héroïnomane ? Dealer ? C'était grotesque. Jamais il n'aurait pu cacher une chose pareille à Isaiah. Les seringues sans aiguille le firent longuement réfléchir. Les toxicos s'en servaient à la manière d'un lavement : ils se concoctaient une solution à l'héroïne qu'ils s'injectaient par le rectum ou le vagin. Pas de marques de piqûres, et c'était plus efficace que de la fumer. Pourtant, la possibilité que Marcus ait eu quoi que ce soit à voir avec de la drogue dépassait l'entendement d'Isaiah. Quelqu'un avait dû mettre tout ça dans son sac à son insu. C'était un coup monté. À ce stade, le mobile était impossible à déterminer : la seule vraie question pour le moment était de savoir qui aurait été susceptible de déposer drogue et matériel dans la poche. Impossible chez eux : donc cela ne pouvait être que sur son lieu de travail. Marcus avait été piégé.

Septembre touchait à sa fin mais l'automne tardait à venir. Les vents de Santa Ana, chauds et secs, faisaient onduler l'asphalte, brûler les tableaux de bord, et poussaient les foules dans les salles de cinéma où l'air conditionné ne faisait jamais défaut. Isaiah n'avait pas remis les pieds dans l'atelier de stockage de Marcus depuis huit ans. La peur et l'appréhension remuaient en lui comme des pythons dans un sac de toile. Il ouvrit le cadenas et remonta le rideau de fer. À l'intérieur régnaient une chaleur de fournaise et une odeur étouffante de poussière, de ciment, de caoutchouc et de carton. Ce lieu était rempli de souvenirs. Marcus en train de confectionner un fauteuil à bascule en cerisier pour Mme Barnes, Marcus qui chantait des classiques de la Motown même quand la sciure qui s'échappait de la scie à ruban recouvrait ses lunettes de sécurité. Marcus montrant à Isaiah comment fabriquer des coins à onglet, comment se servir de la perceuse à colonne, de la défonceuse et de cent autres outils, toujours patient et minutieux. Isaiah se revit préparer quelque cambriolage avec Dodson, tous deux concentrés et survoltés comme des funambules avant leur numéro. Dodson et lui, se vantant de leur exploit face à leur butin, se disputant sur des questions d'argent, de marchandise ou de leadership, autant de problèmes capitaux, vitaux, et si absurdes a posteriori. Son souvenir le plus douloureux, c'était de se rappeler qui il était à l'époque. Un jeune garçon paumé, seul, rongé par le deuil, sans cesse en mouvement, tourmenté par le fantôme de Marcus, en colère contre le reste du monde, et honteux.

Isaiah attendit que la chaleur se dissipe un peu pour entrer. Divers déchets jonchaient le sol, des boîtes et des caisses recouvertes de toiles d'araignée étaient alignées sur les étagères en métal. Posé dans un coin, le bélier était rongé par une oxydation grisâtre. Les outils suspendus à leur clou semblaient avoir été abandonnés dans la précipitation, comme si on avait manqué de temps pour les prendre avant l'arrivée de troupes ennemies.

Marcus conservait son journal de travail sur le plus haut plateau de sa grosse boîte à outils rouge. C'était un ouvrier méticuleux, mais pour ce qui était de tenir à jour son registre de chantiers, ce n'était pas le plus rigoureux. Tout comme son frère, il était capable de stocker de très grandes quantités d'information dans sa tête. Le registre contenait un fatras de notes, de rappels, de descriptifs de boulots, d'estimations et de listes d'outils à emporter. La seule chose qui relevait de l'organisation, c'était les dates associées aux entrées. Durant les jours qui avaient précédé sa mort, Marcus avait griffonné une série de noms et de chiffres. De magasins, de collègues, de lieux et de gens qu'Isaiah connaissait ou dont il avait entendu parler. Un nom sortait du lot : Seb Habimana, personnage du ghetto à la réputation sulfureuse. Au-dessus de son nom étaient entourés les mots suivants : ISLANDER CHALET 8-47 BAM LT GRY.

Isaiah se renseigna. Seb avait ses habitudes au Nyanza Bar, un lieu si peu accueillant qu'on avait du mal à croire qu'il était ouvert au public. La façade du bâtiment qui ressemblait à une cabane était recouverte de bardeaux si anciens et noircis qu'ils semblaient avoir été brûlés au chalumeau. Des lettres autocollantes dorées formaient les mots NYANZA BAR sur une vitrine recouverte de papier goudronné, une guirlande électrique de Noël suspendue en haut, éteinte. Même en plein jour, le vestibule avait tout d'une grotte.

La fraîcheur qui régnait à l'intérieur était plus que bienvenue. Isaiah attendit un instant que ses yeux s'adaptent à la pénombre. Les seules sources de lumière provenaient des interstices entre les raccords du papier goudronné, où filtraient une infime partie des rayons du soleil, et le néon de la marque de bière Tusker. Il était à peine dix heures et demie du matin, et deux hommes et une femme étaient déjà penchés sur leurs verres. Il y avait de la musique, une chanteuse africaine qui geignait comme si elle avait perdu toute sa famille. Le barman, sec et noueux, portait un polo couleur chartreuse. Assis sur un tabouret de bar, il regardait un match de foot à la télé fixée en hauteur sur le mur.

« Vous voulez quoi ? demanda-t-il d'un ton autoritaire.

— Je recherche Seb Habimana », répondit Isaiah, se demandant pourquoi le barman n'avait pas jugé bon de débuter par un « bonjour » ou un « qu'est-ce que je vous sers ? ».

« Vient jamais ici. »

Isaiah jeta un coup d'œil à l'extrémité de la salle. Une porte ouverte donnait sur une autre pièce, et il aperçut un coin de table de billard. Des voix provenaient de là-bas. « Je vais faire une petite partie, déclara-t-il.

— T'entre pas là-dedans.

— Et vous, vous ne me tutoyez pas. »

En approchant de la porte, Isaiah aperçut Seb. Petit, très distingué, à l'allure presque aristocratique, il était vêtu d'un costume trois-pièces prince-de-galles à fils moutarde foncé, marron et vert, il s'appuyait légèrement sur une canne. Il portait des richelieus démodés mais de première qualité, impeccablement cirés, assortis au marron de son costume. Son âge était difficile à estimer. La trentaine ou la quarantaine. Son visage était étonnamment chaleureux et généreux, le blanc de ses yeux jauni comme du vieil ivoire. Il s'entretenait avec Laquez, une brute du quartier. Isaiah l'avait pincé deux fois pour cambriolage. Il recula d'un pas afin de rester dans l'obscurité : il voulait absolument entendre leur discussion sans être vu.

« Allons, Laquez, disait Seb d'un ton patient. Assez de mensonges et de diversions, soyons francs l'un envers l'autre, pour changer » Son accent rappelait celui de Nelson Mandela. Il était sans doute originaire d'Afrique subsaharienne.

« Je te jure que je te dis la vérité, Seb, rétorqua Laquez. Jamais je penserais à te prendre de l'argent. » Laquez avait des yeux presque aussi ronds que ses joues : on aurait dit ceux d'un poisson rouge, vêtu d'un grand T-shirt blanc.

« Raconte-moi ce que tu as fait aujourd'hui, fit Seb.

— OK, pas de problème. D'abord je suis allé à la Wells Fargo, après à la Bank of America, la Citibank, la Republic, la Chase, et puis l'autre Wells Fargo, sur la Pacific Coast Highway, euh non, c'est pas ça. Je suis d'abord allé à la Wells Fargo et *après* à la Chase, dit Laquez, comme si le fait de se corriger le rendait plus crédible.

— Et quels étaient les montants ? »

Laquez fronça les sourcils. « Ben, attends voir… t'inquiètes, je m'en souviens, ouais, je m'en souviens. C'est ça, y en avait pour mille cinq cents, deux mille cinq cents, sept cents… Putain, Seb, je peux pas me souvenir de tout, aussi.

— Mille cinq cents, deux mille *six* cents, sept cents, trois mille cent, cinq mille cinq cents, mille deux cents, et mille deux cents, corrigea Seb. Ce qui équivaut à quinze mille huit cents dollars, alors que seuls quinze mille sept cents dollars ont été crédités sur les cartes. T'as gardé cent dollars parce que tu croyais que je ne vérifierais pas.

— Nan, nan, nan, fit Laquez en souriant et en secouant la tête, me fais pas ce coup-là. C'est de la connerie, Seb, je veux dire, si ça se trouve, c'est toi qui t'es planté, genre en comptant les billets.

— Je ne fais jamais d'erreur quand je compte des billets. » La chaleur paternelle du personnage s'était volatilisée : il ressemblait à présent à un monolithe de l'île de Pâques. « Tu as volé de l'argent, Laquez, et si tu t'obstines à mentir, ça n'en sera que plus douloureux pour toi.

— Allez, Seb, c'est même pas logique, quoi. Putain, si j'avais voulu te voler, j'aurais tout gardé pour moi. » Laquez secoua soudain les mains. « Nan, nan, nan, j'déconne, là. Je te l'ai jamais faite à l'envers, Seb. Tu sais bien que je suis ton gars sûr. On est comme ça, toi et moi, comme les deux doigts de la main, quoi. »

Seb tambourina de sa canne sur le plancher comme pour intimer le silence à une classe dissipée. La canne était faite de bois sombre, marquée d'entailles et d'éraflures, le vernis écaillé par endroits avec une virole en cuivre et un pommeau dont la forme évoquait un bouton de porte, grossièrement sculpté dans une pierre blanche polie par les ans. Forte valeur sentimentale, songea Isaiah. Seb avait largement de quoi s'en offrir une plus belle.

« Je commence à perdre patience, Laquez, dit Seb. Je vais te le demander une dernière fois. M'as-tu volé ?

— Mais nan, Seb, je te l'ai déjà dit, mec, jamais je te ferais un truc comme ça. »

Avec une vitesse surprenante, Seb s'avança et frappa Laquez avec sa canne. Laquez se retourna en un éclair, cachant son visage dans ses mains et répétant « Oh putain, oh putain » en boucle. Il s'éloigna en titubant, Seb s'approcha et le frappa à nouveau : le jeune homme tomba à terre et se roula en boule au pied du mur.

« Je suis désolé, Seb, lança Laquez en tendant une main pour se protéger. Je recommencerai plus, je te le jure. Je t'en supplie, excuse-moi, Seb, laisse-moi encore une chance. »

Seb se mit alors à faire les cent pas en boitillant, apparaissant par intermittence dans le champ visuel d'Isaiah. « Je t'ai déjà raconté comment j'ai perdu ma jambe ? demanda-t-il à Laquez. C'est arrivé pendant le génocide. Mon peuple, les Hutus, a massacré des Tutsis par milliers. Ne me demande pas pourquoi. Rien ne peut expliquer ce genre de choses. Un après-midi, alors que j'étais encore enfant, j'allais rendre visite à un ami dans un village voisin lorsqu'un Tutsi m'a capturé. Il m'a coupé la jambe à la machette, et à chaque coup, il criait le nom d'un proche qu'il avait perdu. » Seb se remit à frapper Laquez en hurlant comme son bourreau : « Ariche ! Farelle ! Bijou ! Brihanna ! » Il tremblait de rage, le visage déformé par la colère.

Il lui fallut un instant pour recouvrer son calme. Il sortit d'une poche de sa veste une boîte de cigarettes carrée, des English Ovals. Il en prit une, et un troisième homme apparut. Il était resté jusque-là dans un coin de la pièce hors du champ de vision d'Isaiah.

Grand, mince, impressionnant, son regard reflétait la patience et l'intelligence. On aurait dit un guerrier masai vêtu d'un blouson grenat de toile légère. Son pantalon trop court dévoilait cinq centimètres de chaussettes blanches et ses baskets étaient de piètre qualité. Quatre profondes cicatrices étaient visibles sur le côté de sa tête. Comme si un ours l'avait attaqué, ses griffes creusant de profonds sillons dans la chair, et que la personne qui l'avait suturé n'avait eu à sa disposition qu'une aiguille à tricoter et du fil de nylon. Sans un mot, il tendit un vieux Zippo, alluma la cigarette de Seb, et referma le briquet dans un bruit sec de souricière.

« Merci bien, Gahigi, dit Seb, deux panaches de fumée sortant de son nez. Tu en veux une ?

— Non, Seb », répondit Gahigi d'un ton quelque peu agacé. Puis il s'appuya contre la table de billard, bras croisés. Ni Seb ni lui ne prêtaient attention aux pleurs et aux gémissements de Laquez.

« J'ai compris la colère de cet homme, reprit Seb, mais je ne l'ai pas excusé pour autant. Des années plus tard, je suis parti à sa recherche. J'ai demandé à des gens de son village s'ils connaissaient un homme dont les quatre enfants avaient été tués lors du génocide, et j'ai cité leurs prénoms. Moyennant un petit quelque chose, ils m'ont dit qu'il habitait Kigali, où il vendait des légumes sur le bord de la route. J'ai sillonné tous les chemins reliant Kigali jusqu'à le trouver. Il ne se souvenait pas de moi, mais j'ai su lui rafraîchir la mémoire. Tu vois le pommeau de ma canne ? Je l'ai taillé dans son tibia. »

Laquez n'avait pas la moindre idée de ce que pouvait être un tibia, mais il comprenait que la vengeance avait été à la hauteur du crime. « Allez, quoi, Seb, je referai plus jamais de conneries, je te le jure. » Laquez avait ramené ses jambes contre sa poitrine, et ses mains couvraient sa tête. Il avait l'air pitoyable, et pour une raison inconnue cet air raviva la colère de Seb. Peut-être son expression ressemblait-elle trop à la sienne lorsque la machette s'était abattue sur sa jambe. Seb brandit sa canne dans l'intention de le frapper de nouveau, alors Isaiah entra dans la pièce. Gahigi se redressa d'un bond, comme s'il avait oublié son pistolet dans sa voiture. Seb abaissa sa canne, sa rage s'évanouit en un millième de seconde, remplacée par un sourire chaleureux et paternel.

« Bonjour, Isaiah, dit-il. Puis-je vous offrir une tasse de thé ? »

Ils passèrent dans la salle principale et s'assirent dans un box à l'écart, apparemment réservé à l'usage exclusif de Seb. Contrairement au reste du bar, la table et les sièges sentaient le produit d'entretien et brillaient tellement qu'ils semblaient recouverts de vernis. Devant Seb, plusieurs objets étaient disposés sur une grille. Aligné juste devant, un superbe service à thé en porcelaine. Sucrier et cuiller à gauche tasse et soucoupe au milieu, théière à droite. Rangée suivante : un cendrier en aluminium doré tout neuf, un briquet en or et une boîte d'English Ovals.

« C'est vrai, je suis très pointilleux, reconnut Seb en remarquant le regard d'Isaiah. Une forme de toc, m'a-t-on dit, mais relativement bénigne. Voulez-vous du thé, Isaiah ? C'est du Taylors of Harrogate.

— Non merci », répondit Isaiah.

Gahigi assistait à la scène assis sur un tabouret de bar, quasi invisible – une panthère terrée dans une jungle de bouteilles d'alcool.

« Comment connaissez-vous mon nom ? demanda Isaiah.

— Allons, répondit Seb en saisissant la théière pour remplir sa tasse. Tout le monde sait qui vous êtes et ce que vous faites. Pas de fausse modestie entre nous. Mais dites-moi plutôt, Isaiah, que me vaut l'honneur de cette visite ? » Seb changea de position sur son siège en grimaçant. « La goutte. Encore une indignité de l'âge. Mieux vaudrait tomber en morceaux d'un coup plutôt que de sombrer à petit feu, vous ne trouvez pas ? »

Isaiah alla droit au but. « Vous rappelez-vous si mon frère a réalisé des travaux pour vous ? »

Seb sucra son thé et le mélangea avec une petite cuiller en argent dans un tintement qui évoquait une horloge en verre. « Votre ton serait presque accusateur, dites-moi. Pourriez-vous me rappeler qui est votre frère ?

— Marcus. Marcus Quintabe.

— Quand était-ce ?

— Il y a huit ans.

— Huit ans ? Mon Dieu, Isaiah, croyez-vous sérieusement que je sois en mesure de me souvenir de quelque chose d'aussi ancien ?

— Je vous demande simplement si c'est le cas. »

Seb but une gorgée de thé. « Non, j'ai bien peur que non. Ma mémoire me joue des tours, ces derniers temps. » Il soupira. « La vieillesse est véritablement un naufrage, même s'il faut croire qu'elle a ses avantages. Comment est-ce, déjà ? Ah oui : “Le soir sait ce que le matin ne soupçonnait même pas.” C’est une phrase de votre poète Robert Frost. J’ai jadis suivi des cours sur la poésie américaine. Un peu trop optimiste et sentimental à mon goût. » Seb adressa un hochement de tête au barman. « Sahid. Est-ce que mon box a été nettoyé ?

— À la première heure aujourd’hui, Seb.

— Tu le renettoieras.

— Très bien, Seb. »

Seb alluma une cigarette, avant de reposer briquet et boîte à leur place. « Tu veux une cigarette, Gahigi ? demanda-t-il avec un sourire malicieux.

— Non, Seb, répondit l’intéressé d’un ton sévère. Tu sais que j’ai arrêté de fumer.

— Quelqu’un lui a dit que c’était mauvais pour la santé, commenta Seb, amusé. Gahigi, tu veux bien aller voir Laquez ? Dis-lui que s’il ne rend pas l’argent, il sera puni.

— Tu le lui as déjà dit, Seb.

— Redis-le-lui, et assure-toi qu’il a bien compris. » Gahigi ouvrit son blouson et en sortit une paire de gants en cuir. Il les enfila et se dirigea vers la pièce voisine en faisant craquer ses phalanges. « Désolé pour cette interruption, dit Seb à Isaiah. Poursuivez, je vous prie.

— Je vous demandais si Marcus avait réalisé des travaux chez vous.

— Il y a huit ans de cela, n’est-ce pas ? » demanda Seb. Isaiah opina. « C’est peu probable. Je louais un appartement à l’époque. L’entretien était à la charge du propriétaire.

— Votre nom et votre numéro de téléphone figuraient dans son registre de chantiers. »

Seb but une autre gorgée de thé. « Peut-être que votre frère a pu intervenir dans mon bureau, mais je ne garde pas trace de qui est qui et qui fait quoi.

— Savez-vous comment trois mille dollars en liquide et seize grammes d'héroïne ont pu atterrir dans son sac à dos ? »

Seb pressa un quartier de citron au-dessus de sa tasse, et Isaiah se demanda pourquoi il ne le faisait que maintenant. « Je ne saisis pas bien où vous voulez en venir, Isaiah, fit Seb, imperturbable. Et pour l'heure, je préfère passer sur vos insinuations. Cependant, si je ne me souviens même pas de votre frère, comment pourrais-je savoir s'il avait un sac à dos, et à plus juste titre ce qui se trouvait à l'intérieur ? » Seb souffla par le nez. « L'héroïne, reprit-il. Une vraie cochonnerie. Un de mes professeurs était héroïnomane. La dernière fois que je l'ai croisé, c'était à la gare routière de Drummer Street. Il était vêtu de haillons et dormait sur le trottoir, le pauvre homme.

— Quelqu'un a mis drogue et argent dans le sac à dos de Marcus alors qu'il travaillait chez vous », déclara Isaiah.

Seb afficha un sourire patient et condescendant. « Mais vous n'avez pas pu établir que votre frère ait travaillé pour moi. Peut-être lui ai-je demandé un devis ou un simple conseil. Impossible à dire. Et pour être franc, Isaiah, le soupçon est une chose, la paranoïa en est une tout autre. Avez-vous envisagé la possibilité que votre frère ait été héroïnomane ? Ou dealer ?

— Il ne touchait pas à la drogue, de près comme de loin. Je l'aurais su.

— Veuillez m'excuser, je n'avais pas l'intention de vous blesser.

— Vous ne pouvez pas me blesser. »

De nouveau le même sourire. « Vous êtes brillant et tenace, Isaiah. Je pense que vous réussirez dans la vie à condition de tenir la bride haute à votre impertinence. Mais je crains que votre opinion ne repose que sur la certitude infondée que votre frère n'avait pas connaissance de ce qu'il transportait dans son sac à dos. Peut-être est-ce lui-même qui y a mis ces choses, pour des raisons qu'il préférait garder pour lui.

— Si Marcus savait ce qui se trouvait dans son sac à dos, il ne l'aurait pas laissé sur un banc pendant notre partie de basket.

— Si je puis me permettre, où était votre frère la veille du jour où il aurait pu travailler pour moi ?

— La veille ?

— Oui, la veille. Selon vous, il ignorait que l'argent et l'héroïne se trouvaient dans son sac. Si cela est vrai, ces objets ont très bien pu y être déposés la veille de votre partie de basket, ou deux jours avant, ou même une semaine auparavant. Comment le savoir ? »

Isaiah eut un moment d'étonnement en découvrant un esprit aussi agile que le sien. C'était sans précédent.

Seb poursuivit : « Assurément, une tierce personne a pu s'approcher de son sac à dos, par exemple lorsque celui-ci se trouvait sur le banc alors que votre frère et vous disputiez une partie. Non, vraiment,

Isaiah, vous m'en voyez désolé, mais votre logique laisse cruellement à désirer. » Une note de mépris amusé s'était glissée dans son ton. « Bref, cette petite conversation fut un réel plaisir, mais je crains de devoir y mettre un terme : d'autres affaires urgentes m'attendent. N'hésitez pas néanmoins à revenir me voir. Peut-être pourrions-nous alors aborder des sujets plus agréables et plus constructifs. »

Sur le chemin du retour, Isaiah dans son Audi repensait à ce qui s'était passé dans ce bar crépusculaire. Seb et Laquez appliquaient manifestement une méthode de blanchiment d'argent connue sous le nom de schtroumpfage. On amène du liquide à la banque qu'on dépose sur des cartes de débit, pour un montant toujours inférieur à dix mille dollars. Un *cent* de plus suffirait à attirer l'attention du fisc. Intraçable, la carte est au-dessus de tout soupçon, on peut s'en servir pour faire des achats, éponger une dette ou retirer du liquide, Seb percevant un pourcentage sur chaque somme. Ce blanchiment d'argent aurait eu quelque chose à voir avec le meurtre de Marcus ? Il était trop tôt pour en juger. Le fait était que Seb cachait bel et bien quelque chose. Il avait prétendu être atteint de goutte, mais cela ne l'avait pas empêché de foncer droit sur Laquez. En outre, lorsque Isaiah avait fait son apparition, il s'était appuyé plus lourdement sur sa canne et avait exagéré sa claudication. À quoi bon vouloir paraître plus handicapé ? On lui posait une question simple et directe, et il bavassait sur la vieillesse et Robert Frost. Ces gorgées de thé, le citron pressé, l'échange sur les cigarettes avec Gahigi, autant de tactiques visant à lui laisser le temps de réfléchir à sa prochaine réponse.

Il avait prétexté une mémoire défaillante, mais cité un poème étudié à l'université des années auparavant… Il connaissait par cœur les montants des sept cartes de débit, et avait su se souvenir du visage du Tutsi qui lui avait coupé la jambe alors qu'il n'était encore qu'un gamin. Non, Seb avait une excellente mémoire. Isaiah résista à la tentation d'assimiler tromperie et culpabilité. L'expérience du génocide rwandais aurait rendu n'importe qui méfiant vis-à-vis de ses congénères. Et Seb avait vu juste. Il était tout à fait possible que quelqu'un, à un autre moment, ait déposé drogue et argent dans le sac de Marcus. Et Seb n'avait a priori aucune raison de le tuer.

Isaiah se connecta à internet et fit des recherches. Huit ans auparavant, Seb habitait dans un immeuble miteux de Seminole Avenue. Il y avait passé trois ans avant de louer un appartement plus agréable à El Segundo. Sa version se tenait : dans aucun de ces logements le locataire n'était cessé réaliser des travaux à sa charge.

Le bureau de Seb était une petite boutique coincée entre un cordonnier et un pressing. Une pancarte FERMÉ pendait en travers de la vitrine, le rebord était un mouroir à mouches et à mites, les persiennes étaient fermées. La poussière s'était accumulée sur la traverse supérieure de la porte ainsi que sur la poignée. Si Seb travaillait dans ce bureau, il n'y entrait sûrement pas par la rue.

Isaiah fit le tour du bâtiment : le bouton de la porte de derrière était immaculé, le trou de la serrure usé. Il s'agissait d'une Schlage à pêne dormant, tout ce qu'il y a de plus ordinaire. Un lieu assez peu sécurisé pour quelqu'un qui blanchissait de l'argent. Isaiah acheta une ébauche de clé chez le serrurier et rentra chez lui pour confectionner une clé à percussion. La nuit venue, il retourna au bureau de Seb, et s'y introduisit.

Une odeur de désinfectant imprégnait tout. Sur un bureau en aggloméré reposaient une calculatrice, une lampe flexible, un flacon de gel nettoyant pour les mains et deux cendriers en aluminium doré, neufs. Les tiroirs du bureau ne contenaient rien, pas même de la poussière ou des toiles d'araignée. Le canapé en skaï marron brillait, immaculé, et le sol en linoléum gris ne présentait pas la moindre trace de pas. Une bibliothèque dissimulait tout un mur, remplie d'ouvrages de fiscalité écornés. La corbeille était vide et propre. L'armoire de classement ne contenait rien elle non plus. Rien au mur, à l'exception d'un calendrier Tusker de 2006. Un petit placard contenait des tasses en polystyrène, des sachets de thé, des cuillers en plastique, du papier toilette et une bouilloire électrique. La salle de bains était impeccable, avec un savon neuf et un rouleau de papier toilette sur le bord du lavabo. Isaiah inspecta le moindre centimètre carré du lieu et finit par conclure qu'on n'y avait pas fait de travaux depuis plus de huit ans. Marcus n'avait pas bossé ici.

Isaiah se demanda pourquoi Seb possédait un bureau sans fournitures, sans ligne fixe ni connexion internet. Pour des rendez-vous, conclut-il. Seb ne voulait s’entretenir avec personne chez lui ou dans son bar de prédilection : il lui fallait un endroit où il pouvait tout contrôler.

Le lendemain soir, Isaiah revint installer une caméra espion. Elle s’activait au moindre mouvement et, en plus de filmer en couleurs, captait les sons. Il la cacha au-dessus de la hauteur des yeux de Seb, dans un espace minuscule entre deux manuels de droit fiscal. Le récepteur de la caméra avait la taille d’un téléphone portable à clapet. Isaiah le cacha sur la même étagère. Les chances qu’avait la caméra de saisir quoi que ce soit d’important étaient minimes, mais il lui était impossible de suivre Seb comme son ombre vingt-quatre heures sur vingt-quatre. Comme assez souvent dans la vie, il fallait s’en remettre à sa bonne étoile.

5

Bâtons Rouges

Ken s'entretenait au téléphone avec Liko au sujet des trois nouvelles arrivées, deux de Fujian, une de Guangdong. La fille de Guangdong, malade, avait besoin de soins. Ils avaient à leur service un médecin radié de son ordre, mais les filles ne se fiaient qu'à la médecine traditionnelle chinoise. Il allait devoir faire venir un herboriste, et le salon de massage puerait la baie de goji et la dang gui pendant au moins une semaine.

Il se demanda pourquoi sa propre fille avait si mal tourné. Il lui avait donné toutes les chances dont on pouvait rêver. Écoles privées, conservatoire, cours particuliers de piano, un cheval rien qu'à elle, des voyages sans nombre en Europe et en Asie. C'était tout bonnement déprimant. Tout ce temps, tout cet argent dépensés en vain. Vain aussi son rôle de père. Il aimait Janine d'un amour absolu et elle ne pensait qu'à foutre sa vie en l'air. Il se souvint de l'horrible nuit où elle lui avait annoncé qu'elle voulait devenir DJ.

Cela s'était passé dans son bureau. Elle voulait lui emprunter de l'argent pour l'investir dans de l'équipement de pro.

« Tu veux devenir DJ ? À la radio ? avait-il demandé, sachant pertinemment que ce n'était pas ce type de carrière qu'elle avait en tête.

— Non. Plutôt comme… Tu te rappelles au mariage de Kerri, ce type qui passait des disques ?

— C'est *ça* que tu veux faire ?

— Non, ce serait à une bien plus grande échelle, p'pa. DJ, c'est en plein boum, actuellement. Tu as déjà entendu parler de Tiësto ? » Elle n'attendit même pas qu'il lui lance un regard noir pour poursuivre en un flot de paroles que rien ne semblait vouloir arrêter. « C'est un DJ super célèbre. Je veux dire, ce type remplit des putains… pardon, il remplit des stades entiers. Des milliers de personnes viennent le voir, et tu sais combien il gagne ? Deux cent cinquante mille dollars par set, ça fait plus de soixante mille dollars de l'heure, p'pa ! »

Coudes sur son bureau, Ken se massait les tempes. Une migraine s'annonçait. Il pouvait quasiment la voir approcher, comme s'il était une quille de bowling vers laquelle glissait tout droit la sinistre boule. Tellement de saloperies à gérer, tellement de haine de soi, tellement d'impatience à quitter définitivement Las Vegas, et maintenant, *ça*. « C'est une lubie idiote, Janine, dit-il. C'est complètement ridicule.

— Non, p'pa. Il n'y a pas plus sérieux. Le hiphop, c'est une vraie culture.

— Porter des casquettes à l'envers et écouter du rap, ce n'est pas une culture, Janine. Je ne te le répéterai pas cent fois : c'est non. »

Elle le regarda d'un air qui indiquait clairement qu'elle se retenait de lui dire d'aller se faire foutre. « Essaie un peu de comprendre, d'accord ? lança-t-elle. Il faut que je me lance là-dedans. C'est le seul truc dans lequel je suis bonne. C'est ma passion.

— Et alors ? Depuis quand vit-on de sa passion ? Ce qu'il te faut, c'est un vrai métier, une vraie carrière, Janine. Quelque chose dont tu pourras être fière, pas ces imbécillités.

— Tu veux dire, comme Sarita ?

— Oui, comme Sarita. » Ken sentait la migraine gagner. Il avait froid aux mains et aux pieds et sa tempe gauche palpitait de plus en plus fort. « Il y a certaines choses que j'aurais pu faire dans la vie, des choses dans lesquelles j'aurais pu exceller, mais les considérations d'ordre pratique ont dû l'emporter.

— Je comprends pas : tes rêves ont fini à la poubelle, alors les miens devraient connaître le même sort ?

— Janine, oublie ça : je m'y oppose.

— Papa, je vais devenir DJ, dit-elle en laissant libre cours à sa colère. Autant que tu te fasses une raison. »

Ken se leva et sentit tout son corps se raidir. Il avait l'impression d'être un loup qui défendait les derniers lambeaux de chair d'une carcasse en putréfaction. « Je t'ai payé les meilleures écoles privées. Je t'ai payé des cours de tennis, des cours de dessin, des cours de piano. Tu jouais du Beethoven à onze ans. On est allés à des concerts, au musée. Je t'ai emmenée à Londres, à Paris, aux quatre coins du monde. Tu as vu la Cité interdite, le Gange, les foutues pyramides, et tu veux savoir pourquoi ?

— Pour que je ressemble un peu plus à ma sœur ?

— Est-ce que tu veux savoir pourquoi ? » répéta-t-il. Il tremblait, des pulsations assourdissantes lui transperçaient les tympans.

« Vas-y, dis-moi », répondit Janine. Elle paraissait aussi terrorisée qu'excitée face à ce père réservé, toujours maître de lui, et qui pour la première fois pétait les plombs.

« Pour t'épargner de te réveiller un jour en prenant conscience que tu as raté ta vie et que tu ne peux plus rien y faire. Pour que tu ne te réveilles pas à cinquante-six ans pour te rendre compte que tout ce que tu as fait équivaut à… rien du tout.

— Mais de quoi tu parles, p'pa ? Elle est super, ta vie.

— Tais-toi, Janine. Pour une fois dans ton existence, tais-toi ! » Il s'avança vers elle, l'index pointé juste entre les yeux de sa fille. Il aurait voulu la gifler, la battre, exorciser sa propre impuissance. « Tu ne feras rien de tout ça, tu m'entends ? Tu ne ficheras pas ta vie en l'air ! Tu vas arrêter tous ces jeux d'argent et tu vas oublier toutes ces foutaises de DJ, ici, et maintenant !

— Je peux pas, p'pa.

— TU LE PEUX ET TU LE DOIS ! JE SUIS TON PÈRE ET TU FERAS CE QUE JE DIS OU C'EST LA PORTE ! »

Dix minutes plus tard, elle descendait avec une valise et un sac de couchage. Il l'entendit partir au volant de son van.

Ken appela l'herboriste afin qu'il s'occupe de la fille de Guangdong. Puis il se servit un *baiju*, une mauvaise habitude qu'il avait contractée en jouant au fan-tan et au mah-jong dans les tripots clandestins de Tommy Lau. C'était une boisson à base de sorgho fermenté dans des trous boueux, vieillie dans des jarres de terre cuite pendant un, deux, trente ans. Les gens croyaient que c'était du vin, au même titre que le saké, mais le taux d'alcool atteignait 50 à 60 % en volume, ça sentait le panier de linge sale qui débordait et c'était capable d'assommer au sens propre toute personne qui n'y était pas habituée.

Dans sa jeunesse, Ken avait été un très gros joueur. Il se demandait si c'était génétique, si la dépendance de Janine était due à un quelconque défaut chromosomique. Mensonge après mensonge, elle lui avait emprunté une petite fortune. Les frais d'inscription à la fac qui augmentaient, son van Volkswagen en panne, son sac volé, une amie dans une passe difficile, son ordinateur à remplacer et tout un tas d'autres excuses dont il n'arrivait même plus à se souvenir. Personne au monde n'aurait pu ne serait-ce qu'envisager de l'arnaquer. Personne, à l'exception de ses deux filles. Elles avaient le pouvoir de le mener par le bout du nez.

Ken n'aurait jamais cru pouvoir aimer Sarita, fruit d'une aventure avec une prostituée du nom d'Angela, moitié noire américaine, moitié latina. Un an s'était écoulé avant que son shopping compulsif (à ses frais) et l'odeur de marijuana qui régnait chez lui finissent par le lasser. Il lui avait donné deux mille dollars en lui disant que c'était fini. Quelques semaines plus tard, elle passa chez lui, enceinte. Elle lui dit qu'elle l'avait piégé en arrêtant de prendre la pilule sans l'en informer, lui tendit le test de grossesse et le prévint qu'elle allait lui extorquer une pension alimentaire à hauteur de sa richesse, insistant bien sur le fait que cela durerait jusqu'aux dix-huit ans de l'enfant. Tant qu'à faire, autant régler tout ça avec un seul chèque maintenant, non ?

Ken refusa, laissant à cette imbécile de vingt-deux ans qui aimait faire la fête, se défoncer, porter des vêtements hors de prix et se baigner nue avec ses amies dans le lac Powell, le soin de choisir entre l'avortement et la maternité. Même si la grossesse arrivait à son terme et qu'elle parvenait à obtenir une pension alimentaire, il lui faudrait quand même s'occuper du bébé. Elle allait avorter, Ken en était sûr et certain.

Dix mois plus tard, un dimanche matin, Ken rentra chez lui après une partie de golf, et sa domestique lui désigna un gros carton. À l'intérieur, emmailloté dans une serviette, un bébé. La domestique lui dit que quelqu'un avait sonné à la porte et l'avait laissé sur le seuil. Il y avait également un mot : « Bye bye Vegas. Au fait, mon vrai nom, c'est pas Angela. Le bébé s'appelle Sarita. Va te faire foutre. » Quel que soit son véritable prénom, son patrimoine génétique ne devait pas être si déplorable que cela, car Sarita s'avéra être un véritable bijou. Intelligente, curieuse, pleine d'amour. Ken fut soulagé lorsqu'elle quitta la demeure familiale pour ses études supérieures : il devenait chaque jour plus difficile de lui cacher la vraie nature de ses affaires. Si Sarita l'apprenait, elle ne s'en remettrait pas, et lui se haïrait encore plus, pour impossible que cela puisse paraître.

Le téléphone de Ken vibra. Une alerte e-mail. Tommy Lau. Il n'y avait personne d'autre sur leur réseau privé. Qu'est-ce que ce vieux pourri lui voulait ? Même si Tommy avait possédé jusqu'au dernier dollar sur Terre, il aurait envoyé Ken voler quelques billets verts supplémentaires sur Mars. Ken ouvrit son ordinateur portable, tapa son nom d'utilisateur et composa son mot de passe à douze caractères. Tout ce qu'il recevait et tout ce qu'il envoyait était crypté grâce à un programme SSL 256 bits, le même niveau de sécurité que la plupart des banques. Quand bien même il arriverait à pirater ses données (et cela en soi était peu probable), un hacker ne pourrait les déchiffrer qu'à condition de disposer de deux superordinateurs et d'un ou deux siècles pour plancher sur la question. Le mot de passe, c'était la seule clé au monde capable de rendre lisibles ces données hautement sensibles.

Dans son e-mail, Tommy l'informait de son arrivée imminente à Las Vegas, et lui ordonnait de venir le chercher à l'aéroport McCarran à 20 h 15. Dans une heure. C'était pour le moins inhabituel. Pourquoi cette visite soudaine ? Pourquoi cette visite, tout court ? Que ne pouvait-il pas lui dire par un e-mail ou une conversation téléphonique cryptés ? Ken se servit un autre shot de baiju. Tommy avait-il deviné qu'il avait décidé de tout laisser tomber ? Qu'il en avait enfin assez et qu'il était résolu à se ranger définitivement, advienne que pourra ? Dans tous les cas, Tommy ne venait pas à Vegas pour lui annoncer de bonnes nouvelles. Il ne se déplaçait jamais qu'en cas de problème.

À tous les coups, Benny était en train de jouer : Janine fit donc faire à Isaiah et Dodson le tour de ses casinos préférés. Le Palm pour les machines à un dollar, le Four Queens pour les tables de poker Let It Ride, le Mirage pour la roulette, le Casino Royale pour son craps à mise impaire centuplée.

« On mise un dollar, on en gagne cent, c'est ça ? demanda Dodson.

— Non. Ça, c'est ce que tous les touristes croient, répondit Janine. En fait, ça signifie qu'après le premier jet de dé, on peut miser cent fois ce qu'on a mis sur la *pass line*. Sur la *pass line* seule, le casino a un avantage de 1,5 %. Quand on centuple la mise, son avantage passe à 0,2 %.

— Putain, tu t'y connais.

— Ouais. Après, quand les dés veulent pas, y veulent pas. »

Isaiah les interrompit : « Tu as fait une copie des documents de ton père ?

— Ouais, répondit Janine. Je te les ai envoyés par mail.

— Efface ta copie. Personne ne doit pouvoir trouver ces données sur ton ordinateur. »

Au volant, Isaiah repensait aux filles de la galerie de photos. Elles ressemblaient à des étudiantes, à des ouvrières ; on n'avait aucun mal à les imaginer derrière leur étal dans un marché en plein air, ou de retour de la rizière où elles travaillaient. La plupart des photos étaient aussi glauques que des clichés d'identité judiciaire, avec en fond un simple mur au plâtre écaillé. D'autres semblaient avoir été prises pour un site internet matrimonial, les jeunes filles se berçant de l'espoir que des hommes doux et attentionnés les arrachent à leur misère. Certaines avaient des poses dignes des années 1950, les cheveux figés par la laque, trop de maquillage, et un air caricatural, censément séducteur. On avait presque l'impression de les entendre papillonner des paupières. D'autres encore affichaient un sourire charmant, avec en arrière-plan un marché aux poissons ou un canal. Une fille à l'air réservé se tenait au milieu d'un champ fleuri, vêtue d'une robe traditionnelle brodée. Isaiah s'imaginait les hommes sur lesquels elles avaient le plus de chances de tomber : pleins de ressentiment, incapables de s'imposer auprès de leur épouse ou de leur petite amie, convaincus que les Américaines étaient trop gâtées par le sort, trop exigeantes, et qu'elles avaient rejeté toutes les valeurs traditionnelles ; des hommes qui fantasmaient sur une épouse asiatique soumise qui verrait en eux un véritable sauveur, leur vouerait une reconnaissance infinie, se laisserait traiter en quasi esclave sans jamais un mot plus haut que l'autre, et baiserait quand ils en auraient envie. La gorge d'Isaiah se serra. C'était des filles normales, naïves et pleines d'espoir, acculées par la pauvreté et la souffrance, qui n'aspiraient qu'à une vie décente. Pas une vie de luxe, pas même une vie heureuse. Une vie décente, rien de plus. Leur seul crime avait été de se fier à quelqu'un de peu recommandable, et sans même savoir pourquoi, elles se retrouvaient prisonnières dans une pièce immonde sans fenêtre et puant le sperme, leurs plans sur la comète brutalement transformés en une suite implacable d'horreurs et d'humiliations.

« Continue de l'appeler, Janine, dit Isaiah. Il faut qu'il entende ta voix.

— Dis-lui que tu crèves d'inquiétude, renchérit Dodson. Chevrote un peu d'émotion. Il finira bien par craquer. »

Janine avait déjà laissé une dizaine de messages plaintifs, où elle disait à Benny qu'elle avait horriblement peur pour lui, et le suppliait de la rappeler. « J'ai déjà contacté tous ses potes, fit-elle. Personne n'a de nouvelles. »

Ils s'arrêtèrent pour prendre un café et consultèrent la page Facebook de Benny. Aucun post récent ; des tas de photos de motocross et de Janine en bikini, minijupe, short super court, et autres accessoires de mode lui permettant d'être à moitié nue.

« Je suis pas mal là-dessus, hein ? dit-elle.

— Oh que oui », commenta Dodson.

Il y avait d'autres clichés de Janine et Benny dans des casinos, à côté d'une machine à sous sur laquelle ils avaient décroché le jackpot, ou à une table de craps, avec un gros paquet de jetons entre les mains.

« Qui est le meilleur ami de Benny ? demanda Dodson.

— Moi.

— Tu penses qu'il pourrait se cacher chez l'un de ses potes motards ? lança Isaiah.

— Non, aucun d'eux ne joue au casino.

— Chez ses parents alors ? fit Dodson.

— Ils vivent en Pennsylvanie.

— Comment se déplace Benny ?

— À moto.

— Ça ne va pas être simple de le rattraper. »

Dodson essayait bel et bien de prendre l'ascendant dans cette affaire. Les deux associés se regardèrent, Isaiah incrédule, Dodson avec une expression qui signifiait « maintenant c'est chacun pour soi, mec, et que le meilleur gagne ».

Dodson avait souvent repensé à l'affaire Black the Knife, à la place de faire-valoir à laquelle il s'était laissé reléguer. Il s'était senti idiot et inutile, tandis qu'Isaiah avait démêlé tous les tenants et aboutissants et lui avait dicté ce qu'il devait faire. Dodson détestait se retrouver dans le rôle de suiveur. Plus jeune, il avait fait partie d'un gang et avait dû se soumettre au groupe, mais c'était alors une question de survie. Ce temps était révolu et aujourd'hui Isaiah pouvait toujours courir pour prendre la main aussi facilement qu'il l'avait fait à l'époque. Cette fois-ci, il comptait bien s'engager pleinement dans l'enquête. Il était malin et lui aussi pouvait faire preuve d'esprit de déduction.

Le téléphone de Janine vibra. « Message de Benny ! » s'exclama-t-elle. Un selfie affichant un sourire anxieux. T'inquiète pas baby. Tout est sous contrôle. Je t'aime.

« Regardez-le, dit Janine, il est terrorisé. Il refuse d'appeler parce qu'il sait que j'arriverai à le convaincre de tout arrêter. »

Isaiah scruta le selfie. Dodson fit de même, comme s'il s'efforçait de deviner ce qu'Isaiah y voyait.

« Quoi ? lança Dodson d'un ton irrité.

— Derrière lui », répondit Isaiah. Par-dessus l'épaule de Benny, on voyait une machine à sous

BIG CASH : trois rouleaux affichant divers fruits, une fente pour la monnaie en bas à gauche, levier sur la droite, un bac à pièces en inox tout en bas. « Ce modèle n'est plus sur le marché, si ?

— C'est vrai, fit Janine. C'est une ancienne machine. Ça fait vraiment très longtemps que j'en ai pas vu une comme… Oh, mon Dieu, il est au Lucky Streak ! Comment t'as fait pour remarquer ça ?

— C'est mon boulot », répondit Isaiah. Il finit son expresso et jeta un regard à Dodson. « Allons-y. »

Ken alla chercher Tommy à l'aéroport. Tommy avait le style et la classe d'un Premier ministre chinois. Costume gris foncé, cravate rouge, lunettes non cerclées au milieu d'un visage aux traits aplatis, coupe de cheveux à l'ancienne avec gomina et raie à droite. Quiconque l'aurait décrit pour un portrait-robot n'aurait rien trouvé de plus à dire que « c'était un Asiatique en costume ». Seuls ceux qui le connaissaient bien étaient capables de percevoir son infime sourire impitoyable et son regard semblable à celui d'un crocodile somnolent, les yeux juste assez ouverts pour voir qui mettait un pied dans l'eau.

Ils roulaient depuis déjà quinze minutes, et Tommy n'avait émis qu'une simple remarque sur le temps qu'il faisait à San Francisco. C'était sa façon de faire, il laissait durer le suspense, afin de signifier qui était le boss, comme si ce n'était pas déjà assez clair. Quand sa valise était apparue sur le tapis roulant, il n'avait pas bougé, attendant naturellement que Ken la prenne, et lorsqu'ils étaient arrivés à hauteur de la voiture, il était resté planté devant la portière jusqu'à ce que Ken la lui ouvre. Il aurait été déplacé de lui demander quoi que ce soit : Ken se contentait donc de conduire sans un mot.

Lorsqu'ils arrivèrent à la maison du Red Rock Country Club, Tommy traversa le grand salon jusqu'à la baie vitrée qu'il ouvrit et sortit, Ken sur ses talons. Tommy ne parlait jamais dans un lieu ne serait-ce que vaguement susceptible d'abriter des mouchards.

« Qu'est-ce qu'il se passe, Tommy ? » demanda enfin Ken.

Tommy se tenait au bord de la piscine, mains jointes dans le dos, les reflets de l'eau jouant sur son costume, les verres de ses lunettes brillant comme des pièces d'argent. Il sortit une cigarette de sa boîte en platine et l'alluma avec son briquet en platine. Il n'aimait pas l'or, trop tape-à-l'œil, trop vulgaire selon lui. Il prit tout son temps, rangea son briquet, inhalant deux profondes bouffées de fumée, contemplant l'eau de la piscine comme s'il s'agissait d'une boule de cristal. Il faisait sciemment attendre Ken : c'était sa punition pour avoir posé une question.

« Quelque chose de très sérieux, répondit enfin Tommy avec son fort accent cantonais. Vendredi, à deux heures trente-deux du matin, quelqu'un a téléchargé nos documents de travail.

— C'est impossible, fit Ken. Je n'ai rien téléchargé, c'est une de nos règles d'or. Toutes les données restent dans le cloud.

— Apparemment, cette règle a été enfreinte.

— Comment sais-tu tout ça ?

— Zhi consulte tous les jours le journal des événements.

— Tu me surveilles ? »

Tommy le regarda, surpris par la question. « Je surveille toutes celles et tous ceux qui travaillent pour moi. Ça n'a pas été un piratage, Ken. La personne qui a fait ça s'est servi du mot de passe.

— Mais c'est impossible. Le mot de passe ne se trouve que dans ta tête et dans la mienne. »

Ken sentit soudain son estomac se nouer. *Janine*. Il se souvint lui avoir jadis parlé de sa liste de contacts, alors qu'elle n'était encore qu'une gamine. Qu'est-ce qui avait bien pu le pousser à commettre une erreur aussi idiote ?

« Les seules personnes domiciliées ici sont ta fille et toi, déclara Tommy.

— Elle ne peut pas connaître le mot de passe, Tommy. Je ne le lui ai jamais dit. Pourquoi aurais-je fait une chose pareille ? » Ken espérait que son mensonge passe inaperçu. Tommy avait un radar à conneries si puissant qu'il pouvait repérer tout bobard, même enterré depuis cent ans dans les fondations du casino Mirage.

« Vous êtes les seuls suspects possibles, fit Tommy, si on met de côté la domestique. » C'était Tommy lui-même qui l'avait engagée : une vieille Guatémaltèque qui parlait à peine anglais. « Janine est accro au jeu, n'est-ce pas ? » lança Tommy. Il tourna le dos à son interlocuteur et se mit à longer la piscine, obligeant Ken à élever la voix.

« Accro, le mot est peut-être un peu fort, répondit Ken.

— Pour une joueuse amateur, elle m'a emprunté énormément d'argent.

— Elle t'a emprunté de l'argent ?

— Oui. Tu l'ignorais ? répliqua Tommy d'un ton pincé, comme si cela faisait de Ken un mauvais père.

— Tommy, jamais elle ne ferait un truc pareil.

— Sais-tu où elle est ? »

La voix de Tommy était quasiment inaudible : Ken dut se rapprocher. « Je n'en ai pas la moindre idée, répondit-il. Elle peut être n'importe où. Je ne sais même pas où elle habite.

— Au Siesta Vegas Motel, dit Tommy. Zhi l'a retrouvée. » Zhi était l'expert informatique de Tommy. Même si sa cible était muette et analphabète et qu'elle vivait au milieu du désert de Gobi, Zhi était capable de trouver à l'ombre de quel rocher elle dormait, et quelle espèce de scorpions elle mangeait. « Mes hommes se sont rendus au club où elle travaillait ce soir, fit Tommy. À en croire ses amis, elle est partie avec deux Noirs. Sais-tu qui ils sont ?

— Non, aucune idée. Je ne connais que son petit ami. » Ken aurait voulu prévenir Janine, lui dire de quitter la ville au plus vite. Même si elle rendait ces documents, même si elle n'en avait pas fait de copies, il n'en demeurait pas moins qu'elle les avait consultés. Elle était d'ores et déjà condamnée, et s'il émettait la moindre objection, Ken subirait le même sort. « Écoute, je vais l'appeler et on va régler ça tout de suite, d'accord ?

— Non, dit Tommy. Je veux la prendre par surprise.

— La prendre par surprise ? Tommy, c'est ridicule.

— C'est tout sauf ridicule. Veux-tu qu'on évalue ensemble la peine de prison encourue par toute personne liée au plus gros réseau de trafic d'êtres humains de la côte ouest ?

— Qu'est-ce que tu vas faire ?

— La retrouver et lui parler. On a déjà localisé son petit copain.

— Comment ?

— La 14K a des centaines d'amis dans tout Vegas. Et pas que des Chinois : des Vietnamiens, des Philippins, des Blancs. Certains font affaire avec nous, les autres savent qui nous sommes et qu'il est dans leur intérêt d'être dans nos petits papiers. On a fait circuler la photo du petit copain, et un croupier de black jack nous a contactés. Benny est en train de jouer dans un casino d'Henderson. »

Ken se demanda pourquoi on ne lui avait jamais parlé de ces « amis », et s'interrogea sur ce qu'on pouvait lui cacher d'autre. Tommy se retourna, le visage aussi inexpressif qu'un masque avec le regard implacable d'un crocodile.

« Est-ce qu'elle t'a contacté ? demanda Tommy.

— Non, on ne s'adresse quasiment plus la parole.

— Si tu as la moindre idée de l'endroit où elle se trouve, dis-le-moi tout de suite. Tu n'as aucune envie que ce soit les Bâtons Rouges qui la retrouvent. »

Les Bâtons Rouges étaient les hommes de main de Tommy, recrutés dans les bidonvilles qui pullulaient au sommet des immeubles de Hong Kong. Des milliers de personnes ne pouvant payer un loyer de deux mille dollars pour un appartement grand comme un garage vivaient sur les toits. Six ou sept familles pouvaient se serrer dans une cabane faite de tôle rouillée et de bois de récupération. Un w-c, pas de ventilation, de vieux journaux pour tout matelas, des rats et des termites partout, la chaleur tropicale suffocante, l'eau qui s'infiltrait jusque dans la moelle des os durant la saison des pluies. Ceux qui y survivaient devenaient des enfoirés dénués de toute peur et de tout remords. Et ceux qu'on tirait de là étaient fidèles et obéissants comme des robots.

« Aide-nous et tout se passera bien, fit Tommy.

— Non, ça ne se passera pas bien. »

Tommy observa une courte pause. « Non, dit-il enfin, tu as raison.

— Je vais l'appeler », lança Ken en plongeant la main dans sa poche. Il sentit alors quelque chose de froid et de dur presser contre sa nuque. Une faible odeur de poudre. Nul besoin de se retourner pour savoir qu'il s'agissait de Tung, le garde du corps personnel de Tommy. Il aurait dû se douter que ce vieux salaud lui ferait le coup. Faire mine d'avoir fait le voyage seul et choisir le moment où il abattrait ses cartes.

« Tung, dit Tommy. Enferme Ken dans une pièce, je te prie. S'il pose le moindre problème, bâillonne-le et ligote-le de la tête aux pieds. »

Leo et Balthazar rentraient à leur QG après une longue et harassante journée passée à traquer des losers. Leo envisagea d'appeler Renee et Misty Love, histoire de se détendre un peu. Renee était la seule pute de tout Vegas qui acceptait d'avoir des relations sexuelles avec Balthazar. Cela semblait ne lui poser aucun problème : elle prétendait qu'elle n'avait qu'à fermer les yeux et s'imaginer que c'était le basketteur Kevin Durant qui pesait de tout son poids sur elle. Le truc chiant, c'est qu'il fallait passer par Charlie O. pour les contacter. C'était un mac à l'ancienne : borsalino jaune canari, manteau croisé assorti à la Superfly, qu'il vente, qu'il pleuve ou qu'il fasse une chaleur pas possible, comme c'était assez souvent le cas à Las Vegas, des mocassins blancs en peau de crocodile et suffisamment de bling sur lui pour gagner d'emblée l'estime des rappeurs de Bad Boys Records. Un jour, Leo lui avait demandé ce que signifiait le « O » de son nom.

« C'est le O de "Oh mon Dieu le truc de fou", avait répondu Charlie.

— C'est un nom, ça ?

— Demande à mes poules, avait fait Charlie en recrachant la fumée de son cigarillo. C'est ce qu'elles ont toutes dit la première fois qu'elles ont vu ma bite. »

Leo s'apprêtait à le contacter lorsque Nate l'appela pour lui dire que Benny était en train de jouer au Lucky Streak.

« T'entends ça, Zar ? Cette petite merde nous dit qu'il est à sec, et qu'est-ce qu'il fait ?

— Il joue, répondit Zar. C'est ce que Nate vient de te dire, non ?

— C'était une question rhétorique, elle n'appelait pas vraiment une réponse.

— Ah.

— Je crois que Benny a grand besoin de faire à nouveau un tour à la décharge. T'en penses quoi ?

— Carrément », fit Zar.

Des cohortes de personnes âgées descendues de leurs autocars parcouraient à présent les allées du casino Lucky Streak, chacun avec sa casquette-visière, sa banane à la ceinture et son pack de six Pepsi gratuits, à la recherche de la machine qui lui porterait bonheur. Des lustres en toc projetaient leurs feux sur les bandits manchots, l'atmosphère enfumée, régulée par un vieux système de climatisation, était emplie de bruits. Des cloches retentissaient, des cris, « J'ai gagné j'ai gagné ! », des roulettes qui cliquetaient, des jetons tintinnabulant dans les bacs métalliques, un croupier s'exclamant « faites vos jeux, faites vos jeux », les acclamations et les vivats de la foule.

Benny n'y prêtait pas la moindre attention. Il était si nerveux qu'il s'était trompé dans le choix de la machine de Vidéo Poker, une huit-cinq au lieu d'une neuf-six. Sur une neuf-six, une full house valait neuf jetons et une flush en valait six. Sur une huit-cinq, huit jetons la full house, cinq la flush. À raison de six cents tentatives en une heure, une durée plutôt lente pour Benny, on perdait soixante-six dollars de gains potentiels. Et ce n'était pas rien.

« Qu'est-ce que je suis con », dit-il à voix haute. Il échangea ses jetons contre un ticket d'une valeur de sept dollars et cinquante *cents* : c'était tout ce qu'il lui restait des vingt dollars qu'il avait empruntés à Nate. Il considéra le bout de papier comme s'il s'agissait d'une lettre de rupture de Janine. On était vendredi, le jour où il était censé verser son dû à Leo, et il espérait qu'elle soit au Seven Sevens, pas en route pour la décharge. Il se sentait comme un foutu connard. Il ne pouvait ni la protéger ni rembourser leur dette. Leo avait raison. Janine n'aurait aucun mal à se trouver un autre mec, mille fois mieux que lui, mais Benny l'aimait, il était prêt à se battre pour elle, il ne reculerait devant rien pour la garder. Il était peut-être un loser, mais pas une chiffe molle.

Il récapitula les faits de la journée. Il était allé dans un cybercafé et avait créé une nouvelle adresse e-mail. Puis avait envoyé une demande de rançon au père de Janine, exigeant cent mille dollars en échange des données volées. Le paternel avait les moyens de payer, et il aurait été inutile d'être trop gourmand. Le temps que Benny empoche la somme, la dette s'élèverait à dix ou onze mille dollars. Il réglerait tout d'un coup à Leo et, le reste, ce serait pour Janine et lui. Il n'avait toujours pas reçu de réponse, et se mit à redouter que son e-mail ait atterri directement dans les spams. Il avait tout prévu pour l'échange. Il dirait au père de Janine de se rendre dans un endroit précis sur l'autoroute I-15 et de jeter l'argent par la fenêtre sans s'arrêter. Lui arriverait sur sa Yamaha, récupérerait le sac et s'enfuirait dans le désert. Personne ne pouvait le rattraper quand il était au guidon de sa moto.

Pourtant, il avait peur. Janine lui avait parlé des Bâtons Rouges, elle lui avait raconté à quel point ils étaient rusés, brutaux et impitoyables. À leurs yeux, la vie humaine avait autant de valeur qu'un sandwich végane. Il ne se leurrait pas quant au danger qu'il encourait, mais quitter la ville était hors de question. Ils avaient parlé une ou deux fois de cette éventualité : Janine voulait s'éloigner le plus possible de Leo, repartir de zéro ailleurs, faire tourner un peu la roue de la fortune. Se rendre à L.A., peut-être. Il y avait plein de casinos tenus par des Indiens, là-bas. Pechanga, San Miguel, Harrah's Rincon. Pour les cartes, le Bicycle ou Hollywood

Park. Ce n'était pas Vegas, mais il y avait pire, et peut-être pourraient-ils en profiter pour se calmer un peu, mettre de l'argent de côté, s'installer. Faire un gamin. Benny avait dit « ouais, ouais, je vais y réfléchir », uniquement pour lui faire plaisir. Vegas, c'était son monde, ou plutôt son milieu naturel. S'il partait, il se retrouverait dans la même position que les orques de SeaWorld qui, loin de l'océan, deviennent complètement cinglées.

Et puis merde, il était une *figure* de Vegas. Tout le monde savait qui il était : les croupiers, les chefs de fosse, les barmans, les serveurs, les serveuses, les putes, les taxis, les voituriers, les femmes de ménage, les vigiles. Toute l'infrastructure de la ville connaissait son nom. Peu importait qu'il fasse partie du menu fretin, qu'il soit l'incarnation du loser. Il était dans la même position qu'un mafieux incapable de quitter la ville alors qu'il sait qu'il a un contrat sur la tête. Les sourires, les bonjours, les blagues, les tapes dans le dos, les bons gratuits pour des consos, les nuitées à l'œil dans les hôtels, il avait tout ça dans le sang, au même titre que les globules rouges. Sans ça, il n'était plus rien, et c'était ce qu'il redoutait le plus au monde : n'être rien.

Benny en voulait à Leo pour la terreur qu'il lui inspirait. Il n'avait qu'une hâte, lui balancer son fric à la gueule en lui disant d'aller se faire foutre. Cette image qu'il se rejouait en boucle attisait son courage, et il s'imaginait se pointer au motel en limo et inviter Janine à dîner dans le resto de Gordon Ramsay, où le filet de bœuf de deux cent vingt-cinq grammes coûtait cent quatre-vingts dollars, avant de faire la tournée des casinos sans s'inquiéter pour l'argent. Ouais, il lui montrerait que, tout compte fait, il n'était pas si nul que ça.

Les machines de Vidéo Poker étaient regroupées sur une estrade, trois marches au-dessus du reste du casino. Benny s'apprêtait à partir lorsqu'il aperçut quatre Chinois en costume noir, lunettes de soleil et fine cravate noire. On aurait dit les méchants dans *Matrix*. *Non, ce n'est quand même pas eux. Tu deviens parano.* Les hommes se frayaient un chemin entre les rangées de machines et les tables de jeu, tournant la tête à droite et à gauche, cherchant Dieu sait quoi. Leur concentration ne faisait aucun doute : on aurait dit des serpents sinuant dans des buissons, dardant leur langue sur la piste d'une souris déjà condamnée. Non, ces types n'étaient pas à la recherche de la machine qui leur porterait bonheur, ils étaient en pleine traque. Les gens avaient l'habitude de dire que Benny était franchement long à la détente : il se dit que c'était peut-être le moment d'anticiper un peu pour une fois. Il se baissa derrière une rangée de machines à sous et se dirigea vers la sortie. Dans un angle, il vit un cinquième type à l'autre bout de l'allée. Leurs regards se croisèrent. Benny détourna la tête et se précipita dehors.

L'Audi pénétra sur le parking du Lucky Streak et Isaiah se mit à chercher une place libre.

« C'est la moto de Benny ! s'écria Janine en pointant du doigt une Yamaha bleu clair garée à côté d'un réverbère. Il la met toujours derrière un poteau pour éviter qu'une voiture l'emboutisse. » Une BMW 750i noire se trouvait sur une zone de stationnement interdit. « Les Bâtons Rouges, fit-elle. On est foutus. »

Isaiah gara son Audi à une rangée de là. Il passa à Janine sa casquette Harvard, Dodson lui donna son hoodie, et ils se dirigèrent vers l'entrée du casino au pas de course. Ils étaient sur le point d'entrer lorsque Benny jaillit du bâtiment, leur passant devant à toute vitesse sans même remarquer Janine.

« On recule et on baisse les yeux, commanda Isaiah. Maintenant. » Janine s'exécuta alors que cinq Chinois coursaient Benny.

« Ils vont le tuer ! » s'exclama-t-elle.

Isaiah lui passa les clés de l'Audi. « Va nous attendre dans ma voiture et ne bouge sous aucun prétexte. »

Lorsque Dodson et lui arrivèrent à hauteur des Bâtons Rouges, ceux-ci étaient massés à côté de la Yamaha : déjà au sol, Benny gémissait, une joue écrasée contre l'asphalte. L'un des hommes de main, gros comme un crayon à papier, semblait être le chef de bande. Très en colère, il frappa l'un de ses collègues : « Tu l'as frappé trop fort. Tommy le veut conscient. »

Isaiah et Dodson s'arrêtèrent. Les cinq types se retournèrent pour leur faire face. Pas une autre baston, par pitié, pensa Isaiah.

« Vous êtes qui ? » dit Maigrichon. On aurait dit un chauffeur de limousine anorexique. Avec son pantalon super slim, ses chaussures pointues ressemblaient à des kayaks.

« Bonjour, comment ça va ? fit Isaiah d'un ton volontairement léger. Benny est un ami à nous.

— Vous occupez pas de ça. Barrez-vous. »

Un autre type, aux oreilles aussi grosses que des antennes paraboliques, passa une main sous sa veste. « Pas d'arme, dit Maigrichon. Vidéosurveillance. » Puis il se retourna vers Isaiah. « Écoute-moi bien, mon ami. Tu te casses ou on te défonce. »

Le type aux grandes oreilles se planta à deux centimètres de Dodson. « Toi aussi, fit-il.

— Putain, mon gars, le jour où ils font un remake de Dumbo, t'auras même pas à passer d'audition, rétorqua Dodson.

— On ne veut pas d'ennuis, dit Isaiah en levant les mains. On veut juste ramener Benny à la maison.

— Ah bon, c'est tout ? fit Maigrichon. Va te faire foutre, OK ? Casse-toi. »

Janine s'approcha au volant de l'Audi, et aperçut Benny prostré à terre. « Benny ! Ça va ?

— Reste dans la voiture, lui lança Isaiah.

— Qu'est-ce que vous lui avez fait ? s'écria-t-elle.

— Toi aussi, tu viens avec nous, lui dit Maigrichon.

— Va te faire enculer, sale con. Vous êtes les gros bras de Tommy, c'est ça ?

— Elle a déjà appelé les flics », déclara Isaiah sans savoir si l'idée était passée par la tête de Janine. Maigrichon hésita un instant, puis il remarqua que Janine tentait de mettre la main sur son téléphone. Il sourit.

« Ah ouais ? dit-il. On dirait pas. »

Puis il envoya un gros crochet du droit. Isaiah s'y attendait. Il s'approcha de Maigrichon en un éclair, le coup passa derrière lui, et Isaiah enfonça la base de sa paume dans la lèvre supérieure de son adversaire. Maigrichon se détourna en hurlant, un filet de sang coulant de la bouche.

Dodson sautillait sur place, esquissant des mouvements de boxe. « C'est parti, Dumbo, lança-t-il. Ramène-toi un peu. » Dumbo se jeta sur lui. Dodson l'accueillit avec deux gauches, une droite, et une autre gauche. L'autre s'immobilisa, portant une main à son nez pissant le sang, ne parvenant pas encore à croire qu'on avait réussi à le frapper quatre fois en deux secondes. « Alors, garçon ? T'en veux encore ? »

Les trois autres Bâtons Rouges se joignirent au combat, l'un se dirigeant vers Dodson, les deux autres vers Isaiah. Ce dernier recula afin de ne pas avoir à gérer d'adversaire dans son dos. Un type au visage grêlé et aux mains semblables à des battoirs se détacha des autres, d'un pas nonchalant et assuré. Ses camarades restèrent en retrait, tout sourire, attendant le début du spectacle. *Celui-ci sait se battre, donc.*

« Quoi, dit le type au visage grêlé. T'as peur ? »

Concentrant son poids sur la plante de ses pieds, Isaiah s'efforça de se détendre : trop de tension et ses réactions seraient plus lentes. Il gardait les mains ouvertes, une devant le visage, l'autre protégeant sa joue gauche : son adversaire était droitier, en principe c'était de ce côté que ses coups tomberaient. Le type ne cessait de s'approcher, souriant, genoux légèrement fléchis, les mains devant lui, comme s'il s'apprêtait à attraper un ballon de basket. Il fit mine d'attaquer, Isaiah se pencha en avant, prêt à contre-attaquer. Le coup de pied frontal fut si rapide qu'il ne le vit même pas partir, et le direct qui suivit aussitôt lui frôla le menton. Isaiah recula en catastrophe, la poitrine saisie d'une douleur comparable à une crampe. Les trois Bâtons Rouges partirent alors à la charge. Isaiah remonta sa garde. *Surtout ne pas tomber.*

Dodson imitait toujours Mohamed Ali, dansant, esquivant, se baissant, à présent face à deux adversaires. Il décocha à Dumbo une série de jabs fulgurants, juste ce qu'il fallait pour le ralentir, et fit pleuvoir un enchaînement diabolique sur le deuxième type, le même enchaînement grâce auquel il avait mis K.-O. Ernesto Rodriguez, décrochant ainsi le titre de champion poids plume de la prison de Vacaville.

« Approchez, bande de salopes, cracha-t-il. Vous attendez quoi, un faire-part ? » Ils se jetèrent sur lui en hurlant en chinois. Formés uniquement aux combats de rue, ils lui décochèrent des coups de poing pleins de rage, tous azimuts. Dodson le leur fit payer, brisant une pommette et une dent, mais ils parvinrent à le prendre à bras-le-corps et à le jeter au sol.

Les trois autres Bâtons Rouges attaquaient Isaiah de toutes parts. Il y avait beaucoup trop de coups de poing à parer, et il ne s'était pas encore remis du coup de pied frontal. Il ne pouvait que se défendre, sans une seconde pour contre-attaquer. Il aperçut brièvement Dodson rouler sur l'asphalte afin de ne pas se faire piétiner. Janine klaxonnait de toutes ses forces afin d'attirer l'attention, mais la sécurité du Lucky Streak laissait à désirer. Isaiah était en train de se faire méchamment corriger, encaissant beigne après beigne, sentant ses jambes faiblir un peu plus à chaque seconde qui s'écoulait. *Surtout ne pas tomber.*

Leo engagea sa voiture sur le parking et repéra aussitôt la Yamaha de Benny garée sous un réverbère, ainsi que la bande de mecs qui se tapaient dessus. Benny était à terre. Deux Blacks se faisaient défoncer par un groupe de types en costumes noirs. Janine était au volant d'une voiture, hurlant et klaxonnant de toutes ses forces. Leo s'approcha, et la bagarre cessa. Il descendit de sa Mercedes et considéra un instant tous ces visages asiatiques. Des Chinois. Des bridés, comme les appelait sa mère.

« Vous foutez quoi, là, tas de cons ? lança-t-il. Quelqu'un s'est plaint des chips aux crevettes ? »

Un petit maigrichon la bouche en sang lui rétorqua : « Écoute, mon ami, ça te regarde pas, OK ?

— Qui t'a donné la permission d'être mon ami ? fit Leo. Va falloir que tu t'inscrives sur la liste d'attente, comme tout le monde. Si tu pouvais réveiller Benny, on a besoin de causer, lui et moi. »

Les types qui tabassaient les deux Blacks se rapprochèrent de Benny.

« Si tu te casses, pas de bobo, avertit le maigrichon.

— Pas de bobo, tu veux dire pour moi ? lança Leo. Et qui me ferait bobo ? Toi et tes Jackie Chan à deux balles ? La dernière fois que j'ai eu un bobo, c'était pendant un match de softball, macs contre putes. J'arrivais sur la deuxième base, j'ai percuté El Romeo, et je me suis foulé la cheville. T'as pas dû entendre la première fois, alors je vais répéter. Il faut que je cause avec Benny. » Leo hésita à sortir son Sig Sauer, mais il y avait des caméras de vidéosurveillance un peu partout. Il suffisait de brandir une arme à feu à côté d'un casino pour filer directement en prison et n'en ressortir qu'à l'âge où on se remet à bouffer des bouillies.

« Tu dis bye-bye tout de suite ou on te défonce, insista Maigrichon.

— Bye-bye ? T'as cru que tu parlais à qui, là, à la conne obèse qui te fait office de meuf ? Benny me doit du fric et la règle numéro un, c'est "Rembourse-moi mon putain de pognon". » Tout le groupe s'approcha de lui. Leo soupira. « Mauvaise idée, les gars. Vous feriez mieux d'aller bouffer un rouleau de printemps et de réfléchir un peu à tout ça.

— OK, fit Maigrichon, on te défonce. »

C'est alors que Balthazar descendit de voiture. C'était comme de voir quelqu'un déplier une table de bridge, chaque membre sortait de l'habitacle l'un après l'autre. Les gangsters chinois s'efforcèrent de rester stoïques mais leur mine les trahit, alors qu'ils tentaient de déterminer à quelle espèce de mammifère appartenait cette créature. D'un pas lourd, Balthazar avança droit sur eux et, tendant un bras télescopique, referma sa main gigantesque autour du cou de Maigrichon. « Va te faire foutre, hein ? »

Les yeux de Maigrichon semblaient sur le point de sortir de leurs orbites. « Attrapez-le », coassa-t-il.

Isaiah se releva et Dodson accourut pour l'aider. « Ça va ?

— Pas vraiment, répondit Isaiah, grimaçant à chaque geste.

— C'est qui, ça ? »

Une sorte de titan était en train de se battre contre les Bâtons Rouges : on aurait dit King Kong chassant les avions au sommet de l'Empire State Building. Un autre mec, qui ressemblait à un figurant de *La Fièvre du samedi soir*, était en train de tambouriner sur le pare-brise de l'Audi et de hurler contre Janine.

« Benny ! » fit Isaiah. Benny, revenu d'entre les morts, enfourchait sa moto, mettant aussitôt le contact. La bagarre s'interrompit à nouveau.

« Hé, le laissez pas s'échapper ! ordonna Maigrichon.

— Benny ! s'écria Janine dans l'habitacle. Benny, attends ! »

Benny démarra en trombe. Dans un panache de fumée bleue, la moto traversa le parking et disparut dans la nuit. Maigrichon, le visage écarlate, se frottait le cou.

« T'as vu ce que tu as fait ? dit-il à Balthazar. T'as tout fait foirer. »

Balthazar l'ignora. « Pas de pot, hein ? » dit-il à Leo.

Maigrichon se retourna et frappa Dumbo. « Pourquoi tu l'as pas surveillé ! C'est ça, ton job ! »

Des vigiles sortirent du casino en courant, on entendit des sirènes au loin. Tout le monde s'enfuit comme une volée de moineaux, chacun en direction de son véhicule.

De nouveau au volant, Isaiah s'éloigna du Lucky Streak, croisant des voitures de police aux gyrophares allumés. Seule l'adrénaline le faisait tenir et la douleur commençait à montrer ses crocs. Afin de ne pas se laisser submerger par la souffrance, il pensa à Sarita.

Il avait quatorze ans lorsqu'il avait fait sa connaissance. Marcus était devenu secret, mais la joie qui l'habitait était évidente. Il répondait à certains appels téléphoniques dans sa chambre, sortait plus souvent rasé de près et sur son trente-et-un, rentrait tard le soir. Une fille, sans doute, mais ça ne posait pas de problème à Isaiah. Comme pour toutes les autres, ça durerait quelques semaines, ils se disputeraient, et elle disparaîtrait.

Les deux frères prenaient leur petit déjeuner. Café et céréales pour Marcus qui chantonnait *Sugar Pie Honey Bunch* entre deux bouchées. « J'ai fait la connaissance d'une fille, dit-il en essayant d'empêcher son sourire de s'élargir.

— C'est qui, cette fois ? Attends, laisse-moi deviner. Une vendeuse de chez Home Depot ? Une dog-sitter croisée au parc ?

— T'as fini ? Il se trouve qu'elle étudie à l'université de Californie à Long Beach.

— Comment tu l'as rencontrée ?

— Tu te souviens de Dewey Patterson, l'entrepreneur en BTP ? Peu importe. Il a un immeuble pas loin de la fac. Il m'a chargé de faire quelques travaux dans un des appartements. Un dégât des eaux. J'étais en train de poser des dalles au plafond et de refaire les plâtres. La locataire était à l'étranger dans le cadre d'un programme d'échanges, mais elle est revenue plus tôt que prévu. Elle n'avait nulle part où aller, et moi il fallait bien que je finisse les travaux. On a engagé la conversation, et une chose en a amené une autre.

— Je me demande ce qu'elle peut bien te trouver, fit Isaiah avec un petit sourire narquois.

— Pour ta gouverne, beaucoup de femmes me trouvent très attirant.

— Ah bon ? Alors pourquoi elles ne restent jamais avec toi ?

— C'est moi qui ne reste jamais avec elles, mais cette fille, c'est différent. Elle est différente. Tu verras. »

L'enthousiasme de Marcus inquiétait Isaiah. Il sentait déjà l'affection de son frère se scinder en deux. Les attentions dont il était jusque-là l'objet exclusif faiblissaient à chaque nouvelle conversation téléphonique, à chaque nouveau rendez-vous, jusqu'à atteindre un niveau dangereusement bas lorsque Marcus se mit carrément à découcher. Il s'efforçait d'assumer son rôle, de prendre part aux mêmes activités que jusqu'alors avec Isaiah. Regarder un film ensemble, jouer au basket au parc, se promener autour du port en parlant de tout et de rien. Mais Marcus se mit à rater certains de leurs rendez-vous, promettant qu'il lui revaudrait ça – sans tenir parole. Un mois passa. Isaiah s'attendait à ce que son frère l'informe de l'inévitable rupture, mais rien n'arriva. Il se mit à en vouloir à cette usurpatrice qui s'appropriait ce qui lui appartenait. Il l'imaginait sous les traits d'un rat de bibliothèque anorexique, culs de bouteille en guise de lunettes, cheveux filasse et épais cardigan lui tombant aux genoux. Il se mit à bouder et à snober Marcus, à ne lui parler que quand celui-ci lui demandait quelque chose, à l'ignorer ostensiblement. Marcus semblait ne pas s'en rendre compte, ou tout du moins, il n'en laissait rien paraître.

C'est par un jour étonnamment froid que Marcus amena Sarita chez eux pour la première fois. Il voulait lui prêter un blouson avant d'aller déjeuner au restaurant. Isaiah ne put que la dévisager lorsqu'elle entra, gracile et adorable, plaisantant avec Marcus, son rire sincère et joyeux, son visage éclairant la pièce d'un nouveau jour, engluant les pieds d'Isaiah au sol aussi sûrement que du béton. Elle portait un jean, des bottines en daim fauve, une parka griffée et une écharpe noire qui lui donnait un air sophistiqué.

« Isaiah, dit Marcus. Je te présente Sarita Van. »

Elle sourit, ses yeux cuivre empreints d'une chaleur infinie. « Bonjour, Isaiah. J'ai beaucoup entendu parler de toi. »

Il fallut un moment à Isaiah pour retrouver l'usage de sa voix et lorsqu'il parvint enfin à prononcer quelques mots, on aurait dit qu'il était sur le point d'expirer.

« Euh, salut.

— Je suis tellement heureuse de faire enfin ta connaissance », poursuivit-elle, comme si cela faisait très longtemps qu'elle attendait de prononcer ces mots. Elle le serra dans ses bras. Isaiah, raide comme un piquet, se mit à transpirer à grosses gouttes. Il ne savait quoi dire, et observa un si long silence que le sourire de Sarita commença à s'estomper.

Marcus le regarda dans les yeux. « Tu as peut-être quelque chose à lui répondre, non ? lui lança-t-il.

— Ravi, euh, moi aussi de faire votre connaissance, lâcha enfin Isaiah.

— J'ai une idée, fit Sarita. Déjà, tu vas me tutoyer, et ensuite, qu'est-ce que tu dirais de déjeuner avec nous ? »

Isaiah grimaça comme s'il venait de perdre d'un coup une bonne centaine de neurones. « Déjeuner ?

— Ouais, déjeuner, répéta Marcus. Tu sais, s'asseoir et manger.

— Arrête, Marcus, dit-elle. Ça nous ferait vraiment plaisir que tu te joignes à nous. »

Ils se rendirent tous les trois au restaurant Thai Tastes et prirent place dans un box, Marcus et Sarita assis l'un à côté de l'autre, Isaiah face à eux. Ils parlèrent des parents de la jeune femme, de son voyage à Cambridge et de ses futures études de droit à Stanford. Les deux amoureux s'asticotaient gentiment à propos de quelque chose qui échappait totalement à Isaiah, d'un ton si intime qu'il dut trouver quelque chose d'intéressant à fixer dans son pad thaï. Lorsqu'elle posa un baiser fugace et spontané sur les lèvres de Marcus, la jalousie vint percer pour la première fois le cœur d'Isaiah, fit le tour de la table comme un boomerang, et le transperça une deuxième fois. Quel effet ça pouvait faire d'avoir quelqu'un qui vous dévore des yeux comme ça ? De passer du temps avec cette fille, de lui parler, de l'écouter ? Et Marcus lui faisait l'amour, en plus ? Mon Dieu. Quel effet ça devait faire de la voir les cheveux détachés. De la voir nue. Le simple fait d'y penser était presque trop dur à supporter pour Isaiah.

« Marcus m'a dit que tu étais un étudiant brillant », dit-elle.

La phrase tira brutalement Isaiah de ses rêveries. « Hein ?

— Je suis vraiment désolé, Sarita, intervint Marcus. Apparemment, mon frère a attrapé un sale rhume au cerveau.

— Marcus, arrête », le tança-t-elle. Elle paraissait comprendre ce qui était en train de se jouer. « On va apprendre à se connaître, pas vrai, Isaiah ? »

Isaiah afficha un sourire légèrement douloureux. « Ouais, répond-il. Cool. »

Marcus et Sarita partaient ensuite au cinéma. Isaiah prétexta des devoirs à finir pour rentrer à l'appartement. Il était inquiet. Cette fille était vraiment différente, comme l'avait décrite Marcus. Et si son frère et elle se mariaient ? Qu'est-ce qu'il adviendrait de Marcus et lui ? Il serait obligé de la voir constamment. Comment pourrait-il le supporter ?

Il imagina tout un scénario : Marcus s'engageait dans le Peace Corps[1], laissant Sarita seule. Elle cherchait aide et soutien auprès d'Isaiah et, inévitablement, tombait amoureuse de lui, mais à cause de Marcus, toute relation était inenvisageable. Ils s'obligeaient à ne plus se voir, se languissant de l'autre, et puis Marcus appelait d'Haïti pour rompre. Sarita se rendait droit à l'appartement et tombait dans les bras d'Isaiah, ils allaient enfin pouvoir vivre pleinement leur amour. Ils apprenaient ensuite que Marcus allait épouser une Haïtienne, alors tout était pour le mieux.

Au long des quelques mois qui suivirent, Sarita passa de plus en plus souvent à l'appartement, et sa présence était si troublante qu'Isaiah l'évitait. Elle le saluait chaleureusement, Isaiah marmonnait un salut et partait sous un prétexte bidon,

1. . Corps de la Paix, agence gouvernementale américaine visant à la promotion de la paix, en particulier dans les pays en voie de développement.

faisant parfois le tour de l'immeuble pour revenir fixer l'étage où ils se trouvaient, se demandant s'ils étaient en train de s'embrasser ou s'ils étaient carrément passés dans la chambre. Quand il rentrait un peu plus tard, il sentait le parfum de Sarita et voyait des particules de poussière voleter dans l'air. Marcus était tout sourire, comme si, d'un instant à l'autre, il allait entonner *La Mélodie du bonheur*.

Un matin, durant le petit déjeuner, Marcus lui parut pensif, inquiet. « Tout va bien entre toi et Sarita ? lui demanda-t-il.

— Hein ? répondit Isaiah. Qu'est-ce que tu veux dire ?

— Ce que je veux dire, c'est que tu passes ton temps à l'éviter. Dès qu'elle met un pied ici, tu te comportes comme si elle avait la peste.

— Non, non, tout va bien, je l'aime bien, vraiment. C'est juste que, tu sais, c'est juste pour vous laisser un peu d'intimité.

— Quand j'aurai besoin d'intimité, je te le dirai. » Marcus posa sa cuiller sur la table. « Écoute, Isaiah, pour moi, c'est elle, et pas une autre. C'est l'amour de ma vie. C'est très important pour moi que tout se passe bien entre vous deux.

— Y a pas de problème, vraiment, je te jure », dit Isaiah. Mais il continua à éviter Sarita.

Marcus et elle étaient inséparables : un avenir commun les attendait, il n'y avait qu'à les regarder pour s'en convaincre. Sarita décrocha une licence avec mention en relations internationales et obtint une bourse pour étudier à Stanford. Durant la semaine précédant son départ, Marcus broya du noir, les nerfs à vif, faisant des remontrances à

Isaiah pour des choses sans importance, se prenant la tête avec un inconnu, piquant une crise suite à l'annulation d'un devis. Comme par magie, des brochures universitaires se mirent à apparaître aux toilettes et sur la table basse du salon. Marcus passait de longs moments au téléphone avec Sarita : il faisait les cent pas sur le balcon, parlant d'une voix intense et combative, comme s'il s'apprêtait à partir en mission suicide. La veille du départ de Sarita, Marcus fut tué par un chauffard. Dès qu'elle l'apprit, Sarita vint frapper à la porte de l'appartement, mais Isaiah avait bien assez à faire avec sa propre douleur, et il n'ouvrit pas. Ils n'avaient plus eu le moindre échange jusqu'à ce rendez-vous à l'Intercontinental Hotel. Pourtant il pensait souvent à elle, son visage et sa voix acquérant peu à peu un caractère quasi mythique, celui d'une princesse d'un conte narré mille fois, il y avait bien longtemps de cela.

Le coup de pied du Chinois avait laissé un hématome pourpre sur sa poitrine. En outre, il avait mal à la tête, ses pommettes étaient enflées et tout son corps était recouvert de bleus et d'éraflures. Ils s'arrêtèrent pour acheter de quoi le soigner, et prirent une chambre au Travel Inn. Dodson posa des sacs de glaçons sur les plus grosses contusions et appliqua de l'antiseptique sur ses petites plaies. Cette attention mit Isaiah mal à l'aise : c'était la première fois que quelqu'un d'autre que Marcus s'occupait ainsi de lui. Janine sortit et revint avec un flacon de Vicodin, mélange de paracétamol et d'opioïde, sans dire à qui elle l'avait acheté.

« Janine doit quitter la ville, déclara Isaiah. La seule question, c'est comment.

— On n'a qu'à la mettre dans un avion ou un autocar, proposa Dodson.

— Non, on pourrait la reconnaître.

— Vous avez remarqué que j'étais là, les gars, non ? » fit Janine. Elle avait pris aussi quelques comprimés de Vicodin et était à présent franchement détendue.

« Regarde ça. Elle est défoncée, commenta Dodson. Pas en état de conduire.

— Est-ce que tu te sens disposée à conduire, Janine ? demanda Isaiah.

— Carrément. Une fois, Benny et moi on est allés sous acide en voiture à Miami.

— On va aller contrôler le motel, annonça Isaiah. Si les Bâtons Rouges ne surveillent pas les lieux, elle n'aura qu'à prendre son van.

— Mais pour aller où ? insista Dodson. Dans un autre motel ?

— Non. S'ils l'ont trouvée une fois, ils la retrouveront encore.

— Alors envoyons-la à L.A. Elle aura qu'à vivre chez Sarita.

— Trop prévisible, comme choix.

— Ah ouais ? lança Dodson, qui commençait à s'agacer. Et qu'est-ce que tu dis de ça : on lui prend une place dans un satellite et on l'envoie en orbite.

— Passe-moi ton téléphone, dit Isaiah à Janine.

— Pourquoi ?

— Pour que je puisse contrôler tous les appels que tu recevras.

— Pas question que je te le file.

— Ce n'est pas négociable.

— C'est débile, observa Dodson. Comment elle fait si elle a besoin de nous appeler ?

— On va lui trouver un prépayé. »

Dodson regarda par la fenêtre, l'air grognon et renfermé.

« Vous êtes sûrs que vous êtes dans le même camp, tous les deux ? » demanda Janine.

Personne ne surveillait le motel : Janine prit quelques affaires qu'elle jeta en vrac dans son Volkswagen. Isaiah lui prit son téléphone. Elle eut beau pleurer, il refusa de le lui rendre.

« Y a toute ma vie là-dedans, tu sais », dit-elle. Isaiah ne laissa rien paraître de son étonnement. Comment un portable pouvait-il avoir autant d'importance ? Lui n'utilisait le sien que pour appeler et envoyer des SMS.

Dodson lui indiqua le chemin à suivre et passa quelques coups de fil en conséquence. « C'est timbré, commenta-t-il alors qu'Isaiah et lui regardaient le van quitter le parking du motel. Elle va peut-être prendre encore plus de risques qu'en restant ici.

— C'est le moins mauvais des choix », observa Isaiah.

« Bon, et maintenant ? » demanda Dodson en espérant prendre Isaiah de court. Son associé était plongé dans une de ses transes, il avait cette expression bien particulière, comme s'il s'efforçait de distinguer quelque chose au loin, dans le noir. *Merde*. Isaiah avait déjà une longueur d'avance : il réfléchissait au plus sûr moyen de retrouver Benny. Ce crétin pouvait être n'importe où. Janine avait déjà contacté ses amis et sa famille, qui ignoraient tous où il était, et Benny ne remettrait pas les pieds dans un casino avant longtemps. Il était peut-être en train de bivouaquer dans les montagnes, ou bien roulait-il en direction de l'Alaska ? Isaiah pouvait s'enfermer autant qu'il voulait dans sa bulle : il n'existait aucun moyen de localiser cet abruti de petit Blanc.

« Je sais comment retrouver Benny », déclara Isaiah.

Dodson poussa un soupir, presque un grognement. Il savait à quoi il allait avoir droit. Isaiah allait le mener en bateau, ne rien lui dire avant qu'il le supplie de lui révéler son plan, le torturer jusqu'à ce qu'il abdique. Non, hors de question, putain. Si Isaiah était capable de le deviner, lui aussi y arriverait. *Allez, concentre-toi un bon gros coup. Fais-toi un brainstorming perso, balance-toi des idées en vrac et fais le tri. Cogite, mon pote. Cogite sec.*

6

SSPT

Seb portait son costume préféré. Un trois-pièces prince-de-galles à dominante marron, avec des fils beiges et ivoire. Vu la canicule, ce n'était pas le plus agréable à porter, mais les apparences comptaient énormément, en particulier à cet instant. Il entra dans son bureau, alluma la lampe et, avec des gestes minutieux, se prépara une tasse de thé. Il inspecta son bureau et sa chaise en quête de la moindre saleté, puis s'assit et disposa sur une grille la tasse en polystyrène, la boîte d'English Ovals, le briquet et le cendrier, aussi concentré que s'il jouait aux échecs. Gahigi était dehors, dans un coin obscur, à surveiller les alentours comme s'il s'attendait à une attaque de Tutsis.

Quelques minutes plus tard, son blouson Members Only zippé jusqu'au col, Gahigi fit entrer Manzo et Ramona en gardant une main enfoncée dans la poche. Manzo portait un sac de supermarché Trader Joe's. Il paraissait las, exaspéré. À voir Ramona, on avait l'impression qu'elle avait été convoquée dans le bureau du proviseur.

« Ravi de te revoir, Manzo, déclara Seb. J'espère que tu vas bien et que les affaires prospèrent.

— Tout roule, beaucoup de boulot, enfin tu sais. J'aimerais bien pouvoir me reposer un peu sur quelqu'un », dit Manzo en jetant un coup d'œil à Ramona, « mais certaines personnes ont du mal à changer, à s'adapter à un nouvel environnement. » Ramona soupira, puis pencha la tête de côté. Gahigi lui lança un regard amusé, et elle répondit par un regard qui signifiait va te faire mettre.

« Alors, mon argent ? demanda Manzo.

— Oui, allons droit au but, dit Seb. Ton dernier dépôt a été réparti comme convenu. Quatre-vingts pour cent en actions de grandes entreprises, le reste en FNB auprès de la banque d'investissement Oppenheimer, qui peuvent être convertis à tout moment en liquidités. Tu devrais être en mesure de consulter les ordres de vente en ligne.

— Déjà fait.

— Évidemment », fit Seb. Il alluma une cigarette et tendit la boîte à Gahigi. « Une cigarette, mon ami ? » proposa-t-il en souriant. À contrecœur, Gahigi en prit une. « Qu'avons-nous dans ce joli sac ?

— Cinquante-cinq mille », répondit Manzo en posant le sac sur le bureau.

Ramona soutenait toujours le regard de Gahigi. « T'as un problème ou quoi ? lança-t-elle.

— Non, fit Gahigi du même ton que s'il avait refusé du ketchup avec ses frites.

— Comment ça se passe avec la maison de Latimer Road ? demanda Manzo.

— Le vendeur accepte 40 % en liquide mais pas plus, répondit Seb.

— OK. Marché conclu.

— C'est quoi, cette histoire de maison? dit Ramona en s'approchant du calendrier Tusker.

— Je te l'ai déjà expliqué mais tu n'as pas écouté. Concentre-toi, tu veux? Je t'ai pas amenée ici pour que tu regardes des calendriers.

— Ah oui, il reste une broutille, dit Seb. Il manquait cent dollars sur l'une des cartes de débit.

— Je me demandais si tu allais aborder le sujet», fit Manzo, et les deux hommes échangèrent un sourire.

«Je peux remplacer la carte ou verser directement les cent dollars sur ton compte, à ta convenance, proposa Seb.

— Par virement. Tu veux compter l'argent?

— Non, ce ne sera pas nécessaire. Nous sommes des hommes d'honneur, n'est-ce pas?

— Hé, il est passé où?» s'étonna Ramona. Gahigi avait disparu sans se faire remarquer.

«Il a un certain talent pour se volatiliser, expliqua Seb, mais il est toujours dans les parages, cela, tu peux en être sûre.»

À son arrivée à Long Beach, Seb s'était rapproché des individus les plus louches de la petite communauté originaire d'Afrique de l'Est et, faute d'une meilleure opportunité, s'était mis à vendre de la weed pour un distributeur du coin. Il gagnait assez d'argent pour louer une petite chambre miteuse et rester propre, mais pas plus. Il lui fallait se trouver un métier qui pourrait servir d'écran à ses activités illicites, une façon de ne pas se couper du monde de la légalité. Pas un boulot de salarié, bien évidemment. Mais qui ait un lien avec sa formation en économie et finance. Il tomba sur une petite annonce dans le journal : DEVENEZ PRÉPARATEUR DE DÉCLARATIONS FISCALES. Une formation avec un diplôme au bout, mais le processus était long et fastidieux. Seb se contenta donc de potasser le droit fiscal américain, enrichit un peu son vocabulaire et fit imprimer des prospectus. SPÉCIALISTE AGRÉÉ ET CAUTIONNÉ EN DÉCLARATIONS FISCALES. Personne ne penserait à vérifier. Les experts se comptaient par dizaines à Long Beach.

Au début, il n'eut qu'une poignée de clients. Il passait les voir chez eux, et les mettait en confiance avec ses beaux costumes, son sourire chaleureux, son accent d'homme instruit et ses honoraires défiant toute concurrence. Si Seb tombait sur une question fiscale qu'il ne comprenait pas, il se renseignait sur ce point uniquement. Qui avait le temps de lire les neuf mille pages du code des impôts ?

Son affaire se mit à prospérer. Seb se trouva un bureau et s'improvisa conseiller financier, expliquant patiemment à sa clientèle issue de la classe ouvrière les principes régissant les fonds mutuels, les FNB et les obligations municipales. Il la convainquait d'acheter propriétés et commerces, négociait pour elle, n'apprenant jamais que le strict minimum pour conclure le marché. Ce faisant, il cherchait un moyen d'exploiter au mieux ses talents. Les pyramides de Ponzi représentaient un aller simple pour la prison, vol et recel étaient difficiles à dissimuler et les gens du coin n'étaient pas du genre à s'adresser à la SEC, le gendarme de la Bourse à l'échelle nationale. Leur méthode consistait plutôt à défoncer votre porte pour vous tabasser à coups de démonte-pneu.

L'occasion en or se présenta la première fois que Manzo entra dans son bureau. Il désirait acheter une maison pour sa mère et avait besoin d'un homme de paille. La propriété ne devait pas être en son nom ni à celui de sa famille, afin que l'État ne puisse pas la saisir. Seb se servit de sa société basée au Kenya pour acheter la maison. Puis il céda ses droits au profit de Manzo, qui garda l'acte précieusement sans jamais le remplir. À la mort de la mère de Manzo, Seb revendit la maison avec une plus-value et reversa la somme à Manzo, moins sa commission. Tout ce processus avait nécessité une confiance mutuelle importante : il en naquit une solide relation d'affaires.

Ils passèrent ensuite au blanchiment d'argent. Les petites sommes étaient schtroumpfées. Pour les grosses, Seb créait des sociétés écrans dans lesquelles il investissait, et l'argent revenait à Manzo sous forme de profits. Ces compagnies vendaient des Porsche qui n'existaient pas à d'autres sociétés écrans, et les sommes passaient pour le fruit de ces ventes. Puis l'argent était transféré sur une holding créée par Seb et basée sur l'île Maurice, paradis fiscal à plus de huit cents kilomètres au large de Madagascar. Une partie de l'argent y restait, et le reste était réinjecté dans une autre société écran à titre d'investissements étrangers, qui, comme Seb ne manquait jamais de le souligner, étaient exemptés d'impôts. Seb versait des avances sur honoraires à des avocats véreux qui les lui reversaient, moins les frais de dossier, ou récupérait l'argent sous forme de dédommagements pour des contentieux fictifs.

Seb investissait l'argent des Locos sur le marché boursier et dans l'immobilier, et l'entreprise tout entière fonctionnait comme un fonds mutuel. Les membres du gang pouvaient acheter des actions, encaisser les dividendes, ou les laisser faire des petits. Au début, ils exigeaient des rendez-vous à toute heure, soucieux de savoir où se trouvait leur argent, revendant leurs actions juste pour être sûrs qu'il ne s'était pas volatilisé, menaçant Seb de mort, voire pire, s'il s'avisait de les baiser. Mais tout finit par s'apaiser, Manzo leur ordonna de se calmer, garantissant personnellement leur retour sur investissement si un jour tout partait en couille.

Le gang possédait à présent quatre maisons, un immeuble d'habitations, deux Lavomatic, un garage, une société d'encaissement et une épicerie mexicaine. Comme il n'y avait pas de prêts à rembourser, la marge bénéficiaire était des plus importantes. Manzo encourageait ses potes à se lancer dans cette aventure entrepreneuriale, mais beaucoup restaient sceptiques et répugnaient à investir leur argent de façon si convenue et médiocre. Posséder des parts d'une entreprise implique une certaine foi en l'avenir. D'autres criminels, entendant parler des services proposés par Seb, devenaient clients : politiciens corrompus, dealers, bookmakers, gangs de cambrioleurs et de voleurs de voitures. Ses débuts dans l'existence avaient rendu Seb naturellement économe, et c'était en outre un investisseur rusé : autant de qualités qui avaient fait sa fortune.

Après ce rendez-vous avec Manzo, Seb et Gahigi allèrent dîner dans un restaurant éthiopien. Seb trouvait ce type de cuisine très fade, il estimait avoir assez mangé de ragoût de chèvre pour trois réincarnations, mais Gahigi en raffolait et c'était en soi une excellente raison. Seb était optimiste. Il avait fait une offre d'un million deux cent mille dollars pour une maison à colombages avec trois chambres dans le quartier huppé de Brentwood et attendait la réponse. La propriété se trouvait tout près de Sunset Boulevard et possédait une vaste pelouse, des chênes et des érables vénérables, dans un coin de la ville qui fourmillait de médecins, d'avocats et de gens du show-biz. Il était temps pour lui de quitter Long Beach et de vivre dans un quartier qui correspondait un peu plus à son nouveau personnage d'investisseur respectable à qui la chance ne cessait de sourire. Il s'imaginait déjà comment ça se passerait, ce qu'il dirait, le ton qu'il adopterait. Au début, il y aurait nécessairement de la méfiance, mais il aurait vite raison de ces résistances. Après tout, c'était un homme charmant. La seule chose qu'il lui restait à déterminer, c'était le premier contact. Affaire délicate. Il fallait que ça passe pour un pur hasard. Tout ce qui laisserait supposer un stratagème représenterait un réel danger. Mais il était près du but. Il ne manquait plus que le parfait concours de circonstances, et tout s'enchaînerait à merveille.

Assis dans son fauteuil, Isaiah regarda trois fois la vidéo de Seb et Manzo sur son ordinateur. De toute évidence, cela faisait un bout de temps qu'ils faisaient des affaires ensemble. Tous deux semblaient décontractés et raisonnablement confiants l'un envers l'autre. Isaiah se demanda quelle pouvait être la nature des relations unissant Manzo et Ramona. Ils n'étaient pas liés par le sang, et pourtant Manzo semblait jouer un rôle de mentor. Sans grand enthousiasme.

Isaiah avait besoin de réfléchir à tout cela : il décida de promener Ruffin. C'était un animal très curieux. Une anomalie parmi les chiens de garde, encore plus parmi les pitbulls. Il n'avait ni instinct agressif ni instinct protecteur. Les gens l'indifféraient, et il avait une phobie des enfants. S'il voyait un gamin de quatre ans trottiner à sa rencontre, il déguerpissait sans demander son reste. Il évitait tout conflit. Un jour qu'Isaiah s'était assis sur le perron, après avoir taillé les azalées, il avait vu Ruffin se réveiller de sa cinquième sieste, bâiller et s'étirer, se demandant sans doute ce qu'il allait faire à présent : s'atteler à sa sixième sieste ou manger un peu d'herbe pour vomir ensuite ? Deux pigeons se mirent à se voler dans les plumes à moins de deux mètres de sa truffe. N'importe quel animal aurait au moins fait preuve de curiosité. Ruffin, lui, s'était levé, avait traversé le jardin et s'était allongé à l'ombre du citronnier.

Une autre fois, Isaiah lisait dans son fauteuil, le chien paressant à côté de lui. Une dispute éclata chez leurs voisins, Mme Fielding hurlait à son mari de se bouger un peu les fesses et de se rendre utile à quelque chose, M. Fielding lui disait de fermer sa grande gueule et de lui préparer son dîner, comme toute bonne épouse dévouée. Ruffin tendit l'oreille, attendant apparemment la fin de l'échange. Constatant que ni l'un ni l'autre n'avaient l'intention d'y mettre un terme, il se leva, poussa un profond soupir et se réfugia dans la chambre d'Isaiah. Celui-ci se demandait comment son chien réagirait si quelqu'un agressait son maître. En outre, il était indiscipliné. Il tirait sur sa laisse, obéissait sporadiquement aux ordres qu'il lui donnait, et quand il daignait aimer quelqu'un, le traitement était toujours le même : il plaquait ses pattes antérieures sur la chemise propre de l'objet de son affection et manquait de le faire tomber à la renverse.

Harry Haldeman, ami d'Isaiah, dirigeait depuis dix-sept ans le Refuge animalier de Hurston, et sa connaissance de l'espèce canine était proprement encyclopédique. Il avait mis en garde Isaiah au sujet des pitbulls, des chiens débordant d'énergie et potentiellement dangereux.

« Il n'est pas comme les autres, Harry, dit Isaiah.

— C'est ce que j'ai cru comprendre. Mais avec un pit, il suffit d'un accident, un seul. Quand un pit mord, il ne lâche pas sa proie.

— Je sais, Harry.

— Tu sais que dalle, et c'est pas parce que ce chien est un bisounours que les autres le sont aussi. Il faut que tu le socialises. Que tu le fasses sortir avec d'autres chiens dès ses premiers mois, il faut qu'il apprenne par lui-même ce qu'il peut faire et ce qu'il ne peut pas faire, qu'il apprenne les codes et les signes, quand jouer, quand s'arrêter, ce que chaque type de grognements signifie ; il faut que tu lui fasses voir du monde pour qu'il s'habitue aux humains et qu'il devienne moins empoté.

— OK, Harry.

— Me sors pas tes OK, Harry, dis-moi juste que tu le feras.

— Je le ferai.

— Et entraînement à l'obéissance tous les jours.

— D'accord.

— Je m'en fous de tes d'accord, fais-le, c'est tout.

— OK, Harry, OK.

— Me déçois pas, Isaiah, sans quoi je te mettrai dans la case "cons" avec tout le reste de l'humanité. »

Mais le chien menait la même vie qu'Isaiah : une existence solitaire avec peu de sorties, à l'exception de leurs longues promenades où les interactions avec les autres chiens ou les êtres humains étaient rares. Les personnes qu'ils croisaient changeaient de trottoir, les flics les regardaient passer d'un air suspicieux. C'était un point qu'Isaiah n'appréciait pas du tout, le fait d'être assimilé au stéréotype du gangsta avec son gros chien méchant. Par la force des choses, toute velléité de dressage tomba à l'eau. Isaiah se persuada que, du moment que le chien était en laisse, tout allait pour le mieux et qu'il était trop occupé pour l'éduquer.

Isaiah repensa à la vidéo. Cette maison de Latimer Road dont Seb et Manzo parlaient était une autre méthode de blanchiment d'argent. Mettons qu'un particulier mette en vente sa maison cent cinquante mille dollars. Manzo lui versait cinquante mille en liquide et le vendeur acceptait de faire baisser le prix à cent mille sur le contrat final. Manzo se retrouvait titulaire de l'intégralité de la valeur résiduelle de la maison, et même s'il la revendait au prix d'achat, il obtenait cinquante mille dollars d'argent parfaitement blanchi.

Mais quel genre de gangster achetait de l'immobilier et des parts de fonds communs de placement de la banque Oppenheimer ? *Un gangster particulièrement malin.* La plupart du temps, les voyous flambaient leur argent aussi vite qu'ils l'avaient gagné. En voitures, vêtements, weed, télés grand écran et autres. Quand ils avaient du liquide, ils ne s'en séparaient jamais : rien de tel que de montrer une grosse liasse de billets quand on s'achète un paquet de chewing-gums. Manzo, lui, mettait de côté l'argent de son gang et l'investissait. Il lui avait certainement fallu user de beaucoup de persuasion pour en arriver là.

Tout cela était fort instructif, mais ce qui intéressait Isaiah en premier chef était de savoir si ce système de blanchiment avait quoi que ce soit à voir avec Marcus. Peut-être. Les trois mille dollars en billets usagés de vingt provenaient certainement de la drogue. Seuls les dealers détenaient ce genre de sommes en liquide, et les Locos étaient connus pour vendre de la cocaïne, du crack, de l'herbe et même de l'héroïne. Le gang Locos était-il lié au meurtre de son frère ? Il y avait nécessairement une connexion, même si pour l'heure elle demeurait plus que floue. Huit ans auparavant, le big boss du quartier était un certain Frankie Montañez. Il aurait été le plus susceptible de commanditer un tel assassinat, mais cela n'était que pure spéculation, et Isaiah voulait des faits. Il lui fallait s'entretenir avec un Loco actif à l'époque. Aucun des membres actuels n'aurait accepté de lui parler. Le simple fait de leur poser une question à ce sujet ne lui aurait valu qu'un tabassage en bonne et due forme. C'est en regardant son chien pisser qu'il eut une illumination. *Néstor.*

À la tête d'une entreprise de plomberie florissante, Néstor González était propriétaire d'une maison dans le quartier de Willmore, où il vivait avec sa famille. Son épouse, Lucy, continuait d'envoyer régulièrement des *biscochitos* et des *tamales* à Isaiah pour le remercier d'avoir épargné à leur fille Teresa un viol et sans doute la mort. Néstor fut aussi surpris que ravi de voir Isaiah sur le pas de sa porte. Il lui serra la main.

« Comment va ? Ça faisait longtemps, dit-il en lui tapant dans le dos.

— Il faut que je te parle, Néstor.

— Pas de problème. Allons prendre une bière. »

Il faisait chaud dehors, mais la température qui régnait dans la maison était infernale. Ils s'assirent sur un banc de pique-nique dans le jardin de derrière, à l'ombre d'un eucalyptus hirsute. Isabel, trois ans, la cadette de la famille, courait autour de la balançoire en brandissant un bâton et en chantant une comptine qui parlait de souris.

« Pourquoi Manzo passe par Seb pour blanchir son argent ? demanda Isaiah. Les Locos doivent avoir leurs propres réseaux.

— Pourquoi tu me demandes ça ?

— Parce que tu as fait partie des Locos, et qu'il faut absolument que je le sache. »

Néstor réfléchit un instant et avala une gorgée de bière. « Manzo se sert de Seb parce que, pour lui, investir, c'est pas juste mettre du pognon dans le garage auto d'un cousin. Et il est malin. Je crois que c'est de lui que vient l'idée d'ouvrir un compte en fiducie.

— C'est quoi ?

— OK, imaginons que t'es en taule : tu peux te faire ouvrir un compte en fiducie et y transférer de l'argent pour, je sais pas, des clopes, des chips, le genre de conneries qu'en principe tu peux cantiner en prison. Le truc, c'est qu'il y a pas de limites, tu peux mettre autant de fric que tu veux. Alors mettons, quelqu'un dehors te doit de la thune. Tout ce qu'il a à faire, c'est déposer du liquide sur ce compte. Putain, y a des mecs en taule qui ont genre vingt, vingt-cinq mille sur leur compte. Et c'est pas tout. Tu peux signer des chèques. Acheter de la came, soudoyer un maton pour avoir un portable, tout et n'importe quoi, et la flicaille peut rien faire – hé, Isabel, mange pas ce bâton, qu'est-ce qui te prend ?» Néstor secoua la tête. «Mec, fais ce que tu veux de ta vie, évite juste d'avoir des filles. Tu passes ton temps à devoir les surveiller.

— Et c'est pas pareil pour les garçons ?

— On s'en fout de ce qu'ils mangent, les garçons. Quand j'étais petit je bouffais des trucs qui maintenant me vaudraient un aller simple pour l'hosto.

— Parle-moi un peu de Frankie.

— El Piedra ? La Pierre. Putain, Frankie, c'était le général Patton version mexicaine. Quand on partait en guerre, c'était le gars à suivre. Avec ses stratégies, ses réseaux de renseignement, ses réflexions pour trouver le meilleur moyen de passer à l'attaque. S'ils l'avaient envoyé en Irak, à l'heure qu'il est, Falloujah serait un territoire américain.

— Qu'est-ce qu'il lui est arrivé ? Je l'ai plus jamais revu.

— Tu te rappelles la guerre entre les Locos et les Violators ?

— Ouais.

— Il a été blessé, et tout de suite après il s'est fait braquer : il a même pris une balle. C'était genre la cinquième ou la sixième fois. Il en pouvait plus, il a commencé à lever le pied. Tout le monde croyait que Manzo allait prendre sa place, une transition en douceur, tu vois ? Et y a eu cette connerie avec Vicente.

— C'est qui, Vicente ?

— Une espèce de malade mental avec un filet à cheveux. Tu l'as sûrement déjà vu dans le coin. C'était un peu le super gros bras du gang. Dès qu'il fallait s'occuper de quelqu'un, c'était toujours le premier à se proposer. Cet enculé aimait vraiment tuer. Moi, je l'évitais autant que possible, et j'étais pas le seul.

— Et qu'est-ce qui est arrivé ?

— Vicente voulait devenir calife à la place du calife. Il pensait que c'était lui le plus gros méchant du gang et donc que la place lui revenait. Il s'est mis à raconter partout que Manzo était une demi-portion, un tocard. C'est arrivé aux oreilles de Manzo, et ils se sont mis dessus.

— Ils se sont battus ?

— Ouais. Légendaire, la baston. Tu te rappelles dans *L'Arme fatale* quand Mel Gibson et Jack Joshua se castagnent sur la pelouse de Danny

Glover ? Pareil. Ils se sont défoncé la gueule. C'était incroyable, mon vieux, ils étaient niqués, ils pissaient le sang, mais à la fin, Vicente a dû jeter l'éponge. Manzo avait plus de cœur, tout simplement. Après ça, plus personne a respecté Vicente. C'est un peu un paria, maintenant. Hé, Lucy ? Isabel arrête pas de manger ce bâton. »

Lucy était dans la cuisine en train de laver bruyamment la vaisselle. On pouvait la voir à travers la moustiquaire. « T'as qu'à lui prendre, *estúpido*, lança-t-elle. Si elle s'étouffe, je t'égorge. »

Néstor bougonna, se leva, prit le bâton des mains d'Isabel et le jeta dans les buissons. La gamine se mit aussitôt à pleurer. Néstor trouva un autre bâton et le lui donna. « Tiens, voilà. Et le mange pas, celui-là. » Ravie, Isabel gloussa et se remit à chantonner.

Néstor se rassit et finit sa bière. « Ce putain de Manzo est en train de révolutionner les traditions, fit-il. En train de faire un truc complètement différent, mec. Genre une des premières choses, ç'a été de tirer tout le monde de la street. Plus de business en plein air. Tout se fait entre quatre murs, maintenant. Je veux dire, à l'époque, ç'a été vraiment radical comme putain de changement.

— Je continue à voir des Locos traîner en bas de la cité Le Capri.

— Ouais, mais c'est pour passer du temps ensemble, plus pour dealer, répondit Néstor. Plus personne n'est armé, et t'as remarqué qu'y avait plus de règlements de compte en bagnole ? En tout cas pas avec des Locos au volant. Manzo a décrété que c'était fini, ces conneries. Plus un coup de feu juste pour le plaisir de tirer. Pareil pour les petites conneries insignifiantes. Plus de bastons, plus de vol à l'arraché ou de dépouille, plus de vol de caisses. Rien qui soit mauvais pour le business, rien qui puisse attirer l'attention des flics. Les Locos maintenant, c'est devenu une entreprise. Bon, si tu le leur fais à l'envers, ils te butent, ça, ç'a pas changé, mais sinon, c'est du capitalisme à l'état pur.

— Et avec les autres gangs ?

— Manzo a noué des alliances avec tous nos ennemis. Les Violators, Pimpside Family, Boulevard Mafia, et ces putains de Sons of Samoa – hé, Lucy ? Tu peux nous ramener deux bières ? » En guise de réponse, Lucy referma brusquement la fenêtre coulissante. « Tu savais que Manzo s'était lancé dans l'immobilier ? reprit Néstor. Au début tout le monde l'a pris pour un fou. Le premier coup, c'était avec cette baraque toute pourrie à côté de la casse auto, tu vois ? La plomberie était foutue, y avait des câbles qui pendaient du plafond, des rats et des blattes à tous les étages.

— Qui vivait là-dedans ?

— Surtout des tox et des putes. Manzo leur a filé cent dollars par tête pour qu'ils dégagent. Ceux qui ont refusé se sont retrouvés un flingue dans la bouche pendant qu'on balançait leurs affaires par la fenêtre. »

Néstor expliqua à Isaiah que Manzo avait engagé des ouvriers et des artisans du quartier pour réparer l'immeuble, le mettre aux normes et embellir les appartements.

« Et il a pas engagé que des Latinos, hein, ajouta Néstor. Il a donné sa chance à tout le monde. Un employeur qui ne fait pas de discrimination, en quelque sorte. Il tenait à ce que tout le quartier soit content de nous avoir. Malin, hein ? »

Il y avait à présent une belle pelouse devant l'immeuble et une aire de jeux pour enfants avec une grille autour, côté parking. Manzo louait les appartements à des familles, et avait nommé son frère, Jacinto, gestionnaire de l'immeuble. Jacinto pesait cent vingt kilos et arborait une toile d'araignée tatouée sur toute la surface de son visage.

« C'est les plus beaux appartements de tout le quartier, dit Néstor. Y a pas un graf, personne en train de tiser dehors, pas de musique à fond, pas de gamins qui hurlent et qui courent dans tous les sens dans les cages d'escalier, et *personne* n'est jamais en retard sur le loyer. Je connais un mec qui a revendu sa voiture juste pour que Jacinto vienne pas frapper à sa porte. Et si t'as investi dans l'immeuble, tu reçois ton chèque tous les mois à la date prévue, réglé comme du papier à musique. Tu sais comment on appelle Manzo, maintenant ? *El Empresario.* »

Isabel s'était désintéressée de son nouveau bâton et était à présent assise par terre, à ramasser des cailloux pour les faire tomber, et recommencer.

« Hé, Isabel, tu les manges pas, hein ? lui lança Néstor.

— Tu te souviens quand mon frère Marcus a été tué par un chauffard ? » demanda Isaiah.

Néstor ne s'attendait pas à cette question : il fronça les sourcils comme s'il essayait de voir quelque chose au bout de son nez. « Euh, ouais, peut-être. Ça remonte à super longtemps, non ?

— Ce n'était pas un accident, Néstor. C'était un meurtre prémédité.

— Sans déconner ? Putain, sale truc, mon vieux », fit Néstor d'un ton un peu trop empressé. Il but une rasade de bière. « Dis, ça te dirait de manger un truc ? Il nous reste du *cholorio*. Lucy est peut-être une emmerdeuse, mais c'est une sacrée cuisinière.

— Est-ce que tu sais quelque chose ? À propos de l'assassinat ?

— Moi ? Pourquoi je serais au courant de quoi que ce soit ? » Néstor parlait à présent à toute vitesse. « J'étais juste un soldat à l'époque. Fallait être un haut gradé pour être au courant de ce genre de trucs.

— Je ne voulais pas parler précisément du gang, Néstor. Je t'ai juste demandé si tu savais quelque chose. »

Isaiah le regarda longuement. Néstor finit par grogner : « Allez, Isaiah, j'ai fait un serment, dit-il. Loco un jour, Loco toujours. Je peux pas trahir mes frères comme ça – nom de Dieu, Isabel, retire ce caillou de ta bouche ! »

À contrecœur, Isaiah sortit l'artillerie lourde. « J'ai vu Teresa, l'autre jour, dit-il. En train de jouer au foot dans le parc. Elle a l'air bien dans sa peau, en bonne santé, heureuse. Elle compte aller à la fac ? Tu dois être sacrément fier d'elle. »

Néstor eut une mine désolée, comme si malgré ses quatre rois il venait de perdre la mise au poker. « C'est vraiment une histoire dégueulasse, Isaiah. Et ce que je vais te dire va pas te plaire. Hé, j'ai vraiment soif, il me faut une autre bière. Tu peux me rendre service en lui retirant ce caillou de la bouche ? »

Néstor entra chez lui et, délicatement, Isaiah enleva le caillou de la bouche d'Isabel. Avant qu'elle ait le temps de se remettre à pleurer, il la prit dans ses bras et l'installa sur la balançoire. Elle sentait le talc et le bonbon. Isaiah se mit à pousser la balançoire. Isabel poussait des gloussements de joie. Isaiah y prenait un grand plaisir. Il aurait aimé que quelques allers et retours sur une balançoire suffisent à son bonheur.

Néstor revint avec deux bières et un bol de cacahuètes. « OK, tu l'auras voulu, dit-il en se rasseyant. Frankie est allé faire un dépôt chez Seb et il s'est fait voler le fric. C'est là qu'il s'est pris la balle qui l'a convaincu de raccrocher définitivement. Ton frère est lié à cette affaire.

— Je ne comprends pas. Mon frère avait quelque chose à voir avec un braquage ? » Isaiah souleva à nouveau Isabel, la posa sur la table de pique-nique et lui donna une cacahuète. Elle la mit dans sa bouche, sans savoir apparemment ce dont il s'agissait. « Qu'est-ce que tu entends par "lié à cette affaire" ?

— J'en sais rien, Isaiah, je te jure, c'est tout ce que j'ai entendu.

— Je suis sûr que tu en sais beaucoup plus, Néstor.

— Écoute, je commençais à sortir avec Lucy à l'époque, elle voulait que je quitte le gang. Moi pas, mais elle me faisait l'amour H24, j'ai pas vraiment eu le choix, tu vois ? J'ai commencé à prendre mes distances. Je veux dire, y avait bien des trucs qui se passaient, mais j'avais la tête complètement à autre chose.

— Arrête de me faire marcher, Néstor, dit Isaiah qui sentait sa colère monter. Il faut que je sache.

— OK, OK, du calme, mec. » Néstor but une gorgée de bière et avala une pleine poignée de cacahuètes. « Le truc, c'est que mes gars parlaient d'un certain Marcus et puis un jour, t'énerve pas, d'accord?, un jour j'ai entendu dire qu'ils avaient mis un contrat sur sa tête.

— Sur la tête de mon frère?

— C'est ce que j'ai entendu dire. »

Isaiah se leva. « Alors c'est ça? Les Locos ont tué mon frère?

— J'en sais rien, je te le jure, j'en sais rien de rien. » Néstor leva les mains comme si Isaiah braquait un pistolet sur lui. « Hé, me regarde pas comme ça. J'ai rien à voir avec tout ça. Tu peux te rasseoir, s'il te plaît? Tu fais peur à Isabel. »

Isaiah réfléchit un instant, puis lui obéit. « Comment je fais pour parler à Frankie?

— Impossible. Il vit comme un putain d'ermite, maintenant. Il parle plus à personne, il répond pas au téléphone. Y en a qui pensent qu'il est mort – c'est une cacahuète, Isabel, il faut la mâcher. » Isabel grimaça et montra ses dents, tel un chimpanzé, la cacahuète lui tomba de la bouche. « T'as vu ça, un peu? lança Néstor. Les bâtons et les cailloux, ça, elle veut bien les avaler, mais si ça se mange, tu peux toujours courir. »

Isaiah s'assit au volant, mit la climatisation et s'efforça de digérer ce que venait de lui dire Néstor. Les Locos avaient mis un contrat sur la tête de Marcus? De toute évidence, ils croyaient que c'était lui qui avait volé Frankie, mais c'était impossible. Même mort de faim, Marcus aurait refusé de voler un seul *cent* à Donald Trump. Le vrai voleur s'était arrangé pour que Marcus soit accusé à sa place, forcément. Or la seule personne capable d'identifier formellement le voleur, c'était Frankie. Peut-être se souviendrait-il d'un détail, même infime, qui suffirait à mettre Isaiah sur sa piste.

Néstor lui avait filé l'adresse. Isaiah passa devant chez Frankie, une maison dont le stuc s'effritait. Une bâche plastique bleue, froissée, recouvrait un lowrider rongé par la rouille, dont les essieux reposaient sur des parpaings. Des flyers papillonnaient au vent, coincés dans les mailles du grillage qui entourait la propriété, des cannettes de bière et des mégots de cigarette jonchaient la pelouse galeuse. De la bière Dos Equis, pas Carta Blanca. Des cigarettes Newport, pas Marlboro. Un chiffre manquait au numéro de la maison : on pouvait encore voir la marque d'un 5 fantôme. Manifestement, la retraite de l'ex-chef de gang n'avait rien de dorée. Isaiah réfléchit un moment. Il passa par la boutique de Beaumont, puis fit un saut chez Raphael avant de se garer devant chez Frankie.

Lorsque la porte s'ouvrit, Isaiah faillit ne pas reconnaître l'homme qui se trouvait de l'autre côté de la moustiquaire. Celui qui avait jadis été le boss des Locos, sans peur et sans reproche, celui qu'on surnommait *El Piedra*, parce que c'était le plus dur et le plus impitoyable des enfoirés, était à présent un homme frêle, décharné, qui évoquait un cintre métallique ployant sous le poids d'un T-shirt XXL. Il portait une vieille robe de chambre grise qui peluchait à tout-va, et ses chaussons en peau de mouton, aplatis par les ans, étaient trop grands. Frankie avait une trentaine d'années, mais ses cheveux étaient déjà de la même couleur que sa robe de chambre, une barbe de trois jours recouvrait ses joues creuses, et ses yeux sombres étaient vides, comme si toute vie les avait d'ores et déjà quittés.

« Ouais ? » fit Frankie. Sa voix était pâteuse et son odeur corporelle évoquait celle d'un octogénaire peu soucieux de sa toilette.

« Frankie, je m'appelle Isaiah. Je vis dans le quartier, tu m'as peut-être déjà croisé. Tout le monde me surnomme IQ.

— IQ, hein ? J'ai peut-être déjà entendu parler de toi, ouais. Tu veux quoi ? » Frankie jeta un rapide coup d'œil au pack de six Dos Equis qu'Isaiah avait acheté chez Beaumont.

« Il s'est passé un truc il y a pas mal de temps. J'ai besoin de quelques infos. Manzo m'a dit de venir te voir.

— Manzo ? fit Frankie, comme s'il essayait de se souvenir de qui il s'agissait.

— Il se porte garant pour moi. Je peux l'appeler pour qu'il te le confirme, si tu veux », dit Isaiah. *Me demande pas de l'appeler, je t'en supplie, me demande pas de l'appeler.*

Fidèle à son passé de gangster, Frankie adopta un ton belliqueux. « Écoute, j'ai pas le temps de parler avec toi, t'as compris ? Alors casse-toi. » Il commençait à refermer sa porte lorsque Isaiah sortit de sa poche un sachet de weed.

« Trip Diesel. Je l'ai chopée chez Raphael. Buvons une bière et roulons un spliff. »

Le salon était propre, bien rangé, et surchargé. Étagères et tables d'appoint croulaient sous les babioles et les souvenirs. Des cendriers de Mazatlán, Acapulco et Disneyland, une boule à neige renfermant une paillote et de mini-palmiers, une petite ménagerie de verre, chevaux, chats, plus une Petite Sirène. Des cierges. Deux ours en peluche coiffés de bonnets de Père Noël. Un grand Jésus en porcelaine blanche, plusieurs chapelets autour du cou. Des tas de photos de famille.

« Assieds-toi où tu veux », fit Frankie.

Tout ce bric-à-brac donnait presque le tournis à Isaiah. Il y avait des tapis artisanaux rouge et orange aux motifs traditionnels mexicains, des carrés de broderie sur les accoudoirs du canapé en velours vert kaki, et un sarape sur le dossier du fauteuil. Un drapeau de l'équipe des Raiders recouvrait une partie du mur, à côté d'une sculpture sur bois représentant la Vierge Marie et d'une horloge dont chaque heure était remplacée par une espèce d'oiseaux différente. Frankie alla dans la cuisine et ouvrit une cannette de bière.

« T'en veux une ? proposa-t-il.

— Ça va, merci. »

Isaiah s'assit sur le canapé et se mit aussitôt à rouler. Frankie prit place sur le fauteuil, face à lui. Il but la moitié de sa bière, puis laissa tomber sa tête en arrière, comme s'il était fatigué de la maintenir droite, sans pour autant quitter la weed du regard.

« Je voudrais te parler de quelque chose qui est arrivé il y a huit ans, commença Isaiah. Après la guerre contre les Violators.

— Y a huit ans ? » Frankie fronça les sourcils. « Je me souviens plus très bien. C'est à cause de mon syndrome de stress post-traumatique. Les docteurs disent que c'est parce que j'ai été mêlé à trop de trucs violents, comme les soldats en Irak. C'est un truc de cinglé. Impossible de fermer l'œil la nuit sans tout un tas de cachetons. Putain. Impossible de faire quoi que ce soit sans tout un tas de cachetons.

— J'en suis vraiment désolé. » Isaiah saupoudra l'herbe sur la feuille, la répartissant à la perfection, avant de rouler savamment le spliff entre ses pouces et index. Isaiah savait également comment faire du crack avec de la cocaïne, comment fumer de la méthamphétamine, comment préparer un fix d'héroïne, plus une grosse dizaine d'autres trucs et astuces de toxicomanes. Quand on a un job qui consiste à pourchasser des criminels, ça ne fait pas de mal de connaître leurs petites habitudes.

« Ouais, j'ai des flash-backs et tout », dit Frankie. Il semblait se ranimer légèrement, comme s'il venait de se rappeler qu'il était assez agréable de parler à quelqu'un d'autre que soi-même. « Y avait ce mec, Oscar, continua-t-il. Il avait merdé sur un deal. Le genre de conneries qui arrivent tout le temps. J'aurais pu juste lui botter le cul un bon coup, mais je l'ai massacré. Je l'ai poignardé, et puis pas qu'une fois. J'étais pas obligé de le faire, mais j'avais ma réputation à tenir, tu vois ? Et puis hier – est-ce que c'était hier ? Ouais, c'était hier, je regardais la télé, et puis tout à coup y a tout qui est revenu. Tu sais, du sang de partout, Oscar qui crie, sa meuf qui hurle. Et je tremblais comme une putain de feuille morte. J'ai dû reprendre des cachetons. » Le regard de Frankie refléta une stupéfaction qui allait au-delà des mots, comme si la vie qu'il avait jadis menée dépassait complètement son imagination.

« Ce stress post-traumatique, c'est vraiment pourri, mon gars. »

À l'aide de la gomme d'un crayon à papier, Isaiah tassa l'herbe dans le spliff. Raphael lui avait donné un petit sachet de filtres, de simples bandelettes de papier glacé. Il en plia une extrémité en accordéon, puis enroula le reste de la bandelette autour afin d'obtenir un petit tube. Ces plis n'étaient pas foncièrement nécessaires, mais c'était un peu plus de temps de gagné.

« Pas mal, remarqua Frankie. J'avais jamais vu rouler un filtre comme ça. »

Une petite femme boulotte en tablier passa la tête dans l'encadrement d'une porte, comme si elle s'attendait à voir un flic dans le salon. « *Todo está bien*, maman », dit Frankie. La femme disparut aussitôt. « Ouais, j'ai des potes qui ont la tête niquée comme moi, poursuivit-il. Miguel, Mateo, Esteban. Ils croient tous qu'ils ont la maladie de Lyme ou un truc dans le genre, mais en vrai, c'est le SSPT. Faut croire que c'est une sorte de karma, hein ? Les saloperies que t'as faites reviennent te hanter. Putain, mon gars, si c'est vraiment ça, je ferais aussi bien de me suicider. »

Isaiah inséra le filtre du côté où il avait tassé l'herbe. Le joint était aussi parfait qu'une bouteille de Heineken long neck. Il le passa à Frankie. Celui-ci l'alluma, inhala une bouffée et hocha la tête d'un air d'appréciation. « Super plus facile de tirer avec un filtre comme ça », nota-t-il. Il tendit le joint à Isaiah.

« Non merci, j'ai déjà fumé chez Raphael. Si je continue, je pourrai plus conduire. » Isaiah attendit que Frankie ait soufflé sa troisième taffe. « J'aimerais te parler d'un truc, reprit-il.

— Ah ouais ? fit Frankie en finissant de recracher avec délice les dernières volutes de sa bouffée.

— Il paraît que t'allais faire un dépôt chez Seb quand tu t'es fait braquer. »

Frankie resta un bref instant immobile, parcourant mentalement un gros album photo d'épisodes criminels. « Ouais, je m'en souviens. Je descendais de ma caisse quand un connard m'a braqué son gun sous le nez. Il me fait "passe-moi le fric", moi je lui dis "je te passe rien du tout enculé", et puis j'essaie d'attraper son flingue, tu vois ? Le coup part, la balle me transperce le… » Frankie commença à soulever son T-shirt, mais s'interrompit soudain comme si cela aurait représenté une trop grosse dépense d'énergie. « … me transperce le bide, le pire qui peut t'arriver quand tu te prends une balle. Ça fout en l'air tout un tas d'organes et tout. J'ai failli crever, putain. J'aurais dû lui passer le fric sans discuter.

— Est-ce que tu te rappelles quoi que ce soit au sujet de ton agresseur ? »

Frankie regardait par la fenêtre, comme si ses souvenirs étaient en train de quitter l'allée de sa maison en marche arrière. Pendant ce qui parut une éternité, il demeura immobile, sans même battre des paupières, et Isaiah en vint à se demander s'il s'était définitivement perdu dans ses pensées. Le chardonneret de l'horloge se mit à siffler. Frankie se redressa soudain et darda un regard noir sur Isaiah, comme si celui-ci venait de le prendre par surprise. « Pourquoi tu veux savoir ça, putain ?

— Celui qui t'a braqué a probablement tué mon frère.

— Marcus ?» dit Frankie.

Isaiah faillit rester sans voix. « Tu le connaissais ? Tu connaissais mon frère ?»

Comprenant enfin que la bière et la weed avaient servi d'appât, Frankie se leva. « Espèce d'enculé, il est temps que tu te casses. »

Isaiah n'arrivait pas à le croire. Il ne pouvait y avoir qu'une seule explication à une telle réaction de la part de Frankie. Les Locos avaient bel et bien tué Marcus. Isaiah se leva lui aussi, la haine bouillonnant au fond de ses tripes. Il toisa ce déchet humain qui avait commandité la mort de son frère. « Tu as mis un contrat sur sa tête, c'est ça ?»

Frankie s'apprêtait à répondre lorsque la porte de la maison s'ouvrit brutalement. Une jeune fille entra. Seize ans environ, des mèches de cheveux roses, elle était vêtue d'un long sweat rose et d'un legging noir. Ses yeux et la forme de son visage rappelaient singulièrement ceux de Frankie. Sa sœur sans nul doute. Un type entra derrière elle, un filet à cheveux étalé sur son crâne chauve et luisant. Vicente.

« Manzo arrête pas de me commander, tu sais, disait la fille. J'en ai ras-le-cul de ses conneries.

— Tu devrais lui dire d'aller se faire foutre, Ramona, répondit Vicente. S'est pris pour le *jefe* de cette putain de planète tout entière. » C'est alors qu'ils s'aperçurent de la présence d'Isaiah et de Frankie dans le salon, et de la tension qui y régnait.

« C'est qui ça ? demanda-t-elle.

— Un connard qui pose trop de questions, répondit Frankie.

— Ah ouais ? lança Vicente. À propos de quoi ?

— Marcus.

— Quel Marcus ? Tu veux parler du mec qui… » Vicente entra aussitôt dans une colère noire. Il tira un pistolet de l'arrière de son jean, en fit glisser la culasse, et s'avança vers Isaiah, bras tendu, visant son cœur. « Tu sais ce qui arrive à ceux qui se mêlent des affaires des Locos ? Ils finissent vite au fond d'un putain de trou.

— Tu viens chez moi emmerder mon frère, enculé ? lança Ramona.

— Attendez. Je vais vous expliquer… »

Vicente avait le visage écarlate, les lèvres déformées par un rictus. Il fulminait encore plus que Ramona. Il pressa la bouche du canon contre le front d'Isaiah. « Pas besoin d'explication, *cabron.* » Et Isaiah pensa alors : ce connard a vraiment l'intention de me descendre !

Sa réaction était si exagérée que Frankie prit la parole : « T'es malade, Vicente ? Tu comptes fumer quelqu'un chez moi ?

— Sois pas débile, Vicente, renchérit Ramona. Sérieux…

— OK, fit Vicente en baissant son arme. Je vais l'emmener ailleurs pour le buter.

— Non, dit Frankie d'un ton las. C'est fini, de buter des mecs. Faites-le sortir, c'est tout.

— T'as entendu, lança Ramona. Bouge-toi le cul. »

Vicente et Ramona raccompagnèrent Isaiah qui ouvrit la porte. Il sentit alors l'une des Converse de Vicente s'enfoncer au bas de son dos, et l'instant suivant il fut catapulté à travers le perron et tomba à genoux au milieu de l'allée en béton, manquant de se casser les poignets en se réceptionnant sur les mains.

« Occupe-toi de ton cul, *cabron*, cracha Vicente. Si je te revois dans notre quartier, je t'encule.

— On te l'enfoncera bien profond, ça, tu peux en être sûr », renchérit Ramona.

Frankie apparut sur le seuil à côté des deux autres et posa une main sur l'épaule de sa sœur. « C'est ton frère qui m'a braqué, dit-il. C'est ton putain de frère qui m'a tiré une balle dans le ventre. »

Isaiah s'éloigna en boitillant. Ces fils de pute avaient assassiné Marcus, et tôt ou tard ils le paieraient. Mais que son frère ait menacé Frankie d'une arme à feu, lui ait volé son argent et lui ait tiré dessus, c'était inimaginable. Isaiah ne parvenait pas à trouver une quelconque justification qui aurait pu pousser son frère, à la morale si inflexible, à faire une chose pareille. Si ce n'était pas Marcus qui avait braqué Frankie, qui alors ?

Vicente peut-être. À en croire Néstor, Vicente s'était piteusement incliné face à Manzo, et lorsque Manzo avait pris le pouvoir, il avait banni les anciennes méthodes et mis en œuvre la reconversion du groupe des Locos en conglomérat. Cette nouvelle politique avait fait de Vicente un gros bras que plus personne ne respectait. Le ressentiment de Vicente l'aurait-il poussé à monter ce braquage de toutes pièces ? C'était un excité avide de violence, le profil type d'un mec prêt à tout pour se venger de quiconque le mettrait sur la touche, et, pendant qu'on y était, pourquoi ne pas faire un peu de profit en même temps ? Mais quand Vicente aurait-il pu avoir l'occasion de mettre les billets et l'héroïne dans le sac à dos de Marcus ? Les avait-il suivis ce jour-là à travers le parc jusqu'au terrain de basket pour glisser les éléments compromettants dans le sac, avant de courir se mettre au volant de l'Accord pour renverser Marcus ? Non, trop compliqué. Si Vicente avait envie de vous buter, il dégainait son pistolet et ouvrait le feu.

Seb, c'était une autre piste. C'était à lui que Vicente apportait l'argent, il était donc au courant de l'heure et du lieu convenus, et si Marcus avait réalisé des travaux pour son compte, il aurait eu plus d'une occasion pour charger son sac. Bon. Alors imaginons qu'il envoie Gahigi braquer Frankie. Après quoi il lui raconte que Marcus, cette sale fouine, a prêté l'oreille à leurs conversations téléphoniques pendant qu'il bossait chez lui. Ça pouvait coller mais en fait ça n'avait aucun sens. Seb venait d'un pays où un gamin pouvait se faire amputer d'une jambe à la machette. Une balle dans la tête, ou une gorge tranchée, ça correspondait mieux à quelqu'un qui avait survécu à un génocide, et l'accent de Gahigi aurait sûrement suffi à le démasquer. Il n'y avait pas des masses de types originaires d'Afrique de l'Est en territoire Loco. Et Seb n'avait aucune raison valable de perdre trois mille dollars en liquide et seize grammes d'héroïne de cette manière. Le numéro de téléphone de Seb figurait sur le registre de Marcus, OK, mais c'était peut-être tout à fait fortuit, comme Seb l'avait suggéré, et en outre il était bien trop malin pour prendre le risque de voler son plus gros client pour si peu. Et rien que de penser au nombre de personnes au courant des modalités du dépôt de Vicente, il y avait de quoi déprimer. D'autres Locos devaient être dans la confidence, des clients de Seb aussi. Quelque chose clochait. Tout clochait.

Isaiah rentra chez lui, l'esprit obnubilé par le mystérieux braqueur. C'était la première fois qu'il ressentait de la haine. Cela ressemblait à un ulcère poussant sur une tumeur, suppurant, puant. Tard le soir, ou entre deux rêves, il s'y vautrait, baignait dans ce venin, se complaisait dans son désir de vengeance. Cette haine avait quelque chose de jouissif. La haine dissipait les peurs, faisait fondre toutes les déceptions, tous les revers, toutes les pertes, toutes les humiliations et tous les échecs pour forger un gigantesque marteau de rage et d'acier dont la seule fonction était la destruction. On se croyait dans son plein droit, tel un dieu justicier et, l'espace d'un bref instant cathartique, on se sentait soulagé.

7

Je ne sais pas

Tommy Lau attendait dans le bureau en buvant un verre du Glenfiddich de Ken. Plus vite tout ceci serait réglé, mieux ce serait. Vegas, c'était comme de se retrouver au milieu du défilé du Nouvel An chinois : trop de trucs en même temps. Tommy pensa à Janine, sa « nièce » préférée, jusqu'à aujourd'hui. Elle lui rappelait le jeune homme qu'il avait été. Indépendante, inspirée, suivant sa voie en dépit de l'avis de son père, et c'était la seule jeune fille d'origine chinoise de sa connaissance qui ne dissimulait pas sa bouche derrière sa main quand elle riait.

Quand Ken se rendait à San Francisco pour affaires, il emmenait Janine, et Tommy l'invitait à déjeuner à Chinatown. Comme il n'y avait nulle part où se garer, ils prenaient le tramway et parcouraient trois blocs à pied jusqu'à Grant Street. Le restaurant préféré de Tommy était le China Moon, où tout le monde savait qui il était et ce qu'il faisait. À peine passait-il la porte qu'un chœur de *ni hao* éclatait, accompagné de sourires nerveux et de hochements de tête. Trois serveurs venaient s'occuper de l'oncle et de la nièce. Tommy commandait toujours en chinois sans consulter le menu, Janine lui disait « attends, attends, peut-être que j'ai envie d'autre chose », et Tommy répondait « désolé, pas de cheeseburger aujourd'hui ».

Tommy adorait la régaler d'histoires des triades, lui répétant systématiquement en guise de préambule qu'il avait quitté la 14K dans sa jeunesse parce que leurs activités l'avaient vite dégoûté. Un jour, il lui avait parlé du trafic d'êtres humains.

« Ce secteur a connu un vrai boom sous George W., avait dit Tommy en tâchant de son mieux de dissimuler la nostalgie qu'il éprouvait. Les triades auraient dû organiser une grande fête pour le remercier. Il a émis un décret-loi qui stipulait que, à condition de se déclarer victime de la politique chinoise de l'enfant unique, tout ressortissant vivant aux États-Unis se voyait régularisé.

— J'imagine que plein de monde a voulu venir », observa Janine. Elle avait alors treize ans. Elle ne tenait pas en place et jouait de la batterie avec ses baguettes.

« Des milliers, la plupart issus de Fujian. Ils appelaient les États-Unis la Montagne d'Or. Les triades y ont vu une opportunité sans pareille et se sont empressées de l'exploiter. Le marché des faux passeports a explosé. La 14K les cédait à trente mille dollars l'unité.

— Waouh, ça fait cher », fit Janine. Elle tourna les yeux vers un serveur. « Je pourrais avoir une fourchette, s'il vous plaît ?

— On n'a rien sans rien, répondit Tommy. Nous, enfin, la 14K, nous ne vendions que des faux passeports de première qualité. Ils étaient confectionnés à Bangkok par une famille de faussaires. Quatre générations. L'une de mes connaissances a fait appel à eux pour faire embarquer cent cinquante-trois Chinois dans un avion de trois cent soixante-dix places à destination de JFK. Pas mal, hein ? Le danger était minime. S'il s'était fait attraper, la peine maximale aurait été de dix-huit mois. Mais il a réussi à les faire passer aux États-Unis, et il s'est fait quatre millions et demi de dollars en une journée. Si on l'avait pincé avec une cargaison d'héroïne d'une valeur équivalente, c'était vingt-sept ans de réclusion qui l'attendaient. »

Le serveur déposa une fourchette devant Janine. « Merci, dit-elle avec un sourire rayonnant.

— Au bout d'un moment, il y a eu pénurie de faux passeports, reprit Tommy, et beaucoup n'avaient plus les moyens de s'en procurer. Ils sont venus par la mer, dans des conditions horribles. On m'a raconté que certains avaient dû se cacher dans des containers avec des porcs vivants, jusqu'à l'étape de Fuzhou.

— Beeeurk. »

Tommy aimait raconter à sa nièce des histoires horribles. Voir ses yeux s'écarquiller comme lors de sa première descente en montagnes russes. Et ces histoires étaient riches d'enseignements : une excellente façon de faire comprendre à cette gamine que le monde ne se résumait pas au Red Rock Country Club et à son école privée. « La plupart du temps, les bateaux étaient de vieux cargos, poursuivit-il. Construits Dieu sait quand. Qu'ils flottent encore tenait du miracle. Les clandestins devaient rester dans la cale pendant toute la traversée. Quarante à cinquante jours d'affilée. Les lieux étaient sombres, répugnants avec des émanations toxiques de diesel. Certains ont été asphyxiés. D'autres sont morts de faim. »

Janine grimaça. « Tu vas me couper l'appétit, oncle Tommy.

— Je me souviens d'un bateau qui a échoué pas loin de la baie de San Francisco. Les autorités ont retrouvé des clandestins qui pataugeaient dans les matières fécales, rongés par les maladies pour la plupart. Hépatite B, choléra même. Un autre cargo a eu une panne de moteur au large de la Caroline du Nord. Tous les passagers souffraient d'une souche mutante de la rubéole.

— Tu vas me faire vomir, oncle Tommy.

— De nos jours, la plupart arrivent avec des visas, ajouta Tommy comme s'il regrettait le bon vieux temps. Des visas d'études, de travail. Il faut soudoyer les bonnes personnes, ça va de soi. Certains prennent un vol pour la Thaïlande avec un faux passeport et payent un représentant de l'autorité sur place afin de pouvoir continuer leur voyage. À l'aéroport de Bangkok, pour repérer les fonctionnaires véreux, rien de plus simple : c'est toujours devant eux que se forment les files d'attente les plus longues. Après quoi les immigrés prennent un vol pour l'Amérique centrale, et font le reste du chemin par voie terrestre. Les cartels se chargent du transport. Très dangereux. Agressions, viols, racket. Au Mexique, les coyotes prennent le relais. Dans le désert, les gens meurent de soif ou d'insolation. Passé la frontière américaine, il y a des pancartes destinées aux voyageurs égarés. Les indications sont écrites en trois langues. Anglais, espagnol et chinois.

— Trois langues, hein ? fit Janine en se remettant à tambouriner avec ses baguettes.

— Arrête ça, Janine. »

Les serveurs apportèrent des crevettes au vin chinois, du pigeon vapeur, des travers de porc aux cinq épices et un poisson entier dont la courbe reproduisait celle du wok où on l'avait cuisiné. Janine tendit la main vers une cuiller de service.

« Non, attends, fais d'abord comme moi », dit Tommy. Il plaça l'extrémité de ses baguettes dans sa tasse et versa du thé dessus. « Tu vois ? C'est comme ça qu'on les réchauffe. Ensuite, tu fais pareil avec ton bol. Tu verses un peu de thé, tu le fais circuler, c'est ça, et ensuite tu verses le thé dans ta tasse. Le serveur va t'en apporter une autre.

— Moi, tout ce que je veux, c'est manger.

— Les tarifs des passeurs sont très élevés, reprit Tommy comme s'il parlait des prix d'Apple. Il y a les pots-de-vin, les documents officiels, le simple prix du trajet. C'est pour ça qu'ils prennent soixante, soixante-dix, quatre-vingt mille dollars, plus cinq cents pour les coyotes.

— Je croyais que les clandestins fuyaient parce qu'ils étaient pauvres. Comment font-ils pour payer des sommes pareilles ?

— Tous les membres de la famille mettent de l'argent en commun et envoient le garçon le plus susceptible de réussir. À peine arrivé aux États-Unis, celui-ci se met à les rembourser. Pas simple quand on fait la plonge ou qu'on débarrasse les tables. Ça les oblige à vivre comme des animaux. »

Janine s'entêtait à enfoncer sa fourchette dans un travers de porc, mais l'os était trop dur.

« Pose ta fourchette, fit Tommy. Tu vois comme les travers ont été découpés ? Idéal pour les baguettes. » Chaque bout de côte était de la taille d'une pile de neuf volts. Tommy en saisit une et la positionna à hauteur de sa bouche, aspirant la viande à même l'os. « Ce qui reste du riz au fond du bol, c'est ce qu'il y a de meilleur avec tous les jus qui l'ont imbibé. » Il se servit de l'os comme d'une fourchette, formant une petite pile de grains de riz. Puis il leva le bol jusqu'à sa bouche et, toujours à l'aide de la côte, avala le riz. « Tu vois ? fit-il. La méthode chinoise, c'est toujours la meilleure.

— Je parie que tu t'en sortirais pas aussi bien avec un cheeseburger, rétorqua Janine.

— Pour les filles qui veulent venir aux États-Unis, en revanche, c'est une tout autre histoire, continua Tommy sans transition. On leur fait miroiter de superbes opportunités professionnelles, et à leur arrivée, on les oblige à se prostituer pour rembourser leur dette.

— Mon Dieu, c'est horrible.

— Il y a même un tout nouveau marché, l'importation de Vietnamiennes en Chine.

— Pourquoi ça ?

— Toujours à cause de cette politique de l'enfant unique très stricte et très contrôlée. Les autorités condamnent les contrevenants à des avortements, à des stérilisations. Tout le monde préfère avoir un garçon : beaucoup de ceux qui ont une fille s'en débarrassent d'une manière ou d'une autre. La précipitent dans un puits, la plongent la tête la première dans un seau d'eau. Des millions de filles ont disparu ainsi.

— Oh, mon Dieu. Je suis vraiment contente d'être née ici !

— Résultat, il n'y a plus assez de femmes à marier en Chine, et il faut bien se trouver une épouse. L'autre raison est financière. Le futur mari se doit d'organiser un mariage somptueux à ses frais et acheter une nouvelle maison pour y vivre avec sa femme. Épouser une Vietnamienne, ça représente une économie considérable.

— Et ces filles se marient de leur plein gré ?

— Oh non, fit Tommy en gloussant. On les kidnappe. Certaines ont ton âge.

— Et les gens des triades n'ont pas mauvaise conscience ? »

Tommy attrapa d'un coup de baguette une autre côte qu'il se mit à ronger.

« Non, répondit-il. Ils n'ont jamais mauvaise conscience. »

Tommy était immunisé contre la souffrance. Il avait souvent vu son père manger une moitié de poisson alors que l'autre moitié était encore en vie. Il était présent lorsque des agents de police de Chongqing avaient tué un homme à coups de marteau pour vente illégale de pastèque. Il avait vu une toute petite fille disparaître dans un sac à linge, et le sac à linge disparaître dans le Yang-Tsé. Il s'était rendu au Festival de la viande de chien de Yulin où chaque année dix mille chiens étaient massacrés, certains ébouillantés vivants. Quand on grandissait dans un tel environnement, la cruauté n'était pas de la cruauté, ça faisait simplement partie de l'existence. Comme le mauvais temps ou le fait de devoir travailler pour gagner sa vie. Les Américains se plaisaient à dire des Chinois qu'« ils étaient comme ça », comme si la brutalité était une caractéristique culturelle et non une caractéristique de la pauvreté, le lot de ceux qui doivent se battre pour le moindre centimètre carré, la moindre goutte d'eau, la moindre bouchée de nourriture, la moindre bouffée d'oxygène. Les pratiques de ce genre étaient courantes dans le monde entier, et pas que dans le tiers-monde. On en trouvait même aux États-Unis, où la pauvreté ne servait pas d'excuse. Des adolescents mettaient le feu à des SDF, des militaires violaient leurs subordonnés, des matons laissaient sortir des prisonniers de leur cellule afin qu'ils tuent d'autres détenus, des policiers abattaient des malades mentaux. Il ne faudrait pas grand-chose de plus pour que les Américains se mettent à manger leurs labradoodles et à jeter leurs enfants non désirés du haut du Bay Bridge. Oui, les Américains seraient bien inspirés de s'occuper de leurs affaires et de balayer d'abord devant leur porte.

Tommy se servit un autre Glenfiddich et sortit pour fumer. Tung était assis sur une chaise de jardin qui menaçait de craquer sous sa masse musculaire. Bâti comme un réfrigérateur industriel, avec des yeux opaques et implacables, il affichait constamment le même froncement de sourcils, comme s'il venait de surprendre une blatte sur les poils de sa brosse à dents. Tommy aimait dire que Tung était capable de tuer le premier venu d'une simple pichenette.

« Où est-il ? demanda Tommy.

— À l'étage, répondit Tung. Il ne nous posera aucun problème. C'est Ken. »

Mort d'inquiétude, Ken faisait les cent pas en se demandant comment se sortir de ce très mauvais pas. Il entendit une voiture s'engager dans l'allée. Les Bâtons Rouges avaient-ils mis la main sur Benny ? Une part de lui aurait aimé que ce soit le cas. Il lui fallait à tout prix contacter Janine, mais Tung avait confisqué son portable et arraché les fils de sa ligne fixe. Il pouvait toujours tenter de descendre le long du tuyau d'écoulement de la gouttière, mais il avait peur de se blesser, ou d'être rattrapé. Et l'idée d'être ficelé et bâillonné le terrorisait.

Entendant des voix, il s'approcha de la fenêtre qui donnait sur la piscine. Tommy, furieux, criait sur un gamin apparemment sous-alimenté. Celui-ci baissait la tête, mains jointes devant lui. Il était recouvert d'éraflures, sa bouche était enflée, et son ridicule costume de croque-mort était maculé de terre.

« Comment ç'a pu arriver ? s'exclamait Tommy. Comment tu as fait pour le laisser s'échapper ? Je savais que tu ferais tout foirer. J'aurais mieux fait d'envoyer Tung.

— D'autres types sont arrivés. Ils se sont interposés. On a dû se battre.

— C'était qui, ces types ?

— Deux Blacks. Janine était avec eux.

— Et alors ? Vous étiez cinq, non ?

— Un autre mec s'est pointé. Énorme. Un vrai géant.

— Vous vous êtes fait attaquer par deux Noirs et un géant ?

— Oui, Tommy. »

Tommy jeta un regard en direction de Tung comme pour lui dire, non mais tu l'as entendu, ce petit con ? « Qui étaient ces Noirs ? demanda Tommy.

— Aucune idée, répondit Maigrichon. On a pris leur numéro d'immatriculation. Zhi est sur le coup.

— Bon, fit Tommy, exaspéré. Je n'ai pas vraiment le choix, tu es un 438. »

Afin de désigner les rôles et rangs de chacun, les triades avaient recours à des nombres tirés du Yi King. 438, c'était l'Avant-Garde, l'équivalent du quarterback au football américain. 489, c'était Tommy, le Maître de la Montagne. Les Bâtons Rouges portaient le numéro 436. L'Éventail de Papier Blanc, le 415, représentait l'aspect business et financier. Les 49 s'appliquaient aux simples soldats. 425, c'était un traître. Comme Janine.

« Le petit copain constitue un risque, déclara Tommy. Je le veux mort ou vif. Janine nous fournira les informations dont nous avons besoin. »

À petits pas précipités, Zhi sortit de la maison. C'était un homme menu, nerveux, tendu, qui évoquait pour Ken l'image d'une gerbille courant à toute vitesse dans sa roue.

« Qu'est-ce qu'il y a ? » demanda Tommy. La réponse de Zhi fut inaudible. « Du chantage ? s'exclama Tommy. Ces imbéciles veulent nous faire chanter, *nous* ? »

Ken s'écarta de la fenêtre. *Comment peuvent-ils être aussi abrutis ? Je vais le tuer de mes mains, ce sale petit con de Benny.* Il espérait que Janine avait eu au moins la présence d'esprit de quitter Las Vegas. Tommy allait sûrement lancer à ses trousses les Dragon Boyz, un gang local. Ce genre de bande pullulait dans les villes où opérait la 14K, qui les chargeait du sale boulot, afin d'assurer la tranquillité du Maître de la Montagne.

Ken n'en revenait pas. Janine et Benny voulant faire chanter la 14K ? Qu'est-ce qui avait bien pu leur passer par la tête ? Ignoraient-ils que l'influence de la triade s'étendait aux quatre coins du monde ? Pris d'un haut-le-cœur, il se précipita dans la salle de bains et se pencha au-dessus de la cuvette. Si Janine avait survécu jusqu'ici, son sort était à présent définitivement scellé. Il ne pouvait qu'espérer qu'ils ne la torturent pas, qu'ils l'éliminent rapidement, de deux balles à la base du crâne. C'était le destin le plus clément auquel lui-même aspirait.

La nausée revint, et il vomit dans les toilettes. Qu'avait-il fait pour en arriver là ? Il était issu d'une famille respectable, il était instruit, intelligent, avenant même, quand il s'en donnait la peine. Il repensa à la façon dont tout avait commencé.

Il était alors en école de commerce. C'était son tout dernier semestre, et la pression était plus forte que jamais. Ses parents avaient toujours exigé de lui le meilleur, quel que soit le domaine. C'était la première place ou rien, et Ken était sans cesse relégué au rien, même s'il était deuxième ou troisième. C'était pour cette raison qu'il avait quitté l'équipe de tennis de l'université, à cause de ces deux gargouilles assises dans les tribunes, marmonnant entre elles à chaque faute directe de sa part et quittant carrément les lieux lorsque son adversaire prenait l'avantage. Sa fiancée était étudiante en médecine, première de sa classe, elle. Elle semblait étudier constamment, même à vélo ou lorsqu'ils faisaient l'amour. Son père réservait une place pour Ken au sein de sa société de fonds spéculatifs et avait d'ores et déjà acheté un luxueux appartement pour le couple, à Pacific Heights. Tout le monde avait beau lui dire qu'il avait de la chance, Ken était convaincu du contraire. Il se sentait manipulé, contraint et forcé de toutes parts. Sa seule soupape : jouer dans un des tripots de Tommy Lau à Chinatown. Dans un sous-sol, une arrière-salle ou une boutique borgne, entrée par-derrière de rigueur. Des chaises dépareillées autour de tables pliantes, un linceul de fumée de cigarettes sous les néons qui bourdonnaient. La clientèle était presque exclusivement composée d'hommes âgés. Taches de vieillesse, bajoues tombantes, calvitie prononcée, pantalon élastiqué remonté jusqu'à la taille et baskets bon marché. Beaucoup de bruit. Tuiles de mah-jong qui cliquetaient, cartes qui claquaient, petite monnaie qui tintait aux tables de fan-tan, et l'incessant babil en chinois.

Jamais il ne l'aurait avoué, mais à l'instar de ses parents, grands-parents et ancêtres, Ken croyait que le sort, la destinée, la chance jouaient un rôle bien plus important dans la vie que les choix qu'on pouvait faire. Ken mettait toute sa foi dans des objets, des nombres porte-bonheur et le feng shui. On pouvait se servir de tout cela dans l'espoir d'infléchir le sort, d'encourager la chance à vous sourire un peu.

Ken jouait au pai gow et au fan-tan, mais c'était

le mah-jong qui avait sa préférence. Reposant sur un principe proche du gin-rami, ce jeu nécessitait des talents mathématiques et une certaine dose de chance. Or si Ken brillait au premier titre, le deuxième lui faisait systématiquement défaut. À l'approche de ses examens finaux, la pression à son paroxysme, il se mit à jouer de façon obsessionnelle, contractant une dette de plusieurs milliers de dollars. Tommy paraissait ne pas s'en inquiéter, faisant crédit à Ken à chacune de ses sollicitations. Ken se disait qu'il rembourserait tout quand il travaillerait dans la société de son futur beau-père. Et puis un jour, sans raison apparente, tout crédit lui fut refusé, et un Chinois qui avait dû être une armoire à glace dans une vie précédente lui avait intimé l'ordre de vider les lieux.

Le lendemain, l'armoire à glace frappa à sa porte, se présentant comme un ami de Tommy. Il demanda à Ken s'il était en mesure de rembourser les intérêts de sa dette, Ken répondit par la négative. L'homme lui enfonça alors son poing dans le ventre et, tandis que Ken se tordait de douleur sur le sol, tâchant tant bien que mal de respirer, l'armoire à glace réduisit en miettes les objets qui se trouvaient dans l'appartement, y compris la télévision et l'ordinateur portable. Lorsque Ken lui demanda s'il pouvait au moins garder son vélo pour se rendre à l'université, l'homme en fit une compression de ferraille qu'il jeta par la fenêtre.

« Tommy veut te voir, déclara-t-il. Demain, 13 h 30, China Moon. »

Lorsque Ken pénétra dans le restaurant, Tommy faisait un sort à un homard dans sa sauce aux haricots noirs. Assis à une autre table, une serviette coincée dans le col, Tung broyait de sa mâchoire carrée des crevettes non décortiquées, la carcasse d'un canard entier placée devant lui.

« Je t'en prie, assieds-toi, dit Tommy. Tu veux manger quelque chose ?

— Non merci.

— Allons, pas de chichi. Mange donc. »

Ken se mit à piocher dans un plat de *char siu* tandis que Tommy l'interrogeait sur ses études. Les options qu'il avait choisies, sa moyenne générale, ses projets.

« Tu t'y connais en comptabilité ?

— Un peu mais je ne suis pas comptable. Pourquoi ?

— Tu n'es pas sans savoir qu'il est très mal élevé de poser des questions aussi directes.

— Mais vous venez de m'en poser une.

— Je suis ton aîné. »

Ils finirent le plat, et alors qu'ils buvaient leur thé en silence, Tommy déclara abruptement : « Parlons un peu de tes dettes.

— Je vous rembourserai, Tommy. Dès que je commencerai à travailler. Je vous le promets.

— Le taux d'intérêt est de 20 % par semaine.

— Par… semaine ?

— Soit 10 000 % par an. Et pas d'arrangement possible.

— À ce taux-là, je n'arriverai jamais à vous rembourser.

— On est bien d'accord. Et c'est fort dommage. Qu'adviendra-t-il quand ta famille l'apprendra ? Et je ne parle même pas de ta future belle-famille. Je t'ai déjà dit que je connaissais le père de ta fiancée ? Un homme très à cheval sur les principes, très conservateur. Ce sera pour lui un déshonneur absolu, tu t'en doutes. Il ne te pardonnera jamais, et tes parents non plus.

— Je vous en supplie, Tommy. Dites-moi ce que je dois faire. »

Tommy lui répondit qu'une de ses succursales prenait de l'ampleur à Las Vegas et qu'il avait besoin de quelqu'un pour la gérer. Quelqu'un d'intelligent, digne de confiance, qui n'avait pas peur des chiffres et savait diriger une entreprise. Il resta vague quant à la nature des affaires en question. « Tu peux passer ton examen final, ou pas, c'est toi qui décides, conclut Tommy.

— Et mes parents ?

— Ils seront d'abord sous le choc, c'est évident, mais quand ils verront l'argent que tu te feras, ils finiront par se faire une raison.

— Est-ce que vous pouvez me laisser un peu de temps pour y réfléchir ?

— Certainement. Tu as jusqu'à la fin du repas. Tu veux autre chose ?

— Oui, je crois que oui. »

Entre le *char siu* et les cuisses de grenouilles sur un lit de feuilles de lotus, Ken prit conscience que peu importait sa réussite ou l'ampleur de ses efforts, ses parents ne nourriraient jamais à son endroit qu'une déception infinie. Et pour ce qui était de sa fiancée, eh bien, s'il devait ne plus jamais revoir son visage ambitieux et glacial de toute son existence, il ne s'en porterait pas plus mal. Quant au fait de travailler dans une société de fonds spéculatifs, c'était sans doute ce qu'il désirait le moins au monde. En fait, échapper à cette vie à laquelle il n'avait jamais aspiré, c'était en quelque sorte une délivrance.

Ken partit pour Las Vegas et se mit à travailler pour Tommy. Au début, ses tâches le dégoûtaient, et à plusieurs reprises il se trouva à deux doigts de tout laisser tomber, mais sa dette n'était toujours pas effacée, et plus rien ni personne ne l'attendait à San Francisco. Contrairement à ce qu'avait dit Tommy, il fut définitivement renié par sa famille, la famille de sa fiancée, et sans doute par toute la bonne société d'origine chinoise de la ville. En soi, le travail n'était pas si désagréable. Il s'occupait du volet commercial et financier, Liko se chargeait du boulot sur le terrain. Au fil des années, Tommy ne reparla plus de sa dette, mais implicitement, il était entendu que Ken ne serait jamais en mesure de raccrocher. Il avait eu une aventure avec Angela et Sarita était entrée dans sa vie. Puis il avait épousé une hôtesse de l'air originaire de Hong Kong, et Janine était née. Se désolant de ne plus voir les siens, l'hôtesse avait fini par retourner à Hong Kong, Dieu merci, et Ken était à présent un mac plein aux as avec une épée de Damoclès au-dessus de la tête, enfermé dans sa propre chambre, craignant pour la vie de sa fille, mais plus effrayé encore à l'idée d'avoir à descendre le long d'un tuyau de gouttière.

Ken essuya le vomi aux commissures de ses lèvres, tira la chasse et retourna dans sa chambre. *Tommy. Ce salopard de Tommy.* Cette vieille merde cupide et maléfique, arrogante et méprisante, et dont il était l'esclave depuis tant d'années. Qui le tenait en si basse estime qu'il n'avait même pas pris la peine de le ligoter ni même de fouiller sa chambre où il n'aurait pas manqué de trouver le pistolet dans le tiroir de la table de chevet. Pour Tommy, Ken était un faible, un lâche, il ne représentait pas l'ombre d'un début de danger. La douleur et l'humiliation submergeaient Ken. Pourquoi devrait-il se laisser faire sans se défendre ? Pourquoi Tommy ne devrait-il pas payer le prix de ses abus ? Pourquoi Janine devrait-elle mourir et Tommy continuer à vivre ?

« Putain de vieux salopard », jura Ken entre ses dents. Il ouvrit brusquement le tiroir et mit la main sur le Glock. Tôt ou tard, ils viendraient le chercher, et se serviraient de lui comme appât pour retrouver Janine. Non, il ne resterait pas les bras croisés. Ken s'assit sur le bord du lit, inspira profondément, braqua son pistolet sur le miroir et répéta les mots qu'il allait prononcer. Il entendit des pas dans le couloir et se releva pour faire face à la porte. Il essuya sa main moite sur sa chemise. « C'est parti », murmura-t-il.

Tung entra en premier, suivi par Tommy. Ken pointa le pistolet sur eux. « Ne bougez plus ! » s'écria-t-il. Ils s'immobilisèrent sans pour autant paraître effrayés. « Tournez-vous et mettez les mains en l'air. »

Ils ne le firent ni l'un ni l'autre.

« Tu t'es enfin décidé à avoir des couilles, c'est ça ? » demanda Tommy.

L'expression de Ken était terrorisée, son visage secoué de spasmes nerveux. « Retournez-vous, j'ai dit ! » Tommy demeurait impassible. Tung parut perplexe, comme si la blatte qu'il avait surprise sur sa brosse à dents s'était mise à faire des vocalises. « Je ne rigole pas ! » fit Ken, mais il savait qu'il avait l'air pitoyable. *Ne cède pas, ne cède pas comme tu l'as fait toute ta vie!*

« Tu vas me tirer dessus, Ken ? demanda Tommy avec douceur.

— Va te faire foutre, Tommy », lança Ken d'une voix moins forte, légèrement geignarde. Tung avançait droit sur lui. « Reste où tu es, ordonna Ken. Reste où tu es, Tung ! » Mais Tung continua d'avancer. *Bute-le, Ken! Bute-le!* « Je vais tirer, Tung, t'approche pas ! » Mais il avait déjà trop attendu et il le savait. Tung écarta le pistolet d'un revers de main et lui enfonça dans le visage un coup de poing qui tenait de l'enclume volante. Ken fut projeté contre le mur qui le renvoya sur une autre enclume volante. Tung continua, droite, gauche, frappant et écrasant, sous les yeux de crocodile de Tommy, immobile et satisfait.

Malgré ses blessures, Isaiah avait insisté pour conduire. Ils roulaient sur Charleston Boulevard, plein ouest. Il n'avait rien dit de son plan à Dodson, c'était un petit jeu auquel il s'adonnait depuis leur brève carrière de bandits au bélier[1], une façon pour lui de s'assurer qu'il avait le dessus. Dodson faisait mine de se foutre d'où ils allaient, et échangeait des SMS avec Cherise. Ça ne posait aucun problème à Isaiah. Il garderait ses infos pour lui aussi longtemps qu'il le faudrait. Dodson finirait bien par craquer. Isaiah voulait appeler Sarita et il lui fallut quelques bonnes minutes pour trouver le courage nécessaire.

1. *Gangs of L.A.*, du même auteur, Denoël, 2018.

« Allô ? dit-elle.
— C'est Isaiah.
— Qu'est-ce qu'il y a ? Janine va bien ?
— Je l'ai envoyée à L.A. Elle n'était pas en sécurité ici.
— Elle peut venir s'installer chez moi.
— Non, tu es peut-être sous surveillance.
— Tu m'effraies, Isaiah.
— Tout va bien se passer. »
La peur qu'il percevait dans sa voix lui plaisait énormément, sans qu'il sache au juste pourquoi.
« Et mon père ?
— A priori, il va bien. Ils vont se servir de lui pour mettre la main sur Janine. » Il hésita un instant. « Il travaille pour une triade. » Isaiah s'exprimait en phrases courtes, sèches, comme un flic. Il n'avait pas prévu d'adopter ce ton, mais ça tombait plutôt bien. Il avait l'impression de paraître plus maître de la situation.
« Je ne sais pas quoi dire, fit Sarita. Je suis tellement déçue, tellement en colère contre lui que je… Excuse-moi un instant. » Isaiah l'entendit parler à quelqu'un. Il ne parvenait pas à distinguer ses mots, mais il comprit qu'elle s'était lancée dans une explication et que le ton montait. « Désolée, dit-elle, revenant en ligne. Qu'est-ce que je peux faire, Isaiah ?
— Rien. Reste sur tes gardes, c'est tout. Verrouille toutes tes portes. Ne sors pas seule.
— C'est grave à ce point ?
— Simple mesure de précaution.
— Qu'est-ce que tu vas faire, maintenant ?
— Retrouver ton père, retrouver Benny.
— Comment ?

— Mieux vaut que tu ne le saches pas. » Il n'y avait aucune raison de ne pas lui révéler quel était son plan, mais cette phrase le confortait dans son personnage de mec qui assurait.

« Isaiah, je m'en veux tellement. Tu n'es pas en danger, au moins ?

— Ça va aller.

— Merci beaucoup. Merci infiniment. Tu me rappelles, d'accord ?

— Entendu. » Il raccrocha sans lui dire au revoir. *Parfait. Au moins cette fois tu n'es pas passé pour un gros bouffon.*

Dodson releva les yeux de son portable. « Alors, c'est elle que t'as dans la peau, l'ex de Marcus ? Un peu vieille pour toi, non ?

— Qu'est-ce que tu racontes ? Je lui donne juste un coup de main.

— Tu crois que tu parles à qui, là ? Je suis un spécialiste pour détecter les incendies de la passion, je les repère à des kilomètres à la ronde.

— Il n'y a pas d'incendie.

— Ah ouais ? Alors pourquoi tu causais comme si t'étais dans un épisode des *Experts* ? Merde, j'étais à deux doigts de descendre de voiture en mettant les mains sur la tête.

— Je l'informais seulement de ce qui se passe.

— Tu lui as juste dit ce qu'il fallait pour qu'elle se fasse du souci pour toi. Et j'ai vraiment kiffé ta façon de lui dire ça va aller, comme si tu savais que tout partirait bientôt en sucette mais que t'étais fin prêt à t'y coller. Même moi, j'aurais pas fait mieux.

— On peut changer de sujet, s'il te plaît ?

— Je vais te donner un conseil, mon grand. Fais

jamais semblant avec une femme. Sois qui tu es, et si t'es pas sûr de toi, sois pas sûr de toi. Elles ont toujours une longueur d'avance sur nous. Peu importe ce que tu fais ou ce que tu dis, tôt ou tard, elles finissent toujours par découvrir qui t'es en vrai. »

Isaiah fit mine de se concentrer sur la route. Le Vicodin le rendait rêveur. Il s'imagina une vie avec Sarita. Leur luxueux appartement à Century City, avec des meubles design, un joli parquet, des plans de travail en marbre, de l'électroménager en inox et une vue imprenable sur la ville, jusqu'à l'océan. Il voyait Sarita rentrer de sa journée de travail au centre de justice local, elle le retrouverait dans son bureau où, assis à sa table de bois scandinave, il planchait sur une affaire d'espionnage industriel. Ils se blottiraient l'un contre l'autre sur le canapé cuir couleur crème brûlée, boiraient un verre de vin (un sujet qu'il devait encore creuser un peu), parleraient de ses dossiers, de l'aide légale qu'elle apportait aux plus démunis, de ce que lui faisait et des problèmes qu'il rencontrait dans son enquête. Puis ils dîneraient, des faux-filets de chez Gelson à soixante-dix dollars le kilo, qu'il préparerait avec des légumes frais tout en la faisant rire pendant que, accoudée au comptoir, elle grignoterait des amuse-bouches d'Italie ou d'Espagne avec un deuxième verre de vin. Puis ils rejoindraient des amis dans un bar branché et parleraient du réchauffement climatique ou de la crise des réfugiés en Europe ou du nouveau test atomique de la Corée du Nord. Ensuite ils rentreraient et feraient l'amour comme des bêtes, et le lendemain matin au réveil elle lui servirait un expresso et un croissant chaud. Le dimanche, ce serait brunch dehors et retour chez eux pour refaire l'amour comme des bêtes et…

« Hé, fit Dodson. Reviens sur Terre. Si c'est au Red Rock Country Club que tu veux aller, c'est là que t'aurais dû tourner. »

Isaiah lui jeta un regard. Comment Dodson savait-il où ils allaient ? Il ne lui avait pas encore révélé son plan.

« La triade couvre mieux que nous le territoire de Vegas, alors autant les laisser faire le boulot à notre place, dit Dodson. Tu croyais que j'arriverais pas à déduire ça, hein ?

— C'était à la portée de n'importe qui », rétorqua Isaiah, faute de mieux. Il fit demi-tour.

« Tu sais ce que je me dis ? lança Dodson. Et si c'est pas le maigrichon qui retrouve Benny ?

— Alors quoi ?

— Et si c'est pas le maigrichon qui retrouve Benny, mais quelqu'un d'autre ? Qu'est-ce qu'on fait dans ce cas ?

— Il avait l'air d'être aux commandes, dit Isaiah sur le ton de l'évidence. Si quoi que ce soit arrive, il en sera informé.

— OK, alors imagine que ce soit ces Bâtons Rouges qui mettent la main sur Benny. On fait quoi ? On y va en force ? Moi, j'ai pas d'artillerie : t'as un flingue, toi ? »

Isaiah réfléchit un instant. Dodson faisait tout reposer sur ses épaules, comme à son habitude.

« Alors ? insista Dodson.

— Je ne sais pas », répondit Isaiah.

Dodson lui envoya un regard acéré. « Je ne sais pas ? répéta-t-il. C'est ça que t'as dit ? Je ne sais pas ?

— C'est ça : je ne sais pas. Ça te pose un problème ?

— Depuis le temps qu'on se connaît, c'est la première fois que je t'entends dire un truc pareil.

— Eh ben je l'ai dit. Et ça fait quoi si je ne sais pas ? S'il y a quelque chose à savoir, pourquoi ce ne serait pas à toi de le découvrir, pour une fois ?

— Mais tu sais toujours tout, rétorqua Dodson, un soupçon d'alarme dans la voix.

— Et toi tu ne sais jamais rien. Pourquoi ? Tu passes ton temps à te plaindre de mon cerveau anormalement surdimensionné. Et si pour une fois on se servait un peu du tien ? Ce serait trop te demander ? Si je t'ai mis sur ce coup c'est justement pour que tu m'aides, alors tu voudrais pas te triturer les neurones plutôt que de rester assis là à te plaindre comme une vieille radoteuse ? »

Dodson ne trouva rien à répondre et Isaiah sourit intérieurement. *Tu me cherches, tu me trouves, mon grand.*

Ils attendirent une heure près de l'entrée du Red Rock Country Club jusqu'à ce que la BMW noire aux jantes turbines passe la grille, le maigrichon et Dumbo installés à l'avant.

« C'est notre gars », fit Dodson.

Isaiah les prit en filature, restant hors de portée des rétroviseurs de la BMW, se demandant ce qu'ils feraient s'ils attrapaient Benny. Le tirer des griffes des Bâtons Rouges ne serait pas une mince affaire. Ils suivirent la BMW jusqu'à un parc. Une trentaine de jeunes mecs d'origine chinoise squattaient un terrain de basket illuminé. Jeans baggy, T-shirts blancs et chaînes en or étaient manifestement de rigueur. Leurs voitures rutilantes, tunées à mort, étaient stationnées sur le gazon. On se serait cru à une convention de tatoueurs. Quelques jeunes filles tout en os les accompagnaient. Lunettes noires, jeans moulants et talons hauts. Elles ressemblaient aux méchantes d'un James Bond. Isaiah se gara plus loin.

« Merde, lâcha Dodson. Ils font tous partie de la triade, ces mecs ?

— Affiliés. C'est un gang, les Dragon Boyz.

— Comment tu le sais ?

— Aux graf que tu peux voir sur le trottoir, sur le panneau STOP et sur le banc à l'arrêt du bus, juste sous ton nez.

— Je t'emmerde, Isaiah. »

Maigrichon descendit de la BMW, les autres Bâtons Rouges restèrent à bord, vitres ouvertes, moteur tournant. À n'en pas douter, ils devaient être armés jusqu'aux dents : ils ne prirent même pas la peine de verrouiller leurs portières. Maigrichon s'avança vers un des jeunes, sans doute le chef du gang. Même uniforme, yeux mi-clos et air grave, bras croisés. Isaiah se demanda ce qui le distinguait des autres. Peut-être était-ce sa force de caractère. Il se tenait devant un énorme Hummer jaune moutarde, contre lequel s'appuyaient trois autres mecs qui devaient constituer sa garde rapprochée.

Maigrichon se mit à lui parler en chinois d'un ton exigeant, voire menaçant, mais de la musique d'ambiance dans un ascenseur n'aurait pas suscité plus de réaction chez son interlocuteur, qui fumait d'un air blasé. À un moment, celui-ci se permit même de bâiller. Lorsque Maigrichon en eut fini, le type tira une dernière taffe et, d'une pichenette, jeta le mégot au sol, dans une explosion de braise orange, juste entre les chaussures pointues de Maigrichon. Puis il expira d'un air las, gonflant les joues comme s'il allait devoir tondre la pelouse. Il prononça quelques mots, et toute la bande monta à bord des véhicules. Isaiah se dit qu'ils devaient adorer ce genre de moments, trente feulements de moteurs déchirant la nuit, lourds de puissance et de menace, les pneus marquant le gazon de leurs empreintes, comme dans une scène d'un *Fast and Furious*, tandis que chacun partait dans une direction différente, laissant Maigrichon seul au milieu d'un nuage de gaz d'échappement.

« Ils vont se disséminer en ville, dit Isaiah. Quand l'un des membres de leur réseau leur signalera Benny, ils auront déjà une équipe sur place.

— Tu crois que je le sais pas, ça ? » répliqua Dodson.

Isaiah en avait assez de ses remarques : « C'est quoi ton problème, Dodson ?

— J'ai pas de problème, moi. Je veux juste que tu comprennes bien que c'est plus comme avant. Moi aussi je planche sur les enquêtes, maintenant. T'es pas le seul à savoir cogiter.

— Et tu crois vraiment que tu boxes dans la même catégorie que moi ? fit Isaiah. Sois sérieux.

— Non, je suis pas dans la même catégorie. Pas encore.

— Pas encore ? T'en es plus que loin, et ça ne risque pas de changer.

— Ben je vais peut-être t'étonner, tu sais. Et puis

merde, à quoi bon me faire venir jusqu'ici si je suis aussi inutile ? »

Isaiah ne trouva rien à répondre. Il avait demandé à Dodson de prendre plus de responsabilité dans l'affaire, mais il ne s'était pas attendu à le vivre comme une intrusion, comme si quelqu'un empiétait littéralement sur ses plates-bandes. Il avait travaillé dur pour devenir IQ et il était hors de question qu'il partage son titre si chèrement gagné.

Ils suivirent les Bâtons Rouges jusqu'à un restaurant chinois où ils mangèrent des raviolis, Maigrichon collé à son téléphone. Dodson envoyait SMS sur SMS à Benny avec le portable de Janine. Bâtons Rouges à tes trousses. Quitte Vegas. T'es en danger. Quitte Vegas. Quitte Vegas. Tte la ville te cherche. Quitte Vegas. Quarante-cinq minutes plus tard, Maigrichon reçut un appel qui le fit bondir de son siège. Il dit deux mots aux autres, jeta quelques billets sur la table et le groupe se précipita vers la BMW.

« Ils l'ont retrouvé », dit Isaiah. Il se retourna vers Dodson. « Je sais que tu le sais, OK ? »

Ils suivirent la BMW jusqu'à une rue commerçante de Summerlin, petite ville banale de la banlieue sud de Las Vegas. Au-dessus d'une boutique était accrochée une enseigne en néon bleu et blanc, RAY'S YAMAHA. À gauche, un magasin de pneus, à droite, une fourrière. À l'extrémité du bloc, quelques Dragon Boyz arrivaient sur un parking. Le Bâton Rouge qui avait frappé Isaiah à la poitrine avait l'oreille vissée à son portable, tel un soldat de commando demandant un renfort aérien. Il donna des consignes à son équipe, et une partie des hommes s'engagea dans une ruelle.

« Ils vont faire le tour par l'arrière », dirent Isaiah et Dodson en même temps.

La circulation était fluide. Isaiah se cala derrière un camion de livraison et passa devant les gangsters pour se garer au niveau de Ray's Yamaha, sur le trottoir d'en face. La vitrine était protégée par une grille articulée. Juste à côté, une porte de garage. À l'autre bout du bloc, la BMW, le Hummer et un Denali blanc étaient garés : Maigrichon, le chef du gang et quelques autres Dragon Boyz se trouvaient à bord. Même si Benny parvenait à s'échapper de la boutique, il serait bloqué.

« Tu envoies un SMS à Benny ? demanda Isaiah.

— Non non, je suis en train de jouer à Angry Birds », répondit Dodson. Bâtons Rouges savent où t'es. Sors. Fiche le camp. Maintenant.

Benny répondit aussitôt, pensant qu'il s'agissait de Janine. Tu fais koi ici ? Comment tu m'as retrouvé ?

Dégage de là. Tout de suite. Bâtons Rouges en position. Dodson s'interrompit. Le Bâton Rouge et trois Dragon Boyz remontaient le bloc au pas de course en direction de la boutique Yamaha, chacun tenant un outil : hache de pompier, masse et coupe-boulons.

« Merde, c'est fini pour Benny, lâcha Dodson. On fait quoi ?

— Je ne sais pas.

— Je préférais l'Isaiah d'avant. »

Les gangsters arrivèrent devant la grille articulée : l'un d'eux fit sauter le cadenas à l'aide du coupe-boulons. Alors que le Bâton Rouge ouvrait la grille, on entendit un grincement de moteur électrique et un bruit de chaîne : la porte du garage commençait à se relever. À l'intérieur grondait un moteur, à explosion celui-ci.

« Il va sortir ! s'écria le Bâton Rouge. Attrapez-le ! Attrapez-le ! » Ils lâchèrent les outils et sortirent leurs pistolets. La porte était remontée d'environ un mètre vingt et les gangsters s'apprêtaient à entrer lorsqu'une moto jaillit du garage. Vêtu de cuir, Benny était plaqué contre le réservoir, la tête dans le guidon, le sommet de son casque frôlant le bas de la porte. À peine les roues avaient-elles touché la chaussée qu'il tourna brusquement, pied au sol, la roue arrière décrivant un violent arc de cercle. Les gangsters ouvrirent le feu mais leur cible était trop rapide. Benny redressa sa moto, mit les gaz et fusa droit devant lui, les gangsters accourant au milieu de la route afin de mieux viser. Ils tirèrent une deuxième salve, mais Maigrichon et son équipe étaient dans leur ligne de mire. Sous les balles qui sifflaient, certains se jetèrent par terre, d'autres prirent leurs jambes à leur cou.

« Vous foutez quoi ? » s'écria Maigrichon. Benny accélérait toujours, fonçant droit sur eux. Ils se mirent également à tirer. « Tuez-le ! Tuez-le !

— Benny va se faire atomiser les fesses », souffla Dodson.

Mais le motard braqua soudainement et monta sur le trottoir en danseuse avant de se coucher à nouveau contre le réservoir tout en reprenant de la vitesse, protégé par les véhicules en stationnement. Un nouveau tir de barrage fit voler en éclats les vitres, les pneus et les devantures. En l'espace de quelques secondes, Benny doubla Maigrichon et ses hommes, et disparut au loin. « Qu'est-ce que vous attendez ? cria Maigrichon en remontant à bord de la BMW. Rattrapez-le ! »

La vitesse était limitée à 70 km/h sur Wyatt Avenue, et l'Audi était lancée à 110, à la poursuite du Denali, du Hummer et de la BMW : Benny était bien trop loin devant pour qu'ils puissent le voir. Chaque changement de vitesse lui était douloureux, mais Isaiah serrait les dents. Son vrai problème, c'était les effets du Vicodin. Il luttait pour retrouver sa clairvoyance. Par chance, Wyatt Avenue était une énorme ligne droite flanquée d'immeubles d'habitation et de commerces : les seuls obstacles étaient les autres véhicules. Se faufiler ainsi était extrêmement dangereux, mais les amortisseurs sport de l'Audi étaient conçus pour ce genre d'exercice : le roulis était quasi nul et la voiture filait comme sur des rails.

« Pourquoi est-ce que Benny garde une ligne droite ? lança Dodson. Pourquoi est-ce qu'il ne tourne pas pour les semer ?

— Il doit avoir une idée bien précise derrière la tête », fit Isaiah, s'obligeant à ouvrir grand les yeux, freinant pour doubler un break Volvo et une camionnette FedEx, rétrogradant et reprenant aussitôt de la vitesse, la douleur du coup de pied se réveillant au creux de sa poitrine. « Regarde ton GPS. Essaie de voir ce qui se trouve droit devant.

— Y a un gros tournant plus loin. Après, c'est plus que du désert.

— C'est ça, fit Isaiah. Il va quitter la route et

disparaître dans le désert où aucune de ces voitures ne pourra le suivre. »

Isaiah changea de file et aperçut brièvement Benny. Il était loin devant, mais la puissante BMW réduisait peu à peu l'écart. « Ils vont essayer de le planter dans le décor », dit-il. Il rétrograda à nouveau et écrasa l'accélérateur : le V8 mugit si fort qu'Isaiah dut crier pour se faire entendre. « La BMW est plus rapide que sa moto. Il faut qu'on arrive à passer devant pour la ralentir. » Isaiah doubla le Denali qui se trouvait en queue de cortège, sous le regard incrédule des gangsters qui se trouvaient à bord.

« Ciao, bande d'enfoirés », dit Dodson en leur faisant bye-bye de la main.

À l'approche d'Isaiah, le conducteur du Hummer se mit à zigzaguer afin de lui bloquer le passage.

« Quel imbécile, lâcha Isaiah. Il va finir par se retourner. »

Effectivement, le conducteur braqua un peu trop fort et le véhicule de trois tonnes dérapa pour aller se planter dans le bas-côté.

Isaiah voyait à présent Benny. Tête basse, coudes écartés, il roulait à pleins gaz, faisant hurler son moteur. Les motos de cross sont conçues pour les routes peu hospitalières, pas pour faire la course : Benny avait atteint sa vitesse maximale. La BMW se trouvait à quelques longueurs à peine. Benny et Maigrichon durent chacun freiner pour aborder un séparateur de voies et Isaiah finit par les rattraper. Devant eux, un minivan bloquait la file de droite, une Fiat minuscule celle de gauche. Benny se faufila entre les deux, mais la BMW fut contrainte de ralentir, Maigrichon écrasait son Klaxon, chatouillant le pare-chocs arrière du minivan : les gamins qui se trouvaient sur la banquette se retournèrent pour lui faire des doigts d'honneur. Isaiah vint se caler derrière la Fiat, à hauteur de la BMW. Ni la Fiat ni le minivan ne disposaient d'assez de place pour s'écarter : l'un des véhicules devait nécessairement doubler l'autre. Laborieusement, la Fiat se mit à accélérer, l'Audi collée à trente centimètres de son coffre, le regard terrorisé du conducteur se reflétait dans le rétroviseur.

« Allez ! Dégage de là ! » hurlait Dodson. L'Audi prit une demi-longueur d'avance sur la BMW. « Isaiah ?

— J'ai vu. »

Dumbo avait un Uzi à la main et un de ses collègues lui passait un chargeur.

« Magne-toi, bouge tes fesses ! » cria Dodson à la Fiat dont le moteur peinait comme un moustique face à un vent contraire, gagnant centimètre après centimètre sur le minivan. « Oh putain », dit Dodson. La vitre de la BMW s'abaissa et le canon du Uzi en sortit. « DÉGAGE, PUTAIN ! » hurla-t-il de nouveau à la Fiat. Dumbo se hissait à l'extérieur, tentant tant bien que mal de viser. « MAIS BOUGE-TOI, PUTAIN DE MERDE ! » Isaiah était sur le point de freiner brutalement, ce qui signifiait que la BMW allait reprendre l'avantage, lorsque la Fiat laissa juste assez de place pour que l'Audi se glisse devant le minivan. Isaiah rétrograda en grimaçant de douleur et fonça droit vers Benny.

« Merci, mon Dieu ! » s'exclama Dodson.

La BMW dépassa à son tour le minivan et rattrapa Isaiah en quelques secondes. Dumbo, le bras plié, ressortit l'arme semi-automatique par la vitre ouverte. Il ouvrit le feu, mais la tâche était bien plus ardue qu'au cinéma. Avec un canon si court, le moindre écart et les balles manquaient leur cible de plusieurs mètres. Celles de Dumbo ne touchèrent que des véhicules garés, des bâtiments et des réverbères. Maigrichon lui gueula dessus, et Dumbo cessa le feu.

Benny était à moins de cinq cents mètres, et le grand virage approchait. Après ça, plus un grillage, plus une glissière, rien que le désert infini de part et d'autre de la bande d'asphalte.

« Ça va le faire, lâcha Dodson.

— Il va beaucoup trop vite, dit Isaiah. Ses pneus ne vont pas tenir le choc.

— Lui porte pas la poisse ! »

Ralentis, Benny, ralentis.

Benny ralentit mais à peine. Il était tellement collé à sa moto qu'en tendant les doigts il s'en serait fallu de peu qu'il touche la route.

« Allez, Benny, allez ! » cria Dodson. Benny passa le virage, et on aurait presque pu entendre son « Youhou ! » de victoire. « Je t'avais dit quoi ? » lança Dodson en donnant une tape à Isaiah du dos de la main. « Ça, c'est un… Oh putain ! » Benny roula sur un tas de gravier et la moto dérapa. Il essaya de la redresser, mais les pneus malmenés cédèrent et la moto se coucha sur le côté. Benny glissa de la selle et roula dans les broussailles, tandis que son engin enchaînait les tonneaux sur l'asphalte dans une pluie d'étincelles, ne mettant fin à sa course folle qu'au bout de trente mètres.

Isaiah dépassa Benny, puis la moto, dont les roues tournaient encore. « On ne peut pas s'arrêter, dit-il.

— Et tu crois que je le sais pas ? répliqua Dodson. Cet enculé a un Uzi !

— Et merde ! » pesta Isaiah. Il se rangea sur le côté et tous deux regardèrent derrière eux. La BMW s'était garée, plusieurs types se précipitaient vers les broussailles où avait disparu Benny. Dumbo les aperçut, Isaiah redémarra aussitôt.

« T'en penses quoi, alors ? lança Dodson. Une chance sur deux que Benny soit toujours en vie ?

— Ouais, répondit Isaiah. Une chance sur deux. » Cette affaire était mal engagée, et ce n'était rien de le dire. « Au moins on sait que Janine est en sécurité », ajouta-t-il pour se consoler.

« Où est-elle ? demanda Tommy.

— Toujours sur la I-15, répondit Zhi, les yeux rivés à son MacBook posé sur le bureau de Ken. Elle devrait arriver à Los Angeles dans trois heures. » Zhi avait eu la présence d'esprit de faire poser un mouchard sur le van de Janine sachant que, tôt ou tard, elle finirait par reprendre son véhicule.

« Quel type de mouchard ? demanda Tommy.

— Celui qu'utilise le FBI. Ne s'active qu'en mouvement, cent heures d'autonomie, résistant à 60 °C, normes militaires en cas de chocs et de vibrations, 4G, position à trois mètres près. »

Tommy ne comprenait pas la moitié des infos de Zhi, mais le fait de l'interroger suffisait à faire illusion. « Et les deux Noirs ?

— L’un s’appelle Isaiah Quin-ta-bee. Une espèce de détective privé du ghetto. Plutôt connu à L.A., et à en croire tout le monde, très bon dans ce qu’il fait. On le surnomme IQ. Sur l’autre, rien pour l’instant.

— Qui travaille pour nous à Los Angeles ?

— La Chink Mob. Fiable mais souvent incontrôlable.

— Dès que Janine sera arrivée à destination, ils la kidnappent et la ramènent ici. Petite équipe, vite fait bien fait, sans attirer l’attention de la police. Discrétion avant tout.

— Bien, Tommy.

— Continue à te renseigner sur cet IQ et trouve ce qu’il y a à savoir sur l’autre. Je veux tout connaître à leur sujet.

— Bien, Tommy. »

Lorsque Ken se réveilla, il eut l’impression que ses paupières étaient collées avec du Velcro. Il avait mal partout. Le moindre mouvement le faisait grimacer ou pousser un gémissement. Il se trouvait dans une pièce sans fenêtre où régnaient une pénombre rougeâtre et une odeur singulière, mélange de détergent, d’ail et d’huile pour bébé. Une serviette pliée reposait sur une table de massage, une enceinte pourrie crachotait des notes de guitare en mineur.

Quand Ken avait commencé à travailler pour Tommy, il s’était rendu dans un bordel près de Rose Parkway sans faire le tour d’inspection requis, par peur qu’un détail sinistre ne lui fasse faire des cauchemars. Depuis, il n’avait plus remis les pieds dans aucun de leurs lieux d’activité. S’il survenait un problème, il le réglait au téléphone. Il ignorait à quoi ressemblait une *mama-san* et il n'avait pas échangé le moindre mot avec les filles. Jamais il ne serait venu dans pareil endroit pour se déshabiller et s'allonger sur une table où des centaines d'hommes avant lui avaient gémi et éjaculé. Il était convaincu que, s'il avait une lampe à UV, la salle tout entière deviendrait fluorescente. Comment pouvait-on assimiler ce sexe tarifé à des relations sexuelles ? Une inconnue qui vous frotte la queue mécaniquement jusqu'à ce que vous jouissiez et vous balance une serviette pour essuyer le sperme sur votre ventre… Sordide. Et les types qui payaient pour ça, que pensaient-ils ? *Waouh, c'était torride* ? Ce qu'en pensait la fille, Ken préférait ne pas l'imaginer.

Il entendit un grognement. Il n'était pas seul. « Benny ?

— C'est qui ? » lança Benny. Ken parvenait tout juste à le distinguer, recroquevillé contre le mur, de l'autre côté de la salle.

« C'est Ken Van. »

Un silence profond, comme si Benny avait cessé de respirer. « Qu'est-ce que vous faites ici, monsieur Van ? finit-il par demander.

— À ton avis, espèce d'abruti ?

— Je suis désolé. Je suis tellement désolé.

— Ça me fait une belle jambe. » Ken aurait voulu ramper jusqu'à lui et le tuer à coups de pied.

« Est-ce que Janine va bien ? demanda Benny.

— Je n'en sais rien, Benny. Je n'en sais rien. Elle est peut-être dans la pièce d'à côté en train de se faire tabasser. Elle est peut-être morte.

— Oh mon Dieu, dites pas ça, monsieur Van.

— Comment est-ce que tu as pu faire une chose pareille, Benny ? Comment est-ce que tu as pu être aussi con ?

— Je sais pas, fit Benny, des sanglots dans la voix.

— S'ils font du mal à ma fille, je te tuerai, Benny.

— Ce sera pas la peine, monsieur Van. »

Une dispute éclata dans le couloir. Ken reconnut la voix du type maigrichon. Il était confronté à la *mama-san*. Elle voulait récupérer l'usage de la pièce, elle avait un business à faire tourner. Une minute plus tard, Maigrichon entra avec deux autres types, qui transportèrent Ken et Benny jusque dans la salle de repos du personnel.

Trois filles étaient assises sur une banquette de voiture. Chacune portait un short court, un débardeur et des mules. Pas de maquillage, une coupe sommaire, et une acné sévère : résultat probable d'un régime inhabituel pour elles, à base de fast-food et de Coca. Elles regardaient une émission de télévision – un boys band chinois, casquettes de côté, en pleine choré saccadée –, semblant attendre un train qui n'arriverait que le lendemain. Elles auraient pu se trouver n'importe où dans le tiers-monde, entre les mêmes murs anonymes peints en vert bilieux, celui qu'on trouve en prison et dans les vieux hôpitaux. Une pile d'assiettes sales patientait dans l'évier, le four à micro-ondes était recouvert d'empreintes digitales. Les néons agressifs mettaient en relief le plâtre qui s'écaillait des murs. La seule fenêtre avait été peinte en noir et un grillage en condamnait l'accès. Soutiens-gorge et petites culottes pendaient sur un étendoir métallique et, partout, des barquettes en aluminium débordaient de mégots.

Les filles ne prononcèrent pas un mot lorsqu'on jeta Ken et Benny par terre. Le maigrichon et ses potes reprirent leur partie de cartes sur la table branlante en Formica, fumant, buvant des Tsingtao, discutant en cantonais, pistolets posés devant eux. Au-dessus de leurs têtes, fixés au mur, deux vieux moniteurs de vidéosurveillance scintillaient. L'un montrait la réception et la *mama-san* derrière le comptoir. L'autre le couloir qui donnait sur la pièce où ils se trouvaient.

Le maigrichon consulta sa montre avant de jeter un regard à Ken et Benny. « Y en a plus pour très longtemps, déclara-t-il en souriant. Tout sera bientôt fini.

— Vous allez nous relâcher ? » fit Benny.

Les Bâtons Rouges éclatèrent de rire. « C'est ça, oui », répondit Maigrichon.

Benny lança un coup d'œil plein d'espoir à Ken.

« Mais comment fais-tu pour être aussi con ? » cracha Ken.

8

Ascension

Le lendemain de sa confrontation chez Frankie, Isaiah avait pris son petit déjeuner au Coffee Cup, un expresso et un croissant. L'identité de l'homme qui avait braqué Frankie tournait en boucle dans sa tête. Toutes ses suppositions n'aboutissaient qu'à des impasses qui le dévoraient de l'intérieur. Il avait besoin d'un break. Cela faisait un bail qu'il n'avait pas mis les pieds dans la salle d'Avi. Ça lui ferait du bien de se décrasser un peu, de rafraîchir la mémoire à ses muscles et à ses réflexes. Sans trop forcer, juste de quoi avoir une bonne suée.

Si Ari fut content de le voir, il n'en laissa rien paraître. « Où étais-tu passé ? lança-t-il. Tu as pris du poids, non ? Oui, clairement. Deux kilos au moins. » Épais comme un pilier d'échangeur autoroutier, Ari semblait fait du même béton. Un regard belliqueux que rien ne pouvait faire flancher, une coupe militaire aussi argentée que la toison qui recouvrait sa poitrine, les poings pareils à des boulets de canon sur lesquels on aurait soudé des phalanges. Ari s'était battu lors des deux Intifadas et avait pris part à la guerre du Liban. Il avait émigré aux États-Unis en quête de paix et de sécurité mais, malgré toutes ces années, il semblait n'avoir trouvé ni l'une ni l'autre.

« Va te changer, déclara-t-il. Qu'on voie où tu en es. »

Isaiah passa au vestiaire, se souvenant de son premier cours de krav-maga. Il avait alors dix-neuf ans. Il rentrait de l'hôpital où il venait de rendre visite à Flaco, et rechignait à retourner dans le taudis où il habitait : il avait beau frotter et récurer, cette chambre demeurait toujours aussi répugnante. Il se demandait à quoi il pourrait bien occuper son temps libre lorsqu'il passa pour la énième fois devant une plaque où était écrit : KRAV-MAGA SELF-DEFENSE.

Il entra et assista à l'entraînement en cours sur les tatamis. Les participants faisaient des exercices seuls ou en binôme, mais les mouvements n'avaient rien de commun avec les arts martiaux qu'il avait vus à la télé. Pas de positions particulières, pas une once de grâce : tout n'était que rapidité et brutalité.

Ari vint à sa rencontre. « Tu veux apprendre le krav-maga ?

— Je ne sais pas ce que c'est. »

Au mur étaient accrochées de vieilles photos en noir et blanc, sur de nombreuses on voyait un homme à moitié chauve portant une moustache et un pantalon de treillis. Il avait tout de l'ours mal léché et bagarreur. Un air de famille avec Sean Connery. Il montrait des prises à d'autres soldats. En étranglait un, soulageait un autre de son couteau. Un mouvement de hanche pour précipiter un homme à terre, une main sur sa bouche, un genou dans son dos, la victime pliée comme un fer à cheval.

« Alors, je t'explique. Le krav-maga vient de Tchécoslovaquie, dans les années trente. Une époque horrible. Les fascistes s'en prenaient au quartier juif, tabassaient des gens, en tuaient même, mais la loi interdisait aux juifs de posséder des armes à feu. Un homme du nom d'Imi Lichtenfeld s'est alors fixé comme but de donner à la communauté juive les moyens de se défendre. Il a finalement abouti à un mélange d'aïkido, de judo, de boxe et de lutte.

— Comme les arts martiaux mixtes ?

— Oui. Comme les MMA, mais bien avant eux. Il s'est mis à former les soldats israéliens, des durs, des vrais, tu peux me croire. Enlève tes baskets. » Isaiah se déchaussa et Ari le conduisit jusqu'aux tatamis. « Bon, fit-il. Premier principe. On défend et on attaque simultanément. Je vais te montrer. Mets-moi un coup de poing. Un vrai. Juste là, en plein menton. Vas-y. Tu ne me feras pas mal. »

Isaiah hésita. Il avait déjà vu des démonstrations d'arts martiaux auparavant avec le cobaye de service tentant de mettre K.-O. une ceinture noire et finissant au tapis sans savoir comment il y avait atterri. Mais à chaque fois Isaiah avait flairé la mise en scène : le cobaye était toujours très lent afin que la ceinture noire anticipe au mieux.

« OK », dit Isaiah, et sans réfléchir plus longtemps, il décocha un coup de poing de sa main arrière, faisant partir l'impulsion de son épaule. Ce qui s'ensuivit fut si rapide qu'Ari dut lui expliquer ce qui était arrivé a posteriori. Ari avait paré son coup de l'avant-bras gauche. Simultanément, il avait envoyé un direct du droit qui s'était arrêté à un millimètre du nez d'Isaiah, la main gauche se posant alors sur la nuque d'Isaiah pour projeter le visage de celui-ci en direction de son genou.

« Waouh, souffla Isaiah.

— Tu vois ? On ne se défend jamais avec les deux mains, il y en a toujours une pour attaquer. » Ari lui envoya alors une avalanche de faux coups de poing et de faux coups de pied, pour finalement lui faire une clé de poignet qui mit littéralement Isaiah à genoux. « Ça, c'est du vrai combat, fit Ari en l'aidant à se relever. Du combat de rue. Pas joli joli, mais efficace. OK, deuxième principe. On concentre nos attaques sur les points les plus vulnérables de l'adversaire. L'entrejambe, la gorge, les yeux, les tempes, les points vitaux. Il y a une membrane au sommet du crâne qui s'ossifie progressivement pendant l'enfance. Si tu frappes ton adversaire à ce point précis avec assez de force, tu peux le tuer.

— Je ne veux tuer personne, dit Isaiah.

— Peut-être pas aujourd'hui, répliqua Ari. Mais on ne sait jamais. »

Isaiah sortit du vestiaire et mit un pied sur les tatamis en regrettant d'avoir mangé le croissant. La vague de chaleur transformait la salle en four à convection, et il suait déjà abondamment. Une jeune femme de l'âge d'Isaiah donnait un cours à des enfants de primaire. Elle portait un foulard bleu clair, pas de maquillage, et était d'une incontestable beauté. Ses coups étaient si puissants et précis qu'Isaiah ne doutait pas qu'elle le mettrait à genoux, et peut-être aussi que quelques gamins du groupe seraient capables de lui faire subir le même sort.

Ari le mit en jambes devant un pad en forme de visage masculin. Isaiah répéta des séries de coups de pied, poing, coude et genou, essoufflé au bout de dix minutes à peine.

« J'ai honte pour toi, commenta Ari. Tu as tout oublié ou quoi ? Déjà sur les rotules ?

— Peut-être bien.

— Tâche de te rappeler. Ton jab doit viser un des deux yeux. Tu vois, comme ça. Si tu vises au milieu, l'ennemi n'a qu'à baisser un peu la tête, et tu te brises les doigts.

— D'accord, fit Isaiah en espérant qu'Ari continuerait à parler, lui laissant ainsi le temps de reprendre son souffle.

— Bon, reprit Ari, donc maintenant il tourne la tête pour protéger son œil et tu vois ce qui se passe ? Il expose un point vital. Ici, entre la mâchoire et la pommette. Boum. Tu le frappes là, il va au tapis. S'il est encore debout, c'est que tu frappes pas assez fort, comme aujourd'hui. Ensuite c'est gauche, droite, coude, coude, genou aux couilles. OK, tu la refais. »

Ils continuèrent ainsi jusqu'à ce que le jogging d'Isaiah soit détrempé de sueur et que ses poumons brûlent comme de l'acide. Ari lui apprit comment désarmer quelqu'un. Ça tombait à pic, après l'altercation chez Frankie. Ari lui passa un pistolet en plastique et montra la prise. Une série de mouvements qu'Ari enchaîna si vite, et avec une telle fluidité, qu'on aurait cru qu'il s'agissait d'un seul et même geste. L'agresseur devait se trouver à une longueur de bras et braquer l'arme devant lui. Il fallait se mettre alors de côté pour sortir de la ligne de tir et simultanément attraper le poignet de la main armée, et de l'autre main pointer le canon au ciel et le lui arracher. Ari donnait l'impression qu'il n'existait rien de plus facile. En un éclair, le pistolet en plastique disparut du poing d'Isaiah et le canon se braqua sur sa poitrine.

« OK, à toi. »

Ils échangèrent les rôles. Les premières tentatives d'Isaiah furent laborieuses, Ari finissant toujours par reprendre l'arme factice et infliger une clé de bras à Isaiah, ou un étranglement, ou d'un coup de hanche le faire tomber lourdement sur les tatamis.

« Allez, Isaiah, fit Ari. Plus vite, plus fluide. »

Après une demi-heure de répétitions non-stop, Isaiah finit par prendre le pli, mais il dut se pencher en avant, mains sur les genoux, pour tenter de reprendre son souffle. Il leva la main, comme pour se rendre.

« Il faut que tu travailles le cardio, observa Ari. Regarde-moi ça, tu respires par la bouche. Tu es un poisson ou quoi ? Si tu étais en meilleure forme, tu pourrais passer le P4.

— Non… merci… ça ira… comme ça, dit Isaiah entre deux inspirations sifflantes.

— Je vais te dire ce que c'est, ton problème.

— C'est bon, répliqua Isaiah. J'ai pas envie de savoir.

— Tu te retiens, fit Ari, accusateur. Tu as peur de faire mal à ton adversaire. Mais rappelle-toi bien, ton ennemi veut ta mort. Tu comprends ? Il veut te tuer et tu dois l'en empêcher. » La voix d'Ari vibrait d'indignation comme si Isaiah l'avait contredit.

« D'accord, Ari », répondit Isaiah, décontenancé. La jeune instructrice et les gamins s'étaient interrompus et assistaient à la scène en silence.

« Tu dois te battre, Isaiah, poursuivit Ari. Te battre de toutes tes forces. Pas de capitulation, pas de quartier ! Tu comprends ?

— Je comprends, Ari, vraiment, répondit Isaiah, tâchant de faire retomber la pression.

— OK, on recommence.

— Je peux pas, là. Vraiment. Je suis cuit.

— Cuit ? C'est pas cuit, ça. C'est rien du tout. On recommence.

— Papa, lança l'instructrice d'un ton d'avertissement.

— Écoute, Ari, c'est tout pour aujourd'hui, d'accord ? dit Isaiah. Je reviendrai demain.

— Demain ? Ça veut dire quoi, demain ?

— Allez, Ari, cool », dit Isaiah, mais Ari s'enfonça encore plus dans sa colère, comme si Isaiah s'obstinait à ne pas comprendre.

« Il ne faut reculer devant rien pour l'emporter ! s'écria-t-il. Tu gagnes ou tu meurs ! » Il s'avança alors, mâchoire serrée, cou gonflé, ses grosses mains prêtes à saisir et détruire.

« D'accord, Ari, on recommence », dit Isaiah en reculant, mains levées devant lui. Mais Ari avançait toujours, trempé de sueur, les yeux écarquillés, frappés d'horreur.

« Papa ! cria l'instructrice.

— TU GAGNES OU TU MEURS ! » mugit Ari.

S'il n'avait pas trébuché en arrière, Isaiah aurait encaissé le plein impact des coups de poing d'Ari. Le direct du droit faillit lui arracher l'oreille. Le gauche vida ses poumons, et le coup de pied latéral le rata : Isaiah était à terre. En un éclair, Ari le chevaucha, l'étranglant d'une main, relevant l'autre au-dessus de sa tête, serrée en un poing gros comme une masse, prête à s'abattre sur son visage.

« PAPA, ARRÊTE ! ARRÊTE ! ARRÊTE ! » hurla la jeune femme. Elle saisit le bras d'Ari et l'immobilisa. Il tourna la tête, près de la frapper. « Papa, c'est moi ! C'est moi ! répéta-t-elle. Arrête. C'est moi. » Ari hésita un instant, et parut enfin la reconnaître. Tout son corps se détendit alors. La jeune femme pleurait à présent, le serrant dans ses bras, caressant sa tête tandis qu'il sanglotait sur son épaule. « Tu n'es plus obligé de te battre, papa, disait-elle. Le combat est terminé. Le combat est terminé. »

En rentrant chez lui, Isaiah réfléchissait à ce qu'avait dû vivre Ari. La violence n'était jamais sans conséquence. Tout comme la perte d'un être cher, elle vous changeait, vous érodait de l'intérieur, vous écorchait et vous insensibilisait à la fois. Là encore, ce qui se passait au cinéma n'avait rien de commun avec la réalité. Le héros qui logeait une balle dans la tête du méchant ou le jetait du toit d'un immeuble avant de siroter un martini en compagnie d'une bombe en robe moulante dans la scène suivante. Pas de nuits blanches, pas de cauchemars, pas de crises de panique, pas de flash-backs. Pas de gamins se cachant dans la penderie parce que papa est saoul, une fois de plus. Pas de sanglots chez le psy, pas d'agression de la part d'un étudiant qu'on connaît depuis des années. Et les cris de votre fille éplorée, la seule chose au monde capable de vous faire revenir à la réalité.

Isaiah prit une douche et mit un peu de musique.

Il tenait de Marcus un nombre incalculable de vieux albums de jazz, dont les pochettes avaient dû être hype. Des hommes en costumes brillants et lunettes noires, nimbés de bleu électrique ; la photo d'un saxophoniste, découpée et collée sur un fond de triangles multicolores et de fleurs psychédéliques. Isaiah choisit d'écouter *Ascension* de John Coltrane, quarante-cinq minutes d'improvisation diabolique. La musique aidait Isaiah à se concentrer : son esprit tentait de dominer les notes qui comblaient les vides entre chaque pensée et écartaient toute tentation : un expresso, un bon bouquin, une promenade avec le chien, une petite révision technique de la voiture. Il s'allongea sur le canapé, un sac rempli de glaçons collé sur l'oreille, là où Ari l'avait frappé. Ruffin s'approcha en trottinant. Il poussa un petit gémissement et posa sa tête sur le genou d'Isaiah. « Ça va aller, mon grand, dit Isaiah. Tout va bien. » Tout le monde savait que les chiens étaient sensibles aux émotions humaines, mais personne n'expliquait jamais comment il se faisait qu'une espèce si différente de l'*Homo sapiens sapiens*, qui ne parlait aucune langue humaine et avait été sélectionnée pour veiller sur un troupeau, ramasser les produits de la chasse ou effrayer des prédateurs, était capable de sentir votre trouble ou votre chagrin, et éprouvait le besoin de vous réconforter. Une telle sensibilité faisait défaut à la majeure partie du genre humain.

« C'est ton frère qui m'a braqué, avait déclaré Frankie. Ton putain de frère qui m'a tiré une balle dans le ventre. »

C'était ridicule. Ne tenant pas en place, Isaiah décida de faire un tour en voiture, Ruffin à sa droite, ceinture de sécurité attachée, comme n'importe quel passager. Celui-ci passait la tête par la vitre, savourant la nuit et ses mille odeurs. Ils passèrent devant chez Dodson, des ombres derrière les rideaux tirés. Isaiah pensa à l'appeler pour enterrer la hache de guerre, mais il n'en trouva pas le courage. Dodson et Cherise attendaient leur premier enfant. Ils étaient probablement en train d'acheter sur internet un couffin ou une poussette, ou d'apporter les dernières touches à la décoration de la chambre du bébé. Il se demanda quelle impression ça faisait de partager son avenir avec quelqu'un qu'on aimait.

Il passa ensuite devant la maison de Deronda, devant le refuge où travaillait Harry Haldeman, devant le Paradis des Hot Dogs où la guerre des gangs avait éclaté et devant la taquería où Flaco s'était fait tirer dessus. Isaiah arriva enfin au pied du Del Orto, cet immeuble que Manzo avait entièrement rénové. Isaiah ne savait pas pourquoi, mais il fallait qu'il vienne ici. Néstor disait vrai : c'était bel et bien le plus bel immeuble de tout le quartier, avec sa façade blanche, vierge de tout graffiti. La porte de verre et d'acier et l'interphone étaient du haut de gamme. Les dalles en carreaux de ciment du hall d'entrée avaient été posées par un professionnel, les joints étaient impeccables. Les châssis et les barres anti-effraction semblaient flambant neufs. Quelque chose troublait Isaiah. *Qu'est-ce qu'il y a? Qu'est-ce qui te gêne autant?*

Cette nuit-là, il dormit par intermittence. Théories et possibilités tourbillonnaient dans sa tête comme du linge dans une machine à laver. Il se leva à l'aube, exténué. Il écouta un peu de musique, promena Ruffin, but trois expressos, mais l'illumination ne vint pas. Il décida de passer à la casse de TK pour y chercher un régulateur de vitesse pour son Audi. Ce serait au moins une chose de faite.

Il se gara sur le parking à côté d'une Golf GTI immaculée, un modèle vieux de cinq ou six ans, d'un blanc éclatant, pneus dix-huit pouces, boîte manuelle à six vitesses. Une voiture rapide, très maniable. Une voiture de conducteur. Ça lui ferait du bien de voir TK : son intemporalité avait quelque chose de rassurant. La première fois qu'Isaiah l'avait rencontré, TK était efflanqué, ridé, écaillé comme du vernis, son visage de chien de chasse aux bajoues affaissées encadré par des rouflaquettes blanches. Il portait une salopette noircie par plusieurs couches de cambouis superposées, et sa casquette était si sale qu'on n'arrivait plus à lire le logo qui s'y trouvait. Huit ans plus tard, absolument rien en lui n'avait changé, à l'exception de sa casquette, tellement crasseuse à présent qu'elle était d'une couleur indéfinissable.

« Comment va, Isaiah ? fit TK d'une voix rauque, plissant les yeux alors qu'il allumait une Pall Mall. Ça fait un bail.

— J'ai eu pas mal de trucs à faire, répondit Isaiah. Comment tu vas ?

— Je suis vieux et lent. Mais on fait aller. » TK baissa les yeux sur le chien et lui dit : « Alors, tu me dis pas bonjour, espèce de sac à puces ingrat ? » Ruffin bondit, plaquant ses pattes sur la poitrine du vieil homme. « Tu sais ce que je préfère chez les gens ? demanda-t-il à Isaiah en grattant les oreilles de Ruffin. Leur chien. » TK lui donna une friandise qui se trouvait dans sa poche sans doute depuis des mois, et qui n'était peut-être pas tout à fait une friandise. Non sans inquiétude, Isaiah laissait Ruffin à TK lorsqu'il devait quitter la ville dans le cadre d'une enquête. Ruffin adorait l'endroit, il pouvait passer des journées à parcourir les six hectares d'épaves, à renifler, pisser partout et chasser des écureuils.

« Hé, lança TK, tu savais qu'ils étaient en train de construire une église juive, juste au bout de la rue ?

— Tu veux dire une synagogue ? fit Isaiah. Ici, vraiment ?

— Ouaip. Ils vont l'appeler Beth You Is My Woman Now[1]. »

Isaiah le regarda et secoua la tête. « C'est la pire blague que t'aies jamais racontée.

— C'est pas faux, répliqua TK en gloussant. Et j'en ai encore des tas en rayon. »

Isaiah lui parla de son enquête sur la mort de Marcus, lui parla de Seb, Frankie et Manzo, de cette haine qui ne le lâchait pas, de jour comme de nuit, et de son désir de vengeance.

« Attention, mon garçon, dit TK. C'est le genre de voie où on peut se perdre si on la suit trop longtemps.

— Comment ça ?

— Oh, ça remonte, c'était du temps où j'étais marié avec Etta. J'avais un pote qui s'appelait Jimmy Truitt, on avait fait l'armée ensemble. » TK raconta que Jimmy passait souvent chez lui pour jouer aux cartes, regarder la télé, boire un coup. Parfois, ils louaient un bateau, partaient au large de

1. Jeu de mots sur *beth*, qui signifie « maison » en hébreu et l'air d'opéra « *Bess You Is My Woman Now* », tiré de *Porgy and Bess* de George Gerswhin.

l'île de San Clemente et pêchaient de la rascasse, de l'ophiodon, de la limande. Après quoi ils se faisaient un gros repas de friture, avec femmes et enfants dans le jardin de TK. Il réparait gratuitement la voiture de Jimmy et, lorsque celui-ci perdit son boulot, il lui prêta de l'argent. Quand sa femme le mit dehors, il atterrit sur le canapé de TK. « On était potes, fit TK. Vraiment super potes. Et puis j'ai découvert qu'il fricotait avec Etta. Incroyable, hein ? Il se tapait ma bonne femme dans mon propre lit ! Tu parles d'un coup de poignard dans le dos. Il m'est venu une haine de ce type, c'était le seul truc auquel j'arrivais à penser, jour et nuit. C'en est venu à un point où j'en pouvais vraiment plus, alors je suis allé voir Jimmy chez lui, je l'ai fait sortir en le tirant par la peau du cul et je l'ai tabassé. Pour le laisser étalé sur la pelouse, comme le tas de merde qu'il était.

— Il l'avait mérité, dit Isaiah.

— Ouais, c'est aussi mon avis. Mais tu sais quoi ? Je m'en suis voulu après coup.

— Hein ? Pourquoi ?

— J'ai eu ma vengeance, mais pour autant, ça m'a pas soulagé de ma douleur, et ça m'a pas ramené Etta. Jimmy s'est vite remis de ses blessures, mais toute cette haine m'avait rendu fou, m'avait transformé en quelqu'un que je voulais pas être. Alors qui s'en est mieux sorti, de cette histoire, au final ? Moi ou Jimmy ? »

TK dit à Isaiah qu'il n'avait pas d'Audi en ce moment, mais que les régulateurs de vitesse n'étaient pas spécifiques à un modèle de voiture. Peut-être Isaiah en trouverait-il un qui marcherait dans la section des allemandes. « J'ai rendez-vous avec un client. Va voir par toi-même. Tu sais où chercher. »

Isaiah prit sa boîte à outils et s'enfonça dans la casse auto. Ça faisait bizarre de se retrouver là, dans un silence absolu, sans même un pépiement de moineau, entre ces murs d'épaves amoncelées. Des voitures dans lesquelles des gens étaient allés au boulot, des familles étaient parties en vacances, des couples en soirée, des gamins en virée illicite, des femmes enceintes à la maternité. Il pouvait les entendre rire, parler, faire l'amour. Il pouvait entendre leurs colères, leurs peines de cœur, leurs joies. Il pouvait entendre la rumeur de la vie qu'il n'avait jamais eue.

Ruffin s'était éloigné, sans doute à la poursuite d'un écureuil. Isaiah repensa à ce que TK lui avait dit. C'était sensé, mais cela ne changeait rien à ce qu'il éprouvait, ça n'apaisait en rien ni sa fureur ni sa peine. Un fils de pute d'assassin avait non seulement fauché la vie de Marcus, il avait également volé l'avenir de son petit frère. Il aurait pu aller à Harvard, étudier, vivre et réaliser son rêve, faire la fierté de Marcus. Au lieu de ça, il était coincé là, dans le quartier, sans famille, à poursuivre une carrière qui consistait à pourchasser des cafards tels que Frankie. Isaiah aurait sa revanche : ce qui arriverait ensuite n'avait aucune importance. Au détour d'une montagne de pneus, il constata que l'Accord avait disparu : seul vestige de sa présence, un rectangle d'herbes mortes. TK l'avait sans doute déplacée afin qu'Isaiah ne repense pas à Marcus chaque fois qu'il venait ici. Sympa de sa part, mais parfaitement inutile.

Arrivé à la section des allemandes, Isaiah aperçut une femme penchée sous le capot d'une épave de Passat. Une nana blanche qui marmonnait toute seule, tendue, s'acharnant sur quelque chose. Elle portait un jean troué aux genoux, de vrais trous, pas des trous manufacturés, une vieille chemise de batiste par-dessus un T-shirt gris usé où s'étalait entre lettres capitales le logo de ROYAL & LANGNICKEL. Royal & Langnickel fabriquait des pinceaux : Isaiah était tombé sur cette marque lors d'une enquête. Les chaussures de sécurité de la jeune femme étaient maculées de taches de peinture multicolores, et il émanait d'elle une légère odeur de térébenthine. De là à déduire qu'il s'agissait d'une artiste peintre, il n'y avait qu'un pas, fort facile à franchir.

« Besoin d'aide ? » proposa Isaiah. La fille ne releva pas les yeux et ne répondit pas. Elle était en train de batailler avec un faisceau de câbles, s'efforçant d'arracher les extrémités d'un embout. Frustrée, elle considérait le bout de plastique qui refusait de céder.

« Il vous faut un outil spécial pour ça, dit-il.

— J'en ai pas.

— Attendez. »

Il fouilla dans sa boîte à outils et en sortit une pince munie d'une poignée semblable à celle d'un tournevis.

« Oh », fit-elle. Elle prit l'outil, le regarda un instant et, sans attendre d'explication quant à la façon de l'utiliser, l'inséra dans l'une des fentes et libéra un fil. « Ouais. Ça marche. Merci. » Elle poursuivit sa tâche avec une assurance posée teintée d'une certaine tristesse. Isaiah sut aussitôt à quoi s'en tenir. Elle avait vécu des choses qu'elle s'efforçait d'oublier.

« Vous voulez retirer le faisceau moteur en entier ? demanda-t-il.

— Ouais », répondit-elle sur le ton de l'évidence.

Isaiah se saisit d'autres instruments et, durant les vingt minutes qui suivirent, tous deux démontèrent une myriade de boulons, vis et embouts. La fille était concentrée, apparemment insensible à la chaleur qui régnait, à la puanteur d'huile et d'essence, à la sueur qui gouttait au bout de son nez. Ses cheveux blonds étaient attachés en queue de cheval. Pas de bijou, une touche infime de maquillage, une vieille montre à gousset tatouée sur son avant-bras, et une foule de secrets derrière ses yeux vert pâle.

« Voulez de l'eau ? proposa Isaiah en lui tendant sa bouteille de Fiji.

— J'en ai », répondit-elle.

Et la fille continua à travailler comme s'il n'était pas là. Il se demanda s'il l'avait offensée d'une façon ou d'une autre, ou si quelque chose en lui la gênait. De nouveau, elle aboutit à une impasse, tirant sur le faisceau en vain, cherchant un moyen de détacher cette section des câbles. Elle paraissait résolue à trouver la solution au plus vite afin de ne pas lui laisser le temps d'intervenir. Isaiah envisagea un instant de ne rien faire, mais c'était au-dessus de ses forces. Il se pencha, souleva un tuyau annelé, sa hanche touchant la sienne sans qu'elle semble le remarquer. « Il y a un boulon, là, fit-il remarquer. Vous voyez ? » Elle secoua la tête et soupira de sa propre bêtise.

« Vous êtes mécano ?

— Non. J'ai travaillé quelque temps ici. On démontait pas mal de voitures. »

Bien qu'il ne connaisse rien à l'art, Isaiah nourrissait des préjugés envers quiconque se disait artiste. Il avait visité le Getty, le musée du comté de Los Angeles, le musée d'Art contemporain. Ça ne l'avait pas intéressé. Beaucoup de ce qu'il avait vu relevait de codes qu'il ne maîtrisait pas. Des cercles imprécis, concentriques. De grosses lettres sur une toile. Des gribouillis blancs sur fond gris, comme si un gamin de huit ans avait recouvert de craie le tableau de la classe. Était-ce censé avoir une signification ? Représenter quelque chose ? Susciter une quelconque émotion ? À son sens, il aurait mieux valu exposer quelque chose de beau, quelque chose qui nécessitait un tant soit peu de talent et de technique. Les portraits de Rembrandt qu'Isaiah avait vus au musée Getty étaient si expressifs qu'ils semblaient vous parler. Devant un Van Gogh, on pouvait sentir le vent qui soufflait dans les hautes herbes et le parfum qui s'en dégageait.

Lorsqu'ils eurent fini de détacher le faisceau, ils l'arrachèrent au moteur comme s'il s'agissait d'une algue géante.

« Plutôt en bon état, nota-t-il. Ça devrait faire l'affaire. Elle est à vous, la GTI ?

— Oui.

— Quelle année ?

— 2009.

— Chouette voiture. Ils ont sorti une version turbo, cette année-là.

— Ouais », dit-elle, manifestement pas impressionnée.

Et puis, contre toute attente, elle lui sourit, un grand sourire chaleureux et sincère, comme si elle se rendait soudain compte qu'elle avait devant elle un être exceptionnel. Isaiah se demandait à quoi était dû ce revirement lorsque Ruffin les rejoignit en courant comme un dératé. C'était à son chien qu'elle souriait.

« Salut, mon pote, dit-elle d'une voix joyeuse. Qu'est-ce que t'es beau. » Ruffin se dressa sur ses pattes postérieures et posa les antérieures sur la poitrine de la fille.

« Ruffin, arrête, fit Isaiah. Laisse-la. » Le chien refusa d'obéir. La fille se détourna calmement, poussant le chien à se remettre à quatre pattes. « Désolé, il est pas très bon pour ce genre de trucs, s'excusa Isaiah.

— Ce n'est pas sa faute. Les chiens ne parlent pas notre langue. “Laisse-la”, ça ne veut rien dire pour lui.

— Soit », lâcha Isaiah, piqué au vif.

La plupart des gens avaient peur de ce puissant pitbull à la robe gris ardoise et aux yeux perçants couleur ambre, mais la fille mit un genou à terre pour lui gratter le cou et lui caresser la tête. « Comment ça va, toi ? » lui dit-elle en le couvant du regard d'une mère admirant son bébé endormi. Habituellement sur la réserve avec tout représentant de la race humaine, Ruffin était fou de joie, remuant vigoureusement la queue, ravi de l'attention. « Comment s'appelle-t-il ? demanda-t-elle.

— Ruffin.

— Comme David Ruffin ? Cool. Il a quel âge, un an ?

— Dans ces eaux.

— Pourquoi vous ne l'avez pas dressé ?

— Je viens de commencer.

— À un an révolu ? Vous auriez dû vous y mettre quand ce n'était encore qu'un chiot. »

Isaiah avait l'habitude de poser les questions, de mettre les autres au pied du mur. Il tenta de renverser la situation. « Vous semblez en savoir beaucoup sur les chiens », dit-il. Simple remarque, pour l'amener à parler un peu de sa vie. Mais au lieu de ça, elle se renferma instantanément. Isaiah ne réagissait pas autrement lorsque quelqu'un tentait de le manipuler.

« Il n'est pas castré ?

— Non. Je n'ai pas encore trouvé le temps de m'en occuper. » *Merde. C'est toujours elle qui est à l'offensive.*

« C'est vraiment moche, vous savez. De faire ça à un chien. » Elle gratifia Ruffin d'une dernière salve de papouilles, lui sourit un moment, puis jeta le faisceau de câbles par-dessus son épaule et prit sa boîte à outils, si lourde qu'elle la fit pencher de côté. Isaiah songea à l'aider, mais ce n'était probablement pas une très bonne idée.

« Merci pour le coup de main, fit-elle, comme si elle regrettait d'être obligée de le lui dire.

— Pas de problème. »

Tout en marchant, elle se retourna légèrement, sourit, et lança : « Salut.

— Salut », répondit Isaiah qui ne s'y attendait pas, avant de comprendre que c'était à nouveau à son chien qu'elle s'adressait. *Super.*

Il était plus intrigué qu'attiré par cette fille qui

avait une chouette voiture, une montre à gousset tatouée, n'avait pas peur des pitbulls et connaissait David Ruffin. Soit, elle n'était pas très agréable, mais après tout, c'était une femme seule au milieu d'une casse, face à un inconnu. Aucun moyen d'avoir la moindre certitude quant aux intentions de cet homme qu'elle n'avait jamais vu, et si elle s'était permis des paroles déplacées, c'était uniquement parce qu'elle se souciait du bien-être de son chien. En rangeant ses outils, Isaiah se demanda pourquoi il lui cherchait ainsi des excuses. Peut-être parce qu'elle lui ressemblait un peu. Distante, susceptible, refusant toute aide par principe, et n'hésitant jamais à dire ce qu'elle avait sur le cœur, sans politesse ni faux-semblant, lorsqu'elle était confrontée à une situation qu'elle n'appréciait pas.

Dans l'entrepôt, Isaiah retrouva TK appuyé contre le pont élévateur, en train de boire une bière.

« T'en veux une ? demanda-t-il.

— Non merci, répondit Isaiah. C'était qui, cette fille ?

— J'en sais rien, mais c'est une lesbiche.

— Comment tu le sais ?

— Elle a cet air dur, sur la défensive, comme si elle s'attendait à ce que tu lui pelotes un nichon d'un instant à l'autre. C'est une lesbiche, pas de doute.

— C'est quoi son nom ?

— Son nom ? Hum, attends voir, c'était marqué sur son chèque. Tracy ou Macy, un truc dans le genre. Pourquoi ?

— Comme ça. »

Entra alors un homme qui demanda à TK s'il avait des pièces d'amortisseurs pour une Oldmobile '76

Cutlass. TK lui répondit peut-être bien que oui, peut-être bien que non. « Tu peux tenir la boutique, Isaiah, le temps que j'aille voir ?

— Bien sûr », répondit Isaiah. Aussitôt que TK et son client furent sortis, il se glissa dans le bureau et ouvrit la caisse enregistreuse. Il ne s'y trouvait qu'un seul chèque, au nom de Grace Monarova, domiciliée à Linden Avenue, au niveau de la 7e Rue. OK, et maintenant qu'il savait ça, qu'allait-il en faire ? Il réfléchit un moment, sans trouver de réponse. Il remit le chèque à sa place, et quitta le bureau.

La climatisation de la Chevrolet '95 Caprice n'altérait qu'à peine la canicule. Et la peinture noire de la carrosserie était loin d'arranger les choses. Manzo roulait tranquillement sur Magnolia Avenue, se demandant qui avait établi les permis de zonage, et combien il avait été payé. Un magasin de literie suivi d'un immeuble d'habitation suivi d'une église suivie d'une maison suivie d'une clinique spécialisée dans les douleurs chroniques suivie d'un autre immeuble d'habitation suivi d'une boutique de pièces auto. Il pensa à Isaiah. Ce type n'était pas du genre à lâcher le morceau. Des années qu'il cherchait à élucider la mort de son frère, et il avait en plus les *cojones* de se pointer chez Frankie. Pourquoi Frankie l'avait laissé entrer ? Isaiah était malin. Et, à sa façon, féroce.

Stacks, un mec du quartier, s'était embrouillé avec Isaiah parce que celui-ci avait appréhendé son frère, Laquez, un abruti fini. Stacks avait décidé de se venger de lui en tuant son chien. Il avait ouvert le feu sur Ruffin avec son .22 long rifle, et heureusement pour lui, l'avait loupé. Cela avait rendu Isaiah fou furieux, mais l'agression physique, ce n'était pas son truc. Il découvrit que Stacks était bagagiste à l'aéroport LAX. Il se rendit à une vente aux enchères et acheta une dizaine de bagages jamais réclamés. Après avoir retiré les étiquettes, il s'introduisit chez Stacks et empila le tout dans sa cave. À l'aide d'un portable prépayé, il lui avait ensuite envoyé une série de SMS : Il te reste des iPads ? C'est de la merde, les bijoux que tu m'as refourgués. Passerai ce soir chez toi avec des $. Je garde le costume Armani. Stacks, ne comprenant rien, les ignora. Puis Isaiah appela la police de l'aéroport. Il se présenta comme un collègue de Stacks, et leur révéla qu'il volait des bagages. Non, il préférait demeurer anonyme. La police rendit visite à Stacks. Ne s'attendant pas à ce qu'ils trouvent quoi que ce soit d'incriminant, il les laissa fouiller. Et écopa d'une peine de cinq ans parce qu'il refusait de balancer son complice. Non, Isaiah n'était pas le genre de type qu'on avait envie d'emmerder, mais il y avait des limites à tout, et ça valait pour tout le monde, lui compris.

Manzo passa devant l'école primaire. Un petit mur courait sur toute la longueur de la cour, recouvert d'une fresque aux couleurs joyeuses. Des pâquerettes, des clowns, des flamants roses, un village avec des *campesinos* tout sourire travaillant au champ, un docteur auscultant un patient, un homme en combinaison spatiale atterrissant sur la Lune. Et elle était censée faire quoi, cette fresque, donner envie aux gamins du *barrio* de devenir cosmonautes ? Ils auraient mieux fait de peindre une fresque sur les écueils à éviter. Un pote derrière les barreaux ou mort sur le trottoir, ou regardant sa carte de bons alimentaires.

La fresque avait été taguée. LIL GENIUS SL 13 ELB. Lil Genius, Sureños Locos 13, East Long Beach. SL13 →. Dans cette direction, territoire loco. ANGEL CPV. Angel a tué un Crip Violator. FREE JUAN KVSP. Libérez Juan de la prison d'État de Kern Valley. C'était des fans de Lil Wayne qui avaient lancé ces conneries quand leur rappeur préféré avait fait huit mois au pénitencier de Rikers Island. LKSRKC. Locos de Kimball Street, Ramona, tuent des Crips.

Manzo avait pitié de Ramona qui essayait de se faire respecter en jouant à fond la carte de la gangsta. On se moquait d'elle dans son dos et, quoi qu'il lui dise, il était impossible de la convaincre de se détendre un peu et d'être une *chola* comme les autres. Il était convaincu qu'un jour ou l'autre il lui arriverait quelque chose de grave, et il ne savait pas comment l'empêcher.

Encore des tags sur les palissades, les panneaux signalétiques, les trottoirs et les bancs d'arrêt de bus. Manzo avait dit à tout le monde d'arrêter ces conneries. Ça faisait enrager les habitants de voir leur quartier pourri de la sorte, et ça encourageait les flics à s'intéresser à leurs affaires. Ces sales cons restaient prisonniers de la mentalité du *barrio*. Incapables d'accepter la notion même de changement.

Manzo avait eu l'idée de cette renaissance du gang en regardant *Le Parrain II*, quand Michael Corleone achète le casino à Vegas et dit à Kay que d'ici cinq ans, les affaires de la famille seraient exclusivement légales. La légalité, c'était la liberté. Plus de flics sur le dos, plus de timbrés qui essaient de vous tuer pour un oui pour un non, plus d'obligation à passer la moitié de sa vie en taule. L'objectif de Manzo était la domination d'East Long Beach, pas par la peur et les ventes records de came, mais par le parc immobilier, le nombre de commerces et l'épaisseur de leur portefeuille d'actions. Manzo voulait que ses homies désertent les rues et cessent de vouer leur existence au crime et à la mort. Beaucoup s'y opposaient. Jorge, Popeye, X Ray et Vicente, entre autres. Vicente, avec son putain de filet à cheveux à la con. Et Ramona. Accepter de devenir son mentor, ç'avait été l'une des pires erreurs de toute son existence. Cela dit, il n'avait pas vraiment eu le choix. C'était Frankie qui le lui avait demandé, il ne pouvait tout simplement pas refuser. Frankie avait lui-même été son mentor, à ses tout débuts : il lui avait donné des responsabilités, avait fait son éducation, lui avait appris comment fonctionnait tout ce bordel. À neuf ans à peine, Manzo servait de relais entre la planque de came et les dealers de rue. Il portait fric et armes pour les aînés du gang, les flics étant moins susceptibles de fouiller un gamin. Il espionnait les Violators, la Pimpside Family et ces cons de Fils de Samoa, qui ne se méfiaient pas d'un petit chicano hirsute traversant le ghetto sur son vélo tout pourri. Il faisait le guetteur lors des réunions au parc ou quand les membres se retrouvaient au Capri. Il fut intégré au gang à l'âge de quatorze ans, après un tabassage rituel dans le jardin de Jorge auquel Frankie participa.

Frankie avait été le seul à reconnaître son talent : contrairement à tous les autres, Manzo voyait plus loin que le bout de son nez, il apprenait de tout ce qui l'entourait, et surtout, il ne cessait jamais de se demander comment on pouvait améliorer les choses. D'où lui venait ce talent, ça, c'était dur à dire. Peut-être de son père, urbaniste à Mexico qui était mort d'un cancer du poumon, laissant sa famille sur la paille. Manzo débordait d'idées pour optimiser les activités du gang. Si on devait procéder à un gros réapprovisionnement, il envoyait en avant-garde un faux livreur afin de tâter le terrain. Puis il répartissait la cargaison sur plusieurs livreurs afin qu'en cas d'arrestation les flics ne saisissent qu'une fraction de la marchandise. Et fini le deal de coin de rue. Mieux valait opérer dans des ruelles à issues multiples, passages, garages, portes dérobées, cours, toutes déterminées à l'avance. Même en bloquant les deux extrémités de la voie, les flics ne finissaient par récolter que cannettes vides, cendres de spliff et empreintes de pas. Et, quoi qu'il advienne, ne vendre que la meilleure des cames au tarif en vigueur. Pas d'arnaque. Quand la came était de mauvaise qualité, il fallait la refourguer à des dealers non affiliés : on écoulait le stock et on ruinait la réputation de la concurrence, faisant d'une pierre deux coups. Ça devait être bien clair pour tout le monde : shopper chez les Locos, c'était acheter le top de la qualité. Manzo avait fini par convaincre tout le monde de ne plus traîner dehors. Fini, les flics qui vous photographiaient en train de dealer et les procureurs qui montraient les clichés au jury en leur disant que vous empoisonniez une génération tout entière de jeunes innocents.

Manzo fit la promotion de la confidentialité en interne. Quand les flics faisaient un gros coup, c'était toujours à cause d'un mec qui, menacé par une très lourde peine, se laissait convaincre de balancer. Manzo institua que Frankie et ses principaux lieutenants devaient être les seuls au courant de ce qui allait se passer et attendre le tout dernier moment pour donner des ordres précis à des personnes précises. Manzo distribuait gratuitement de la came aux tox afin qu'ils s'espionnent les uns les autres, et qu'ils lui signalent toute personne relâchée avant le terme de sa peine. Il interdit de vendre de la came sur les lieux où elle était stockée et décréta un roulement des planques afin de minimiser les risques de saisies. Il exhorta tout le monde à se faire prescrire une autorisation de consommation de marijuana à usage thérapeutique et de ne transporter sur soi que de petites quantités afin de n'encourir que des charges minimales. Il intima à tous de stocker leurs armes autre part que chez eux afin que les descentes de flics se soldent par des échecs. Et ceux qui avaient *vraiment* besoin d'avoir un Glock sur leur table basse quand ils regardaient la télé devaient demander à leur mère de l'acheter en son nom, et se procurer un autre flingue pour l'extérieur. Si on l'utilisait pour buter quelqu'un, il n'y avait qu'à le revendre ou à le jeter. Simple comme bonjour, et, si on se tenait à cette règle, ça suffisait pour éviter la prison jusqu'à la fin de ses jours.

Selon Manzo, le racket sous prétexte de protection, c'était trop de problèmes pour pas grand-chose. On taxe un type qui se fait quarante dollars par jour en vendant des hot dogs dans la rue, il va se plaindre aux flics, vous vous faites serrer et après, quoi? Avec vos homies vous vous vengez, vous tabassez la balance, quelqu'un filme la scène sur son portable, tout le monde se fait attraper pour violences aggravées, et vous écopez de la peine maximale pour récidive. Mieux valait, et de loin, protéger le quartier et mettre les gens dans son camp. Une racaille s'en prend au vendeur de hot dogs ? Mettez-lui un bon coup de pression, faites-lui payer une amende et reversez l'argent au vendeur malmené. Des gamins cambriolent une vieille dame ? Obligez-les à tout rendre, à tondre la pelouse de la vieille dame, et à lui présenter de vraies excuses. Un tox braque un commerce ? Confisquez-lui sa came, enfermez-le quelque part, et laissez-le gérer son manque tout seul comme un grand. La prochaine fois qu'il commettra un vol, ce ne sera pas en territoire loco. Manzo exhortait ses troupes à devenir des Robin des bois, des Pablo Escobar. Quand on veille sur les gens, ils sont moins enclins à appeler les flics, à filmer ou à devenir témoins, encore moins à se constituer partie civile. Grâce à la nouvelle politique de Manzo, le nombre d'arrestations chuta et les profits s'envolèrent, Manzo gagnant considérablement en influence au sein du gang. Lorsque Frankie fit part de son désir de se retirer, la question de sa succession ne se posa même pas. Seul Vicente y trouva à redire, mais quelle importance ? Manzo n'aimait pas la violence, mais il n'en avait pas peur. Si Vicente voulait vraiment jouer au con, il savait où le trouver.

Manzo se gara. Il appuya sur un endroit spécifique de la portière côté conducteur, révélant le compartiment secret que Diego, le garagiste, avait installé. Solidement fixé par des bandes Velcro, un Glock 9 mm, et un deuxième chargeur. Plus d'une fois cette cachette lui avait épargné un séjour en prison. Il lâcha alors les rênes de sa colère, chambra la première balle du Glock, et passa l'arme de poing à sa ceinture. L'Audi était garée dans l'allée. Isaiah était chez lui.

9

Un homme, un vrai

Après la course-poursuite en voiture, Dodson prit le volant. Allongé sur la banquette arrière, Isaiah souffrait le martyre, les yeux fermés. Dodson se demanda s'il était vraiment raisonnable de prendre tous ces risques. Dans quelques jours, il deviendrait papa. Papa. La dernière chose qu'il aurait imaginé devenir. Et, malgré toutes ses récriminations, il avait hâte. Hâte de connaître la paternité, de voir son petit Tupac grandir, de tout lui apprendre, de veiller sur lui. Lui vivant, Lil Tupac ne traînerait jamais dans la rue. Ce serait la fac ou la mort. Tout ça grâce à Cherise. Que quelqu'un comme lui soit casé avec quelqu'un comme elle relevait tout bonnement du miracle.

Il avait fait sa connaissance peu après être sorti de la prison de Vacaville, où il purgeait une peine pour un assortiment de charges qui avaient pour dénominateur commun son talent pour les embrouilles. Complètement fauché, il avait réemménagé chez sa tante May. Dans une maison constamment plongée dans la pénombre qui sentait la friture et le pot-pourri avec un mobilier éléphantesque qui occupait l'espace et un million de bibelots sur napperons brodés qui colonisait le mobilier.

Un dimanche que les rhumatismes de Tante May l'empêchaient de prendre le volant, Dodson se proposa de la conduire à l'église. Il détestait sa voiture, une vieille Plymouth Fury. Aussi maniable qu'un porte-conteneurs, avec un volant en plastique de la taille d'un cerceau de hula-hoop et des sièges recouverts du même tissu en polyester que les transats. Un coup sur l'accélérateur et le moteur toussait, ronflait, avalait dix litres de carburant et démarrait aussi rapidement que Tante May pour aller décrocher le téléphone.

L'église baptiste United in God était un bâtiment quelconque recouvert de stuc rose, avec des vitraux qui ressemblaient à de la cellophane colorée et une toiture en pente au sommet de laquelle une croix avait jadis brillé, mais qui était hors de service depuis des lustres. N'ayant rien de mieux à faire, Dodson décida d'assister à la cérémonie avec sa tante. Alors qu'ils s'asseyaient, il remarqua une vieille dame tout au fond de l'église. Elle devait avoir quatre-vingts ans bien passés, était aussi noueuse qu'un pied de vigne et, derrière ses lunettes grosses comme des loupes, ses yeux évoquaient ceux d'une chouette. Elle portait un uniforme d'infirmière d'un blanc immaculé et un bonnet de la même couleur frappé d'une croix rouge.

« Qu'est-ce que cette infirmière vient faire ici ? demanda Dodson.

— Oh, c'est Celia Mayfield, répondit Tante May. Elle n'est pas vraiment infirmière.» Elle lui expliqua que, parfois, les fidèles étaient si pénétrés par le Saint-Esprit qu'ils tombaient par terre, secoués de violents spasmes, comme s'ils s'étaient coincé les doigts dans une prise. «Celia est censée veiller sur les ouailles, mais je sais pas trop, fit Tante May. Elle a déjà du mal à voir ce qui se passe à trente centimètres de son nez.»

Le révérend Arnall monta en chaire. Dodson ne l'avait plus revu depuis l'école élémentaire, la toute dernière fois où sa mère l'avait traîné à l'église et menacé de le pincer au sang s'il ne se tenait pas tranquille. Le fait que son père, resté à la maison pour regarder un match avec une bière bien fraîche et un saladier rempli de Doritos, n'avait pas aidé à sa concentration ni à sa ferveur. Les cheveux du révérend étaient à présent tout blancs, ses rides d'expression plus prononcées et il se déplaçait moins vite, mais il possédait toujours le même port altier, menton fièrement dressé, toujours le même regard qui comprenait, pardonnait, et attendait de vous que vous donniez le meilleur de vous-même. Beaucoup trouvaient qu'il ressemblait à Sidney Poitier. *Dans la chaleur de la nuit* était un des films préférés du père de Dodson. Poitier y joue un policier de Philadelphie qui enquête dans le Sud profond. Son père mettait systématiquement en avance rapide jusqu'à la scène où Poitier, giflé par un riche Blanc, lui rend aussitôt la monnaie de sa pièce. «Et vlan!» s'exclamait son père en gloussant.

Le révérend portait la même tenue qu'autrefois : costume sombre, chemise blanche repassée à la perfection, et cravate bleu argenté imprimée d'un motif petits pains et poissons. Sa femme Sylvia la nouait pour lui, sans quoi ç'aurait été un carnage. Pas une once d'or sur lui à l'exception de son alliance.

« Bienvenue, mes amis, déclara-t-il avec un sourire chaleureux qui en soi était une bénédiction. Nous voilà réunis aujourd'hui afin de réaffirmer notre foi en Notre Seigneur Jésus-Christ, en qui nous trouvons notre salut, et notre renaissance. » Le révérend parcourut la congrégation d'un regard plein de fierté et de compassion qui aurait ému même le plus convaincu des athées. « Je vois ici beaucoup de visages familiers, mais je vois également quelqu'un qui n'avait plus passé cette porte depuis son enfance. Juanell Dodson, lève-toi, que toutes et tous puissent t'accueillir. »

Dodson se demanda à qui il s'adressait. Y avait-il un autre Juanell Dodson dans l'assemblée ? Tante May lui décocha un coup de coude.

« Debout, Juanell », dit-elle, très amusée par la scène.

Dodson eut l'impression qu'on lui demandait de chanter l'hymne national pour l'ouverture du Super Bowl. Lentement, il se leva. Pourquoi est-ce que tout le monde lui souriait ? Il avait oublié de remonter sa braguette ? Un bout de persil était resté coincé entre ses incisives ?

« Bienvenue, Juanell ! » le saluèrent les fidèles à l'unisson. Surpris, il tressaillit. S'installa alors un silence. Tous les regards étaient rivés sur lui, en attente.

« Dis quelque chose, fit Tante May.

— Euh… » Il déglutit avec difficulté. « Salut.

— Nous sommes heureux de t'avoir parmi nous, Juanell, reprit le révérend. Le Seigneur est toujours heureux de voir l'un de Ses enfants rejoindre le troupeau. J'espère que nous t'accueillerons plus souvent à l'avenir. »

Dodson ne se sentait pas le courage de mentir en pleine église. « On ne sait jamais, dit-il.

— Le Seigneur, Lui, sait tout, répliqua le révérend avec un regard malicieux. À présent, donnons-nous la main et prions. »

Dodson saisit la main de Tante May et celle d'une petite fille vêtue d'une robe jaune, avec des rubans assortis dans les cheveux. Le révérend parla de la grâce divine, disant que nous étions tous les instruments divins de la paix et de la justice, et que Dieu exhortait tous Ses enfants à la compassion et à la concorde, quelles que soient leurs opinions, leur couleur de peau ou leurs origines. Le révérend dit qu'aider autrui, y compris ses ennemis, c'était servir Son nom sacré. Il appela Dieu à guider Ses ouailles à travers les dangers et les tentations de leur existence terrestre, et Le remercia pour Son amour infini. Rien que de très classique, mais le révérend prononçait ces mots avec une telle sincérité qu'on aurait dit que le Saint-Esprit lui avait soufflé ces paroles le matin même.

Dodson ne se sentait pas concerné mais, jetant un coup d'œil autour de lui, il constata que la congrégation avait été profondément affectée par ces mots. Certains semblaient en pleine agonie, les yeux clos ou révulsés, secouant la main comme dans l'espoir d'attirer l'attention divine. L'écrasante majorité était heureuse, soulagée, comme si c'était exactement cela qu'ils étaient venus chercher entre ces quatre murs, cette sensation unique, semblable à une bonne douche chaude après une longue journée, ou des draps doux et propres après une journée encore plus longue. Dodson les enviait. Rien dans sa vie ne lui faisait cet effet.

L'organiste se mit alors à jouer un vieux gospel que Dodson avait souvent entendu dans son enfance, *Oh Mary Don't You Weep*. Les membres de la chorale apparurent au fond de l'église, vêtus d'aubes blanches bordées d'or, calquant leurs pas sur la cadence de l'hymne pour avancer dans l'allée centrale, chantant comme des anges au milieu du ghetto. Dodson aimait le gospel à l'ancienne. Sans chorégraphie, sans passages rappés, sans beatbox ni tralala, rien que des voix pures s'élevant jusqu'à Dieu. La petite fille à la robe jaune chantait aussi, sans comprendre les paroles, mais d'une voix si belle et touchante que Dodson en avait des frissons. *Nous sommes tous les enfants de Dieu. C'est juste que certains sont plus bénis que d'autres.*

La chorale arrivait à sa hauteur lorsqu'il remarqua une fille qui eut d'emblée toute son attention. La tête haute, une attitude fière sans la moindre arrogance, une expression passionnée, et une aube qui ne parvenait pas à dissimuler ses courbes. En marchant, elle prenait la couleur des vitraux, dorée, puis rouge, puis bleue, comme si, gyrophare allumé, la police du paradis s'apprêtait à l'interpeller parce qu'elle était trop parfaite. Elle chantait à la perfection, d'une voix d'alto aussi douce qu'une crème au caramel, un tout petit peu trop sexy pour une église.

« Il faut absolument qu'on fasse connaissance », se dit Dodson.

À la fin de l'office, Tante May se mit à bavarder avec le révérend, et Dodson attendit la fille dehors. Vêtue tout ce qu'il y a de plus normalement, elle lui passa devant sans même un coup d'œil. Il la suivit jusqu'à sa voiture, une Prius toute neuve. Elle coupa l'alarme, se retourna et le dévisagea comme si elle était en retard pour son boulot et qu'il représentait une déviation sur le chemin.

« Je peux vous aider ? lança-t-elle.

— Bonjour, dit Dodson avec son plus beau sourire. Je m'appelle Juanell Dodson. » S'il avait porté un chapeau, il se serait empressé de se découvrir. « Je ne crois pas que nous ayons eu le plaisir d'être présentés.

— Le plaisir pour qui ? Vous ou moi ?

— Pourriez-vous me dire comment vous vous appelez, ou est-ce trop indiscret ?

— Cherise Johnson. Sauf erreur, c'est la première fois que je vous vois à l'église.

— Je n'y étais pas retourné depuis mes onze ans.

— Peut-être que c'est cela qui vous a valu d'atterrir à Vacaville.

— Comment êtes-vous au courant ?

— Deronda est une amie.

— C'est bien malheureux, fit Dodson. Si nous passions plus de temps ensemble, peut-être pourrais-je vous présenter des gens plus recommandables.

— Deronda est bien assez recommandable à mes yeux. C'est vous qui avez un problème.

— Un problème ? Quel problème ?

— Vous étiez à Vacaville. Y seriez-vous allé de votre plein gré ?

— J'ai été incarcéré sur un malentendu.

— Un malentendu ? C'est comme ça que vous appelez des chèques en bois, une pyramide de Ponzi, et la vente de sacs Gucci de contrefaçon à l'arrière de votre voiture ?

— Soit, j'ai eu quelques démêlés avec la justice, mais je suis à présent un homme libre, et j'entends bien reprendre mon honnête carrière d'homme d'affaires.

— Ce qui fait office de carrière est tout le contraire d'honnête chez vous.

— Je sais que mon passé a subi diverses entorses à la loi, mais tout cela est loin derrière moi à présent.

— Eh bien, vous avez intérêt à vous bouger, fit-elle en s'asseyant au volant. Parce qu'à ce rythme-là, votre passé risque de vous rattraper. » Elle démarra si brutalement qu'elle fit crisser ses pneus. Pour une raison qui échappa à Dodson, cet échange ne le découragea pas le moins du monde : au contraire, il se sentit encore plus attiré par la jeune femme. Elle aurait pu ne rien lui dire du tout, ou tout simplement de foutre le camp, mais elle lui avait parlé. Il lui plaisait, il en était sûr et certain.

Le dimanche suivant, il l'attendit dehors et la suivit à nouveau jusqu'à sa voiture. Elle marchait si vite qu'il dut considérablement allonger ses foulées.

« Pourriez-vous ralentir un peu, je vous prie ? demanda Dodson.

— Pourquoi est-ce que je ferais une chose pareille ?

— C'est difficile d'avoir une conversation quand on est à bout de souffle.

— Vous n'avez rien de mieux à faire, nettoyer votre fusil d'assaut par exemple, ou vous rendre dans un squat pour toxicomanes ?

— J'ai abandonné le commerce de stupéfiants il y a bien longtemps, et je trouve assez indélicat de m'en parler à présent.

— Et me suivre jusqu'à ma voiture, ça ne vous semble pas indélicat ? Qu'est-ce que vous me voulez, à la fin ?

— Rien qu'une conversation. Je possède quelques qualités qui pourraient vous surprendre.

— C'est ce que vous sortez à votre agent de probation ? Et puis qu'est-ce qui vous fait croire que je pourrais être intéressée par vos qualités ? » Arrivée devant sa voiture, elle ouvrit la portière, s'installa et baissa sa vitre. « Laissez-moi tranquille, vous avez compris ? »

Dodson soutira à Suki le numéro de téléphone de Cherise et son adresse e-mail, et prit contact avec elle tous les jours.

Veuillez m'excuser de vous voler ces quelques instants d'attention, mais je suis fort déçu de constater que vous n'avez daigné répondre à aucun de mes messages. Je n'ai pas souvenir d'un acte ou d'une parole de ma part qui justifierait pareil mépris. Je crois que vous me devez au moins une explication.

Et pourquoi vous devrais-je des explications ? Parce que j'ai rejeté vos avances que je n'ai jamais appelées, et que je n'appellerai jamais, de mes vœux ? Par votre obstination, vous ne faites que me taper sur les nerfs et surcharger mes spams. Peut-être étiez-vous en prison quand cela a été voté, mais ce que vous faites s'apparente à du harcèlement, et tombe sous le coup de la loi.

Je ne vous harcèle pas. Je ne fais preuve que de persévérance, que d'aucuns considèrent comme une vertu. Je crois profondément que nous sommes tous deux liés par quelque chose qui transcende l'entendement humain. Et cette conviction s'est fait jour à l'instant où je vous ai vue chanter dans cette chorale.

Peut-être que sans le comprendre, ce que vous avez éprouvé n'était que ma profonde haine envers le crime en général et les criminels en particulier. À présent j'aimerais que vous me laissiez en paix. Ne me poussez pas à mêler mon frère Jerome à tout cela. C'est un joueur de foot en salle, et un seul de ses biceps est plus gros que vous.

Dodson continua à l'appeler et à lui envoyer des messages. Jerome, le frère de Cherise, vint frapper à sa porte, accompagné de ses biceps qui correspondaient parfaitement à la description que sa sœur en avait faite. Dodson envoya Tante May s'occuper de son cas. En sa qualité de vieille croyante Noire américaine, elle avait le pouvoir d'éconduire n'importe qui. Elle frappa Jerome à grands coups de balai et lui dit de déguerpir avant qu'elle s'énerve pour de bon et aille chercher son pistolet.

Un autre dimanche, Cherise ayant un peu ralenti l'allure, tous deux marchaient côte à côte. « Pour votre gouverne, dit-elle, je n'ai rien de commun avec Suki, Loretta, Laeesha ou toutes les autres pouffes avec lesquelles vous êtes sorti. Peut-être que vous auriez plus de chances de trouver quelqu'un qui vous conviendrait sur Long Beach Boulevard, où affluent les prostituées, et où vous pourriez également passer du bon temps avec les autres traîne-savates sans emploi qui aiment s'y retrouver.

— Personne n'a jamais dit que vous aviez quoi que ce soit en commun avec ces filles, et je n'ai jamais eu de relations tarifées de toute ma vie », rétorqua Dodson, résistant à la tentation d'ajouter qu'il connaissait un certain nombre de filles prêtes à payer pour avoir des relations sexuelles avec lui. « Je ne demande rien d'autre qu'une simple conversation, une chance de vous révéler ma vraie personnalité et de mieux comprendre la vôtre. Est-ce au-delà de vos forces ?

— Rien de ce qui vous concerne ne saurait être au-dessus de mes forces.

— Eh bien, l'affaire est entendue, dans ce cas : prenez un café avec moi. Quel mal cela pourrait-il vous faire ? Et bien que je sois un traîne-savate sans emploi, c'est moi qui vous invite. »

Elle monta à bord de sa voiture, baissa sa vitre et le regarda comme s'il était en train d'essayer de lui vendre un chalet de haute montagne en Arizona. « Un café, dix minutes, rien de plus », déclara-t-elle.

Ils se retrouvèrent au Coffee Cup plus tard dans la journée. Elle lui dit qu'elle était assistante juridique, qu'elle mangeait sainement, ne buvait de l'alcool que rarement, et ne sortait en boîte qu'à l'occasion d'un anniversaire. Elle aidait financièrement ses parents, épaulait sa sœur cadette dans ses études, suivait des cours du soir, était déjà allée en Europe, mettait du vernis transparent, considérant l'achat de vernis pailleté comme de l'argent jeté par les fenêtres. Elle n'avait eu que deux petits amis dans sa vie, l'un des deux avait même été son fiancé, et elle avait rompu lorsqu'il lui avait demandé de lui prêter de l'argent.

« Et vous ? demanda-t-elle. Que faites-vous de votre vie ?

— Je procède en ce moment à un bilan de mes compétences afin d'envisager ma reconversion professionnelle.

— Et en attendant vous vivez aux crochets de votre tante May qui, comme vous le savez, ne reçoit que les minima sociaux et ne parviendrait pas à s'en sortir sans l'aide financière de ses enfants, qui, eux, sont des adultes responsables menant une existence productive.

— C'est l'une des pires conversations de toute ma vie, fit Dodson. Habituellement, lors d'un échange social entre êtres humains, on n'essaie pas de toutes ses forces de dénigrer son interlocuteur et de lui manquer de respect. À mon avis, vous auriez grand besoin d'apprendre les règles les plus élémentaires de la courtoisie, quitte à prendre des cours de savoir-vivre.

— Je suis désolée de vous avoir blessé, rétorqua-t-elle, sans paraître le moins du monde désolée, mais comment pouvez-vous aspirer à un tant soit peu de respect alors que rien en vous ne m'inspire à vous en témoigner ? » Elle se leva et prit son sac à main. « Vous êtes sûr de pouvoir payer ces cafés ?

— Oui, j'en suis sûr », répondit Dodson.

Même si elle le rabaissait systématiquement plus bas que terre, il continua à l'inviter à prendre des cafés, et elle continua à accepter. Dodson lui parla de son père, sergent dans la marine, qui n'avait su lui donner que des ordres, et jamais une once d'amour. Chaque année, il était mobilisé six mois consécutifs à l'étranger. Il avait raté tous les anniversaires de Dodson, à l'exception de ses quatre ans et de ses six ans. Une fois à la retraite, il passa son temps à boire en solitaire, son caractère aussi dangereux et imprévisible qu'une mine antipersonnel. Dodson avoua à Cherise qu'il avait vendu du crack, qu'il avait été un temps SDF, réduit à dormir dans la voiture de Keenya, qu'il avait croisé le chemin d'Isaiah, et lui révéla tout qui s'était ensuivi, les bandits au bélier, la guerre des gangs, et ce gamin du nom de Flaco qui avait reçu une balle dans la tête. Et toutes ses embrouilles, ses séjours en prison, et la conviction pourtant qu'il se savait destiné à bien mieux, mais que la nécessité de survivre passait en premier.

Ce qui le frappait le plus chez Cherise, hormis sa beauté, était qu'elle l'écoutait. Vraiment. Comme si elle prenait en compte chaque mot et le soupesait, évaluait sa véracité avant de passer au suivant. Au fil de leurs conversations, Dodson eut l'impression qu'elle commençait à discerner en lui une sorte de potentiel. Il n'était pas facile de se sentir ainsi jugé sur quelque chose qui lui échappait, mais cela attisait sa curiosité, et il en venait à se demander lui-même quel homme il pourrait devenir.

« Je sais bien que j'aurais déjà dû réaliser quelque chose à mon âge, dit un jour Dodson. Mais une opportunité finira bien par se présenter. La roue finit toujours par tourner.

— Tu vois, c'est ça ton problème, Dodson.

— Tu veux dire que j'en ai encore un autre ?

— Oh, tu peux me croire, j'ai toute une liste que je tiens à jour.

— Tu disais ?

— Je disais que l'un de tes nombreux problèmes, c'est ton manque d'initiative. Rien ne tombe jamais du ciel.

— Ouais, je sais, fit Dodson, à présent irrité. C'est moi qui dois me créer des opportunités. Merde. Quel cliché à la con ! J'ai décroché de l'école et je viens de sortir de taule. J'ai rien qui pourrait m'aider à me créer des opportunités, c'est aussi simple que ça.

— Et ça, ce n'est rien d'autre qu'une excuse minable, répliqua-t-elle. Je peux te poser une question ?

— Quoi encore ? Est-ce que je suis au courant que je suis un fainéant, que j'ai le crime dans le sang et que je manque d'esprit d'initiative ? Je crois que tu me l'as assez dit comme ça.

— À quoi es-tu bon ?

— Hein ?

— À quoi es-tu bon ? Tu dois bien avoir d'autres talents que revendeur d'objets volés et dealer de stupéfiants, non ? »

Dodson réfléchit un instant, puis encore un autre.

« Attends, tu veux dire que tu n'as aucun autre talent ? lança Cherise. Que tu ne sais rien faire de bon et de juste ? Parler, ça ne compte pas. »

Dodson se repassa toute son existence en accéléré, incapable de trouver une quelconque réponse à la question de Cherise. C'était extrêmement humiliant.

Il s'adossa à son siège. Peut-être était-il temps de mettre un terme à tout cela. Cette fille ne ferait jamais un pas vers lui, et il en avait assez de se faire hacher menu l'ego. Elle le regardait de l'autre côté de la table, fixement.

« Quoi encore, dit-il, s'attendant à d'autres insultes.

— Je sais que tu n'aimes pas vraiment Deronda, mais elle organise un anniversaire pour sa nièce, qui va avoir six ans. Ça te plairait de venir ?

— Tu veux dire d'y aller avec toi ?

— Oui, avec moi. Il n'y aura ni alcool fort, ni weed, ni pole dance, mais c'est la grand-mère de Deronda qui préparera à manger, et tant que tu n'as pas goûté son poulet frit, tu n'as rien mangé.

— Tu dis ça parce que tu n'as jamais goûté au mien. »

Comme toutes les personnes conviées à l'anniversaire de sa nièce, y compris les filles avec lesquelles Dodson était jadis sorti, Deronda n'arrivait pas à croire que Cherise l'ait choisi pour cavalier.

« Avec tous les mecs qui te courent après, c'est *ça* que tu décides de ramener ? lança Deronda à Cherise. Meuf, tu manques d'estime de toi.

— Et tu t'y connais, toi, en estime de soi ? intervint Dodson. Ton dernier mec ne savait même pas lire.

— Il était dismex… disles… ; bref, il avait le même truc que Tom Cruise.

— Tom Cruise ? Le seul truc que ce type avait en commun avec lui, ce sont des mains et des pieds.

— Peut-être bien, mais il a pas de casier judiciaire, lui.

— C'est parce qu'il est trop occupé à apprendre l'alphabet. » Dodson regarda alors autour de lui. Cherise avait disparu. « Où est-ce qu'elle est partie ?

— Le plus loin de toi possible, voilà où elle est », répondit Deronda.

Dodson retrouva Cherise en train d'aider la grand-mère de Deronda à poser des plats sur la table. « Pourquoi tu es partie comme ça ? demanda-t-il.

— Pour faire quelque chose de plus utile et plus agréable que de vous entendre vous écharper tous les deux. » Elle s'interrompit dans sa tâche et le regarda droit dans les yeux. « Dodson, il faut que tu te mettes une bonne chose dans la tête. Quand on est ensemble, c'est moi et moi seule qui suis au centre de ton attention. Et si un jour il se passe quelque chose entre nous, je te le promets, toi et toi seul seras au centre de la mienne. »

Ils s'assirent sur le perron et mangèrent le poulet frit de la grand-mère de Deronda dans des assiettes en carton.

« Alors ? demanda Cherise.

— Le meilleur poulet que j'aie jamais mangé. »

Elle n'accepta de sortir en tête à tête qu'une fois qu'il eut décroché un job. Après une vingtaine de candidatures restées sans réponse, il finit par se faire engager comme livreur pour un abattoir industriel. Lorsqu'elle lui ouvrit la porte de chez elle, ce fut la deuxième fois dans sa vie qu'il demeura sans voix : la première, c'était quand il avait surpris Tante May en train de faire l'amour avec Carter Samuels, un policier qui patrouillait dans le quartier et qui devait avoir vingt ans de moins qu'elle. Cherise portait une jolie robe noire qui lui tombait juste au-dessus des genoux, des talons hauts, une petite croix en or au bout d'une chaîne discrète, et un parfum aussi sexy que distingué. Ils allèrent dîner dans un restaurant italien à El Segundo, que Dodson avait choisi en se disant que ça plairait à Cherise, qui était déjà allée en Europe. Alors que la serveuse les conduisait jusqu'à leur table, il éprouva une sensation inconnue jusqu'alors : il était fier de la personne avec laquelle il sortait. Il aurait voulu la présenter à ses parents, voir leur expression lorsqu'ils s'apercevraient que ce n'était pas une pétasse de plus.

Dodson croyait s'y connaître en sexe, mais comparé à ce qu'il vivait avec Cherise, tout ce qu'il avait connu jusqu'ici tenait plus du hors-d'œuvre que du plat principal, sans parler du dessert. Faire l'amour avec une femme splendide, c'était une chose. Mais faire l'amour avec une femme splendide qui n'était pas défoncée, qui ne hurlait pas comme une folle, une femme splendide dont le regard était un soleil qui vous faisait fondre sur l'oreiller comme un pot de crème glacée, qui gémissait comme si l'instant était trop divin pour ne pas en faire la louange, et qui par chacun de ses baisers humides, chacune de ses caresses délicates, vous faisait comprendre l'importance que vous aviez à ses yeux, vous faisait comprendre qu'elle ne voulait que votre bonheur, tout cela, pour Dodson, se rapprochait de l'illumination mystique.

Cela faisait deux mois qu'ils étaient ensemble lorsque Dodson se retrouva avec une boîte de steaks sur les bras qui ne figurait pas sur la feuille de livraison du supermarché. Il se rendit chez Cherise avec le projet de cuisiner deux T-bones pour elle.

« Non, je n'en veux pas, lui dit-elle tout net.

— Pourquoi ça ?

— Parce que tu les as volés.

— Personne ne sait qu'il manque un carton et, même si on venait à l'apprendre, il n'y a aucun moyen de remonter jusqu'à moi. »

Elle le regarda comme s'il avait décidé de rôtir les steaks au micro-ondes. « Dodson, dit-elle simplement. Un homme, un vrai, agit comme il le faut. »

Il finit par rendre le carton, ne gardant qu'un seul steak qu'il mangea sans le moindre plaisir. Au fur et à mesure du temps qui passait, il se rendit compte que Cherise le poussait dans le droit chemin, comme les tuteurs soutenant les plants de tomates que Tante May cultivait dans son jardin. Chaque fois que ses tendances délinquantes l'entraînaient vers le faux pas, Cherise faisait preuve de la plus grande intransigeance. Lorsqu'il parvenait à résister à ses mauvais penchants, Dodson découvrait un nouvel aspect de sa personnalité, et se plaisait à sentir qu'il devenait un homme, un vrai. Petit à petit, il se transformait en quelqu'un dont Cherise pouvait véritablement tomber amoureuse.

Allongé sur le lit du motel Travel Inn, Isaiah contemplait le plafond sur lequel les fuites dessinaient une carte de fleuves et de reliefs. Le fait que les Bâtons Rouges avaient réussi à capturer Benny était un échec cuisant, et il ne savait comment agir à propos du père de Sarita. S'il avait réussi à sauver

Janine, il avait à cœur de faire un carton plein, de réussir sur toute la ligne, et de revenir en héros incontestable. C'était la seule chose de valeur qu'il pouvait espérer offrir à Sarita. Ce qu'il était, la vie qu'il menait et la voie qu'il s'était choisie n'auraient pas suffi.

Au téléphone avec Cherise, Dodson faisait les cent pas dans la chambre. « Je t'ai dit que je serai là. Combien de fois tu veux que je te le répète ? Quoi ? J'ai intérêt ? Tu vois, c'est exactement ce que je te dis depuis le début. Le bébé est même pas encore né et on se dispute déjà. Le temps que ce petit négro sorte le bout de son nez, on aura sûrement déjà rompu ! Hein ? Que je l'appelle pas petit négro ? Et tu crois qu'il sera quoi, polynésien ? OK, OK, je l'appellerai autrement. » Dodson tourna le dos à Isaiah et baissa d'un ton. « Tout va bien ? Parce que tu sais que je t'aime, mais vraiment vraiment, hein ? T'es ma chérie à moi pour de vrai. » Au ton de Dodson, Isaiah sut qu'il avait un large sourire. « Dis-moi un truc cochon, Cherise – oui, là tout de suite. Je suis seul. Allez, juste un petit mot rien que pour moi. » Dodson se tut, puis gloussa. « Eh ben, fit-il. J'ai hâte que le bébé vide les lieux. OK, à demain matin. Tu prends bien soin de toi, hein. »

Isaiah l'enviait. Dodson avait quelqu'un qui avait besoin de lui, quelqu'un qui voulait qu'il rentre à la maison. Personne n'attendait Isaiah à part Ruffin, et il n'était même pas sûr de lui manquer vraiment.

« Tu pars ? demanda Isaiah.

— Le bébé risque d'arriver un peu en avance, et il est hors de question que je rate la venue au monde de Lil Tupac, répondit Dodson.

— Bon, d'accord, fit Isaiah en haussant les épaules d'un air faussement indifférent.

— Ça veut dire quoi, ça, "bon, d'accord"?

— Rien, c'est juste que tu te défiles au beau milieu d'une affaire.

— Ça a dû t'échapper, mais j'étais en train de te parler de mon bébé, là, fit Dodson.

— J'ai bien entendu», fit Isaiah avec un nouveau haussement d'épaules. Il savait que son comportement était puéril, mais il était incapable de réagir autrement.

« Putain, mais c'est quoi ton problème, Isaiah ? lança Dodson. Franchement, si tu crois qu'une connerie d'indemnité financière a plus de valeur pour moi que Cherise, c'est que t'as perdu le peu de jugeote qu'il te restait. »

Dodson partit prendre une douche. Isaiah boudait. Et se sentit ridicule. Allait-il vraiment faire la gueule à Dodson parce qu'il désirait retrouver sa femme enceinte ? Il s'assoupit et rouvrit un œil lorsque Dodson sortit de la salle de bains, une serviette nouée autour des hanches. Dodson se rhabilla dans un silence absolu.

« Je suis content pour vous, pour le bébé, finit par dire Isaiah.

— Merci.

— Une fois là-bas, tu verras comment ça se passe, avec Janine ?

— Oui, t'inquiète pas. Le truc qui m'étonne vraiment, c'est qu'elle t'ait pas encore appelé pour te supplier de la tirer de là. »

Janine se demandait si cela valait vraiment la peine d'aimer Benny. Cette simple question avait tout d'une trahison à ses yeux, et pourtant c'était bien par la faute de Benny qu'elle était en train de se cacher à près de cinq cents kilomètres de chez elle, courant un danger littéralement mortel, en proie à une peur et à un stress qui n'avaient aucune mesure avec ce qu'elle avait pu éprouver à une table de jeu. Il fallait qu'elle sorte d'ici, qu'elle retourne à Vegas. Il n'y avait sans doute rien qu'elle puisse faire, mais au moins elle serait plus près de Benny. Deronda jacassait toujours. Cette fille avait un avis sur tout, y compris sur des trucs auxquels personne ne pensait jamais.

« Hé, c'est pas du racisme, hein, mais sérieusement, les Noirs américains ont fait un milliard de trucs de plus que les Chinois.

— Tu racontes n'importe quoi, répondit Janine en essuyant la sauce qui maculait ses lèvres. Les Blacks ont fait des trucs cool, mais niveau grandes avancées, y a juste pas photo.

— Niveau grandes avancées ou niveau n'importe quoi, on vous bat à plate couture dans tout. » Elles prenaient le petit déjeuner dans la cuisine de Deronda, en foutoir à cause des préparatifs pour le food truck. « À ton avis, ça vient d'où, le rap ? lança Deronda. Pas de chez vous. Votre musique, c'est du banjo à deux cordes avec une cloche d'église dans le fond.

— Ah ouais, et sur quoi tu écoutes du rap ? Sur un iPod fabriqué en Californie ? Tout ce que tu as chez toi vient de Chine.

— Mais c'est pas vous qui avez inventé l'iPod.

On le produit chez vous uniquement parce que vous bossez à dix *cents* de l'heure. Et je te parle même pas de la bouffe : poulet frit, macaronis au fromage, *biscuits and gravy*[1], et la liste est encore longue.

— Tu sais qui a inventé les macaronis ? Les Chinois. Et on mangeait déjà du poulet frit que vous étiez encore en Afrique. Bon, pour le *biscuits and gravy*, je m'incline. Je peux en reprendre ?

— T'as une jambe cassée ? Non ? Alors, lève-toi et sers-toi », répondit Deronda.

Janine s'exécuta aussitôt. « J'aimerais bien que tu m'expliques un truc, reprit-elle. C'est quoi votre délire, à vous les Blacks, avec toutes ces théories du complot ? Parce que franchement, vous sortez de ces machins, des fois…

— Je vais te dire c'est quoi notre délire. Notre délire, c'est qu'on en sait plus que vous. Tu savais qu'avant le 11-Septembre George Bush traînait avec Ben Laden ? Ils faisaient des affaires ensemble, il l'invitait dans son ranch et tout et tout. Barbara Bush a même offert un cheval à Oussama pour son anniversaire.

— Sérieux ?

— T'as qu'à faire une recherche sur Google. Tu vas voir, y a un million de photos où on le voit sur ce canasson. Et c'est pas tout, je vais te dire un autre truc que je sais parce que j'en ai été victime moi-même.

— Vas-y, je t'en prie.

— Le gouvernement met un produit chimique

1. Recette typiquement américaine constituée de galettes de pain maison et de sauce à la viande.

spécial dans le fromage qui fait arriver tous les Blacks en retard au boulot. »

Janine faillit s'étouffer avec un bout de pain. « T'es pas sérieuse, là ? parvint-elle à articuler.

— Tu me crois pas mais c'est vrai, insista Deronda. Dès que je me suis mise à manger du Velveeta, je suis arrivée au minimum quarante-cinq minutes en retard au boulot, toujours. Putain. Tu crois quand même pas qu'on n'a pas de réveil ?

— Merde, il est tellement bon ton *biscuits and gravy*. Je pourrais en manger toute la journée.

— Et t'as pas encore goûté mon poulet. Après ça, plus jamais tu voudras de cette saloperie de *kung pao*. »

Une petite vache en peluche traînait par terre. Janine la ramassa, appuya dessus, et la peluche meugla. « Marrant, dit-elle.

— Tu trouves ? rétorqua Deronda. Passe une journée à l'entendre beugler comme ça, tu vas voir si tu trouveras toujours ça marrant.

— T'as un gamin ?

— Janeel. Quatre ans. Je l'adore. Je donnerais ma vie pour lui, mais franchement, je suis trop contente qu'il soit à San Diego. Ça te plairait, toi, d'avoir des gamins ?

— Je sais pas trop. Peut-être.

— Bah, réfléchis bien avant de passer le pas, meuf. C'est le taf le plus dur qui ait jamais existé. » Deronda se leva et se mit à débarrasser. « Tu dois avoir de très gros problèmes pour venir te réfugier à Long Beach.

— T'imagines même pas.

— T'inquiètes, tu peux souffler un coup. Il t'arrivera rien ici. »

Trois membres de la Chink Mob roulaient à bord d'une Accura Integra métallisée, rabaissée, jantes noires, double pot d'échappement, turbocompresseur avalant des litres d'air. Wing était au volant. Cette mission, il ne la sentait pas du tout. Kidnapper une fille dans une maison ? C'était quoi, cette connerie ? Et si son petit copain était avec elle ? Et si elle avait un flingue ? Ce putain de Tommy était complètement cinglé. Ce job à la con allait tout droit l'envoyer derrière les barreaux. À vingt et un ans, il avait déjà deux condamnations à son actif. Encore une et on l'enverrait à San Quentin, partager la cellule de son frère incarcéré pour le meurtre d'un membre du gang South Side Maravilla.

« Et merde, on a raté la bonne rue », dit Huan. Assis sur la banquette arrière, il secouait son smartphone comme si le problème venait de là. « Fais demi-tour, non, tourne à droite.

— Sérieux, Huan, fit Wing. T'as juste à regarder le point bleu, c'est quand même pas compliqué. »

Il était vingt-trois heures passées. Les seuls commerces encore ouverts sur Anaheim Street étaient la station Shell et le 7-Eleven.

« J'ai faim, dit Huan. On se prend un truc ?

— T'as toujours faim, putain », dit Gerald, la cigarette qu'il avait à la bouche remuant à chaque syllabe. Il sortit son Glock de la ceinture de son pantalon et vérifia son chargeur pour la dixième fois.

« Range ça, tu veux, Gerald ? lança Wing.

— Oui, boss tout-puissant », répondit Gerald d'un ton narquois en remettant le chargeur en place.

Ils s'arrêtèrent à un carrefour, et Gerald regarda le tag qui recouvrait le panneau de signalisation. « C'est qui ça, les Locos ? fit-il. Encore un gang de merde. Ces putains de Mexicains ont peut-être l'avantage numérique, mais c'est tout. Ces sales cons se reproduisent comme des lapins. À un contre un, ils valent rien contre nous. » Gerald passait son temps à éructer des injures et à promettre le pire à ceux qui croisaient sa route. Et pourtant son physique ne laissait pas présager un tel goût pour les emmerdes : chauve, grassouillet, portant des lunettes de nerd, il ressemblait à un bouddha myope avec une vague attitude pseudo-gangsta.

« On est en avance, remarqua Wing.

— En avance pour quoi ? demanda Gerald.

— Il faut qu'on attende que le quartier soit couché. Histoire d'avoir moins de témoins potentiels.

— T'es vraiment une mauviette, Wing. Qu'est-ce que tu veux qu'on foute, le tour du quartier en bagnole ?

— Là, fit Huan, le resto à burritos est ouvert. »

Frankie avait de nouveau des cauchemars. Ramona épongea délicatement la sueur sur son visage à l'aide d'une serviette, et l'aida à changer de T-shirt. Puis elle lui donna deux autres trazodone et attendit qu'il se rendorme. Cela faisait des années que sa mère et elle s'occupaient de lui, et elle ne le reconnaissait plus. Jadis, ç'avait été son idole. Elle était si fière de son grand frère. Il veillait alors sur elle, la protégeait, et son prestige déteignait sur elle. « Déconne pas avec Ramona, *ese*, c'est la sœur de

Frankie. » « Tu touches un seul de ses cheveux et Frankie te crève, sérieux. » Elle se demandait s'il était possible d'aimer une personne dont on avait pitié. Elle se demandait si elle l'aimait pour la personne qu'il était ou pour les avantages qu'il lui procurait. Et maintenant qu'il n'était plus personne, elle se demanda si elle l'aimait encore.

Lorsque Frankie s'était retiré, Ramona était devenue une paria. Plus personne ne l'appelait, plus personne ne lui envoyait de SMS, plus personne ne l'invitait nulle part. Et c'était en grande partie de sa propre faute. En position dominante, elle s'était comportée comme une merde : elle cherchait des poux à tout le monde, faisait éclater des bastons pour rien, lançait des rumeurs, prenait les gens de haut. À présent, les meufs se vengeaient en l'ostracisant. Ces derniers temps, elle zonait avec des mecs, se disant que, si elle gagnait leur respect, les filles l'accepteraient, mais ce n'était pas près d'arriver. Cette salope de Pilar avait pris le contrôle du quartier. Toutes les meufs s'en remettaient à elle pour savoir qui était au top, qui était cramé, où traîner, et s'il fallait organiser une teuf ou pas. Si elle arrivait à se mettre dans ses petits papiers, peut-être qu'elle sortirait de cette solitude. Le gros problème, c'était de la trouver : Pilar aimait changer souvent d'endroit. C'était humiliant de rouler à la recherche de quelqu'un dans l'espoir de devenir son amie, mais Ramona se sentait trop seule, il fallait qu'elle tente cette approche avant de devenir complètement cinglée. Cette putain de Pilar devait bien être quelque part.

Ramona prit la Nissan Sentra de sa mère et passa une heure à écumer le quartier. Elle finit par retrouver la bande devant le Capri, là où elle aurait dû commencer ses recherches. Comme toujours, les meufs étaient debout, mains dans les poches de leurs hoodies, en train de fumer, de boire, incapables de tenir en place. Ramona avait toujours trouvé bizarre qu'aucune d'elles ne trouve rien de mieux à faire. Pilar parlait plus fort que tout le monde, son rire était une sorte de caquètement perçant, suraigu, qui aurait été moins déplacé au zoo que devant un centre commercial. Et apparemment, personne n'avait jamais osé lui dire qu'on ne portait pas des sapes super moulantes quand on est foutue comme un semi-remorque et qu'on a des nichons de quinze kilos pièce. Sans son maquillage de *chola*, elle serait passée pour une copie conforme du Père Noël.

Ramona passa la tête par la vitre de la voiture. « Yo, y se passe quoi ? lança-t-elle.

— Tiens, regardez qui est là, dit Pilar. La mascotte de Manzo.

— Super marrant », répliqua Ramona.

Toutes les filles lui lancèrent un regard, l'air de se demander ce qu'elle venait foutre ici. Elle aussi avait été comme ça, à toujours chercher une raison de rejeter autrui.

« Dis-moi, quand t'as envie de pisser, tu dois lui demander la permission ? » balança Pilar. Les filles éclatèrent de rire en échangeant des regards.

« J'ai besoin de sa permission pour rien, répondit Ramona.

— Tu te le tapes ?

— Je me tape ni lui ni personne.

— Ça m'étonne pas. Qui voudrait se taper une meuf comme toi ? » De nouveaux éclats de rire, des sourires de citrouilles d'Halloween, et Ramona sentit son estomac se nouer, son visage s'empourprer. « Tu viens faire quoi, ici ? reprit Pilar. Comment ça se fait que t'es pas à la maison, avec ton grand méchant de frangin ?

— Va te faire foutre, Pilar », fit Ramona. Un silence absolu tomba alors, les filles écarquillant les yeux, bouche bée. Pilar sourit comme si c'était précisément là où elle voulait en venir.

« Ah ouais ? dit-elle. Sors de là et viens me le dire en face, connasse.

— Sans Frankie, elle va rien faire », ricana cette pute de Margo. Une bouteille de bière rebondit sur l'aile de la Sentra. Certaines échangèrent des high five avec celle qui l'avait lancée.

« Alors, tu viens, Ramona ? insista Pilar. T'attends quoi ? »

Ramona hésitait. Comment s'était-elle mise dans une telle situation ? Et comment s'en sortir ?

« Je t'ai dit, elle va rien faire du tout », dit Margo. Les autres se mirent à l'insulter, la traitant de pute et de salope, la défiant de leur prouver qu'elle en avait dans le pantalon.

Ramona n'avait pas le choix. Elle descendit de voiture, accueillie par les huées de ces filles qui appelaient la violence de tous leurs vœux, juste histoire de tromper leur ennui.

« C'est ça, amène-toi, Ramona, dit Pilar en lui faisant signe d'approcher. Vas-y, fais quelque chose. »

Ramona s'avança, portée par l'adrénaline et la honte, sourde aux cris des filles lorsqu'elle balança un coup de poing qui s'écrasa contre la joue de Pilar, la faisant reculer de plusieurs pas.

« Oooh putain, alors là, t'as déconné, meuf ! » déclara quelqu'un.

Le visage de Pilar n'évoquait plus du tout le Père Noël, ou alors un tueur en série déguisé en Père Noël. En hurlant, elle se jeta sur Ramona. D'une main, elle l'attrapa par les cheveux, et de l'autre se mit à la rouer de coups, tandis que les *cholas* se massaient comme pour assister à un combat de coqs.

« Lâche-moi ! » s'écria Ramona.

Pilar la jeta au sol et s'assit à califourchon sur elle, lui écrasant le visage dans le gazon, Ramona continuant de hurler « lâche-moi, lâche-moi » la bouche pleine de terre et d'herbe. Elle se croyait sur le point d'étouffer lorsque Pilar se releva pour lui donner quelques coups de pied bien sentis et, finalement, lui cracher dessus. « Sale pute. La prochaine fois je serai pas aussi gentille avec toi. »

Ramona demeura immobile, trop humiliée pour se relever, tandis que les filles s'éloignaient dans un concert de jacassements : « Bien joué, Pilar, ça lui apprendra, tu l'as bien remise à sa place, cette petite conne, elle est rien du tout sans Frankie.

— Direction chez Tito, déclara Pilar.

— OK, fit la petite pute de Margo. À toute. »

Lorsqu'elles furent parties, Ramona se releva en recrachant de l'herbe et monta à bord de sa voiture. Elle se regarda dans le rétroviseur. Plusieurs coupures ensanglantées, nez qui pissait le sang, des petits cailloux enfoncés dans les joues, un œil enflé, mi-clos. Cette pute lui avait arraché une touffe de cheveux. Elle éclata en sanglots. *Putains de connasses, putains de connasses*. Les larmes traçaient des sillons dans la terre qui maculait son visage. Elle était prisonnière de sa colère comme d'une chaise électrique, les volts crépitaient dans ses veines. Elle allait leur faire payer. Ces petites putes allaient le regretter. Elle irait droit vers cette sale putain de Pilar, lui mettrait une bastos dans la tête, lui cracherait dessus et demanderait à toutes ces salopes si elles en voulaient aussi et elle les verrait reculer, serrant les fesses et marmonnant, vertes de peur : « Putain, Ramona, t'es complètement timbrée. Putain, Ramona, tu déconnes pas, toi. Putain, Ramona, t'es bien la sœur de Frankie. » Elle allait passer chez elle prendre son gun, se pointer chez Tito et descendre cette grosse pute. Sûr, les frères de Pilar la vengeraient et elle finirait en taule, mais elle s'en foutait. Elle serait de nouveau respectée, comme avant, et tout le monde saurait que Ramona Montañez était dans la place, et qu'il fallait pas la chatouiller.

Ils commandèrent tous le Supreme, et Gerald se mit à enfourner d'énormes bouchées, si grosses qu'il avait du mal à mâcher.

« Sans déconner, mec, dit Wing. Tu peux pas manger normalement, comme tout le monde ?

— Va t'fai' fout'e », rétorqua Gerald, haricots et grains de riz tombant de sa bouche pleine.

C'était une petite baraque chaleureuse. Nappes vichy en plastique, pailles dans un bocal à confiture, bouteilles de Tabasco et sriracha. Wing était si nerveux que son burrito n'avait aucun goût. D'après le GPS, ils étaient à quatre ou cinq blocs de là où la fille était censée se trouver. Google Street présentait une petite maison pourrie entourée de grillages, comme n'importe quelle autre baraque du ghetto. Le principal, c'était de rester circonspect, de ne pas la jouer cow-boy. De bien observer les alentours. Pas entrer en force, d'un coup. Huan resterait dans la voiture, moteur allumé. Il n'était bon qu'à ça, de toute façon. Wing avait presque des haut-le-cœur à le voir assis là, mâchant comme une vache et opinant de la tête comme s'il avait déjà rêvé de ce burrito et que la réalité était tout aussi délicieuse.

« East Long Beach, c'est vraiment Bouffon Land, déclara Gerald. Vous les avez déjà vus, ces Chicanos sur YouTube ? Avec leurs guns, leurs tatouages, à parler racaille. Mais c'est du vent, tout ça. »

Comme nos vidéos à nous, songea Wing.

Une jeune Mexicaine entra. « Salut, Tito, dit-elle au type derrière le comptoir. Est-ce que Pilar et les meufs sont passées ?

— Elles viennent de partir, répondit-il.

— Elles ont dit où elles allaient ?

— Non.

— Putains de bouffeurs de haricots savent pas rapper, continuait Gerald. C'est de la grosse merde, leur zique. Comprends rien de ce qu'ils racontent, c'est tout en mexicain.

— C'est bon, fais un break, là », dit Wing.

Gerald ne l'entendit pas et continua à parler la bouche ouverte, faisant du bruit tel un broyeur de branches rempli à ras bord. « Ces crevards de Locos devraient venir à Arcadia, voir un peu à quoi ça ressemble des vrais voyous. Se feraient fumer en cinq secondes.

— C'est peut-être toi qui te ferais fumer en cinq secondes, lança la fille.

— Tu me parles ? rétorqua Gerald.

— À qui d'autre ? »

Wing se demandait pourquoi cette fille montait sur ses grands chevaux : ça ne faisait qu'une minute à peine qu'elle supportait cet abruti.

« T'es une Loco, c'est ça ? fit Gerald.

— Ouais. Et toi, t'es quoi ?

— Chink Mob, bitch. Si tu veux te faire victimiser, viens dans notre quartier.

— Jamais entendu parler de ton crew, et la seule personne que t'arriverais à victimiser dans le coin, c'est toi.

— Allez, Gerald, dit Wing. Commence pas avec tes conneries.

— C'est elle qui a commencé », répondit Gerald. Il s'essuya la bouche d'un revers de main, se leva et s'avança vers elle. Toujours en train de bâfrer, Huan ne releva même pas les yeux de son burrito. « Qu'est-ce qui se passe ? fit Gerald en toisant la fille. Ton vieux t'a mis la fessée, c'est ça ?

— Va te faire enculer, sale con. » La fille n'avait pas froid aux yeux : elle ne semblait pas avoir peur et refusait de la mettre en veilleuse.

« Allez, laisse tomber, Gerald », insista Wing. Il pouvait lire « RÉCIDIVE » sur le front de la fille.

« C'est quoi ton problème, petite salope ? cracha Gerald. Tu crois que j'oserai pas te mettre à l'amende juste parce que t'es une meuf ?

— Bah, viens, alors », riposta la fille.

Cette fille est complètement frappée, songea Wing. Gerald la dépassait d'une bonne tête, et devait peser au moins vingt-cinq kilos de plus qu'elle. Il fallait croire qu'elle cherchait vraiment à se faire aplatir.

« Alors, qu'est-ce t'attends, *cabron* ? insista-t-elle. Arrête de jacasser.

— Allez, Gerald, sois pas con, laisse tomber », lança Wing.

Gerald avança jusqu'à toucher la fille et se fendit d'un large sourire. « Je vais te déchirer en deux, espèce de sale bronzée.

— Casse-toi, sale enculé », rétorqua-t-elle.

Gerald se colla carrément contre elle. « Sinon quoi, sale pute ? Tu vas faire quoi ? »

La fille fit soudain trois pas en arrière, passa une main dans son dos.

« Elle a un flingue ! » s'écria Wing.

La fille essaya de ramener le pistolet, mais le chien se coinça dans sa ceinture. Gerald la poussa de tout son poids, et elle percuta de plein fouet la petite table où se trouvait l'assortiment de condiments. Elle glissa par terre, et *pico de gallo*, pickles, serviettes en papier et couverts en plastique lui tombèrent dessus. Elle tenta à nouveau de braquer son pistolet, mais Gerald lui envoya deux ou trois coups de pied. Dans un grognement, elle se plia en deux.

« T'as quelque chose à dire, maintenant, pauvre conne ? cracha Gerald.

— On se casse », lança Wing. Le type derrière le comptoir était en train de composer un numéro sur son téléphone.

« Je veux son gun, fit Gerald en se baissant.

— Laisse tomber, putain, on se casse ! » cria Wing. Il saisit Gerald par le bras et le tira vers la sortie.

Avant de sortir, il tourna la tête vers Huan : « Lâche ce putain de burrito, ON SE CASSE ! »

Ramona se redressa en position assise, dégoulinante de vinaigre, des feuilles de coriandre collées sur le visage. « PUTAAAAIN ! » hurla-t-elle. Elle jeta un regard terrible à Tito qui disparut aussitôt en cuisine. À quatre pattes, elle essaya de retrouver son pistolet dans les flaques de sauces. « Bande d'enculés, bande d'enculés ! » Elle finit par mettre la main dessus, se releva et sortit en catastrophe.

Elles se trouvaient dans le salon, toutes lumières éteintes, le volume au minimum. On aurait dit que Kendrick Lamar rappait à un bloc de là. Avachie dans un fauteuil inclinable, Janine avait les pieds posés sur la table basse. Deronda était allongée sur le sofa, la tête sur un accoudoir. Tranquilles, elles ne voyaient que la braise de leurs spliffs. Janine pensait à Benny, se demandait où il était, ce qu'il faisait, et ce qui pouvait bien le pousser à être un tel loser. « T'as un mec ? demanda-t-elle.

— Non, répondit Deronda. Et ça fait un bon bout de temps. Bande d'enfoirés. Pas un seul de fiable.

— Il faudrait que tu rencontres Benny. Pas Fiable, c'est son deuxième prénom.

— Mais tu t'en fous parce que tu l'aimes, c'est ça ?

— Ouais, un truc comme ça », fit Janine. Elle aimait Benny de tout son cœur, même s'il n'était pas fiable, même si c'était un loser. Elle non plus n'était pas fiable, elle aussi était une ratée, et il l'aimait tout autant. « Il est vraiment gentil, vraiment doux.

— Ce genre de mec, ça existe pas dans le coin, fit

Deronda. Tu peux me croire sur parole. Des mecs bien, j'en ai cherché partout, et j'en ai jamais trouvé un seul.

— Isaiah a l'air gentil.

— Dans le temps, il était sur ma liste, plus maintenant. Faudrait qu'il apprenne à être un peu moins sauvage, qu'il apprenne à s'amuser.

— C'est vrai, il a l'air un peu bizarre. Pourquoi il est comme ça, en fait ?

— Aucune idée. Peut-être que quand il était bébé sa mère l'a laissé tomber la tête la première. »

Janine vit la braise du joint de Deronda s'aviver, la fumée s'élever comme un spectre et stagner au-dessus du canapé.

« Mon père, c'est un mec bien, dit Deronda. Se saoule jamais, a jamais raté un jour de boulot. Vingt-six ans que ma mère et lui sont mariés, et il a jamais été infidèle.

— C'est la première fois que j'entends parler d'un mec comme ça, fit Janine.

— Les mecs, de nos jours, c'est n'importe quoi. Un tas d'esclavagistes à la con, passent leur temps à te donner des ordres. "Mets-toi à genoux. À quatre pattes. Comment ça se fait que tout est crado dans cette maison ?" Ça donne juste envie d'en faire le moins possible. Et puis les relations de couple, ça se transforme vite en une négociation sans fin, pour tout et n'importe quoi. Tu veux quelque chose de moi ? Donne-moi quelque chose en échange. T'essaies d'acheter à la baisse, de revendre à la hausse, et tu finis jamais qu'avec la moitié de ce que tu voulais. Et pourquoi on essaierait pas autre chose, pour changer ? Genre, tu prends soin de moi, je prends soin de toi. Je te donne tout, tu me donnes tout. Y aurait quoi de mal à vivre comme ça ?

— Rien du tout », dit Janine.

Deronda se redressa brusquement, les yeux rivés à une fenêtre qui lui faisait face. « T'as vu ça ? Y a quelqu'un qui fait le tour de la maison. Je viens de voir passer une ombre.

— Oh putain », souffla Janine en éteignant son joint. *Les gars de Tommy.*

« T'as vu ? Une autre qui vient juste de passer. »

Janine se leva, approcha d'une des fenêtres qui donnait sur le seuil de la maison, et regarda à travers les persiennes fermées.

« Tu vois quelque chose ? demanda Deronda.

— Tu connais quelqu'un qui a l'habitude de garer sa voiture métallisée en face de chez toi ?

— Non.

— Ben, y a un type dans la caisse, on dirait qu'il est en train de bouffer un sandwich.

— Qu'est-ce qu'il fout là ? »

Ils sont venus pour moi, pensa Janine.

« C'est bon, je sais, dit Deronda. Ils en ont après mon food truck. » Elle traversa le salon à grandes enjambées et disparut dans le couloir. « Ces enfoirés vont vite regretter de s'en prendre à moi.

— Deronda ? Qu'est-ce que tu fous ? »

Deronda revint avec un fusil à pompe noir mat et un petit pistolet. « Je bosse comme une dingue et cette bande de cons croit que je vais me laisser voler sans rien dire ? Que je vais les laisser ruiner l'avenir de mon fils ? Peuvent toujours courir, ces enfoirés.

— On t'a jamais dit que t'étais un peu impulsive ? hasarda Janine.

— Je suis pas impulsive. C'est juste que j'ai pas besoin de réfléchir cent ans pour prendre une décision. Tiens. » Elle tendit le pistolet à Janine. « C'est que du .32 mais y a déjà de quoi faire de jolis trous dans des poitrines.

— Je ne me suis jamais servie d'une arme à feu.

— Y a pas plus simple. Tu le braques sur ta cible et tu tires. » Elles entendirent des bruits de l'autre côté de la porte de derrière. « Cache-toi », ordonna Deronda. Elle éteignit sa chaîne hi-fi et chambra une cartouche. CLAC-CLAC ! « Que la teuf commence. »

Janine se réfugia à l'autre bout du salon et se terra dans un coin, tenant le revolver entre le pouce et l'index comme si la crosse était recouverte d'orties. Deronda s'accroupit derrière le canapé, à six mètres de Janine.

« C'est pas logique, souffla Deronda. Si c'est le food truck qui les intéressent, pourquoi ils essaient d'entrer ici ? À moins qu'ils veuillent nous violer.

— Tu veux pas plutôt appeler les flics ?

— T'inquiètes, je vais le faire, répondit Deronda. Mais je vais d'abord leur apprendre la règle de vie numéro un : quoi qu'il arrive, on ne doit jamais emmerder Deronda. » Elles entendirent la porte de la cuisine s'ouvrir. « Merde, j'ai oublié de la verrouiller. » Deux hommes se chamaillaient en chuchotant. Deronda jeta un coup d'œil par-dessus le sofa. « Allez, avancez, bandes de sous-merdes de mes deux. Deronda a une surprise pour vous. »

Alors que Janine ne transpirait pratiquement jamais, elle suait à présent à grosses gouttes. Une soudaine crise d'urticaire lui dévorait les bras, et elle avait la nausée.

« Tiens-toi prête », lui lança Deronda en lui décochant un coup d'œil. « Qu'est-ce que tu fais ? Pointe ce flingue comme il faut. » Janine obéit, sans pour autant poser l'index sur la queue de détente. La lumière de la salle à manger s'alluma, plongeant le salon dans une vague pénombre.

« Y a quelqu'un ? demanda un type.

— Éteins ça, fit l'autre.

— Va te faire foutre, Wing. »

Les intrus partirent chacun dans une direction. Janine avait des fourmis dans les jambes et redoutait de ne pouvoir s'enfuir si les circonstances l'imposaient. Accroupie, Deronda, solidement campée sur ses deux pieds, était prête à bondir. *Nom de Dieu, elle a vraiment l'intention de les buter*. Juste derrière Janine se trouvait le couloir qui menait à la porte principale. *Et merde, je me casse, moi*. Elle se retourna et se mit à avancer, restant accroupie, mais le couloir s'illumina soudain, projetant au sol l'ombre d'un homme. *Viens pas par ici viens pas par ici je t'en supplie viens pas par ici*. L'ombre rapetissait et se précisait. L'homme approchait. *Oh putain oh putain !* Il s'immobilisa. Il était juste à l'angle de la pièce, et Janine pouvait entendre sa respiration. *Fais demi-tour fais demi-tour fais demi-tour je t'en prie fais demi-tour*. Elle tenta de relever son revolver, mais l'arme pesait une tonne au bout de son bras tremblant. Elle entendit le type faire un pas en avant, et aperçut la pointe d'une de ses baskets. *Oh putain oh putain oh putain !*

Deronda bondit alors et se mit à tirer en direction de la salle à manger. BOOM ! CLAC-CLAC ! BOOM ! CLAC-CLAC ! Le gros plomb arracha un luminaire au plafond. Janine entendit l'armoire se disloquer. BOOM ! CLAC-CLAC ! BOOM ! CLAC-CLAC ! L'homme qui se trouvait dans le couloir s'empressa de rebrousser chemin. Deronda fit le tour du canapé, agitant son fusil à pompe tandis qu'elle quittait le salon. *C'est pas encore ça, pour la visée.* BOOM ! CLAC-CLAC ! BOOM ! CLAC-CLAC ! BOOM ! CLAC-CLAC ! Janine entendit des bruits de pas précipités : les types s'enfuyaient. BOOM ! CLAC-CLAC ! BOOM ! CLAC-CLAC ! BOOM !

Janine s'approcha de la fenêtre qui donnait sur le perron et risqua un coup d'œil à l'extérieur. Deux Asiatiques se ruaient vers la voiture métallisée. L'un des deux boitillait, le pantalon troué d'une dizaine d'impacts. Deronda rejoignit Janine au pas de course.

« Il se passe quoi ? » demanda-t-elle. Un troisième type sortit de la voiture et aida le blessé à monter à bord. « AH, AH ! s'exclama-t-elle. Avis à ceux qui veulent remuer la merde, Deronda vous y envoie direct !

— C'est qui, ça ? » dit Janine. Une autre voiture vint se garer à une dizaine de mètres de la première. Dans les faisceaux de ses phares, les trois types plissèrent les yeux, mettant les mains en visière pour tenter d'y voir. Une fille descendit de la voiture, hurlant en espagnol. Elle était armée.

« C'est quoi ce bordel ? » demanda Deronda.

La fille ouvrit le feu, tenant son pistolet à l'horizontale, comme dans les films. Les balles brisèrent le pare-brise de la voiture métallisée, arrachèrent un rétroviseur latéral et étincelèrent sur l'asphalte. Le blessé se jeta à terre et roula sous la voiture. Le deuxième plongea à l'intérieur, le troisième se réfugia derrière le coffre, s'accroupit et tira un pistolet de son dos. La fille continuait à tirer dans tous les sens.

« Putain, elle est complètement timbrée, cette meuf, commenta Deronda.

— Qu'est-ce qui se passe ? demanda Janine. Qu'est-ce qu'elle fout ?

— Quoi ? Quoi ? hurlait la fille. Je lui chie dessus, moi, à votre Chink Mob ! Allez bande de salopes, sortez de là si vous en avez ! »

Sous la voiture, une série d'éclairs déchira la nuit : les balles frappèrent les tibias de la fille. Elle hurla, lâcha son arme, et tomba à genoux. Le type derrière la voiture se redressa et lui tira dessus à deux reprises. Elle s'écroula sur le flanc.

« Oh putain de bordel de merde », lâcha Deronda. Les types s'entassèrent dans la voiture et déguerpirent sans demander leur reste.

« J'arrive pas à y croire », fit Janine. Elle plaqua sa main sur sa bouche : son esprit venait de faire le lien entre sa stupidité, son inconscience, et la jeune fille morte qui gisait en pleine rue, dans une mare de sang que les phares de sa voiture faisaient briller. On aurait dit un reportage télé aux infos. Des gens sortaient de chez eux, ordonnaient à leurs gamins de rester à l'intérieur, et se mettaient à passer des appels. Deux hommes s'approchèrent du corps sans vie, se penchant en avant comme s'ils regardaient au fond d'un puits. Ils paraissaient plus perplexes qu'horrifiés. Janine elle-même demeurait incrédule. Comment est-ce que toute vie avait pu quitter cette fille si facilement, en un éclair, pour ne laisser derrière elle qu'un tas de peau et d'os, guère plus humain qu'un sac de viande hachée ?

« Tu les connaissais, ces mecs ? demanda Deronda.

— Non. »

Deronda lui jeta un regard noir. « En tout cas, ils étaient à la recherche de quelqu'un, et s'il y a bien un truc qui est sûr, c'est que ce putain de quelqu'un, c'était pas moi. »

10

10-57

Debout au comptoir de sa cuisine, Isaiah mangeait des céréales en repensant à sa balade dans le quartier, la veille au soir. Le Del Orto, l'immeuble de Manzo, l'obnubilait. *Le plus bel immeuble de tout le quartier.* Et puis quoi ? Pourquoi n'arrivait-il pas à penser à autre chose ? Ça n'avait apparemment aucun sens, pourtant Isaiah avait coutume de ne jamais rejeter ce genre d'obsessions, qui parfois s'avéraient être des intuitions.

On sonna à sa porte. Par réflexe, il saisit la matraque télescopique posée sur la table basse et la fourra dans la poche arrière de son jean. À travers le judas, il eut la surprise de voir Manzo. Ruffin faisant peur aux gens et vice versa, il envoya son chien dans sa chambre en lui ordonnant d'y rester. Peut-être obéirait-il, peut-être pas. Isaiah revint ouvrir. Manzo se tenait sur le seuil, l'air hostile : quelque chose n'allait vraiment pas.

« Tu vas me laisser entrer ou quoi ? » lança-t-il.

Isaiah fit un pas de côté et Manzo pénétra dans le salon. Il regarda autour de lui, le sol de béton poli, le mobilier minimaliste, se demandant sans doute où étaient passés les drapeaux aux couleurs de l'équipe des Raiders et les cierges.

« Qu'est-ce qui t'amène, Manzo ? demanda Isaiah.

— C'est quoi ton putain de problème, *ese* ? riposta Manzo. Il t'a pris quoi d'aller chez Frankie ? Il est malade, et toi, tu l'amènes par la ruse à parler du business des Locos ? Frankie, c'est comme mon père, OK ? Ta petite visite l'a complètement foutu en l'air, t'es au courant ? Ramona a dû l'emmener chez le docteur.

— Ce n'était pas dans mes intentions.

— C'est de la merde, tout ça, Q. Personne a le droit de faire des trucs pareils. Même pas toi.

— Je suis désolé, Manzo, je…

— Je m'en bats les couilles que tu sois désolé. C'est un coup de poignard dans le dos, ce que tu m'as fait là. »

Isaiah savait qu'il était dans une position très délicate. Manzo se sentait trahi, et la trahison, dans le ghetto, était passible de la peine capitale.

« J'ai pas réfléchi, fit Isaiah. Ç'a été une grossière erreur de ma part. »

L'expression de Manzo reflétait une malveillance brute et aveugle qui rappelait celle de Vicente. Une corde plus que sensible avait été touchée, celle de *la familia*, et les Locos ne connaissaient qu'une façon de laver ce genre d'affront.

« Je l'emmerde, ta grossière erreur, siffla-t-il. Personne ne joue avec les Locos. C'est moi le boss de ce gang. Je passe pour quoi si je laisse filer un truc pareil, hein ? Tu peux pas me manquer de respect comme ça. »

Isaiah s'efforçait de garder son calme. La lâcheté,

c'était une raison supplémentaire de se faire tabasser. La formule lui revint une énième fois à l'esprit : *le meilleur immeuble de tout le quartier*. Pourquoi pensait-il encore à ça dans un moment pareil ? « Écoute, je suis vraiment désolé, Manzo. J'essayais de découvrir la vérité, à propos de mon frère.

— Ouais, ton putain de frère. Tu sais quoi ? Il l'a bien mérité de se faire écraser comme une merde. »

Isaiah sentit la rage l'étouffer. « T'as dit quoi ? souffla-t-il.

— T'as parfaitement entendu. »

La révélation frappa Isaiah aussi brutalement qu'un uppercut au foie. *Le meilleur immeuble de tout le quartier.* En un seul mouvement, il attrapa la matraqua télescopique dans sa poche arrière et la déplia. Manzo se pencha en arrière alors qu'Isaiah amorçait son moulinet. L'acier de la matraque frappa de plein fouet la face latérale de son crâne.

« PUTAIN ! » hurla Manzo.

La colère d'Isaiah explosa alors. C'était l'aboutissement logique d'années passées à être façonné par la mort de Marcus, toutes ces années de souffrance, de solitude et de deuil. « T'as tué mon frère ! tonna-t-il. T'AS TUÉ MON FRÈRE ! » Il frappait et frappait encore, le chef de gang hurlant de douleur en titubant, heurtant la bibliothèque, fracassant la platine, renversant les 33 tours. Et Isaiah qui continuait à frapper. Il n'arrêterait que lorsque les yeux de ce fils de pute de suceur de bites se révulseraient et que son dernier souffle franchirait le seuil de ses lèvres. « T'AS TUÉ MON FRÈRE ! » cria-t-il à nouveau. Il le frappa derrière les genoux. Manzo s'effondra, roula au sol, et pointa soudain un pistolet. Il grimaçait de douleur, affichant un rictus d'anthropophage, luttant de toutes ses forces pour ne pas appuyer sur la détente.

« Sale enculé », souffla-t-il.

À la limite de son champ visuel, Isaiah devina Ruffin dans le couloir. *Attaque, Ruffin, attaque !*

« T'es un homme mort, Isaiah, dit Manzo. Mort et enterré, putain. »

Attaque, Ruffin ! Attaque, nom de Dieu ! Mais le chien restait planté là, comme s'il tâchait de déterminer si cela en valait vraiment la peine. *Attaque, con de chien ! Putain mais attaque !*

Manzo se releva tant bien que mal sans lâcher sa cible d'un centimètre, le cuir chevelu en sang, des ruisseaux écarlates serpentant sur toute la longueur de son visage. Ruffin réfléchissait toujours. *Putain de chien à la con !*

Isaiah s'avança alors. Il préférait encore mourir en étranglant Manzo que de continuer à mener cette existence inepte et minuscule.

« C'est ça, ramène-toi, *cabron*, dit Manzo. Donne-moi une raison de plus de te buter. »

Ruffin finit par s'éloigner, avec un soupir dédaigneux. Manzo jeta un bref coup d'œil dans sa direction et Isaiah en profita pour lancer sa matraque tout en se ruant sur lui. La matraque frappa Manzo en plein visage. Il tira, mais la balle se perdit à l'autre bout de la pièce. Isaiah lui asséna un coup de poing fulgurant qui le fit retomber au sol et lâcher son arme. Puis il s'assit sur sa poitrine et se mit à l'étrangler, Manzo refermant ses mains sur ses poignets et s'efforçant de lui faire lâcher prise. « Je vais te tuer », feula Isaiah, le cœur battant aux tempes, sa sueur gouttant sur le visage sanguinolent de Manzo. « Je vais te tuer, putain. »

Personne à l'extérieur n'avait entendu le coup de feu ou n'avait jugé bon de s'en mêler. Le pistolet et la matraque gisaient entre des flaques de sang coagulé, noirâtre sur le béton poli. La chaîne hi-fi était en équilibre au bord de l'étagère, le bras de la platine tendu comme pour demander de l'aide. Ruffin, allongé sur des pochettes de disques, léchait ses pattes souillées de sang.

C'était Manzo qui avait braqué Frankie. Il avait besoin de capitaux pour lancer son empire. C'était de toute façon les Locos qui en bénéficieraient, alors pourquoi ne pas se servir ? Mais où est-ce que Manzo et Marcus avaient pu se croiser ? *Dans le meilleur immeuble de tout le quartier.* Il n'était pas difficile d'imaginer Marcus absorbé par ses travaux de rénovation dans ce maudit immeuble, ne se rendant même pas compte qu'on glissait de l'argent et de l'héroïne dans son sac à dos. C'était habile, en vérité : si la police trouvait argent et héroïne et que cette découverte s'ébruitait, cela aurait désigné Marcus comme le seul suspect du braquage. Mais pourquoi Marcus plutôt qu'un autre ? Peut-être n'était-ce que le fruit du hasard. Il s'était trouvé au mauvais moment au mauvais endroit, il n'était pas latino et aucun de ses amis n'était membre des Locos. En outre, il jouait au basket tous les dimanches au parc : Manzo savait où le trouver. Bien évidemment, une balle dans la tête aurait été plus rapide et plus sûr, mais Manzo était conscient qu'une telle mort entraînerait une enquête pour homicide, raison pour laquelle il avait pensé à un accident de voiture.

Manzo était le seul à avoir les moyens, le mobile et l'opportunité de monter un plan aussi complexe. Pourquoi avait-il épargné à Isaiah de se faire tabasser devant la boutique de Beaumont ? La culpabilité : il s'en voulait d'avoir tué un innocent au cœur d'or qui n'avait jamais fait de mal à qui que ce soit de toute son existence, et d'avoir condamné son petit frère à un deuil éternel.

Manzo refusa d'aller à l'hôpital : Isaiah se chargea donc des soins. Les premiers secours n'avaient aucun secret pour lui, et son kit aurait fait la fierté de tout bon ambulancier. Mini défibrillateur cardiaque, tensiomètre électronique, couverture de survie, poches de glace, poches chauffantes, solution de glucose, gel antibrûlures, pansements hémostatiques, flacon d'ammoniac, pinces à échardes et éclats divers, une gamme de désinfectants, douze types de bandages, et tout un attirail d'autres machins, en si grand nombre que le tout était rangé dans une valise.

Isaiah n'avait pas pu s'y résoudre. Il n'était pas capable d'étrangler un homme à mort, de sang-froid. Manzo avait voulu se relever, mais ses jambes avaient cédé sous son poids et il était tombé. Isaiah l'avait rattrapé avant qu'il touche le sol, et l'avait traîné jusqu'au canapé. Lorsque Manzo reprit connaissance quelques instants plus tard, ni l'un ni l'autre n'avaient l'énergie de reprendre leur lutte. Isaiah se sentait exsangue. Son accès de rage l'avait vidé.

Manzo avait une plaie assez importante à la tête, et des contusions sur tout le corps. Isaiah lui fit avaler quelques cachets d'ibuprofène et lui roula un joint avec l'herbe de Raphael. Ne disposant pas d'assez de poches de glace pour tous ses bleus, il fit l'appoint avec des sacs de légumes surgelés.

« Après tout ça, je vais être obligé de te tuer, grogna Manzo.

— Tu peux toujours essayer, fit Isaiah. Mais peut-être que c'est moi qui le ferai.

— On verra bien.

— Comme tu dis. »

Mme Marquez, la voisine d'Isaiah, avait été infirmière : elle lui avait appris à recoudre une plaie. Isaiah se lava les mains avec un antiseptique, enfila des gants de latex, et remplit une seringue hypodermique de 5 ml de lidocaïne.

Manzo broncha à la vue de l'aiguille de 2 mm. « Hé, mec. J'ai horreur des aiguilles.

— C'est la seule façon d'éviter une infection.

— Tu sais ce que tu fais ?

— Oui.

— Putain, laisse tomber. Ça se soignera tout seul.

— Tu veux dire que le chef des Sureños Locos 13, qui s'est fait tirer dessus, poignarder et tabasser un nombre incalculable de fois, va capituler devant une pauvre aiguille hypodermique ? »

Manzo faillit répondre par l'affirmative, mais préféra marmonner dans sa barbe. Il s'opposa cependant à ce qu'Isaiah rase la partie entourant la plaie, et Isaiah dut veiller comme il put à ce qu'aucun cheveu n'entre en contact avec la blessure. Il anesthésia la zone, nettoya la plaie et la recousit. Manzo serra les dents tout du long, sans émettre le moindre son.

« Tu étais venu ici pour me tuer ? demanda Isaiah.

— Non, j'étais venu te faire flipper à mort, répondit Manzo. Le flingue, c'était juste pour que tu te chies dessus. C'était quoi, toutes tes conneries, comme quoi j'ai tué ton frère.

— Joue pas à ça. Je sais que c'est toi.

— Moi ? Personnellement ? T'es complètement timbré. Les Locos lui ont mis un contrat sur la tête. Tu t'attendais à quoi d'autre ? Il a braqué Frankie.

— Non. C'est toi qui l'as braqué.

— Mais tu racontes quoi là ? » Manzo essaya de bouger, grimaça, et inspira à travers ses dents serrées. « Putain ça fait mal. Écoute, je sais que c'est ton frère qui l'a braqué, compris ?

— Et comment tu le sais ? rétorqua Isaiah, sentant la colère monter à nouveau. Tu y étais ?

— Pas la peine d'avoir été là pour le savoir.

— Frankie l'a vu, c'est ça ? Comment être sûr qu'il l'a reconnu ? Il faisait nuit noire, non ? Et le mec devait forcément porter un masque ou un truc dans le genre. Est-ce que Frankie a entendu sa voix ? Est-ce que Frankie…

— Ferme-la cinq secondes, tu veux ? » le coupa Manzo. Il se redressa, faisant tomber poches de glace et sacs de surgelés. Grognant, il porta une main aux points de suture de son cuir chevelu.

« N'y touche pas, fit Isaiah. D'ici une semaine environ, ils se seront résorbés. »

Manzo inspira profondément. « Je vais te raconter ce qui s'est passé, OK ? Et si tu me crois pas, ce sera ton problème. » Isaiah hocha la tête. « Donc après que ton frère a braqué Frankie…

— Ça ne s'est pas passé comme ça, dit Isaiah. Jamais il n'aurait pu… »

Manzo lui imposa le silence d'un simple regard, avant de répéter : « Donc après que ton frère a braqué Frankie, il est monté à toute vitesse dans sa bagnole et il est reparti dans le mauvais sens, droit dans un cul-de-sac. Il a dû faire marche arrière et repasser devant Frankie qui a vu la bagnole juste avant de perdre connaissance.

— Comment savait-il que c'était la voiture de Marcus ?

— Il en savait rien. Un jour, après sa sortie de l'hôpital, je l'ai conduit à sa séance de rééducation et il a vu la même caisse, garée juste devant la quincaillerie. Une Explorer vert foncé, pas vrai ? On a attendu que ton frère ressorte et on l'a suivi jusque chez lui.

— Alors c'est bien vous qui l'avez tué.

— C'est bien ce qu'on voulait faire, corrigea Manzo, mais le temps qu'on s'organise pour revenir, il était déjà mort. »

C'était là une des rares possibilités qu'Isaiah n'avait pas envisagées. « Comment tu as su qu'il était mort ?

— On l'a appris dans le journal. Jorge l'a vu à la télé. Ç'a été un accident. Je veux pas te manquer de respect, mais il a eu du bol. Vicente avait l'intention de le torturer. »

Isaiah resta les bras ballants, en silence. Manzo ne mentait pas, il le savait. « Je suis désolé », murmura-t-il. Manzo se renfonça dans le canapé et ferma les yeux.

« T'as une dette envers moi, Isaiah », fit-il, et il s'assoupit.

Isaiah sortit s'asseoir sur le perron. Ruffin vint se coller à lui, posant son menton sur son genou, peut-être pour s'excuser de ne pas avoir attaqué Manzo comme l'aurait fait n'importe quel pitbull digne de ce nom. Isaiah était toujours frappé d'incrédulité. Marcus avait braqué Frankie ? Impossible.

Une heure plus tard, Manzo se réveilla. Il passa à la salle de bains, s'aspergea le visage, et revint dans le salon. Il se déplaçait comme si son corps tout entier était un énorme hématome.

« Tu veux que je te raccompagne chez toi ? proposa Isaiah.

— Non, je veux pas que tu me raccompagnes chez moi. Passe-moi ce qui te reste de ta putain de weed. »

Posté sur le seuil, Isaiah vit Manzo monter à bord de sa voiture en grimaçant de douleur. En s'éloignant, il jeta un regard noir à Isaiah dont la signification ne laissait place à aucun doute : « T'as une dette envers moi, Isaiah. Une putain de grosse dette. »

Isaiah était comme anesthésié. Il sortit une bière du frigo, s'affala dans son fauteuil et colla la bouteille froide contre sa joue. La voix dans sa tête refusait de se taire : *Alors, c'est Marcus qui a braqué Frankie ? C'est lui ou c'est pas lui ? Pourquoi tu n'essaies pas d'éclaircir tout ça ? Tu as peur, c'est ça ?* Il savait qu'il aurait dû s'atteler à cette tâche difficile depuis bien longtemps, mais il l'avait mise de côté, espérant que la question se résolve d'elle-même. Il n'aimait pas y penser. Est-ce que Marcus avait été celui qu'il croyait ? Menait-il en réalité une double vie ? Non, bien sûr que non. Mais si vraiment Marcus avait braqué Frankie, et pour le moment ce n'était qu'une hypothèse, l'argent devait se trouver quelque part dans son atelier.

Une vague de chaleur tourmentait la ville tout entière. Les trottoirs étaient vides, les jardins d'enfants et les parcs désertés. Les esprits s'échauffaient, des bagarres éclataient en plein embouteillage, et on avait ouvert des lieux climatisés à l'attention des personnes âgées. Sur toutes les stations de radio, on n'entendait que des litanies de « hydratez-vous hydratez-vous hydratez-vous ». Le cadenas brûla les doigts d'Isaiah. Il souleva le rideau de fer et l'odeur de renfermé, exacerbée par la canicule, le gifla. Il observa longuement l'intérieur, ses yeux passant de l'établi à la poubelle, de la caisse des chutes de bois aux panneaux à outils, de la perceuse à colonne au tour. De vieux cadres de fenêtres et deux battants de porte reposaient contre une paroi. Sans en informer la compagnie propriétaire du local, Marcus avait fixé des poutres au plafond afin de pouvoir stocker des tasseaux en hauteur. Les parois disparaissaient derrière des étagères métalliques de plus d'un mètre quatre-vingts de haut, chargées de boîtes en carton ou en plastique estampillées FISC, FACTURES, REÇUS, COURRIER, RELEVÉS DE COMPTE, contenant des documents remontant à des années, ainsi que des bulletins de notes d'Isaiah, diverses récompenses qu'il avait décrochées, et de vieilles photos. Il y avait également des boîtes fourre-tout où se pressaient souvenirs, trophées, jouets préférés, objets à réparer, cassettes audio, équipement de pêche, chaussures qu'on ne pouvait décemment pas jeter, et tout un tas de trucs qu'on aurait trouvés dans n'importe quel garage du pays.

Autant de coins et de recoins où cacher de l'argent. Isaiah envisagea de passer le container au peigne fin, méthodiquement, comme un policier, mais cela lui aurait pris un temps infini. *OK. Donc admettons que je sois Marcus. Où est-ce que j'aurais caché ce fric?* La question était de savoir à qui il voulait le cacher. Cacher cet argent à un voleur, c'était chose facile. Aucun voleur ne se serait donné la peine de fouiller la totalité du container, ou d'embarquer tout ce qu'il renfermait. La véritable menace, c'était Isaiah lui-même, ou plutôt le jeune homme qu'il avait été : dans ce cas, la question était plutôt de savoir où Marcus aurait *évité* de cacher l'argent. Ils bricolaient ensemble parfois : l'argent ne devait par conséquent pas se trouver du côté des outils, des matériaux de construction ou de l'établi. Les parois et le plafond étaient en tôle ondulée : impossible d'y dissimuler quoi que ce soit. Le sol, lui, était en béton. Il ne restait donc que les caisses, boîtes et cartons. Isaiah ne s'était jamais intéressé de près au boulot de Marcus. Aux yeux de l'élève émérite qu'il était, cela paraissait extrêmement ennuyeux, et, qui plus est, Marcus lui défendait de toucher à sa paperasse. Rétrospectivement, la cachette idéale.

Isaiah débuta en bout d'étagère, et inspecta les boîtes avec le plus grand soin, l'une après l'autre. L'impatience finit par le gagner, et il se contenta de secouer les cartons afin de déterminer s'ils contenaient autre chose que des documents. Il sentit un objet relativement lourd à l'intérieur du carton étiqueté FISC 2007. *Ce n'est rien. Une agrafeuse ou quelque chose de ce genre.* Il l'ouvrit, et sous un tas de dossiers, trouva un coffre ignifugé de la taille d'un dictionnaire. Il sentit son estomac se nouer, son cuir chevelu fourmiller. Non, impossible. Ça ne pouvait être que des actes de naissance, des passeports, des cartes de sécurité sociale, ce genre de trucs. Isaiah l'ouvrit et il s'en échappa une odeur très particulière, un mélange de vieux cuir et d'adoucissant pour le linge, toxique comme du gaz. L'odeur de billets usagés.

Des liasses impeccables, roulées sur elles-mêmes et ficelées avec des élastiques. Des coupures de vingt et de cent dollars. Estimation à vue d'œil : vingt, quarante, cinquante, *quatre-vingt* mille ? Le premier réflexe d'Isaiah fut d'imaginer une autre provenance. Marcus avait trouvé cette somme quelque part, ou l'avait gagnée à la loterie, ou… Non, c'était ridicule. Il ne pouvait y avoir d'autre explication. *Marcus avait bel et bien braqué Frankie.*

Isaiah referma la boîte, et ferma les yeux. C'était comme si Marcus mourait une deuxième fois. L'image qu'Isaiah s'en était toujours faite, l'image de la perfection, venait de voler définitivement en éclats. Marcus avait donc une face cachée. Une face capable de se procurer une arme de poing, de prendre Frankie en embuscade, de lui tirer dessus, même accidentellement, et de le laisser pour mort. Mais qu'est-ce qui avait bien pu le pousser à faire ça ? Cette question était encore plus déstabilisante que le braquage en soi.

De retour chez lui, Isaiah posa le coffre sur sa table basse, et s'assit dans son fauteuil. Il resta là, à ruminer ses idées noires, les yeux fixés sur les rais de lumière projetés par les barres anti-effraction de ses fenêtres. À mesure que le soleil déclinait, elles se floutèrent en un gris pointilliste qui s'assombrit graduellement, jusqu'à ce que le salon se retrouve plongé dans une obscurité de velours. Pourquoi ? se répétait-il. Marcus n'était pas matérialiste : cet argent n'était pas destiné à de vulgaires achats. C'était une personne généreuse. Peut-être l'un de ses amis n'avait pas de quoi se payer une opération de première importance, peut-être comptait-il reverser la somme à une association caritative. Ça non plus, ça ne tenait pas debout. Marcus braquer Frankie pour financer une greffe de foie ou faire une donation au centre de quartier de McClarin Park ? Non, c'était nécessairement pour une autre raison. Marcus était-il accro au jeu ? Impossible, Isaiah l'aurait remarqué. Une dette ? Envers qui ? Pour quoi ?

Un souvenir de lycée lui revint soudain. Les deux frères petit-déjeunaient. Céréales et café pour Marcus, Pop-Tart framboise et verre de lait pour Isaiah. Ça devait être la dixième fois qu'ils se disputaient à ce sujet.

« Il y a plein d'autres écoles super, Marcus, disait Isaiah. UCLA, SC, Davis, Berkeley.

— Non. Tu iras à Harvard.

— Et s'ils refusent mon dossier ?

— Ils ne refuseront pas.

— Mais s'ils le refusent ?

— Tu y entreras quand même. Harvard, c'est ce qu'il y a de mieux. Les meilleurs étudiants, les meilleurs professeurs, tout est mieux. Et je veux que tu aies ce qu'il y a de mieux. »

Marcus avait-il braqué Frankie afin de pouvoir payer les quarante mille dollars annuels exigés par Harvard ? Cette idée avait quelque chose de monstrueux : Marcus qui se faisait tuer pour que son petit frère puisse entrer dans l'un des établissements les plus prestigieux au monde. Isaiah se fit une soupe, en avala la moitié et laissa le reste à Ruffin. En terminale, sa moyenne était de 3,9 sur 5. À son examen de fin d'études secondaires, il avait décroché 2200 points, sur un maximum de 2400. Il avait remporté une flopée de récompenses académiques, s'était investi à fond dans plusieurs activités périscolaires, avait pris une part active à la vie de son quartier, et collectionnait les lettres de recommandations de conseillers d'orientation, de professeurs et même d'un conseiller municipal. Aux yeux de tous, il était impossible qu'il ne décroche pas une bourse d'études, y compris pour Harvard. En fait, Isaiah n'aurait pas eu besoin de récolter des fonds, ne serait-ce que un dollar, pour poursuivre ses études, quelle que soit la fac. Bien sûr, un petit coup de pouce financier aurait été le bienvenu, mais il aurait pu aussi bien trouver un job à mi-temps, et Marcus l'aurait aidé à hauteur de ses besoins. Il était complètement insensé de s'imaginer que Marcus ait risqué sa vie, renié sa conscience, et nui à autrui uniquement pour qu'Isaiah puisse s'acheter de beaux vêtements et une jolie voiture. Ça ne tenait pas debout.

Toutes ces questions n'influaient en rien sur la haine bouillonnante d'Isaiah et son désir aveugle de retrouver l'assassin de son frère. Il se demanda si Marcus aurait approuvé son plan. De toute évidence, non. Marcus était un pragmatique. Il lui aurait dit qu'il était mort, que rien ne pouvait changer cet état de fait et qu'Isaiah devait bien avoir quelque chose de plus constructif à faire. Isaiah se demanda si les gens qui tuaient le violeur de leur fille se sentaient mieux par la suite. Il en doutait. Éliminer le responsable de notre douleur n'éliminait en rien la douleur en soi. Mais tout cela n'était qu'une considération purement intellectuelle, sans le moindre effet sur ses intentions. Il retrouverait l'homme qui avait tué son frère, et son châtiment serait terrible, et brutal, et ce fils de pute de meurtrier n'imaginait même pas ce qu'il allait endurer avant de mourir.

La colère le ranima. Il rouvrit le coffre, considéra les liasses, et la referma. *OK, on recommence.* À supposer que le coupable ne fût pas le premier venu, le seul suspect qu'il restait était Seb. L'homme à l'impeccable costume prince-de-galles était assez intelligent pour monter un tel stratagème, il avait les moyens de l'appliquer, mais pas de mobile. Qu'est-ce qui aurait pu le pousser à tuer Marcus ? Isaiah n'entrevoyait même pas un début de raison. Pourtant, Seb avait été évasif tout le long de leur entretien : à quoi bon noyer le poisson quand on n'a rien à cacher ? C'était peut-être par réflexe que Seb avait réagi ainsi. Un réflexe de criminel. Non, monsieur l'agent, j'ai rien vu, je sais rien, je me souviens de rien. Je peux y aller maintenant ?

Isaiah était dans une impasse. Il ne lui restait plus aucune piste, plus aucun indice, pas même une idée intéressante à creuser. Marcus avait l'habitude de dire que lorsqu'on était coincé, qu'on avait l'impression de ne plus pouvoir aller de l'avant, il fallait rebrousser chemin. Reprendre tout du début.

Au petit matin, Isaiah se rendit au croisement de Baldwin Avenue et Anaheim Street, là où Marcus avait été renversé, là où tout avait basculé. Il emmena Ruffin. Piqué au vif par les remarques de la fille à la Golf, il avait lu en diagonale deux ou trois ouvrages sur le dressage canin, et avait trouvé une méthode positive d'éducation au principe on ne peut plus simple : récompenser les attitudes désirées, ignorer celles dont on ne veut pas. C'était bien mieux que de beugler toujours les mêmes ordres à un chien condamné à la perplexité. Pardon, maître ? Tu viens de dire non, c'est ça ? Non à quoi ? À marcher ? À tirer sur la laisse ? À rester planté là ? À tourner ? À manger du caca de chien ? Hé, je suis pas télépathe, ducon. Ruffin avait l'habitude d'aboyer contre ses congénères : désormais, lorsqu'ils en croisaient un, Isaiah tenait une friandise devant sa truffe pour le distraire et, si tout se passait sans incident, Ruffin y avait droit avec en prime un enthousiaste « C'est bien, mon chien ! » S'il aboyait, Isaiah ne disait rien, et il n'y avait pas de récompense. Ruffin prit vite le pli. Et la même méthode fut appliquée pour lui faire passer son habitude consistant à sauter sur les gens qu'il aimait. Lorsqu'il réagissait ainsi, Isaiah se détournait et l'ignorait. Si Ruffin approchait et s'asseyait aussitôt, il était récompensé. Le fait de s'asseoir devint vite un automatisme, la position de repos par défaut, sans qu'il soit nécessaire de le récompenser. Isaiah prit l'habitude d'emmener Ruffin au parc afin qu'il s'habitue à la présence d'autres êtres humains. Il suscitait l'admiration des lascars du quartier, qui ne se faisaient pas prier pour jouer avec lui. Il l'emmenait également au refuge animalier de Hurston, et le laissait s'amuser avec les autres chiens.

« En fin de compte, t'es pas aussi con qu'on pourrait croire », commenta Harry.

Au carrefour, Isaiah fut frappé par la normalité de ce qui l'entourait. *Où est le mémorial ? Pourquoi la circulation n'est pas interdite ?* Isaiah ferma les yeux et revit l'accident une énième fois. Marcus et lui en train de discuter, Marcus qui lui demandait ce qui lui ferait plaisir pour le dîner alors qu'il traversait, la voiture qui le percutait si violemment qu'on aurait dit une cascade mal préparée. D'une seconde à l'autre, Marcus réduit à un tas brisé et sanguinolent sur la chaussée. Isaiah se souvint s'être agenouillé à côté de lui, avoir hurlé à l'aide et répété à Marcus que tout allait bien se passer, et Marcus, immobile, silencieux, des gens tout autour l'informant que l'ambulance était en route.

Ce fut un flic qui arriva le premier sur place. Il avait baissé les yeux sur Marcus avant de se saisir de son émetteur radio. « On a un 10-57, demande renforts. » Isaiah apprit par la suite que le code 10-57 désignait un accident de la route avec délit de fuite. Puis ç'avait été au tour des urgentistes, qui lui avaient demandé de s'écarter en lui disant qu'ils feraient tout leur possible, tandis que l'un d'entre eux communiquait les détails par radio : « La victime est un homme, vingt-cinq ans, renversé par un chauffard, délit de fuite. Il présente de multiples lacérations, troubles respiratoires, lésions crâniennes, fractures au bras gauche et à la jambe gauche, probablement des hémorragies internes. »

D'emblée, le flic et les ambulanciers avaient décrété qu'il s'agissait d'un accident. Le flic avait sans doute communiqué à ses collègues le signalement de l'Accord, mais il n'y avait pas eu d'enquête. Ce n'était pas un homicide, on ne pouvait charger des inspecteurs de rechercher un véhicule dans une ville qui en comptait presque plus que d'habitants. Le complot visant à faire passer le meurtre de Marcus pour un accident s'était déroulé à la perfection.

Que se serait-il passé si les flics n'étaient pas tombés dans le panneau ? S'ils avaient envisagé la possibilité d'un homicide ? Qu'auraient-ils fait ? Ils auraient recherché un mobile. Un différend avec un artisan concurrent, un crime passionnel, une assurance-vie, une vengeance. Mais quel était le lien entre le meurtre et Seb ? À l'exception de cette note dans le journal de travail, rien ne prouvait que Marcus ait croisé Seb, et même si tous deux se connaissaient, qu'avait-il bien pu faire pour encourir un tel sort ? Le nœud du problème restait hors de portée d'Isaiah. Seb était le seul à détenir les réponses aux questions qu'il se posait, le seul à pouvoir éclairer toute cette affaire.

11

El Piedra

Ramona était à la morgue. Manzo s'était chargé d'identifier le corps. Ni Frankie ni sa mère n'en avaient eu la force. La matinée s'achevait et le salon était trop petit pour la foule qui s'y massait. Les personnes présentes parlaient de choses sans importance. De ce qu'ils avaient vu à la télé. Des dernières promotions dans divers commerces. De ce que quelqu'un avait dit sur quelqu'un d'autre. Manzo ne leur jetait pas la pierre. Il y avait si peu à dire sur Ramona.

Frankie était assis sur le canapé, sa mère s'agrippait à lui en pleurant.

« *Ella no hace daño a nadie*, sanglotait-elle. *Ella era una buena chica.* »

Manzo se demanda si elle y croyait vraiment, si elle pensait honnêtement que Ramona était une brave fille et qu'elle n'avait jamais fait de mal à personne. Si oui, elle avait dû rater un bon paquet d'épisodes. La fusillade remontait à la veille au soir, mais le manteau de la cheminée avait déjà été débarrassé pour y accueillir une photo de Ramona, deux rubans noirs reliant les coins du cadre. C'était une photo scolaire, du temps où elle était à St. Anne. Elle avait dix, onze ans, la pureté de son sourire était rehaussée par une incisive manquante, un écusson doré sur un chandail bordeaux, un chemisier d'un blanc immaculé. À côté de la photo, des bâtonnets d'encens fumaient, plantés dans un bol argenté rempli de riz cru. Manzo avait déjà vu ça quelque part, mais il ignorait quelle en était la signification.

Frankie semblait être le dernier survivant dans un champ de mines, entouré des corps calcinés de ses camarades, dans des relents de chair grillée. Manzo gardait ses distances : il ne savait pas quoi lui dire. Ce n'était pas de sa faute, mais il se sentait quand même coupable. Il aurait pu s'y prendre différemment. Ses tentatives pour canaliser Ramona n'avaient réussi qu'à la rendre plus incontrôlable encore, et avaient fini par la griller aux yeux des *cholas*. Il n'aurait jamais dû la gifler. Il aurait dû lui parler plus, et moins lui faire la leçon. Et demander à Pilar et aux autres filles de la lâcher un peu.

Manzo releva la tête et se figea aussitôt : Frankie le fixait, les yeux rougis par la douleur.

« Tu étais censé veiller sur elle », déclara-t-il.

Un silence absolu se fit, et les personnes présentes se transformèrent en spectateurs. Un gamin entra précipitamment et sa mère le fit repartir aussi sec.

« Elle a agi seule, Frankie, répondit Manzo. Je n'aurais rien pu faire.

— Je t'ai fait confiance.

— Je sais, et je suis désolé. Je ne pouvais pas être constamment derrière elle.

— Pourquoi tu la laissais faire toutes ces conneries ?

— Ce n'est pas que je la laissais faire. Elle les faisait, c'est tout. »

Frankie réfléchit un instant, puis s'adressa à l'une des vieilles dames présentes : « *Tía, cuida de ella.* Prends soin d'elle, dit-il en montrant sa mère d'un mouvement de tête. Je reviens tout de suite, maman. » Il se leva. « On y va », et la foule s'écarta pour laisser passer Frankie et Manzo.

Ils franchirent la porte de derrière et se plantèrent au milieu du jardin. « Qui ? demanda Frankie en allumant une cigarette.

— Ramona m'a envoyé un SMS juste avant », répondit Manzo. Il sortit son téléphone et lut le message à haute voix. « Chink Mob sur notre territoire. Je m'en charge.

— C'est quoi, ça, la Chink Mob ?

— D'après Alphonso, ils sont d'Arcadia. Écoute, Frankie, j'ai fait tout ce qui était en mon pouvoir. Ça n'a pas suffi, mais ce n'est pas faute d'avoir essayé. »

Frankie fumait, les yeux rivés à une tondeuse rouillée recouverte de mauvaises herbes. « Tu sais quoi ? lança-t-il. Je t'ai accusé, mais en vrai c'est ma faute. J'ai pas pu la protéger parce que j'étais trop malade, trop à côté de mes pompes.

— Elle était comme ça, Frankie, dit Manzo. Tu peux pas t'en vouloir pour ce qui lui est arrivé.

— T'as vu cette photo d'elle, dans le salon ? C'était une chouette petite fille, elle était intelligente, elle avait des bonnes notes à l'école et tout. » Frankie baissa la tête, cachant son visage dans ses mains et se mit à pleurer, la voix entrecoupée de sanglots. « C'était ma sœur, mec, ma petite sœur. J'aurais dû prendre soin d'elle.

— Ce n'est pas ta faute, Frankie.

— Ils l'ont butée. Ils ont buté ma petite sœur. »

Manzo n'essaya pas de le réconforter. Cela aurait paru hypocrite, déplacé. Il ne désirait qu'une chose, se casser d'ici, loin de la mauvaise conscience de Frankie. Il avait assez à faire avec sa conscience à lui.

« Je l'aimais, mec, pleurait Frankie. Je l'aimais. »

Vraiment ? songea Manzo. Il savait depuis bien longtemps que, malgré toutes les conneries qui pouvaient sortir de la bouche des gens, l'amour, le véritable amour, se traduisait en actes, pas en paroles. Frankie avait laissé Ramona traîner avec des voyous, abandonner les cours, boire de l'alcool, fumer de la weed et faire la fête tous les soirs. Quand il butait des mecs, il s'en vantait toujours auprès d'elle. Il lui avait appris à se servir d'une arme, exhibait en sa présence de grosses liasses de billets et la promenait souvent dans son lowrider, Cypress Hill à fond dans ses enceintes Fosgate, Ramona paradant, le menton bien haut, reine du quartier. Était-ce de l'amour ? Non. C'était de l'égoïsme. Pur et simple.

Frankie releva la tête, inspira profondément, expira par la bouche, et essuya ses larmes d'un revers de main. « Allez », dit-il. À côté de la petite remise se dressait un tas de déchets, bouts de planches d'aggloméré, tasseaux brisés, piles de pots de fleurs, grillage, pots de peinture, jantes tordues, cailloux et parpaings. « Aide-moi à débarrasser tout ça », fit Frankie.

Il se mit à l'ouvrage comme si Ramona était enterrée en dessous. Il soulevait les objets, les jetait derrière lui, suait à grosses gouttes, haletait comme un chien essoufflé. Une grande boîte de rangement en plastique apparut. Frankie retira le couvercle. À l'intérieur, cinq pistolets, et autant de fusils d'assaut. Différents modèles, différents calibres. Poisseux d'huile d'entretien, rouillés par endroits. Frankie saisit un pistolet, ouvrit la culasse et souffla dedans. Il n'avait plus le dos courbé : il se tenait droit, les épaules dégagées. Son visage émacié semblait reprendre vie, et on sentait quelque chose remuer au fond de son cerveau brisé, un animal sauvage et dangereux qui sortait de sa tanière après une longue hibernation. « Rassemble tout le monde, déclara-t-il. Au parc. Maintenant. »

Sa voix fit sursauter Manzo. C'était celle d'El Piedra. La violence l'avait détruit. À présent, la violence le ressuscitait.

« Pourquoi ? demanda Manzo.

— On va à Arcadia. »

Trente-huit membres des Sureños Locos 13 se retrouvèrent au parc McClarin. Frankie leur adressa un laïus décousu, auquel tous prêtèrent une oreille uniquement par respect. Ils allaient venger Ramona, sa petite sœur, assassinée sur leur propre territoire. Tous étaient partants, excepté Manzo qui préféra garder ses réticences pour lui. Encore une mission pour rien qui se solderait par la mort de certains, et dix à vingt ans de taule pour d'autres.

À 20 heures, une caravane de douze voitures remplies de gangsters armés prit la 605 en direction du nord, traversant Downey, Montebello, Temple City pour déboucher sur Arcadia, un quartier populaire semblable aux autres. Manzo se demandait s'il existait quelque part une énorme usine où l'on fabriquait en série immeubles d'habitation pourris, baraques miteuses, détaillants d'alcool et mini galerie marchande, à destination exclusive des pauvres. Il s'était mis en queue de cortège, et gardait ses distances. Ils n'auraient pas plus attiré l'attention s'ils avaient monté une mitrailleuse lourde sur la Chevrolet Chevelle orange citrouille d'Alphonso, rabaissée à cinq centimètres du sol, avec la *Chevauchée des Walkyries* à fond sur un amplificateur Crossfire 8 000 W et assez d'enceintes et de caissons de basse pour percer des tympans à quinze kilomètres à la ronde. Mais bon, ils faisaient badass, pas vrai ? Pour eux, c'était l'essentiel.

À en croire les réseaux sociaux, la Chink Mob traînait entre Foothill Boulevard et l'autoroute 210. Les Locos se déployèrent pour quadriller la zone, se croisant parfois en échangeant des haussements d'épaules, bredouilles. Ils repéraient bien des tags CM, mais en trouvaient autant de la Wah Ching et de la Bande des Quatre Mers. Mais ce qui passait principalement sous leurs yeux, c'était tout un tas de Chinois pacifiques qui vaquaient à leurs occupations. Excédé, Manzo se demandait ce qu'ils étaient censés trouver : un lascar avec une putain de pancarte J'APPARTIENS À LA CHINK MOB ?

Manzo se gara sur le parking d'un petit centre commercial. S'il se passait quelque chose, il serait prévenu par SMS. Fatigué d'attendre, il alla manger un sandwich au Subway, fit une sieste, attendit encore, et reçut enfin un message. Il était minuit passé lorsque toute la bande se retrouva sur le parking d'un supermarché Ralphs. Personne n'avait vu le moindre membre de gang. Frankie leur servit un autre laïus, où il jurait de revenir et d'obtenir justice pour le meurtre de Ramona. Tous ses camarades opinèrent du chef, mais pour l'heure, ils n'avaient qu'une envie : rentrer chez eux.

Manzo raccompagna Frankie à Long Beach. « Putain, mon vieux, lâcha Frankie. Quelle merde. On reviendra le week-end prochain.

— Réfléchis un peu, Frankie, dit Manzo. Tu veux vraiment remettre ça ? Enfin, je veux dire, à quoi bon ? On y retourne et on bute n'importe quel mec qui aura vaguement l'air gangsta ? Ou on demande aux passants où on peut trouver la Chink Mob ? Et même si on les trouve, on fait quoi ? On défouraille et on finit tous en taule, c'est ça le plan ? »

El Piedra était en train de se fissurer, de s'ébouler, sa peau prenait une teinte poussiéreuse, son corps semblait rapetisser. « Désolé, Frankie, fit Manzo. Je voulais pas te blesser.

— Il faut que je fasse quelque chose, pour Ramona.

— Ramona est plus là, Frankie. »

Frankie parut y réfléchir pour la première fois. Il restait figé sur son siège, tête baissée, comme si plusieurs rêves épars étaient en train de fusionner en un seul et même cauchemar. « Ouais, murmura-t-il. Ramona est plus là. »

Ils roulèrent sans échanger un mot, sans musique, avec pour seul bruit de fond les grondements du V8. Manzo avait les yeux obstinément fixés sur la route, il n'avait plus le cœur à regarder Frankie. Ils étaient quasiment arrivés lorsqu'il trouva la force de tourner la tête dans sa direction. Les yeux de Frankie luisaient de larmes contenues. « Toutes les saloperies que j'ai faites, mec, dit-il. Comment ça se fait que je suis encore là ? » Cette absurdité semblait l'ébranler jusqu'au tréfonds de son être, et le fait de ne pas trouver de réponse le désespérait plus encore. Les larmes finirent par couler, deux ruisseaux cristallins sillonnant son visage prématurément vieilli. « C'est pas juste, mec, souffla-t-il. C'est pas juste. »

Non, songea Manzo. C'est pas juste.

Parcourir ainsi tout Vegas à la recherche de Janine et Benny finissait de mettre en rogne Leo. Qu'est-ce qu'il se passerait si ça s'ébruitait, et que ses débiteurs se mettaient à croire qu'ils pouvaient la lui faire à l'envers sans avoir à en assumer les conséquences ? Si le moindre défaut de paiement n'était pas sanctionné d'un châtiment digne de ce nom, autant se reconvertir en manager d'une agence bancaire Wells Fargo. Et puis c'était qui, tous ces autres mecs ? Les deux Blacks, là ? Et les bridés ? Zar disait qu'ils étaient chinois, comme s'il était possible de les différencier. Mettez un Chinois à côté d'un Coréen, la seule différence notable, c'est que le Coréen se fait plus souvent pincer pour excès de vitesse.

Les Chinois, c'était la marotte de Zar. Ils pouvaient se retrouver dans un bled paumé à la recherche d'un mauvais payeur, Zar réussissait toujours à mettre la main sur un annuaire téléphonique.

« Regarde un peu tous ces Ho, Leo ! s'exclamait-il en tournant les pages. Nancy Ho, Lian Ho, Warren Ho, Zi Ho…

— Bing Ho.

— Et vise un peu tous les Wong qu'il y a ! Bao Wong, Robert Wong, Mee Wong…
— Tu veux en venir où, Zar ?
— Ben, quand on est chinois on est jamais seul, hein ? »

Leo aimait à dire qu'il avait *trouvé* Zar, comme s'il était parti pêcher sur le lac Mead et qu'il avait vu Zar flotter dans un panier d'osier. Tout avait débuté dans le bar où Leo avait ses habitudes, le Dino's Lounge, perdu au fin fond de Las Vegas Boulevard. Sur le parking, il y avait un grand panneau publicitaire pour un avocat spécialisé dans les faillites, qui détaillait ses prestations en anglais et en espagnol. Leo avait grandi dans le quartier, si on pouvait appeler ça un quartier. Motels de dernière catégorie, terrains vagues jonchés de détritus, sites de production à moitié délabrés et vieux commerces qui arboraient tous en vitrine une pancarte PRIX CASSÉS, quelle que soit la marchandise vendue.

La clientèle du Dino's était essentiellement constituée de cols bleus, voire de sans-cols. La salle était sombre et enfumée, les serveuses, tatouées, un vieux porno des années 1950 passait sur un écran au fond du bar, et des nanas se vernissaient les ongles des pieds sur les banquettes élimées. Il y avait un concours du Poivrot du Mois, les concurrents étaient nommés par les barmen et les barmaids, et si on arrivait à deviner la suite de cartes cachées sous la casquette promotionnelle Pabst Blue Ribbon, on vous offrait une bière.

Leo adorait par-dessus tout les soirées karaoké du vendredi, au cours desquelles les clients étaient plus remuants et bourrés que n'importe quel autre jour de la semaine. Il chantait plutôt correctement, sa grande spécialité, c'était la voix de tête. Son interprétation de *Stayin' Alive* ravissait le public à chaque fois. Il esquissait quelques pas de disco durant le refrain, et quand il se figeait dans cette pose, les hanches de biais, un doigt pointé à dix heures, l'autre à quatre heures, toutes les nanas pétaient leur string. Il hésitait parfois à enfiler un costume blanc, et se disait à chaque fois que ç'aurait été un peu exagéré.

Un vendredi soir qu'il se désaltérait au comptoir après son tour de chant, un type du nom de Larry vint le voir. Pantalon de toile, cravate synthétique et casquette estampillée NATIONAL IRON WORKS, bien que PIGEON eût été plus pertinent dans son cas. Larry lui expliqua qu'il avait plutôt l'habitude de jouer au casino et qu'il s'y connaissait très peu en sports, mais que son neveu était *towel boy* pour l'équipe de football américain des Carolina Panthers : durant les matches, il était chargé de leur passer gourdes et serviettes. L'équipe allait très bientôt affronter les Tampa Bay Buccaneers en début de saison, et à en croire le neveu, le quarterback des Panthers, Cam Newton, se remettait encore de ses blessures. Il s'était fait plaquer cent quatre-vingt-cinq fois derrière sa ligne de mêlée. Larry désirait emprunter mille dollars pour les parier sur Tampa Bay, et promettait de tout rembourser dès la fin du match.

« Alors toi, t'es vraiment le roi des petits veinards, dit Leo les yeux écarquillés, comme s'il n'avait jamais croisé personne d'aussi chanceux de toute sa vie. Tu sais, ça fait pas mal de temps que je bosse là-dedans, et s'il y a bien un truc que j'ai appris, c'est que les vrais tuyaux viennent toujours des *towel boys*. Tu m'as bien dit cent quatre-vingt-cinq plaquages ?

— Ouais, c'est ça, répondit Larry.

— Cam devrait être en chaise roulante à l'heure qu'il est, fit Leo en secouant la tête. Dis, ça t'embête si je parie aussi ? »

Encouragé par le bookmaker, Larry lui demanda non pas mille, mais deux mille cinq cents dollars. Leo rédigea vite fait une reconnaissance de dette après s'être assuré de savoir où créchait le type, et le marché fut conclu. Leo savait déjà ce qui allait se passer. Cam, l'un des meilleurs quarterbacks de la ligue, avait été plaqué cent quatre-vingt-cinq fois derrière sa ligne de mêlée au cours des trois dernières saisons – une moyenne tout ce qu'il y avait de plus honnête –, et personne dans le milieu sportif ne doutait de sa participation au premier match de la saison. De leur côté, les Buccaneers étaient l'une des plus mauvaises équipes de la NFL. Ils avaient remporté quatre victoires lors de la précédente saison, contre les onze des Panthers, et le quarterback de Tampa Bay, Mike Glennon, était correct, sans plus. Les Panthers gagnèrent sur un score de 20-14. Sans surprise, Larry ne remboursa pas son prêt après le match, pas même les intérêts, et ne répondit pas aux appels de Leo.

Ce dernier alla lui rendre visite chez lui, une simili-hacienda décrépite dans un lotissement du nom de Río de Oro. Leo se dit que la dernière fois où un *río* avait coulé ici, des dinosaures avaient dû s'y abreuver, et que s'il y avait de l'*oro* quelque part dans le coin, il devait ressembler à s'y méprendre à du gravier. Étonnamment, il n'eut à frapper qu'une fois pour que Larry lui ouvre.

« Où est mon fric, ducon ? lança Leo.

— Je l'ai pas », répondit Larry.

Leo hésita un instant. Il avait cru entendre un vague ton de défi dans la voix de Larry. Il lui passa devant et pénétra dans le salon. S'y trouvaient un sofa, deux télés grand écran et une moquette à poils longs et sales, recouverte de bouteilles de bière, de reliefs de fast-food et de courrier non décacheté. Manifestement, femme et enfants avaient fini par en avoir leur claque de voir papa dépenser l'argent du ménage au casino.

« À l'instant où tu es entré dans le bar, j'ai su que t'étais un loser, déclara Leo. Regarde-toi un peu. Avec ta casquette à la con, tes lunettes de travers, ton bas de jogging et ton – attends, je rêve ou c'est une tache de pisse, là ? Merde, Larry, tu sais quand même qu'on est censés se secouer la queue avant de la ranger ?

— C'est de la bière, fit Larry.

— Mais bien sûr, rétorqua Leo. Moi aussi, je bois toujours ma bière par la trompe. Où est mon fric, ducon ?

— Je viens de dire que je l'avais pas », répondit de nouveau Larry, du même ton de défi.

Leo releva son poing à hauteur du visage de Larry : il portait un coup-de-poing américain qui scintillait. « Dans ce cas j'ai bien peur de devoir t'infliger quelques altérations corporelles en commençant par tes dents de devant. » C'est alors qu'un véritable monstre fit son entrée dans la pièce, baissant la tête afin de ne pas la cogner contre le chambranle de la porte. Il ne lui manquait plus qu'un écrou de part et d'autre de la tête, et il aurait aisément passé pour le grand frère de la créature de Frankenstein. Il portait un short en toile qui avait dû être une tente canadienne dans une précédente existence, et une vieille chemise de flanelle trouée aux coudes, grande comme un drap king-size. Ses pieds étaient si larges que ses lacets étaient noués aux œillets du milieu.

« Vaut mieux pas faire ça, hein ? déclara le monstre. Larry, c'est mon pote. »

N'importe qui à sa place aurait déguerpi sans demander son reste, mais Leo Cœur-de-Lion ne s'était jamais laissé marcher sur les pieds par qui que ce soit, sauf la fois où Misty Love avait tenté de le poignarder avec un pic à glace.

« Et tu crois que j'en ai quelque chose à foutre, de votre relation homoromantique ? » répliqua Leo. Il repoussa Larry d'une bourrade. « Ce pitoyable frein à l'économie me doit du fric et la règle numéro un, c'est… »

Le monstre s'approcha, et les yeux de Leo se retrouvèrent à hauteur de ses mamelons, à supposer qu'il s'agisse bien de mamelons et non de casques à pointe ou d'enjoliveurs. Leo réfléchit, et finit par dire : « Dis-moi, gringalet. T'as un boulot ?

— Un boulot ? répéta le géant.

— Oui, un boulot. Tu sais, tu te pointes quelque part, tu fais un truc dégradant, et on te paye des cacahuètes.

— Bien sûr que j'ai un boulot.

— Comme quoi ? Navire de guerre ? Montagne ? Muraille de Chine ?

— Je suis videur au Crazy Horse. Et te moque pas de moi, hein ?

— Toutes mes excuses. Je pensais pas que quelqu'un de ton gabarit puisse être sensible à autre chose qu'à des grenades à fragmentation. »

Leo lui dit qu'il cherchait quelqu'un pour l'aider dans le recouvrement de dettes, et qu'il correspondait en tout point au profil du candidat idéal. Il lui fit miroiter des journées entières en Mercedes, steak et homard quasiment à chaque repas, un nouvel appartement où il ne se prendrait pas les cheveux dans les plafonniers, et de nouvelles sapes dignes de ce nom, à condition qu'ils trouvent un tailleur spécialisé dans les ogres. Zar fut conquis.

« C'est drôlement bien, tout ça, hein ? Je vais chercher mes affaires. » En l'occurrence, un sac à dos qui avait l'air d'un cupcake collé au milieu de sa colonne vertébrale. « OK, je suis prêt. »

Leo toisa ce monstre excité, tout sourire, comme un gamin en route pour un parc aquatique. « Une dernière chose avant qu'on y aille, dit-il.

— Quoi ? fit Zar.

— Demande à Larry où est le fric. »

Leo appela Charlie O et commanda Misty Love et Renee. Il prit une douche, par respect pour Misty, et ne s'aspergea pas de son eau de Cologne qui, selon elle, sentait la banane trop mûre. Il pensa à Janine et Benny, qui en aucun cas ne devaient échapper à leurs obligations financières. Peu importait le temps que ça prenait, ou la violence des mesures qui s'imposaient, la règle numéro un, c'était comme le onzième commandement. Et le douzième commandement était : « Tu ne chieras pas dans les bottes de Leo Cœur-de-Lion. »

Le motel Travel Inn était à deux pas de l'autoroute. Le bruit de la circulation les réveilla. Ils avaient dormi plus longtemps que prévu. Dodson réserva sa place sur le premier vol et se mit à faire ses bagages. Assis sur le lit, Isaiah téléphona à Deronda. Celle-ci lui parla de l'effraction, des Chinois et de cette malade de Mexicaine qui s'était fait flinguer juste devant chez elle. Un prénom s'imposa soudainement à Isaiah. *Ramona.*

« Dans les quinze, seize ans, des mèches de cheveux roses ?

— Ouais, comment tu sais ça ?

— Vous êtes où ?

— Dans un lieu tenu secret, et puis puisque je t'ai au téléphone, qui est-ce qui va payer pour les réparations ? Y a des impacts de chevrotine un peu partout chez moi, là.

— Et elle vient d'où, cette chevrotine ? »

Une courte pause. « Peu importe, répondit Deronda. Il se serait rien passé si vous m'aviez pas envoyé Janine.

— Est-ce qu'elle va bien ?

— Oui. Elle veut savoir comment vont Benny et son père.

— Dis-lui que je n'en sais encore rien. Restez où vous êtes, toutes les deux. Je te rappelle. » Et il raccrocha.

Dodson était prêt à partir. « Pourquoi tu restes, au fait ? demanda-t-il. Y a plus rien à faire, ici.

— Quand je commence quelque chose, je vais jusqu'au bout », répondit Isaiah. Il savait bien qu'il se comportait une fois de plus comme un sale con, mais il était incapable de s'en empêcher. Il n'avait aucune envie de se retrouver seul.

« Eh, tu sais quoi, j'ai même pas envie de te parler », fit Dodson.

Dodson avait raison. Il ne restait plus rien à faire à part appeler les flics, qui n'auraient pas plus de chances de retrouver Ken et Benny qu'Isaiah, et quand bien même y parviendraient-ils, Ken serait aussitôt reconnu coupable de proxénétisme à grande échelle, atterrirait en prison où il serait encore plus susceptible d'être agressé, voire tué, qu'en se baladant en pleine rue. Et puis la police interrogerait Benny. Pourquoi vous a-t-on kidnappé ? Qu'avez-vous fait ? Qu'est-ce que vos kidnappeurs ont exigé de vous ? Vous avez une petite amie ? Comment s'appelle-t-elle ? Sa sœur est avocate ? Comment s'appelle-t-elle, cette sœur ? Benny n'aurait même pas besoin de menaces pour tout balancer en bloc.

Isaiah se sentait à présent honteux. « Je te conduis à l'aéroport, dit-il.

— C'est bon, t'es très occupé, répliqua Dodson. Je vais prendre un taxi. »

Le téléphone d'Isaiah bourdonna. Un message. Pas de texte, rien qu'une photo de Ken et Benny assis par terre. Ken s'était manifestement fait tabasser : son visage était enflé, se lèvre fendue saignait encore, son œil au beurre noir parfaitement clos. Benny était en aussi grande forme qu'on peut l'être après s'être planté à moto et après avoir roulé dans des broussailles. La tête collée au mur, son visage déformé par la douleur. Son blouson de cuir présentait une grosse déchirure, et l'une de ses épaules semblait fracturée, ou tout du moins disloquée, son bras rabattu contre sa poitrine.

« Regarde ça, fit Isaiah en tendant le portable.

— Merde, lâcha Dodson. Ils sont bien amochés. »

Le téléphone bourdonna une deuxième fois. Un numéro inconnu. À en juger par l'indicatif, un prépayé.

« Comment ça va, IQ ? demanda Maigrichon d'un ton moqueur. Ça va bien ? Ça va comme tu veux ? » Isaiah mit en mode haut-parleur. « Elle t'a plu, la petite photo ? Je l'ai faite spécialement pour toi.

— Vous voulez quoi ? demanda Isaiah.

— Le boss veut te voir. En personne.

— Pourquoi ?

— Il veut pas parler au téléphone. T'inquiète pas. Pas de coup tordu.

— Mon cul, fit Dodson.

— C'est ton ami Dodson qui est là, hein ? fit Maigrichon.

— Comment tu sais comment je m'appelle ? lança l'intéressé.

— On sait tout sur tout. »

Dans le fond, on entendait des voix. Impossible de distinguer les mots, mais l'accentuation de la phrase n'était pas anglo-saxonne. Des assiettes et des couverts s'entrechoquaient.

« Hé ! s'écria Maigrichon. On s'entend plus ! » Le bruit de fond ne diminua pas d'un décibel.

Isaiah réfléchit un bref instant et consulta sa montre. « Rendez-vous dans une heure au Caesars. Je vous indiquerai l'endroit précis par SMS.

— Non, c'est nous qui choisissons le lieu de rendez-vous.

— Alors, pas de rendez-vous. »

À voix basse, Maigrichon échangea quelques mots avec quelqu'un. « OK, finit-il par dire.

— Une minute de retard et je disparais.

— Bien sûr, pas de problème. »

Et la conversation s'acheva.

« Ils veulent quoi ? demanda Dodson.

— À la place de Tommy Lau, fit Isaiah, je me dirais que la situation est en train de m'échapper. À mon avis, il veut passer un marché.

— Ils vont tenter quelque chose, tu le sais aussi bien que moi.

— Il y a des caméras partout au Caesars, des agents de sécurité, tout un tas de sorties possibles.

— Et s'ils te suivent ?

— Je me garerai sur le parking d'un autre casino, et je ferai le reste du chemin à pied. » Ils se regardèrent dans les yeux, dans un silence à couper au couteau. « Alors tu viens ? » demanda enfin Isaiah. Dodson poussa un soupir si profond qu'on aurait presque dit un grognement.

« Mec, tu sais que c'est chaud, là, répondit-il.

— Pas de souci, fit Isaiah, d'un ton si peu sincère qu'il fut tenté de se traiter lui-même de menteur.

— Y a le bébé, mec.

— Je sais. Pas de souci.

— Cherise a besoin de moi.

— Vas-y, file. Vraiment. Ça va aller. »

12

Asian Flower Erotic Massage

Dans la salle de bains de Ken, Tommy refaisait son nœud de cravate. Toutes ses cravates avaient toujours été rouges, pas par superstition, mais simplement parce qu'il n'avait pas de temps à perdre le matin. Il avait envoyé Tung à Long Beach, c'était donc Zhi qui le conduirait au Caesars. Une poignée de ses hommes était déjà sur place en mission de reconnaissance afin de s'épargner de mauvaises surprises. Tommy avait horreur de ce genre de complications, ces erreurs de parcours qu'il fallait prendre très au sérieux, et dont la résolution, toujours pénible, n'amenait jamais rien d'autre qu'un simple retour à la normalité. Liko gérait le business, ce qui lui laissait peu de temps pour ce genre de problèmes. Le trafic d'êtres humains, c'était essentiellement de la logistique. Recruter les bonnes personnes, collecter les sommes dues, blanchir l'argent, soudoyer les fonctionnaires, gérer les transports, l'hébergement, etc. Au fil des ans, la 14K et les autres triades avaient trouvé d'autres moyens plus faciles de se faire de l'argent, et s'étaient progressivement concentrées sur le jeu, la drogue, les fraudes à la carte bancaire et autres crimes financiers, laissant ce pan de l'économie souterraine aux gangs chinois des Têtes de Serpent. Pour la plupart, c'était des groupes aux effectifs réduits, souvent dirigés par des familles, parfois par de simples criminels de droit commun. Tommy comprit que le désintérêt des triades avait pavé cette voie d'or. Malgré les difficultés, il réinvestit le marché, conquérant peu à peu une part considérable du business en Californie et dans le Nevada. Une partie de la concurrence fut absorbée, l'autre reçut la visite des Bâtons Rouges et fut contrainte de délocaliser. Tommy se mit à amasser les dollars.

Pourtant, il regrettait le bon vieux temps où action et audace primaient. Le bon vieux temps des extorsions, des braquages à main armée, du trafic d'armes et de drogues, des guerres contre les autres triades. Vingt-cinq ans auparavant, il avait été le premier lieutenant de Wan « Dent Cassée » Huok-koi, chargé des opérations de la 14K à Macao. Wan était un m'as-tu-vu arrogant. Un vrai connard. Costumes à rayures sur-mesure, chaussures couleur beurre frais, bague à l'auriculaire sertie d'un diamant gros comme une noix. Wan voulait être un deuxième John Gotti : malgré ses efforts risibles, il n'aurait pu passer que pour un maquereau chinois aux ordres de John Gotti. Lorsque, malgré tous les pots-de-vin versés, la police se mit à chercher des problèmes à la 14K, Wan se fâcha tout rouge et ordonna à Tommy de faire exploser la voiture du chef des flics. Celui-ci n'eut pas une égratignure, mais un éclat de métal toucha quelqu'un assis dans un café tout proche, le tuant net. Wan et Tommy furent jugés pour racket mais pas pour l'attentat à la bombe. Wan écopa de quinze ans, Tommy de sept, mais ils continuèrent de diriger leur branche de la 14K de la prison. Les matons les laissaient utiliser leurs téléphones portables, leur apportaient alcools forts, nourriture, putes. Un maton essaya un jour de leur imposer les règles en vigueur dans les établissements pénitentiaires et, à la faveur d'un de ses jours de congé, fut froidement abattu.

À sa remise en liberté, Tommy quitta Macao pour Hong Kong, puis San Francisco, où il fit venir d'autres associés pour y établir une nouvelle branche de la 14K. Cela ne fâcha personne au sein de l'organisation : c'était le genre de choses qui arrivait tout le temps. La triade n'était pas une structure pyramidale : c'était une association informelle de groupes éclatés qui se rendaient service les uns les autres, tantôt sur la distribution, tantôt sur les ressources financières ou humaines, les contacts ou les renseignements. Contrairement à la mafia italienne, il n'y avait pas de tribut à verser, pas de pourcentage dû à celui qui se trouvait au-dessus de soi.

Dans beaucoup de ces groupes, les vieux rites d'initiation étaient tombés en désuétude. Tommy, lui, se faisait un point d'honneur à les perpétuer. La tradition était très importante à ses yeux. Lui-même était passé par ces rites. Il était entré dans une pièce sombre en passant sous des épées croisées, s'était tenu devant un autel où le Maître de l'Encens avait récité un poème de la triade. Tommy s'était vu ordonner de se laver le visage et de se déshabiller. Il avait revêtu la robe blanche et les sandales, lavé de son passé, renaissant en tant que membre de la 14K. Puis il avait dû lire à haute voix les trente-six serments. Certains lui restaient encore en mémoire, en dépit des années.

> *Si j'ai entraîné l'arrestation d'un de mes frères, je dois le faire libérer immédiatement. Si je romps ce serment, que je sois frappé à mort par cinq éclairs.*
>
> *Je ne dois jamais révéler aucun des secrets et des signes de la triade lorsque je m'entretiens avec des personnes extérieures. Si je romps ce serment, que je sois frappé à mort par des myriades d'épées.*
>
> *Si je suis arrêté après avoir commis un crime, je dois accepter mon châtiment sans rejeter la faute sur mes frères dévoués. Si je romps ce serment, que je sois frappé à mort par cinq éclairs.*

Après les serments récités, un coq avait été égorgé et son sang mêlé à du vin. On avait brûlé du papier jaune et les cendres avaient été diluées dans la mixture. Conformément au rite, Tommy avait porté le tout à ses lèvres, sans savoir quelle quantité il devait boire. Il vida presque tout le bol et fut pris de haut-le-cœur. La cérémonie achevée, Wan s'était moqué de lui.

« On ne doit en absorber qu'une gorgée. »

Tout ceci n'était que du folklore, mais cela conférait aux initiés le sentiment d'appartenir à une fraternité des plus anciennes, à quelque chose de sacré et d'autrement plus important et respectable que leur petite personne.

Zhi frappa à la porte. « C'est l'heure d'y aller, boss. »

Isaiah se gara sur le parking du Harrah's, et se rendit à pied au casino Caesars, en compagnie de Dodson. Ce genre de lieux le mettait mal à l'aise : l'architecture, le mobilier, les couleurs, les coins et recoins avaient été minutieusement conçus pour donner à chaque client potentiel l'impression d'être quelqu'un d'important grâce à un cadre à couper le souffle. Le hall était aussi grand qu'un étang, le plafond presque aussi lointain que les cieux, et les colonnes aussi larges que des séquoias. Les lustres semblaient être l'œuvre d'artisans de la Rome antique associés aux décorateurs de *Star Wars*. Partout régnait une pénombre dorée, rehaussant la splendeur du sol de marbre agrémenté de mosaïques. Au centre, une superbe fontaine accueillait trois statues de femmes en toge, un sein découvert. Les touristes en T-shirt, casquette-visière et baskets, paraissaient paumés au milieu de cette magnificence, comme si, en sortant de leur autocar, ils s'étaient retrouvés au beau milieu du palais d'été d'un empereur romain.

Le bar choisi par Isaiah se trouvait tout au bout du hall. Petit et sombre, il présentait un plafond bleu ornementé. Un gros aquarium glougloutait avec contentement, des méduses, tels des parachutes, y flottaient en nombre. Isaiah et Dodson prirent place dans un box. Dumbo et un autre type étaient déjà assis au comptoir. Sans quitter leurs tabourets, ils se retournèrent pour leur lancer des regards noirs. Le visage de Dumbo ne s'était toujours pas remis de la petite séance de frappe de Dodson.

« On remet ça bientôt, OK ? fit Dumbo. On verra ce qui se passera.

— Ah ouais ? rétorqua Dodson. Ben rappelle-toi de ramener une arme à feu, espèce de sale con, parce qu'à moins que tu me butes, je te mettrai à l'amende comme la première fois. » Dodson avait échangé sa réservation pour un autre vol, plus tard dans la journée. Lorsqu'il avait prévenu Cherise, celle-ci lui avait raccroché au nez.

Tommy Lau arriva à six heures précises, en compagnie d'un petit homme nerveux à l'allure de comptable miteux. Ce dernier rejoignit les deux autres au comptoir. Tommy s'assit face à Dodson et Isaiah. « Monsieur Kin-ta-bi ? dit-il. Ai-je prononcé correctement votre nom ?

— Plus ou moins, répondit Isaiah.

— Et vous devez être son associé, monsieur Dodson.

— Ravi de faire votre connaissance », répliqua Dodson.

Tommy posa sur la table un petit objet en plastique qui ressemblait à un Rubik's Cube équipé d'une série de minuscules boutons et d'une LED qui clignotait. « Générateur de bruit blanc, expliqua-t-il. Vous comprenez mes raisons, à n'en pas douter. Les enregistrements, c'est toujours très mauvais pour les affaires.

— Pourquoi ce rendez-vous ? demanda Isaiah.

— Ah, c'est vrai. Les Américains vont toujours droit au but. À ce titre, nous autres Chinois sommes très différents. Une telle franchise est considérée comme une impolitesse. Nous abordons les sujets avec plus de diplomatie, soumettons nos propositions indirectement. Ainsi, si l'autre partie refuse, personne ne peut en prendre ombrage, parce qu'il n'y a jamais eu d'offre claire. Désirez-vous boire quelque chose? Je vous invite, cela va de soi.»

Tommy commanda un Glenfiddich, Isaiah déclina. Dodson choisit la boisson la plus chère qui lui vint à l'esprit, une Stolichnaya Elit. «Je dois l'avouer, je n'aime pas du tout Las Vegas, reprit Tommy. C'est tellement… comment dit-on, déjà? M'as-tu-vu. Je préfère de loin San Francisco. Malheureusement, je n'ai jamais eu le loisir de me rendre à East Long Beach. J'ai entendu dire que c'était un coin particulièrement dangereux.»

Il m'envoie un message, songea Isaiah. Il sait où j'habite. «Peut-on entrer dans le vif du sujet?» lança-t-il.

Tommy but une gorgée de son scotch, et ses lunettes non cerclées reflétèrent les éclairages multicolores du hall. Il afficha un demi-sourire, amusé autant que méprisant : un sourire de seigneur de guerre statuant sur le sort d'un captif. «Fort bien, si vous insistez, répondit-il. Il semble que nous soyons dans une impasse. Vous et moi sommes en possession de ce que l'autre désire. Je souhaite parler à Janine. Vous souhaitez vous assurer de son bien-être, ainsi que du bien-être de Ken et Benny. Ai-je bien résumé la situation?» Isaiah opina du chef. «Je puis vous assurer que nous n'avons pas l'intention de faire le moindre mal à Janine, reprit Tommy. Elle est comme une fille, pour moi. Nous voulons tout juste lui parler. Si elle dispose de copies de nos documents, elle n'aura qu'à me les remettre pour reprendre le cours normal de son existence.

— Et pour ce qui est de Ken et Benny ?

— Nous ne travaillerons plus avec Ken, et en ce qui concerne Benny, il détenait une copie sur une clé USB et s'en est envoyé une autre sur son compte e-mail. Pas très malin. Mais il ne sait rien d'autre. Si nous aboutissons à un arrangement avec Janine, tous deux recouvreront leur liberté.

— Écoutez, fit Isaiah, ni vous ni moi ne sommes des imbéciles. Vous remettre Janine, c'est signer leur arrêt de mort à tous : elle, Ken et Benny.

— Il est vrai que cet accord ne saura se faire sans une bonne dose de confiance mutuelle.

— Je n'ai absolument pas confiance en vous, et vous vous doutez que si Ken et Benny étaient assassinés, ou si Dodson ou moi étions touchés mortellement par une balle perdue, votre base de données serait instantanément communiquée à la police. Nous sommes en position de force, Tommy, alors que dites-vous de cela : vous nous remettez Ken et Benny, ou nous transmettons vos documents aux flics.

— Une position de force qui n'est qu'apparente, en vérité, rétorqua Tommy. Si la police met un terme à cette branche de mon organisation, il m'en restera encore beaucoup d'autres, et rien ne me lie directement et nommément à ces activités sur le territoire américain. Ken devra cependant en payer le prix, ce qui, à mon humble avis, va à l'encontre des consignes que vous avez reçues. Sarita vous a payé pour que vous le tiriez de ce faux pas, n'est-ce pas ? Qui d'autre aurait pu vous mêler à tout cela ? Et si ces informations étaient révélées aux autorités, monsieur Dodson, Janine, Ken, Benny et vous-mêmes passeriez le reste de vos jours en cavale. Et je puis vous assurer qu'il n'est pas beaucoup de lieux au monde où la 14K n'est pas solidement implantée.» Tommy alluma une cigarette et expira patiemment une bouffée de fumée. «Aussi, tentons plutôt une autre approche.» Il glissa la main dans la poche intérieure de sa veste.

Les photos des jeunes filles avaient marqué la mémoire d'Isaiah au fer rouge. La colère lui bourdonna soudain aux oreilles. «Gardez votre argent pour vous, déclara-t-il. Vous croyez que je vais me laisser acheter par un esclavagiste ? Je préférerais encore manger un rat mort.

— Ainsi va le monde, répliqua Tommy, visiblement froissé. Ne soyez pas naïf.

— C'est ce que vous diriez à votre fille si elle se faisait passer dessus tous les jours par trente inconnus ? "Ne sois pas naïve, ma chérie, ainsi va le monde" ? J'ai déjà croisé des fils de pute de votre engeance par le passé, mais je n'arrive toujours pas à comprendre. Ça ne vous dérange pas ne serait-ce qu'un tout petit peu d'être un parasite ? De vous faire de l'argent sur la souffrance d'autrui ? De savoir que la majorité du genre humain préférerait vous cracher à la gueule que de vous serrer la main ?» Ne sachant pas vraiment quels mots en particulier étaient susceptibles de le blesser, Isaiah se contenta de continuer en roue libre. «Ça vous fait quoi de vous dire que si vous mouriez là, tout de suite, la plupart des gens fêteraient votre mort comme un cadeau fait à l'humanité, et que leur seul regret serait de ne pas avoir pu vous torturer avant ? »

Tommy était comme pétrifié, le regard figé, et son sourire de seigneur de guerre n'était plus qu'une ombre de pincement de lèvres. « Cela suffit, monsieur Kin-ta-bi », dit-il. Ses hommes leur tournaient le dos, faisant semblant de ne pas entendre les insultes adressées à leur chef. Peut-être était-ce par gêne ou peut-être se réjouissaient-ils qu'il soit ainsi traîné dans la boue.

« Éclairez-moi un peu, reprit Isaiah. Est-ce que vous étiez trop limité intellectuellement pour vous lancer dans une carrière d'homme d'affaires respectable, ou était-ce seulement par manque de courage et de caractère ? Est-ce que le fait de prostituer vos semblables était votre seul choix ? Il n'y avait donc aucune autre activité, plus respectable et à votre portée, comme le braquage d'aveugles ou le vol de bébés ? En fait, ma vraie question est celle-ci : c'est quoi votre putain de problème ? Comment êtes-vous devenu une telle pourriture ? Est-ce que vous avez grandi à côté d'une mine de plutonium ? Est-ce que les radiations ont fait de vous un monstre ? Est-ce un virus qui vous a transformé en hyène humaine ? Que s'est-il passé, Tommy ? Racontez-moi, je meurs d'envie de le savoir.

— C'est très peu avisé de votre part, déclara Tommy d'une voix venue d'outre-tombe. Vraiment très peu avisé.

— Ne vous inquiétez pas pour moi, riposta Isaiah. J'ai l'habitude d'être très peu avisé.

— Peut-être qu'un jour tu finiras en taule, ajouta Dodson en sirotant sa Stoli. Ils te feront tourner d'une cellule à l'autre, tu vas voir l'effet que ça fait. Putain. Ils vont te cuire le cul façon chow mein, tu peux me croire.

— Et donc ce n'était que ça, Tommy ? reprit Isaiah. C'était là votre unique stratégie ? Me soudoyer ? Parce que si c'est le cas, je vous recommande chaudement de retourner vite fait dans le trou plein de merde d'où vous êtes sorti et de réfléchir à une autre proposition. Pour ma part, j'en ai fini avec vous. »

Le seigneur de guerre était de retour, et il était résolu à se battre. Tommy se leva. Le comptable et les deux autres firent de même, visiblement soulagés que le rendez-vous touche à sa fin. « Très bien, messieurs, déclara-t-il. Jouer au plus fort contre la 14K, c'est toujours une très mauvaise idée. Nous ne laisserons pas cette affaire longtemps en suspens. » Il jeta un regard au comptable.

« Encore deux heures, fit ce dernier après avoir consulté sa montre.

— Vous avez deux heures pour revenir sur votre décision, dit Tommy. Si vous vous entêtez, Ken et Benny seront éliminés, et si vous communiquez nos données aux autorités, vous ne serez plus en position de force, et vous ne serez plus jamais en sécurité. Jusqu'à votre dernier jour. Je ne bluffe pas, monsieur Kin-ta-bi. Un jour, nous rediscuterons de tout cela en un lieu où nous pourrons nous exprimer plus librement. » Tommy rempocha son générateur de bruit blanc et partit comme une tornade, suivi par ses sous-fifres.

« Tu sais quoi ? lança Dodson à Isaiah. Cet enculé nous a laissé la note. »

Isaiah et Dodson pressèrent le pas en direction du parking du Harrah's. « Il mijote quelque chose, fit Isaiah. Tu as entendu ce que l'autre type lui a dit ? "Encore deux heures." Comme si Tommy avait déjà quelque chose en préparation.

— Genre quoi ? répondit Dodson.

— Je n'en sais rien, mais quand ça portera ses fruits, je doute que Ken et Benny lui soient encore d'une quelconque utilité », déclara Isaiah, tout en pensant : Tommy a encore besoin de deux heures pour…

« Je sais, dit Dodson. Il nous a laissé deux heures pour qu'on réfléchisse à l'argent. Comme si on n'était que deux racailles du ghetto, comme si tôt ou tard, en bons négros, on serait obligés de céder à l'appât du gain.

— Non, ce n'est pas ça, le coupa Isaiah. Deux heures, c'est trop long. C'est plus qu'assez pour qu'on mette en place un plan B, ou tout du moins qu'on tente quelque chose contre lui. »

Tommy a encore besoin de deux heures pour…

« Et c'est reparti ! lâcha Dodson. Tu te remets à me parler comme à une sous-merde, Isaiah. C'est juste inutile. C'est ça qui fait qu'on finit toujours par se voler dans les plumes. Tu peux pas t'exprimer respectueusement, pour une fois ? » Ils traversèrent une rue, et la peur saisit si brutalement Isaiah qu'il manqua de trébucher.

« Putain de merde ! s'écria-t-il.

— Quoi ? » lança Dodson, irrité d'être de nouveau à la traîne.

Isaiah composa un numéro sur son portable et attendit qu'on décroche. « Allez, alleeez.

— T'appelles qui ? » demanda Dodson. Ils étaient au beau milieu de la chaussée, en plein concert de klaxons. « Et si on se bougeait un peu le cul jusqu'au trottoir ?

— Allô ? dit Sarita.

— Sarita, c'est Isaiah. Sors de chez toi, tout de suite.

— Pourquoi ? Que se passe-t-il ?

— Tu es en danger. Prends quelques affaires et quitte ton appartement.

— En danger de quoi ? »

Dodson agrippa un pan de la chemise d'Isaiah et le tira jusqu'au trottoir.

« Est-ce que tu peux te réfugier chez une amie, un parent, quelque part ? demanda Isaiah.

— Oui, mais pourquoi est-ce que je…

— Plus de questions, d'accord ? Sors de ton appartement, sur-le-champ !

— D'accord, répondit-elle humblement.

— Envoie-moi un SMS quand tu seras arrivée à bon port.

— Je t'appellerai.

— Non, texte-moi », insista-t-il, sachant d'ores et déjà qu'il serait assez occupé. Et il raccrocha.

« Alors, c'est ça ? dit Dodson. Les gars de Tommy arrivent dans deux heures à L.A. pour kidnapper Sarita ?

— Ouais.

— Quand il va se rendre compte que c'est impossible, il va faire quoi de Ken et Benny ?

— Il exécutera l'un ou l'autre. Afin de prouver

sa résolution. Probablement Ken. Il faut qu'on les retrouve. On a deux heures. »

Assis dans la voiture, ils scrutaient la photo de Ken et Benny. Les captifs étaient assis par terre, entre un lave-linge et un sèche-linge. On voyait un bout d'étendoir où pendaient soutien-gorge et petites culottes.

« Salon de massage, dit Isaiah. Avec pignon sur rue.

— Comment tu sais ça, toi ? lança Dodson. C'est peut-être une maison, ou un appartement.

— Regarde la plomberie. » Derrière le lave-linge, un gros bout de la cloison en placo avait été arraché. Du trou sortaient des tuyaux en plastique fixés avec des colliers de serrage, manifestement encore neufs. « Tu vois ça ? Ils ont dû défoncer la cloison pour faire passer la tuyauterie. Ça ne serait jamais arrivé dans une maison ou un appartement, tout aurait déjà été installé.

— Hum hum, hum hum », fit Dodson, comme s'il vérifiait le raisonnement d'Isaiah afin de s'assurer qu'il tenait debout. « Après, je vois mal en quoi ça nous avance, de savoir ça. Il doit bien y avoir un million de salons de massage à Vegas.

— Le maigrichon nous a dit que c'est lui qui avait pris la photo, mais il nous a téléphoné ailleurs, poursuivit Isaiah. Il y avait beaucoup de bruit de fond. » Il regarda Dodson, d'un air de dire « eh bien ? ».

« Ouais, dit Dodson. Merde. Je connais ce genre de bruit, c'est pas la première fois que je l'entends.

— Les personnes ne parlaient pas en anglais. C'était du chinois.

— En même temps, rien de bien fracassant : c'était un Chinois qui nous appelait.

— Les gens auxquels il s'est adressé ne faisaient pas partie de son équipe. Il leur a crié de parler moins fort, et personne n'en a tenu compte. Il était dans un lieu public.

— Des bruits de couverts et d'assiettes ! » s'exclama Dodson, heureux comme un élève de CM1 trouvant la bonne réponse à la question de son maître. « Tu croyais que j'allais pas deviner, hein ? C'est exactement les mêmes bruits qu'au Mandarin Palace. Le type nous a téléphoné d'un resto chinois.

— Il t'a quand même fallu un certain temps pour le déduire, remarqua Isaiah.

— Peut-être bien, mais je suis en train de refaire mon retard sur toi à une vitesse fulgurante.

— OK, donc il prend la photo dans un salon de massage mais il nous appelle d'un restaurant. Les deux établissements sont forcément proches.

— Comment tu le sais ? Il achetait peut-être de la bouffe à emporter, et il y a des restos chinois partout dans Vegas.

— Les restos chinois livrent à domicile, et si c'est lui qui a pris la photo, ça signifie qu'il fait partie de l'équipe chargée de surveiller Ken et Benny. Il n'a pas dû beaucoup s'éloigner.

— Mais s'il pouvait se faire livrer, qu'est-ce qu'il faisait dans un restaurant ?

— Tu prendrais ton dîner dans un salon de massage, toi, si tu n'y étais pas obligé ?

— Je t'ai déjà parlé de ce petit ton que tu utilises avec moi, non ? »

Ils firent quelques recherches sur leurs smartphones respectifs pour trouver deux cartes de Vegas, l'une présentant des dizaines de salons de massage éparpillés aux quatre coins de la ville, l'autre, des dizaines de restaurants chinois.

« On cherche des salons de massage proches d'un restaurant chinois, rappela Isaiah.

— OK, OK », dit Dodson.

Ils comparèrent les cartes. « La majorité des salons est concentrée ici, reprit Isaiah. Près de l'autoroute inter-États 15, avec Sahara Avenue au nord, Tropicana Avenue au sud. On va jouer les probabilités et se concentrer sur ce coin.

— Là, t'y vas carrément au pif, quoi.

— Cette zone est toute proche des casinos, argumenta Isaiah. Si je bossais pour la 14K, c'est là que j'ouvrirais boutique. Plus de clientèle. » Huit salons de massage se trouvaient à proximité d'un restaurant. Ils les appelèrent tous, requérant les services d'une jolie Coréenne. Le quatrième salon leur dit que les filles étaient toutes chinoises, et que les Chinoises valaient bien mieux que les Coréennes, qu'elles étaient nettement plus expertes. Isaiah consulta sa montre et démarra. « Il nous reste une heure et quinze minutes pour les retrouver. »

Le premier salon se distinguait par son enseigne MASSAGES D'EXTRÊME-ORIENT, en néon rouge sur fond blanc. Une lanterne chinoise rouge et or était suspendue au-dessus de la porte, des rideaux rouges étaient tirés devant la vitrine, avec une pancarte OUVERT.

« Et comment on fait pour deviner qu'ils sont là ou pas ? » lança Dodson, agacé d'avoir à poser une telle question. Isaiah ne répondit pas. Il dépassa la boutique, tourna à gauche, puis encore à gauche, faisant le tour du pâté de maisons. De toute évidence, il recherchait quelque chose.

« Le maigrichon n'est pas ici, lâcha-t-il enfin.

— Mais comment tu sais ça ? fit Dodson. Tu as vu quelque chose ?

— Ce n'est pas quelque chose que j'ai vu, c'est ce que je n'ai pas vu.

— Là, tu te fous carrément de moi.

— Tu m'as dit que tu voulais m'aider. Je ne peux pas t'aider à m'aider. »

Le cerveau de Dodson fonctionnait à plein régime. *Qu'est-ce qu'Isaiah n'a pas vu ? Pourquoi est-ce qu'il nous a fait faire le tour du pâté de maisons ? Y a rien d'autre à voir que des bagnoles garées, ici.*

Isaiah continuait de rouler. « Tu veux que je te dise ? proposa-t-il.

— Attends, attends, j'y suis presque », répondit Dodson qui n'y était pas du tout. *Qu'est-ce que j'ai pas vu ? Qu'est-ce qui manque dans le décor ?* « Je sais ! » s'écria-t-il. La révélation soudaine lui rappela la fois où il s'était retrouvé dans un squat d'accros au crack, sur Seminole Avenue : une quantité phénoménale d'eau de pluie s'était accumulée sur le toit et le plafond s'était effondré d'un coup. « *La voiture.* La voiture du maigrichon n'est pas là !

— Il va falloir que tu sois plus rapide que ça, dit Isaiah avec un sourire très irritant.

— Je t'emmerde, Isaiah. »

Pas de trace non plus de la voiture de Maigrichon autour du deuxième salon. Le troisième, Asian Flower Erotic Massage, se trouvait juste en face d'un restaurant chinois, Délices du Hunan.

Les mêmes lettres rouges sur le même fond blanc, la même police de caractères, la même lanterne chinoise rouge et or au-dessus de la porte. Une autre succursale Tommy Lau. Isaiah fit de nouveau le tour du bâtiment. La BMW de Maigrichon était garée sur le parking, à côté d'une vieille bagnole qui devait appartenir à la *mama-san*. Pas d'autres voitures : a priori, pas de clients. C'était un plus. Isaiah se gara un peu plus loin. Le cerveau de Dodson était toujours en pleine ébullition. *OK, ils sont ici. Et maintenant on fait quoi ?*

Dodson rejoignit Isaiah devant le coffre de la voiture. Le plancher et la roue de secours avaient été retirés afin d'optimiser l'espace disponible. Des boîtes de rangement en plastique de tailles diverses étaient impeccablement alignées, et soigneusement étiquetées : OUTILS DIVERS, PERCEUSE/SCIE CIRC, BRASAGE/SOUDAGE, FORÇAGE, CROCHETAGE, LIENS, ARMES.

« Merde, lâcha Dodson. C'est quoi, tout ça ?

— Mes outils de travail », répondit Isaiah. Sur une boîte en plastique jaune, on pouvait lire DETERMINATOR.

« Et c'est quoi, un Determinator ? demanda Dodson.

— C'est un lance-grenades.

— Ah, là tu me fais plaisir, mon gars.

— Je n'ai que des grenades pour feux d'artifice, mais c'est amplement suffisant pour incendier tout le bâtiment. » Isaiah ouvrit la boîte SURVEILLANCE, qui contenait jumelles, caméras et micros espion divers, un micro longue portée, lunettes à vision nocturne, et un mouchard GPS.

« Où est-ce que t'es allé pêcher tout ça ? demanda Dodson.

— On trouve de tout sur Amazon, répondit Isaiah. Tu savais qu'ils vendaient même des lance-flammes ? » Isaiah mit la main sur son passe-muraille, un micro qui ressemblait à une ventouse reliée à un casque audio et à un petit transmetteur. « Tu peux écouter à travers le béton avec ce truc », expliqua-t-il. Il s'approcha de la porte de derrière du salon de massage et y colla le micro. Il resta là un moment, à écouter attentivement, avant de revenir à la voiture. « Maigrichon et quelques autres sont derrière, informa-t-il. Ils doivent être trois ou quatre en tout. La télé est allumée.

— Tu as entendu Benny ou Ken ? demanda Dodson.

— Non, mais ils sont sûrement là-dedans. » Isaiah se tut, et son regard se perdit au loin, comme si souvent.

Dodson sut aussitôt à quoi s'en tenir. *Et merde. Je suis encore à la traîne. C'est quoi la prochaine étape ? Je sais, je sais : c'est le « comment » ! Comment on s'y prend pour sortir Ken et Benny de là ? Regarde-le. Il est en train de tout échafauder dans sa tête.* Frustré, Dodson n'osa pas même le questionner.

« Tu l'as sur toi, le portable de Janine ? » demanda alors Isaiah.

Leo était chez lui, couché sur son énorme lit circulaire, uniquement vêtu de ses chaussettes de soie noire. Il aimait raconter que ses draps de satin noir étaient les mêmes que ceux de Hugh Hefner, le fondateur du magazine *Playboy*. Il fumait un joint avec Misty Love. Elle venait d'un pays d'Europe de l'Est. Pommettes hautes, yeux bleu glacier, faux seins. Elle affichait toujours la même expression, comme si elle regardait un tournoi de golf à la télé, même lorsqu'elle se retrouvait à quatre pattes. Un jour, elle avait révélé à Leo son patronyme, et il lui avait demandé comment elle faisait pour avoir un nom de famille sans voyelle.

« Quand est-ce que tu vas m'épouser, Leo ? » demanda-t-elle en lui passant le spliff aussi lentement qu'un paresseux montant à un arbre. Tous ses gestes étaient d'une lenteur à peine croyable. Leo se disait que le simple fait de se débarbouiller devait lui prendre la moitié de la journée.

« C'est quoi, cette question ? répondit Leo. Jamais je t'épouserai. Leo Cœur-de-Lion a besoin de toute une tribu de lionnes pour le satisfaire.

— Troupe.

— Ah, bah ça, j'en ai vu une belle, de troupe. Zar et moi on s'est retrouvés coincés au beau milieu de la Gay Pride : ils avaient bloqué toutes les rues et une sorte de body-builder tout huilé à l'autobronzant s'est mis à frapper sur ma caisse avec sa pancarte « Queen d'un jour ». Zar l'a attrapé par le string et…

— Non, Leo, comme toujours tu parles que de toi sans écouter. On dit "troupe" de lions, pas "tribu". Comme on dit troupeau de moutons, ou meute de loups.

— Ou un ramassis de chiennes. C'est peut-être différent en Slobovie…

— Lituanie.

— … mais ici aux États-Unis, on paye pas sa fiancée avant les noces. Et après c'est plus du troc que du commerce. Genre elle fait ce qu'il faut de petites gâteries et on lui achète une voiture. »

Tous deux entendirent Renee s'exclamer dans l'autre chambre. « Arrête ça tout de suite, Zar, je te l'ai déjà dit. C'est sens interdit, par-là.

— C'est quelque chose de normal, le mariage, Leo, reprit Misty. On est parfaitement assortis, tous les deux.

— Ah ouais ? Depuis quand ? »

Leo lui repassa le joint et elle tira dessus comme si elle aspirait un spaghetti d'un mètre cinquante.

« Réfléchis un peu, Leo, répondit-elle. La baise, ça va plutôt bien, non ? Et puis je suis indépendante, je ne t'embête jamais avec mes problèmes.

— Ah ça, faut reconnaître. Je me rappelle la fois où Charlie O t'a fait un œil au beurre noir : t'as eu besoin de personne pour lui apprendre les bonnes manières à grands coups de tisonnier.

— En fait c'est très simple, Leo. Tu m'aimes pas, je t'aime pas. Si on s'aime pas, on se dispute pas. Aucune raison de se disputer.

— Mais si on s'aime pas, à quoi bon se marier ?

— Pour ne pas être seuls, répondit Misty. C'est tout à fait normal. »

Le téléphone de Leo vibra. Un SMS de Janine. Benny c'est fini. Parti avec pute au asian flower erotic massage. Il a les $ mais refuse de cracher.

« Zar ? s'écria Leo en renfilant son boxer de soie noire. Faut qu'on y aille !

— Tu l'as entendu ? dit Renee. Alors relève-toi vite histoire que je respire un peu. »

L'arrière-boutique du salon de massage n'avait ni climatisation ni ventilateur. Ken et Benny étaient coincés entre le lave-linge et le sèche-linge. Benny, à moitié conscient, s'appuyait contre l'épaule de Ken. Tout le monde suait à grosses gouttes, mais cela ne semblait déranger que Ken : les filles et les Bâtons Rouges étaient habitués à la chaleur et à l'humidité.

« On pourrait avoir de l'eau, s'il vous plaît ? demanda Ken.

— Pas besoin d'eau, répondit Maigrichon dans un large sourire. Très bientôt, vous en aurez plus besoin. » Les trois Bâtons Rouges éclatèrent de rire.

Ken n'en revenait pas. Ils allaient vraiment le tuer. Il mourrait sans avoir l'opportunité de changer de vie, de se faire pardonner par ses filles, de tout reprendre à zéro. « Je veux parler à Tommy, déclara-t-il.

— Plus possible. Trop tard.

— Rien ne l'oblige à cette extrémité. On ne dira rien à personne. On n'a aucune raison de le faire. On disparaîtra, tout simplement. Il n'entendra plus jamais parler de nous.

— Il y a qu'une façon d'être vraiment sûr qu'il entendra plus jamais parler de vous. Maintenant silence, OK ? Ou je te tue tout de suite. »

Ken jeta un coup d'œil à Benny, abattu, tenant son bras cassé comme un nourrisson mort-né.

« Qu'est-ce que je donnerais pour revoir Janine, rien qu'une dernière fois, sanglota-t-il. Juste pour lui dire… lui dire que je suis désolé.

— Je l'avais prévenue, pourtant, dit Ken, je lui ai dit et répété que tu étais un raté, mais elle refusait de m'entendre. »

Benny le regarda alors droit dans les yeux, son visage enfantin déformé par la colère. « Et vous, vous êtes quoi, monsieur Van ? Je sais que je suis un raté, mais je ne suis pas méchant. Toutes ces filles, monsieur Van. Toutes ces filles, putain. Vivement que vous brûliez en enfer. »

Isaiah fouillait dans sa boîte CROCHETAGE.

« Tu comptes l'ouvrir comment, cette porte ? demanda Dodson.

— Avec la clé à percussion et la perceuse, ce serait trop bruyant. Je vais devoir la crocheter.

— Rassure-moi, tu te rappelles qu'ils ont des flingues ?

— Ouais, je sais. »

Dodson prit un air peiné. « Je peux pas entrer avec toi.

— Quoi ?

— Je peux pas entrer avec toi. Si je me fais tuer, Cherise me tuera une seconde fois. »

Isaiah tourna la tête dans sa direction.

« Je vais être papa, Isaiah. Je peux pas me permettre de me faire descendre, pas maintenant.

— Très bien, fit Isaiah. Regarde dans la caisse ARMES. La boîte rouge. »

Sur l'étiquette, on pouvait lire : BRÛLE-GUEULE. « C'est quoi ce machin ? » marmonna Dodson. Il ouvrit la boîte : à l'intérieur étaient rangées des pièces détachées de pistolet, enfoncées dans de la mousse grise. « Merde, Isaiah. Moi qui croyais que tu mangeais pas de ce pain-là. »

Le crochetage : encore quelque chose qui n'avait rien à voir avec ce qu'on vous montrait dans les séries à la télé. Face à un écran, Isaiah ne pouvait s'empêcher de secouer la tête lorsqu'il voyait un agent de la CIA insérer un trombone dans une serrure, le remuer cinq secondes et hop, ouvrir la porte sans plus d'effort. En réalité, il fallait connaître à la perfection le fonctionnement d'une serrure, et s'entraîner de très, très longues heures, au cours desquelles on affinait son sens du toucher, condition *sine qua non* de l'exercice de cet art : par définition, tout crochetage se faisait à l'aveugle. Hidalgo, le serrurier, avait révélé à Isaiah que les gens qu'on voyait sur YouTube crocheter une serrure en trente secondes ne pouvaient être que des collègues. Hidalgo lui avait expliqué que les pics et les vallées d'une clé sont appelées « variations ». À chaque variation correspond dans le cylindre un petit piston monté sur ressort, de la taille d'une grosse fourmi. Ils agissent comme de minuscules pênes : ce sont véritablement eux qui verrouillent la serrure. Les variations abaissent ou remontent ces goupilles, les alignant sur la ligne de césure, ce qui entraîne l'ouverture. Crocheter une serrure, c'est tout simplement tenter d'aligner les goupilles comme le fait la clé d'origine.

Isaiah inséra d'abord un entraîneur, un petit outil semblable à une clé Allen aplatie, dont le rôle est d'empêcher les goupilles de bouger lorsqu'elles sont alignées. D'expérience, Isaiah savait que le poids d'un doigt générait juste assez de tension. La serrure étant très étroite, il choisit un crochet Deforest, plus fin que le serpent, plus usuel. Il commença par tâter le terrain, dénombra cinq goupilles et s'attaqua à la première, les yeux clos, visualisant mentalement le positionnement du crochet par rapport au mécanisme.

« Pourquoi ça prend autant de temps ? demanda Dodson.

— Ferme-la, d'accord ? Il faut que je me concentre. » Il poussa la goupille d'un millimètre tout au plus, et il sentit qu'elle était alignée. Puis il passa à la deuxième. La sueur perlait à son front. Le plan était plus que sommaire, extrêmement risqué, et sans doute très stupide, cela, il le savait, mais pour se donner du courage, il s'imagina sur le sofa couleur crème brûlée avec Sarita en train de boire un verre de vin, de converser, un album du Modern Jazz Quartet en sourdine, et ses lèvres sur les siennes, sa main caressant ses cheveux…

« Rassure-moi, tu te rappelles que t'es censé ouvrir cette porte avant l'arrivée de Leo ? lança Dodson.

— Tu peux la fermer, s'il te plaît ? répliqua Isaiah. Occupe-toi du flingue. »

Dodson ouvrit la boîte rouge et se mit à assembler les pièces détachées. « Attends, là, dit-il. C'est pas un vrai gun, ça.

— C'est un pistolet à balles de poivre.

— À balles de… ? C'est bien ce que tu as dit ? *Poivre* ?

— Semi-automatique, air comprimé, huit coups, portée de dix-huit mètres, détailla Isaiah.

— Ces enculés ont des Glock, rétorqua Dodson. Semi-automatiques, vraies munitions, dix coups, d'une portée jusqu'à East Long Beach. T'es malade ou quoi ? Je ferais aussi bien de rentrer là-dedans armé d'une salière ou d'un pot de moutarde.

— Charge-le », lâcha Isaiah. La troisième goupille s'aligna.

Les munitions du brûle-gueule se trouvaient dans une pochette plastique. De petites balles rouges et rondes. « Quoi, c'est *ça* ? s'écria Dodson, très alarmé. Et t'as le club de golf qui va avec ?

— Ces balles explosent à l'impact, fit Isaiah en s'attaquant à la quatrième goupille. Un piment habanero représente cinq cent mille unités sur l'échelle de Scoville. Là-dedans, il y en a quinze millions.

— Hum… ça fait combien par balle ? »

La Benz blanche se gara juste en face du salon Asian Flower.

« Tu sais quoi ? dit Leo. Je crois que je suis déjà venu ici. »

Zar et lui descendirent et vinrent se camper devant la porte en verre qui était verrouillée. Il apercevait la *mama-san* derrière le comptoir, affichant cette expression « mais qu'est-ce que c'est que ce truc ? », commune à toutes celles et tous ceux qui portaient le regard pour la première fois sur Zar.

« Désolée, on est fermés, lança-t-elle.

— Alors pourquoi ce gros néon allumé dit ouvert ?

— Plus de filles. Toutes occupées.

— Occupées ? Genre pour toujours ? Elles sont en train de masser qui, là-dedans, la Garde nationale ? Ouvre cette porte, sale conne, et plus vite que ça.

— Désolée. Fête privée.

— Tous les individus que je connais sont des menteurs, et tu es la pire menteuse que j'ai jamais croisée de ma vie. Alors, tu l'ouvres ou pas ?
— Désolée…
— Désolée quoi ? coupa Leo en secouant la poignée. Il y a une inondation ? Vous êtes à court de lubrifiant ? Ouvre cette putain de porte avant que mon ami en fasse des cure-dents. »

On l'avait surnommé *Gujia*, « squelette » en chinois. Au début, ça ne lui plaisait pas, pas plus que les commentaires habituels sur sa maigreur, les petites blagues, toujours les mêmes, « faut manger plus de riz, hein ! », mais c'était de l'histoire ancienne à présent. Avoir constamment faim, ça avivait l'esprit. Un tigre affamé est toujours plus alerte qu'un tigre repu. D'ici dix minutes, Tommy téléphonerait pour lui donner le signal : il conduirait alors Ken et le jeune type dans le désert où il les abattrait. Au début, tuer le dérangeait, mais à présent il s'en moquait : ça relevait plus pour lui d'une simple corvée, comme un coup de serpillière à passer. Les seules personnes qui aient compté pour lui étaient ses trois petites sœurs : cheveux raides et visages sales, pieds nus, jouant dans les mares brunes sur ce putain de toit répugnant. Une seule était encore en vie. La deuxième était tombée malade. Peut-être à cause du flot d'immondices qui coulait sous leur baraque, ou à cause de l'eau qu'ils buvaient dans un seau en fer-blanc, ou encore à cause de la nourriture avariée qu'ils mangeaient avec les doigts. Difficile à dire. Elle était morte sans voir de docteur.

L'autre savait à peine marcher lorsqu'elle était tombée dans le vide. Il se souvenait avoir regardé en bas, les badauds qui se massaient autour de son cadavre. Elle était si sale que son corps se confondait avec l'asphalte. À présent, la seule chose qui comptait à ses yeux, c'était son statut au sein de la triade, et celui-ci était sérieusement menacé. Il avait merdé au Lucky Streak, mais ça ne se reproduirait pas.

L'alarme retentit : il se passait quelque chose à la réception. Gujia consulta les moniteurs de vidéosurveillance et vit le géant donner un coup de pied à la porte, le verre voler en éclats, la serrure arrachée au montant. Puis le géant entra, accompagné de Disco Man. La *mama-san* tenta de mettre la main sur le Beretta dissimulé sous le comptoir, mais le géant tendit un bras long comme celui d'une grue et la projeta si violemment contre le mur qu'elle roula des yeux blancs et s'effondra aussitôt. Pas de doute : ils venaient chercher Benny.

« C'est parti », dit Gujia. Les Bâtons Rouges prirent leurs armes et firent irruption dans le couloir à l'instant où le géant et Disco Man apparaissaient à l'autre extrémité. Tous s'immobilisèrent et braquèrent leurs pistolets. Neuf mètres les séparaient. De part et d'autre, les mêmes regards durs, sans un battement de paupières. On n'était pas là pour rigoler. Le couloir baignait dans une lueur rouge, chaleureuse. Personne ne bougeait, et les perles de sueur gouttaient comme les grains d'un sablier.

« Tiens, revoilà le fil de fer humain, dit Disco Man. Quelqu'un t'a déjà dit qu'il fallait manger plus de riz ?

— Dégagez ou on ouvre le feu, répliqua Gujia.

— Je veux Benny. Tu préfères aller le chercher toi-même ou je m'en charge ?

— Essaie. Juste pour voir.

— Est-ce que vous savez au moins à qui vous avez affaire, bande de petits malins ? Je suis Leo Cœur-de-Lion, et j'irai nulle part, à moins que vous ayez derrière vous Misty Love armée d'un pic à glace.

— T'as ramené ton géant, hein ? fit Gujia. Il nous fait pas peur.

— C'est bien le problème, rétorqua Leo. Est-ce qu'il te donne l'impression d'avoir peur des balles ? L'autre soir, on sortait juste de chez Dino's quand Ray Santini lui a mis une balle dans la tête. Zar s'en est rendu compte qu'au moment où il s'est mis à saigner des oreilles dans ma voiture. Complètement foutu en l'air mes sièges. »

Gujia pensa à Tommy et à ce qu'il dirait si Ken et Benny leur échappaient. « Je suis prêt à mourir, dit-il. Et toi ? »

Dodson écoutait à l'aide du passe-muraille tandis qu'Isaiah crochetait toujours la serrure. « Les Bâtons Rouges ont quitté la pièce, mec, presse-toi, dit-il. Y a plus personne derrière cette porte.

— Tu peux me lâcher, s'il te plaît ? » répliqua Isaiah. L'une des goupilles déjà alignées se reverrouilla. « Putain, voilà ce que tu me fais faire !

— Arrête de chialer et ouvre cette saloperie ! »

Isaiah se souvint de cette fois où ils avaient cambriolé un magasin de vélos. Ce moment où il avait enfilé une allée, pied au plancher en marche arrière, pour échapper à une voiture de police, tandis que Dodson lui criait dessus, comme maintenant.

« Ils sont en train de se chauffer, fit Dodson. Faut que t'ouvres ça, fissa !

— La ferme, Dodson ! »

Le bras de Leo commençait à fatiguer à force de pointer son pistolet, et Leo commençait à se lasser de toutes ces conneries, ce duel en chiens de faïence avec des Chinois à la con qui de toute évidence n'avaient jamais entendu parler de Leo Cœur-de-Lion. Bon, d'accord, il s'était lui-même donné ce surnom, mais ça n'en demeurait pas moins vrai. Il avait un cœur gros comme un poumon d'acier. À Vegas, tout le monde le craignait, à l'exception de Baby Dewy, le videur du Spearmint Rhino, qui avait trois plaques de métal dans la tête ; les frères Klesko, mais c'était des tueurs à gages ; Sandoval « Gaz Sarin » Gutierrez, un ancien champion de MMA qui à en croire la rumeur vivait dans une grotte avec sa femme, un mouflon femelle ; et Elmore le Nain, qui gagnait sa vie en volant les sacs à main posés sur les dossiers des sièges de bar. Un petit machin franchement tordu, avec des mains toutes potelées et un crâne surdimensionné. La moindre remarque sur sa taille, et il vous donnait un grand coup de club de golf coupé en deux, en plein dans les boules.

« Si moi je suis prêt à mourir ? rétorqua Leo au maigrichon. C'est ça, ta question ? Sérieusement, t'es en train d'essayer de m'intimider, *moi* ? Putain. J'ai participé à plus de fusillades que vous en verrez jamais dans vos petites vies de mafieux bridés à la con, qui risquent de s'achever précocement si vous m'amenez pas tout de suite Benny. Je vais vous le dire qu'une fois, alors tâchez de vous le graver dans le grain de riz que vous avez entre les oreilles : je suis un enfoiré professionnel, dévoué à son métier, impénitent et fier de l'être, qui n'a jamais suivi que ses propres règles, et la règle numéro un c'est "Rembourse-moi mon putain de pognon". » Et Leo appuya sur la détente.

Isaiah en était à la toute dernière goupille, tâchant de manipuler son crochet le plus finement et le plus délicatement, et se retenant de toutes ses forces de ne pas arracher ce putain de bouton de porte. Il était trempé de sueur, et ses mains étaient horriblement moites. Il dut les essuyer sur sa chemise, et tout recommencer. « Merde », lâcha-t-il entre ses dents. Dodson s'était finalement décidé à la fermer, mais Isaiah sentait son impatience et son anxiété croître et croître encore, à présent à deux doigts d'exploser. Des coups de feu retentirent alors. Comme un tir de barrage. BLAM ! BLAM ! BLAM ! BLAM ! BLAM ! Un orage de plomb, assourdissant même à travers le battant de la porte, ponctué par les cris des filles et des gangsters.

Le crochetage était à présent superflu. Isaiah se releva et défonça la porte d'un coup de pied. « Passe-moi le brûle-gueule, dit-il.

— Mon cul, ouais, riposta Dodson, l'arme bien en main. Allez, entre. »

Dès le premier échange de coups de feu, Leo bondit de côté dans une pièce de massage. Zar quant à lui était trop grand et trop lent pour tenter ce genre d'esquive : il resta figé au milieu du couloir. Sans cesser de tirer, les Chinois reculèrent, deux d'entre eux en titubant.

« Baisse-toi, Zar ! cria Leo. Tu fous quoi planté là comme un gratte-ciel ! Mets-toi à couvert, bordel ! » Leo pointa son pistolet dans le couloir et tira à l'aveugle. « Zar, tu m'as entendu ? Dégage ! » Zar baissa les yeux, comme s'il venait de renverser quelque chose sur lui. Mais ce n'était pas de la sauce qui maculait sa chemise : c'était du sang. « Zar, tu m'entends ? » insista Leo. « Mets-toi à couvert ! » Zar s'assit alors comme un éléphant, sans plier les genoux, ses fesses tombant directement au sol.

« C'est quoi cette merde, hein ? » lâcha Zar. Il avait un air perplexe, incrédule. Leo lui avait pourtant dit qu'il ne mourrait jamais, alors pourquoi tout s'obscurcissait ? Tout à coup, ses épaules s'affaissèrent, et son menton tomba sur sa poitrine. Il n'était déjà plus là. Sous le choc, Leo, dans un rare moment d'introspection, prit conscience que Zar était la seule personne au monde qu'il considérait comme un ami. Il changea de chargeur, rugit comme un fauve blessé, et se rua dans le couloir.

Isaiah se précipita à l'intérieur, Dodson sur ses talons. Les coups de feu n'avaient toujours pas cessé. BLAM ! BLAM ! BLAM ! BLAM ! BLAM ! Des balles provenant du couloir firent exploser plusieurs assiettes sur le comptoir, et trouèrent le four à micro-ondes.

Les filles, paniquées, se recroquevillèrent sur la banquette, levant les mains pour se protéger. « Sortez ! Sortez ! » cria Isaiah, et elles s'empressèrent de passer le seuil de la porte enfoncée. Derrière le lave-linge, Ken tendit le cou.

« Par ici ! » lança-t-il. Isaiah et Dodson les aidèrent à se relever, Benny et lui. « Merci mon Dieu, merci ! » s'exclama Ken.

Les Bâtons Rouges entrèrent alors en désordre dans la pièce. Deux d'entre eux, recouverts de sang, se traînaient à genoux, tandis que Maigrichon les couvrait. Du coin de l'œil, il aperçut Isaiah, fit volte-face pour lui tirer dessus, mais quelque chose heurta sa tête, explosant dans un pouf !, le recouvrant d'une poudre blanche, comme une poignée de farine. Il se mit alors à hurler, suffoquant, se frottant frénétiquement les yeux tandis qu'Isaiah et Dodson exfiltraient les deux prisonniers.

Laissant Zar derrière lui, Leo s'avança, et ce ne fut qu'au bout du couloir qu'il se rendit compte qu'il avait été touché. Sa vision oscillait, semblable à une lampe torche dont les piles auraient été presque à plat, tantôt s'éteignant, tantôt se rallumant. Son cerveau n'était plus connecté à ses jambes, qui n'avançaient que par réflexe. Il pensa à Misty, et se dit qu'une fois que toutes ces conneries seraient réglées, il l'épouserait. Peut-être qu'elle avait raison, après tout. Sur le mariage et sur l'amour.

Il entra dans la pièce du fond, enjamba deux mafieux à la con, qui s'ils n'étaient pas déjà morts, étaient en tout cas en bonne voie. Quelque chose dans l'atmosphère confinée se mit à lui brûler les yeux et la gorge. Ce connard maigrichon titubait en hurlant. Leo lui logea une balle derrière l'oreille et sortit par la porte de derrière. Il sentait sa conscience s'oblitérer, son corps peser cinq tonnes de plus à chaque seconde qui s'écoulait. Autour de lui, tout s'obscurcissait et s'éloignait. Il parvint à distinguer les deux Blacks qui aidaient Ken et Benny à traverser le parking. Il braqua son arme sur Benny. Il tenait à ce qu'il sache qu'il n'avait pas pu échapper à Leo Cœur-de-Lion. « Hé, Benny, lança-t-il. Rembourse-moi mon… » Il s'évanouit avant même d'entendre les coups de feu, cinq balles tirées dans son dos par la *mama-san*.

13

Je vais te tuer, ouais

Isaiah était dans une impasse. Le seul lien dont il disposait pour Marcus et Seb était un numéro de téléphone inscrit sur une page, et ça ne constituait en rien la preuve d'un quelconque crime, pas même le plus petit délit. Il était temps de passer à l'action. Cette situation lui rappelait l'affaire Black the Knife, lorsqu'il avait essayé de kidnapper Goliath, le pitbull géant dressé pour tuer. L'alternative était claire : soit il tentait quelque chose de dangereux, à la limite de la stupidité, soit il abandonnait, point barre. Il aurait aimé avoir Dodson à ses côtés.

À 17 heures, Seb sortit du Nyanza Bar. Isaiah le suivit jusqu'à une modeste maison du quartier de Cambodia Town. Isaiah était nerveux, plein d'appréhension. Si ce plan n'aboutissait pas, ce serait la fin de l'enquête. Seb se gara sur l'allée et entra. Dans son Audi, gardant toujours un œil sur la maison, Isaiah fit ce qu'il aurait dû faire depuis longtemps : utiliser son smartphone et trouver des informations sur les adresses liées à Seb. Le bureau, la maison et une luxueuse demeure dans le quartier de Brentwood appartenaient à une entreprise dont le siège était une simple boîte postale. La holding de Seb. Un panneau OFFRE D'ACHAT EN COURS était planté au milieu de la pelouse, et sa Jaguar était flambant neuve. Nouvelle maison, nouvelle voiture. Seb était en train de passer à un niveau supérieur de standing.

Le lendemain matin, Isaiah arriva à sept heures. À neuf heures, Seb sortit de chez lui et vérifia que la porte était bien verrouillée. Il inspecta sa Jaguar pour s'assurer qu'il n'y avait pas un gramme de poussière. Avec son costume et sa canne, il devait sûrement passer dans son quartier pour un professeur d'études africaines à UCLA. Seb démarra et disparut au bout de la rue, mais Isaiah préféra attendre encore un peu, par peur que la maniaquerie de Seb ne le pousse à revenir contrôler quelque chose. Bingo ! Dix minutes ne s'étaient pas écoulées que Seb réapparut pour s'assurer que la porte était vraiment bien verrouillée. L'air toujours sceptique, il remonta à bord de sa Jaguar et repartit. Isaiah attendit vingt minutes supplémentaires et engagea son Audi dans la ruelle qui se trouvait derrière la maison. Il prit l'échelle télescopique sur la banquette arrière et quelques outils.

Sous l'avant-toit avait été monté un gros boîtier qui contenait la sirène ou la cloche conçue pour retentir au moindre déclenchement du système de détection de mouvements installé dans la maison. Isaiah positionna l'échelle et grimpa. Le boîtier était en métal avec des rainures d'aération et une serrure. Facile à forcer, mais il devait être équipé d'un mécanisme propre qui déclenchait l'alarme si quiconque tentait de l'ouvrir autrement qu'avec une clé. Isaiah sortit une bombe de polyuréthane liquide, enfonça la pipette dans une rainure, et en remplit le boîtier. En l'espace de quelques minutes, la mousse se solidifierait, isolant si bien le boîtier qu'on n'entendrait à peine l'alarme.

Isaiah se posta face à la porte de derrière et, à l'aide d'une perceuse ARS à foret cobalt, fit un trou à gauche et à droite de la serrure, forant dans les vis qui maintenaient en place le verrou. À peine aurait-il franchi le seuil que les détecteurs de mouvement repéreraient sa présence, et enverraient un signal d'intrusion à la compagnie de sécurité. Un employé appellerait alors Seb afin de savoir s'il s'agissait d'une fausse alerte, mais il lui faudrait vingt minutes minimum pour rentrer chez lui. Et si l'employé prévenait la police, cela prendrait encore plus de temps. Isaiah s'était jadis intéressé de près au délai de réponse de la police aux alertes au cambriolage. Plus de 90 % de ces alertes étant infondées, la police les reléguait tout en bas de la liste de ses priorités, en particulier lorsqu'elles concernaient des domiciles, par opposition à des entreprises : le temps de réponse était compris entre quarante-cinq minutes et deux jours. Et pour une alerte résidentielle au cœur de Cambodia Town, il y avait fort à parier que la police ne prendrait pas même la peine de se déplacer.

Isaiah se glissa à l'intérieur. Pas de signal d'alarme audible : le polyuréthane remplissait parfaitement son rôle. Dans le salon se trouvaient canapés et fauteuils en cuir blanc, très chers à première vue. Le sol était clair, les murs étaient blancs, et les coussins colorés sautaient littéralement aux yeux. Pas un pli, pas une trace de doigt, pas une empreinte de pas, pas la moindre trace de quoi que ce soit. Le bois du plancher était d'un blanc tirant sur le gris. À en juger par le grain, ce n'était ni de l'érable, ni du cerisier, ni du chêne. Du bambou, peut-être. Un cendrier de jade, un briquet de table et trois beaux livres reposaient sur la table basse. Un arrangement floral de faux lilas ornait le manteau de la cheminée. Tout semblait à sa place pour le reste de l'éternité : on aurait dit que Seb avait déchiré une page de catalogue, appelé la société de décoration intérieure et simplement dit : « Je veux que mon salon soit la copie conforme de cette photo. Oui, les lilas aussi. » Des sculptures et des masques africains avaient été disséminés sans conviction, comme si Seb s'était dit : « Bon, il faut bien mettre quelque chose à cet endroit. » Isaiah commençait à se sentir un peu bête, se demandant ce qu'il pourrait bien trouver ici qui puisse lier Seb au meurtre. Un journal intime ? Une vidéo où Seb avouait être l'assassin ? Une note demandant à Gahigi de voler une voiture afin qu'ils puissent écraser Marcus ? *Allez, arrête de gamberger et cherche.*

Gahigi se trouvait au sous-sol, étendu sur son lit étroit. Seb lui avait proposé de prendre la chambre d'amis, mais il se plaisait ici. Les murs impénétrables, l'odeur de béton humide. Le carreau de verre dépoli à l'entresol, étroit comme une meurtrière. La chaise en bois. Le peu de vêtements qu'il possédait, pendus à des patères, ses deux paires de baskets alignées en dessous. Seb disait que sa chambre ressemblait à une cellule de prison. Mais aux yeux de Gahigi, c'était une forteresse. Arrivé au bas des marches, tout intrus devenait une cible plus que facile pour son .45, scotché à la tête de lit. Seb avait voulu décorer la pièce, mais Gahigi s'y était opposé. C'était bien, ainsi. Il n'avait pas besoin de plus. Il alluma une cigarette. Il ignorait ce qu'il ferait de cette journée, et du lendemain, et du surlendemain. Il devait se décider mais hésitait encore. Lorsqu'il tentait d'y réfléchir, la même image s'imposait à lui : celle d'une longue route de terre rouge culminant au sommet d'une colline, sous le soleil aveuglant du Rwanda.

Il avait attrapé un rhume. Rien de bien sérieux. Le nez qui coule et une petite toux. Seb avait insisté pour qu'il reste à la maison. Ses plans étaient sur le point d'aboutir, il était hors de question que Gahigi tombe malade. Il enfilait son pantalon lorsqu'il entendit des pas. Il releva les yeux au plafond, déterminant leur trajectoire rien qu'au son produit. Il n'avait pas entendu la voiture de Seb revenir. C'était quelqu'un d'autre. Un intrus.

Isaiah commença par le bureau, aussi immaculé que le salon, l'odeur de tabac froid couvert par un parfum printanier de synthèse. Il ouvrit quelques tiroirs, quelques placards. Rien n'attirait le regard dans cette pièce à l'exception d'exemplaires de *People* et du *Los Angeles Magazine*, impeccablement rangés sur une étagère. Que pouvait-il espérer trouver ici ?

Gahigi monta l'escalier au ralenti, pieds nus, transférant son poids des talons à ses orteils, effleurant les marches aussi délicatement qu'un félin à l'affût, revolver plaqué sur la poitrine, l'autre main tendue devant lui, prête à parer à toute éventualité. Il atteignit le palier. Le bouton de porte grinçait. Il ne l'avait jamais huilé afin d'en faire un signal d'alarme aussi rudimentaire qu'efficace, le dernier avant sa tanière. Il le fit tourner le plus délicatement possible, sentant dans sa paume les moments où le mécanisme se grippait, ralentissant alors encore plus son geste. Cela prit un temps fou, mais la précipitation était un luxe qu'il ne pouvait se permettre. D'expérience, il savait que la discrétion était une arme plus redoutable qu'une arme à feu. Du bout des doigts, il poussa la porte.

Isaiah observait les photographies encadrées qui recouvraient les murs du couloir. Sur l'une d'elles, on voyait Seb petit garçon, assis sur un lit en métal, le moignon de sa jambe coupée dissimulé par d'épais bandages. Il regardait l'objectif l'air de dire « Et maintenant ? ». Sur une autre photo, Seb et Gahigi, encore enfants. Les cicatrices de Gahigi étaient récentes, profondes, et à son expression, on aurait pu croire que le responsable se trouvait tout près de lui. Ils portaient des T-shirts en lambeaux et mangeaient ce qui ressemblait à du gruau dans des bols en aluminium. Sur un autre, Seb debout dans un couloir d'hôpital, portant une prothèse, sans doute pour la première fois. Seb jeune homme, posant sous une tonnelle fleurie en compagnie d'un couple blanc et âgé. Son bras reposait sur les épaules de la vieille dame, le vieil homme fronçait les sourcils, légèrement à l'écart, comme s'il espérait sortir du cadre de la photo. Seb sous le porche imposant d'une église très ancienne, XIVe ou XVe siècle, selon Isaiah, avec un énorme vitrail, deux hautes flèches jumelles, des corniches et des bas-reliefs très élaborés. Seb portait un costume prince-de-galles qui n'était pas de prime jeunesse, et dans lequel il flottait. Il l'avait sans doute trouvé chez un fripier. Il semblait fier comme Artaban. On aurait dit un domestique à qui son employeur venait de céder les habits dont il ne voulait plus.

Sans savoir pourquoi, Isaiah parcourut le couloir avec son appareil photo, prenant des clichés de plusieurs cadres. Il était à mi-parcours lorsqu'il remarqua que l'éclairage avait changé presque imperceptiblement, et que l'odeur de cigarette était légèrement plus prononcée. Il se retourna et vit Gahigi à moins de cinq mètres, braquant le canon de son revolver droit sur lui.

« Les mains contre le mur, ordonna Gahigi.

— Je vous en supplie, ne me tirez pas dessus, fit Isaiah. Je n'ai rien volé, je suis venu par simple curiosité. » Il haussa les épaules, paumes tournées au plafond, comme s'il avait fait une vilaine bêtise.

« Les mains contre le mur, répéta Gahigi. Tout de suite. »

Isaiah leva les mains à hauteur de sa poitrine. Il essaya de verser quelques larmes, en vain. « Allez, s'il vous plaît, quoi, laissez-moi partir… je vous en supplie… » *Rapproche-toi.* Il restait immobile, se disant que Gahigi n'oserait pas l'abattre au beau milieu du couloir de Seb.

« Fais ce que je te dis ! s'écria Gahigi. Les mains contre le mur ! »

Isaiah afficha une expression horrifiée, sans trop de difficulté vu les circonstances. Gahigi s'avança vers lui, arme braquée au bout de son bras tendu, les yeux plissés. Isaiah regrettait de ne pas avoir travaillé un peu plus la prise d'Ari. *Allez, rapproche-toi, encore un peu.*

« Fais ce que je te dis ou je te tue tout de suite ! » cria Gahigi.

Bon, ça ira comme ça. Presque en un seul mouvement, Isaiah se déporta hors de la ligne de tir, attrapant d'une main le poignet de Gahigi et de l'autre le canon du revolver. Il releva celui-ci juste au moment où Gahigi appuyait sur la détente, BLAM ! La balle se logea en haut du mur. D'une torsion, Isaiah parvint à lui arracher l'arme des mains, mais avant qu'il ait pu la retourner contre Gahigi, celui-ci se jeta sur lui et ils s'écroulèrent au sol. Le revolver glissa plus loin, et Gahigi le chevaucha. Il tenta de saisir Isaiah à la gorge, mais celui-ci se colla à lui de toute la force de ses jambes et de ses bras, tel un ourson s'accrochant à un tronc d'arbre. Gahigi se tordit vigoureusement, le menton enfoncé dans l'épaule d'Isaiah, son souffle chaud à son oreille. Il parvint à libérer un de ses bras et se mit à onduler comme un serpent qui nageait. Isaiah ne pouvait rien voir d'autre que le plafond, mais il savait que Gahigi essayait de remettre la main sur son revolver. Il n'avait aucun moyen de l'en empêcher : s'il relâchait un tant soit peu son étreinte, Gahigi serait libre de ses mouvements. *Il ne faut reculer devant rien pour l'emporter. Tu gagnes ou tu meurs!* Prenant Ari au pied de la lettre, Isaiah mordit à pleines dents dans le cou de Gahigi. Un goût salé, celui du sang. Gahigi hurla. Isaiah en profita pour le faire rouler de côté, et se redressa en catastrophe, envoyant d'un coup de pied le revolver à l'autre bout du salon avant de se précipiter dehors.

« Tu es une femme ! s'écria Gahigi. Je vais te tuer ! Je vais te tuer, ouais ! »

Assis dans son fauteuil, Isaiah tâchait de trouver une position confortable. Gahigi avait une force peu commune. Leur corps à corps lui avait laissé des bleus et des courbatures. De toute la vie d'Isaiah, personne n'avait jamais réussi à le prendre par surprise de la sorte. Cette lutte l'avait considérablement ébranlé. On se sait mortel, mais c'est une idée abstraite. Être pris de court, devoir se battre littéralement pour survivre, comprendre qu'on a échappé à la mort, voilà qui engendre une peur profonde : peur de son assaillant, soit, mais plus que tout, peur de sa propre mortalité. La mort devenait soudain tangible, et l'on prenait conscience que l'existence ne tenait qu'à un fil des plus ténus. Dans cette certitude inconsciente de ne pas être du nombre des milliers de personnes qui mourraient chaque ce jour, des lézardes apparaissaient soudain, et l'on se rendait compte que rien n'était jamais garanti, surtout pas la vie. Il suffisait de se retrouver au mauvais endroit, au mauvais moment, il suffisait d'un malheureux concours de circonstances pour que nos jours sur

Terre touchent abruptement à leur fin. L'homme était par définition vulnérable, et, à l'instar du rhinocéros blanc ou du panda, il n'avait aucune prise sur sa possible extinction.

Autre chose le taraudait. Un truc qu'il avait vu chez Seb. Des images se succédaient dans son esprit comme une galerie de diapositives. La perceuse fracturant la serrure. Le salon immaculé. Le bureau banal. Les photographies. Isaiah les revisualisa toutes. Rien de probant. Il reprit la séance diapo. Gahigi braquant son arme. La chute au sol, le corps à corps. Isaiah se redressa soudain sur son siège. *Le sol.*

Il se précipita dans son bureau et mit la main sur le registre de Marcus. Il retrouva le nom de Seb, et le message entouré : ISLANDER CHALET 8-47 BAM LT GRY. C'était une référence de parquet. Islander, c'était le nom de la marque, 8-47 le numéro du modèle, BAM signifiait bambou, LT GRY « light grey », gris clair. Il rechercha des images du modèle sur internet. C'était bien le même parquet que chez Seb. Ça ne pouvait pas être une coïncidence. Marcus avait posé le parquet. Et il y en avait dans toute la maison – un gros chantier. Il avait dû retirer l'ancien revêtement, nettoyer le sol, placer revêtement et sous-couche, découper les plinthes et réaliser une dizaine d'autres tâches avant même de clouer la première latte. Cela représentait au bas mot deux semaines de travail. Seb pouvait-il avoir oublié un homme qu'il avait vu tous les jours chez lui pendant deux semaines, voire plus ? Et chaque pas qu'il faisait sur ce parquet suffisait à le lui rappeler. Non, Seb se souvenait nécessairement de Marcus. La bile se mit à bouillonner dans l'estomac d'Isaiah. Une colère noire l'enveloppa, et se mit à l'enserrer, si fort qu'il crut qu'il allait exploser. *Du calme. Tu n'as pas encore tous les faits entre les mains. Tu ne sais toujours pas ce qui s'est passé*. L'exaspérante question du mobile. Il était convaincu que s'il parvenait à le découvrir, il aurait la réponse à ses questions.

Seb conduisit Gahigi aux urgences. L'humeur de celui-ci était si sombre qu'on aurait cru qu'un nuage de grêle s'apprêtait à crever dans l'habitacle de la Jaguar. Un médecin le recousit et lui fit une injection antitétanique.

« Vous avez eu de la chance que ça ne touche pas l'artère, dit-elle. Je serais plus tranquille si je vous gardais cette nuit, sous perfusion d'antibiotiques. Et puis comment vous vous êtes fait ça, au fait ?

— Pas vos affaires », répondit Gahigi. Il se leva et partit, sans même prendre la peine de signer le formulaire de décharge de responsabilité. Quand Seb et lui remontèrent à bord de la voiture, les bandages étaient déjà imbibés de sang. Seb se garda bien de lui dire qu'il valait mieux retourner à l'hôpital : le regard assassin et sauvage de son vieil ami l'en dissuada mieux qu'aucun discours.

« Je vais tuer cette femme, Seb, dit Gahigi. Je vais le tuer. »

De retour chez eux, Gahigi voulut nettoyer le sang qui maculait le parquet du couloir, mais Seb insista pour qu'il prenne une douche et se repose. Une peur panique le saisit lorsqu'il aperçut l'appareil photo d'Isaiah par terre. Il en consulta le contenu :

ce n'était que des clichés des cadres du couloir, rien d'incriminant ou de dangereux. Mais les photos de l'Accord ne furent pas sans l'ébranler. Après toutes ces années, Isaiah avait réussi à retrouver la voiture. Comment était-ce possible ? Ce jeune homme représentait de toute évidence un danger. Peut-être existait-il un moyen de reconstruire le passé, de lui livrer une version satisfaisante qui mettrait un terme à toutes ces idioties. Non. C'était absurde. Cela faisait à présent huit longues années qu'il avait foncé au volant de cette voiture volée sur cet affable imbécile, que son corps s'était disloqué comme prévu contre le pare-chocs, avant d'être projeté en l'air. Pas d'indices, pas de témoins, pas de documents incriminants, pas d'images, et la police avait aussitôt conclu à un accident de la route. Mais cela ne tranquillisait pas pour autant Seb. Isaiah était intelligent et déterminé. C'était un électron libre extrêmement dangereux, le genre d'individu qui avait valu à tant de criminels de moisir en prison.

À l'exception de ce problème, Seb était assez heureux du tour que prenaient les choses. L'achat de la maison de Brentwood avait été conclu. En regard de ses débuts miséreux dans la vie, il s'attendait à éprouver un sentiment de victoire en signant le chèque à sept chiffres. Mais à sa grande surprise, cela l'avait plongé dans le plus grand trouble. Il s'était retrouvé dans l'incapacité de réconcilier l'image de cet homme si bien vêtu, assis dans l'agence immobilière, et le petit garçon émacié, les cheveux grouillant de lentes, sorti d'un village où la richesse personnelle se mesurait au nombre de chèvres qu'on possédait. Il semblait impossible que l'un ait engendré l'autre.

Il avait plutôt le sentiment qu'il s'agissait de deux entités distinctes, d'une part un simple souvenir, de l'autre un être vivant ici et maintenant. Comment quelqu'un parti de si bas avait-il pu accéder à une pareille richesse et un pareil pouvoir ?

Après avoir coupé la jambe de Seb, le Tutsi l'avait laissé pour mort dans un fourré d'herbe à éléphant. En état de choc, se vidant de son sang, Seb était parvenu à ramper jusqu'à la route où un camion bondé de Casques bleus français avait failli l'écraser. Le père de Seb disait qu'ils avaient pour mission d'assister aux massacres de la population rwandaise les bras croisés. Par chance, ils le conduisirent à un avant-poste des Nations unies plutôt qu'à l'hôpital de la région, qui s'apparentait plus à une zone de stockage de cadavres mutilés recouverts de mouches.

Seb fut ensuite transféré dans un orphelinat, où il dormait à même le sol de terre battue, ne recevait pour toute pitance que des bananes et de la bouillie de millet, et buvait une eau qui sentait la boue. Ce fut là qu'il fit la connaissance de Gahigi. L'amitié fut immédiate et réciproque, les blessures respectives des deux jeunes garçons renforçant spontanément leurs liens. Après des mois d'hospitalisation, amaigri et faible, Seb marchait avec des béquilles de fortune, faites de branches d'arbres et de lanières de cuir. Gahigi, plus âgé et plus robuste, protégea Seb des autres garçons, qui ne trouvaient d'autre échappatoire à leur colère et à leur désespoir que la souffrance d'autrui. Seb apprit à Gahigi à lire. Durant les deux années qui suivirent, ils furent inséparables.

Seb fit partie des plus chanceux : il fut adopté par un couple de chrétiens de Northampton, en Angleterre. Gahigi demeura stoïque lorsque Seb monta à bord de l'autocar en compagnie de ses nouveaux parents, mais Seb ne cessa de pleurer alors qu'il laissait derrière lui son seul ami au monde. Sa mère adoptive, Mme McAllister, passait son temps à tricoter des écharpes et des mitaines pour les sans-abri, ou à préparer quelque gâteau immangeable pour sa paroisse. Elle présenta Seb à ses voisins décontenancés comme son fils adoptif du Rwanda, avec plus d'autosatisfaction que de considération pour lui. M. McAllister ne lui adressait presque jamais la parole. Lorsqu'ils se retrouvaient dans la même pièce ou qu'ils se croisaient au sortir de la salle de bains, il lançait toujours le même regard à Seb, un regard qui disait : « J'y crois pas. Ce sale singe habite vraiment chez moi. »

Seb était un bon élève, et une cible de choix pour les terreurs de cours de récréation. Elle est passée où, ta jambe ? C'est un lion qui te l'a bouffée ? Et pourquoi t'es venu ici, en Angleterre, hein ? Des noirauds y en déjà bien assez ici. Et cette fausse jambe, là, elle est faite en quoi ? Vas-y, montre voir un peu. Ils lui faisaient des croche-pieds, le poussaient dans l'escalier. Ils jetaient ses livres dans le caniveau et lui volaient son argent de poche. Ils l'immobilisaient au sol, lui retiraient sa prothèse et l'obligeaient à ramper pour la récupérer. La cruauté n'avait rien de nouveau à ses yeux, il en avait déjà bien assez pâti, mais il était incapable de pardonner à son prochain. Les terreurs de cours de récré reçurent des briques jetées de toits anonymes. Ils retrouvèrent leurs casiers recouverts d'excréments. Et leurs animaux de compagnie égorgés.

À l'université, Seb suivit un cursus en sciences économiques, mais la survie restait la première de ses priorités, et, à ce titre, ses cours de « macroéconomie et environnement économique mondial » lui semblaient assez peu utiles. Il deala de la weed et des amphétamines, et se mit à jouer. Il avait perdu une jambe, mais ses mains étaient d'une habileté et d'une rapidité peu communes. Il apprit à tricher. Comment préparer un jeu de cartes en sa faveur, les techniques d'empalmage, de faux mélange, de donnes du bas.

Certains joueurs de l'équipe de rugby de l'université trouvaient des plus distrayants de s'en prendre à leur camarade africain unijambiste. Ils l'encerclaient durant ses trajets à pied, le narguaient, se passaient leur ballon en prenant soin qu'il siffle tout près de ses oreilles. Parfois ils le suivaient, se collant à son dos en lui hurlant de se presser, ou piochaient dans son déjeuner, mâchaient ses saucisses et les recrachaient dans son assiette. Seb creva leurs pneus, aspergea leur vestiaire de peinture noire, brisa leurs vitres en y jetant des pierres. Dissimulé dans des fourrés, il tira sur leurs petites amies à la carabine à air comprimé. L'une d'elles perdit un œil.

Pour se venger, les rugbymen s'invitèrent chez lui. Les deux premiers à passer le seuil furent accueillis par un hachoir, guidé par les mains précises et rapides de Seb. Le sang éclaboussa les murs et de larges pans de peau furent découpés. Seb plaida la légitime défense en arguant que le hachoir était la première chose qui lui était tombée sous la main.

Ce n'était là que la plus stricte vérité : il le gardait sur son bureau. Il échappa de peu à une condamnation, sa jambe amputée finissant de faire basculer la balance en sa faveur. Il fut renvoyé de l'université. Peu lui importait, il aurait de toute façon fini par abandonner ses études. Il avait des projets plus ambitieux. Il revendit tout ce qu'il possédait, vola de l'argent aux McAllister, emprunta à des personnes qu'il n'avait aucune intention de rembourser, et prit le premier vol pour les États-Unis où il avait rendez-vous avec son destin.

Des années plus tard, Seb retourna au Rwanda pour retrouver Gahigi, quête a priori impossible. Mais à sa plus grande joie, il retrouva son vieil ami à l'orphelinat, où il travaillait à présent. Depuis leur enfance, Gahigi aussi s'était vengé, tuant des Tutsis au hasard. Il n'avait mis un terme à ces meurtres en série qu'après une première arrestation, motivée par de simples et vagues soupçons. La police l'avait tabassé mais il n'avait rien avoué, et il avait finalement été relâché. Seb engagea un avocat qui se chargea de verser des bakchichs à divers représentants de l'autorité, et Gahigi obtint son visa. Il prit un Boeing 747 pour les États-Unis, son blouson grenat de toile légère sur le dos, ses quelques effets personnels au fond d'un sac-poubelle. Seb l'attendait à l'aéroport.

Seb nettoya le sang dans le couloir. Il jeta ses vêtements, de même que les produits d'entretien et les éponges qu'il avait utilisés, et passa trois quarts d'heure sous la douche. Le soir même, alors qu'il travaillait, Gahigi frappa à la porte de son bureau.

« Seb, c'est moi.

— Entre, Gahigi. Je te l'ai déjà dit, inutile de t'annoncer.

— C'est important, la politesse, Seb.

— Oui, sans doute. Assieds-toi, mon ami. »

Gahigi resta debout. Il n'y avait pas une goutte de sang sur son T-shirt : Seb ne voyait pas comment, mais Gahigi avait réussi à changer son pansement seul. Il avait la mine sombre, comme chaque fois qu'il avait quelque chose d'important à lui dire.

« Qu'y a-t-il, Gahigi ?

— Isaiah. Je vais le tuer très bientôt.

— Oui, je sais.

— Ça ne doit pas te mettre en danger, Seb. Alors je vais partir. Je prendrai une chambre d'hôtel.

— Ce n'est pas nécessaire, Gahigi. Nous avons traversé tant d'épreuves ensemble, ce n'est pas maintenant que nous allons nous séparer.

— Non, Seb. C'est moi que ça regarde.

— Moi aussi. Isaiah nous menace tous les deux, et il n'aura de cesse de tenter de nous nuire. Il convient de régler ce problème de façon définitive.

— Tu es en train de me dire quoi, Seb ?

— Je suis en train de te dire que nous allons le tuer tous les deux. »

Cette fois, ils feraient simple. Ils l'abattraient, point final. Ce jeune homme grossier, présomptueux, menaçait de ruiner tout ce à quoi Seb œuvrait depuis des années. C'était un samedi. Ils le trouvèrent en train de jouer au basket au parc McClarin. Seb et Gahigi garèrent la voiture volée face à la sandwicherie Kayo Subs. Retour à la case départ, songea Seb. Peut-être l'abattraient-ils au croisement de Baldwin Avenue et d'Anaheim Street.

Ils le regardèrent jouer sur le vaste terrain avec un groupe de jeunes du quartier. Tous étaient très bons techniquement, en excellente forme physique, plus grands et plus robustes qu'Isaiah, mais ce dernier semblait pourtant être le leader de son équipe. Il ne criait pas, ne jurait ni ne se plaignait comme les autres. Il ne tirait que rarement, préférant presque toujours une passe judicieuse. Précis et intelligent, il savait à quel instant passer le ballon à un coéquipier pour un tir ouvert. Son équipe remporta six parties consécutives avant d'essuyer une défaite, plus due à leur fatigue qu'à un regain d'énergie de leurs adversaires. Isaiah prit son sac de sport et se rendit au vestiaire.

« Mets le contact, Gahigi », dit Seb. Ils restèrent assis là, le moteur ronronnant à vide, attendant de passer à l'action. Tous les joueurs étaient partis, et Isaiah n'avait toujours pas reparu.

« Nous attendons depuis trop longtemps, Seb, dit Gahigi.

— Oui, je crois que tu as raison. Fais le tour par-derrière. Peut-être qu'il a emprunté un autre chemin. »

Gahigi embrayait lorsque Isaiah apparut à la vitre de Seb. « C'est moi que vous attendiez ? lança-t-il.

— Isaiah ! s'exclama Seb avec un rire surpris. Je pensais justement à vous ! »

Isaiah regarda Gahigi. « C'est toi qui as écrasé mon frère ? J'aurais dû t'arracher la tête avec les dents. »

D'un air lugubre, Gahigi souleva sa chemise, révélant le pistolet coincé derrière son pantalon et posa la main sur la crosse.

« Pas maintenant, mon ami, fit Seb. Il y a trop de monde, ici. »

À contrecœur, Gahigi rabattit sa chemise sur l'arme.

« Tu vas le payer, lâcha-t-il entre ses dents.

— Ah oui ? rétorqua Isaiah. Je te conseille de te presser. Il se pourrait que tu n'aies pas le temps de collecter ce que tu te proposes de me soutirer.

— Si vous tenez vraiment à le savoir, d'ordinaire, c'est moi qui conduis, coupa Seb. Cela me détend, même si j'ai tendance à me montrer distrait. » Il alluma une cigarette, avec un sourire teinté d'une cruauté tout juste perceptible. « À plusieurs reprises, j'ai su éviter le pire, mais je dois l'avouer, il y a des années de cela, j'ai malencontreusement écrasé un chien. » Il souffla la fumée par les narines. « Un bâtard sale et pouilleux, qui méritait le titre de nuisible mieux que celui de meilleur ami de l'homme. Et c'est avec un plaisir certain que je lui ai passé dessus, je m'en souviens parfaitement. Si vous voulez mon avis, j'ai rendu un grand service à la salubrité de cette ville. »

Isaiah parvint, non sans peine, à contenir sa rage, mais il ne put contrôler les tremblements de sa voix. « Continue à pérorer, Seb. Continue à te croire en sécurité. Je ne te couperai certainement pas la jambe qu'il te reste, mais je vais te faire mal. Très mal, crois-moi.

— Des menaces en l'air, Isaiah, rien de plus, rétorqua Seb en réprimant un bâillement. Et je vais vous dire pourquoi. Vous êtes un homme d'honneur, et pour naïf que cela puisse paraître, un homme d'honneur ne s'en prend jamais à personne tant qu'il n'a pas tous les éléments en main. Et le fait est que vous n'avez rien. Raison pour laquelle vous entrez par effraction chez les gens pour photographier des choses sans importance. Jusqu'à preuve du contraire, vous aussi n'êtes qu'un bâtard sale et pouilleux. Sans crocs ni griffes, et sans importance.» D'une pichenette, il jeta son mégot. «À présent, si vous voulez bien nous excuser, nous avons des affaires plus urgentes à mener.» Remontant sa vitre, il ajouta : «Soyez prudent, Isaiah. La circulation est particulièrement traîtresse dans le coin.»

Isaiah les regarda s'éloigner, et pour la première fois de toute sa vie, regretta de ne pas porter d'arme à feu.

Dans son box au Nyanza Bar, Seb fumait et buvait son thé. Il s'efforçait de ne plus penser à Isaiah. Bientôt, il n'aurait plus à s'en soucier. Les perspectives qui s'ouvraient à lui le réconfortèrent, et, chose inhabituelle, lui valurent une bouffée d'optimisme. Il avait planifié tout ceci avec une telle méticulosité qu'un échec était inconcevable. Il avait répété chacune de ses répliques pour le rendez-vous fixé, il avait envisagé tout impondérable et avait trouvé les parades adéquates, et il savait même quels vêtements il porterait, jusqu'au mouchoir de poche et aux chaussettes. Oui, tout irait pour le mieux.

Gahigi était assis au comptoir. Seb voyait son reflet partiel sur le miroir qui se trouvait derrière les bouteilles d'alcool. Il avait la tête baissée, et tenait sa bière entre ses mains comme un oisillon blessé. Il semblait en plein deuil, mais le deuil de qui? Des êtres qui lui étaient chers? De ceux qu'il avait tués? À moins qu'il ne se lamente de la perte de son âme. Seb avait perdu la sienne en tranchant la jambe du milicien tutsi, lorsque le sang avait aspergé son visage comme une pluie d'été, et que sa fureur aveugle avait noyé les cris de l'homme.

« Gahigi ? » lança Seb. Il était très rare que Seb ait à se répéter lorsqu'il appelait Gahigi ; celui-ci avait une ouïe digne d'un prédateur nocturne. « Gahigi ? » répéta Seb. Gahigi se retourna vivement, comme s'il venait d'entendre une porte s'ouvrir.

« Oui, Seb ?

— Viens. Assieds-toi. »

Gahigi prit sa bière et obéit. Seb lui offrit une cigarette. Gahigi accepta, et Seb la lui alluma.

« Tu sembles soucieux, mon ami, fit Seb. Est-ce à cause d'Isaiah ? »

Gahigi finit sa bière et se mit à faire tourner lentement sa bouteille sur elle-même. « Je crois que je vais rentrer au pays, Seb », répondit-il.

C'était précisément ce que redoutait Seb. Il se sentait dépossédé de lui-même. Ici, il serait toujours un étranger, avec ses cinq centimètres de chaussettes blanches entre ses chaussures et le bas de son pantalon, avec ce blouson démodé depuis les années 1980, ces cicatrices qui le faisaient passer soit pour une victime soit pour un bourreau. Un Africain dans un pays d'Afro-américains, deux cultures aussi différentes que leurs continents.

« Pourquoi, Gahigi ? demanda Seb. Il n'y a rien pour toi au Rwanda.

— Il n'y a rien pour moi ici, Seb.

— Comment peux-tu dire cela ? Nous allons continuer à avancer, tous les deux, comme nous l'avons toujours fait.

— Non, Seb. Ta vie va bientôt changer. J'en suis heureux. Mais ma vie à moi ne changera pas. Je n'en ai jamais eu. »

Seb n'essaya pas de le convaincre du contraire : tous deux savaient qu'il avait raison. « Le Rwanda demeure un pays dangereux, mon ami, dit-il.

— Le danger est partout, Seb. Où qu'on aille. »

Flaco avait été l'une des victimes collatérales de la guerre qui avait opposé la bande des Locos à celle des Violators, une guerre dont Isaiah se sentait en partie responsable. Flaco avait dix ans lorsqu'une balle l'avait touché en pleine tête. Une de ses jambes était restée paralysée, son élocution était hésitante, et son cerveau ne faisait pas toujours les connexions entre ses neurones. Isaiah passait le voir deux fois par semaine. Flaco fêterait bientôt ses dix-neuf ans, et vivait dans un joli appartement qu'Isaiah et Dodson lui avaient acheté.

« J'espère que je n'interromps rien d'important », dit Isaiah en frappant à la porte ouverte. Flaco et sa petite amie Debbie étaient assis sur le canapé et se tenaient par la main en regardant la télévision. Atteinte de trisomie 21, elle avait le front large, de grosses joues, de petits yeux, et était sans conteste la fille la plus douce et la plus gentille qu'Isaiah ait connue. Une fois, il l'avait vue ramasser une fourmi à l'aide d'un Post-it et la déposer dehors avec le soin et la concentration d'une tailleuse de diamants. Voir Flaco et Debbie ensemble emplissait Isaiah d'une mélancolie indéfinissable. Où qu'ils aillent, les amoureux passaient leur temps à se murmurer des mots doux à l'oreille, à glousser de concert, main dans la main.

Isaiah resta un moment, et tous trois se régalèrent du gâteau et de la crème glacée qu'il avait achetés. Flaco avait été promu dans l'animalerie où il travaillait et il informa Isaiah qu'il comptait reprendre ses études. En privé, il lui dit également qu'il allait demander Debbie en mariage. Aurait-il quelques conseils à lui donner à ce titre? Isaiah n'aurait pas été plus en peine s'il l'avait interrogé sur la vie sur Mars.

« Je me renseigne et je te dis, d'accord ? » répondit-il.

Sur le chemin du retour, il fit escale à la boutique de Beaumont pour acheter du jus de cranberry. Son téléphone vibra. Le numéro lui était inconnu.

« Allô ? dit-il.

— Isaiah, c'est toi ? » Une voix féminine.

« Oui, c'est bien moi.

— C'est Sarita. »

Le cœur d'Isaiah sursauta, sa langue se souda à son palais. « Vraiment ? » fit-il. Elle lui dit qu'elle n'avait pas beaucoup de temps devant elle, et lui proposa un rendez-vous.

« J'ai bien conscience que c'est un peu précipité, fit-elle, mais que dirais-tu de tout à l'heure, vers huit heures ? Je serai à l'Intercontinental Hotel, à Century City. Tu vois où c'est ?

— Non, mais je trouverai. »

14

Trois contre une

Dodson prit le volant pour le trajet de retour à Los Angeles. Isaiah était rincé, essoré même, et il ne parvenait pas à garder les yeux ouverts. Sur la banquette arrière, Ken et Benny étaient tous deux aussi mal en point que s'ils étaient passés sous un rouleau compresseur.

Lorsqu'ils s'arrêtèrent pour faire le plein, Isaiah appela Sarita.

« Janine est en sécurité ? demanda-t-elle.

— Oui, tout va bien.

— Benny et mon père ?

— En petite forme, mais ça va.

— C'est incroyable, je suis tellement heureuse ! Isaiah, je ne sais vraiment pas comment te remercier.

— Pas la peine. »

Elle adressa quelques mots à quelqu'un avant de reporter toute son attention sur lui. « Et toi tu vas bien ? demanda-t-elle. À ta voix, on ne dirait pas.

— Ça va, ça va. Mais nous ne sommes pas encore au bout de nos peines. La triade va vouloir les récupérer et ils ne reculeront devant rien.

— Hum, oui, mais il existe sans doute des recours

juridiques susceptibles de remédier à ça. On en reparlera quand vous serez tous arrivés sains et saufs. Et on fêtera ça comme il se doit.

— J'ai hâte. » Sofa couleur crème brûlée, j'arrive.

Dodson entra dans la station-service pour acheter de quoi grignoter, et pisser un coup. Il savait qu'il n'aurait pas dû pénétrer dans le salon de massage. Pas la peine d'en parler à Cherise. Elle le traiterait d'imbécile et d'irresponsable, et elle n'aurait pas tort. Il aurait pu répéter mot pour mot ce qu'elle lui dirait : « Attends un peu, voyons si j'ai bien compris. Tu es entré par effraction dans une pièce pleine de gangsters, armé d'un flingue qui tirait des condiments ? »

Il finissait de se laver les mains lorsque son téléphone vibra. Un message. Il consulta la photo, et faillit tomber à genoux. Incapable de respirer, il se mit à trembler de tout son corps. Un cocktail acide de terreur et de rage remonta le long de son œsophage, manquant de l'étouffer. C'était une photo de Cherise. Assise sur une chaise, les poignets liés par des menottes en plastique, les mains posées sur son ventre rond. Les larmes faisaient baver son mascara, sa lèvre inférieure légèrement gonflée saignait un peu. Ses cheveux étaient tout décoiffés, trois boutons manquaient à sa robe d'intérieur dont le col ne tenait plus qu'à quelques fils. Elle n'était pas du genre à se laisser faire, Dodson le savait mieux que personne. Mais cette expression… Sur son visage se lisait l'angoisse, mais également une colère noire, comme si elle attendait la moindre occasion pour se jeter sur ses kidnappeurs et les battre à mort. La peur de Dodson dépassait tout ce qu'il avait connu, sa fureur si profonde et si primale qu'il se sentait passer de la condition d'être humain à celle de bête sauvage, vicieuse et incontrôlable, un loup-garou l'écume aux lèvres, assoiffé de sang.

Cherise regardait l'objectif droit dans les yeux, et dans ceux de Dodson. « Où est-ce que tu étais quand c'est arrivé ? disait ce regard. Pourquoi tu as préféré aller à Vegas, plutôt que de rester ici pour nous protéger ? Ils vont me faire du mal, Dodson. Ils vont faire du mal à notre bébé. » Dodson avait la sensation que sa tête allait s'arracher à son corps pour s'écraser au faux plafond, les veines gonflées semblaient remonter le long de son cou, comme pour fuir son cœur qui battait à tout rompre. Il regarda à nouveau la photo, et se mit à se balancer d'avant en arrière, le souffle court. « Vous êtes morts, bande d'enculés, dit-il. Je vais tous vous tuer jusqu'au dernier. » Et ce ne fut qu'à cet instant qu'il remarqua le texte accompagnant la photo : TROIS CONTRE UNE.

« Trois contre une ? s'exclama-t-il à voix haute. Qu'est-ce que c'est que ces conneries ? » Il lui fallut un moment pour comprendre : Janine, Benny et Ken contre Cherise. Trois contre une. Putain. Même pas la peine de réfléchir. Il ne connaissait pas ces trois personnes, elles n'avaient pas plus d'importance à ses yeux que de simples inconnus croisés dans la rue. Si tous les trois devaient mourir, ça ne le dérangerait pas plus que ça. Ce serait le prix à payer pour avoir été aussi cons. Mais quoi qu'il arrive, d'une façon ou d'une autre, Cherise et Lil Tupac rentreraient sains et saufs à la maison.

Un homme entra dans les toilettes. Voyant Dodson, ses yeux exorbités et fous, sa bouche déformée par un rictus, l'aura de fureur qui se dégageait de lui comme la chaleur d'un haut-fourneau, il fit un pas en arrière. « Oups, pardon », fit-il en ressortant aussitôt. Dodson s'efforça de se calmer. Il s'aspergea le visage d'eau du robinet, inspira profondément et se regarda dans la glace. Il devait avoir les idées claires, trouver un moyen de se sortir de cette merde, rester maître de lui-même. Sinon la situation allait partir en couille, avec en jeu ce qui comptait le plus au monde à ses yeux. Il devait garder tout son sang-froid. Il répondit au message. OK

Dodson conduisait, les trois autres passagers étaient assoupis. Malgré l'air conditionné, la sueur perlait au-dessus de sa lèvre supérieure, ses entrailles se soulevaient et il serrait si fort le volant qu'il en avait des crampes aux avant-bras. Il était heureux d'être dans une voiture qu'il pouvait monter à plus de 150 km/h, dépassant les autres véhicules comme s'ils étaient à l'arrêt. Il envisagea un bref instant de montrer la photo à Isaiah, mais Isaiah tentait avant tout de prouver sa valeur à Sarita. Il s'approprierait toute l'opération, établirait un plan compliqué, essaierait d'épargner la vie de tout le monde, et Cherise et le bébé finiraient par se faire tuer. Non, Dodson s'y prendrait à sa façon à lui. Claire et simple. Pas de petits jeux, pas de finasseries. Trois contre une, il n'y avait pas à chercher plus loin que ça.

La nuit était tombée lorsqu'ils passèrent du Nevada en Californie. Dodson appela Deronda. « T'es où ? demanda-t-il.

— On s'est garées dans le jardin de Nona, on attend qu'elle rentre du boulot, répondit Deronda.

— Janine va bien ?

— Ouais, ça va. C'est une meuf assez cool... pour une Chinoise. » Dodson entendit Janine répliquer quelque chose. « Elle bouffe comme le frère de Cherise, Jerome. T'as déjà été présenté, je crois. Il paraît que pour Thanksgiving, ils préparent une dinde pour la famille, et une deuxième rien que pour lui.

— Restez où vous êtes, dit Dodson. On arrive. »

Arrivé en bas de chez lui, Dodson passa le volant à Isaiah et se précipita dans l'immeuble. Il entendit Isaiah lui dire quelque chose à propos du bébé, assorti d'un « bon courage », mais ne se retourna pas. Il monta les étages quatre à quatre. La porte de l'appartement était fermée mais pas verrouillée. Il entra, espérant qu'il s'y trouve encore un Bâton Rouge à tuer. « Cherise ? » appela-t-il plein d'espoir. Tout était à sa place, mais les lieux n'auraient pas paru plus vides s'ils avaient déménagé. Il alla dans la chambre. Draps et couvertures défaits, gouttes de sang sur l'oreiller, un chausson au pied du lit, l'autre dans un coin de la pièce, une table de chevet renversée, une lampe brisée, des éclats de verre et un livre jeté à terre. Elle devait être en train de lire. Ils avaient dû arriver à deux ou trois, lui avaient ordonné de ne pas crier, convaincus que les cagoules noires et les guns l'effraieraient et qu'elle n'opposerait aucune résistance. Connaissant Cherise, Dodson savait que ça ne s'était pas passé comme prévu. Elle avait hurlé et s'était défendue, tenant son ventre des deux mains et envoyant des coups de pied rageurs tous azimuts, pédalant sur le dos. Ils avaient dû la tirer du lit de force, lui arrachant son col, et voyant qu'elle ne se taisait pas, l'un d'eux lui avait mis une claque. Cette image donnait la nausée à Dodson, son corps était tétanisé, parcouru de tremblements. « Je vais tous les tuer, ces sales enculés, murmura-t-il. Je vais les tuer jusqu'au dernier. » Il ouvrit le placard et prit une boîte à chaussures sur l'étagère la plus haute. Il l'ouvrit et saisit le revolver Smith & Wesson modèle 627, calibre .38, canon de treize centimètres. La majorité des revolvers contenaient cinq ou six cartouches : le barillet du 627 pouvait en accueillir huit. Même en tirant n'importe comment, on avait plus de chances de toucher une cible.

« J'arrive, Cherise, dit-il à haute voix en dévalant l'escalier. J'arrive. »

Un Chinois fichu comme un wagon de marchandises et deux gangsters de pacotille l'avaient kidnappée, et la retenaient à présent prisonnière dans cette chambre de motel pouilleux qui sentait la moisissure et le produit anti-blattes. Ils l'avaient fait asseoir sur une chaise et lui avaient menotté les poings. À leur arrivée, un vieil homme en costume les attendait. Il s'efforçait de paraître agréable mais cela le rendait plus flippant encore, comme son oncle Foster, qui souriait toujours quand il lui demandait si elle voulait voir le petit lapin qui se cachait dans son pantalon.

« Nous tâcherons de rendre votre séjour ici aussi agréable que possible, avait dit poliment le vieil homme. À condition que vous fassiez preuve de retenue. Vous êtes prévenue : au moindre tapage, même mineur, nous vous ligoterons et nous vous bâillonnerons.

— Vous aussi, vous êtes prévenu, riposta-t-elle. Si vous faites le moindre mal à mon bébé, vous pourrez vous cacher où vous voulez sur la Terre, le Soleil ou la Lune, je vous retrouverai, et je vous arracherai le cœur de la poitrine. »

Ils restèrent tous là à attendre quelque chose, le vieil homme sortant pour passer des coups de fil, les autres regardant la télé. L'un des kidnappeurs mangeait du pop-corn par poignées : il semblait si détendu qu'on aurait pu le croire dans les gradins d'un stade de base-ball. Le wagon de marchandises avait une croûte juste sous les narines, à l'endroit précis où le pied nu de Cherise l'avait frappé. Elle regrettait de ne pas avoir chaussé ses talons aiguilles pour lire au lit. Il lui jeta un regard terrible et opina du chef, l'air de dire « Tu vas me le payer, salope ». Relevant le menton, elle le regarda droit dans les yeux avec un calme olympien. « Si tu tiens vraiment à me faire peur, il va falloir trouver mieux que ça. »

Cherise n'avait jamais eu besoin de personne pour se défendre. Dès son plus jeune âge, elle avait appris de ses parents et de sa paroisse à pardonner à ceux qui lui faisaient du tort, sans jamais se soumettre pour autant, sans jamais céder la moindre once de sa dignité. Raison pour laquelle elle ne céderait pas devant la menace, forte de la certitude que, tôt ou tard, cet enfoiré foutu comme un parpaing géant perdrait deux ou trois litres de sang dans la douleur. Même si, à vrai dire, elle était terrorisée. Ces hommes ne lui avaient pas bandé les yeux, et ils ne portaient pas de cagoules. Ils avaient kidnappé une femme enceinte en se foutant pas mal qu'elle voie leur visage, ce qui ne pouvait signifier qu'une chose : ils avaient l'intention de la tuer. Elle devait faire un effort conscient pour ne pas éclater en sanglots et les supplier de l'épargner. Elle ne verrait probablement jamais son bébé. Un bébé qui était encore dans son ventre, mais qu'elle aimait de tout son être. Un bébé qu'elle avait désiré plus que tout, pour qui elle avait prié tant de fois, et qu'elle voyait souvent en rêve. Pour sortir de là, elle était prête à tout, y compris tuer quelqu'un. Et à propos de sortir de là, où était Dodson ? Apparemment, ce satané Isaiah et lui avaient fichu un tel bazar que ces voyous s'étaient crus obligés de la kidnapper. Elle décida de s'en remettre à sa foi, pas en Dodson ni en Isaiah, mais en son Seigneur et Sauveur Jésus-Christ. Il connaissait ses peurs et savait que son enfant qui n'était pas encore né était en danger. Elle pria. *Sauvez mon bébé. Prenez-moi, Seigneur, mais par pitié, sauvez mon bébé.*

Tommy raccrocha et retourna dans la chambre : dans le regard de la jeune femme, il lisait toujours la même lueur de défi. Elle n'est pas comme les autres, songea Tommy. Elle ne leur avait pas demandé où ils se trouvaient ni ce qu'ils comptaient faire. Elle ne les suppliait d'épargner ni sa vie ni celle de son bébé. Elle se contentait de le dévisager sans répit, comme pour mémoriser le moindre trait, le moindre contour, pour plus tard.

« Retourne sa chaise », ordonna-t-il à Tung.

La grossesse de la jeune femme n'avait pas la moindre importance. Tommy avait une maison sur le Pic Victoria avec vue panoramique sur Hong Kong, une propriété de plus de cinq cents mètres carrés à Beijing, juste à côté du ministère de l'Agriculture, et une maison à Menlo Park, sur la baie de San Francisco, où tous ses voisins étaient des capitaines d'industrie, des magnats d'internet et des P-DG de sociétés d'investissement de capitaux privés. Une Bentley dans le garage de chacune de ses résidences. Il buvait ce qu'il y avait de mieux, mangeait ce qu'il y avait de mieux, jouissait de tous les luxes possibles et imaginables, et disposait d'une liste de femmes patientes et consentantes sur trois continents. Il n'avait aucune intention de tirer un trait sur tout ça à cause d'un sursaut de conscience déplacé. La première de ses priorités était à présent d'en finir une bonne fois pour toutes, sans laisser de témoins. Il consulta sa montre. « Il est l'heure d'y aller, dit-il à la jeune femme. N'appelez pas à l'aide, n'essayez pas de vous échapper, ou les conséquences seront terribles. Vous m'avez compris ?

— Oui », répondit-elle posément.

Isaiah engagea l'Audi dans l'allée de Nona jusqu'à son jardin où était garé le food truck. Alors qu'il aidait Ken et Benny à descendre de voiture,

Janine jaillit hors de la camionnette, se précipita vers Benny et le serra dans ses bras. Il grogna et grimaça, mais la serra également avec son bras indemne. Ils pleurèrent, sanglotèrent des « je t'aime » et des « je te quitterai plus jamais », si pitoyables et si sincères qu'Isaiah se sentit aussi gêné qu'envieux. Il se demanda quelle serait la réaction de Sarita lorsqu'ils se reverraient. Une fraction seulement de ce qu'il avait sous les yeux, et ce serait le paradis.

Ken se tenait là, espérant, ou peut-être n'espérant plus que Janine s'intéresse à lui. Il était en assez sale état : un œil complètement clos, l'autre à moitié, les pommettes contusionnées, une oreille en sang, et une énorme bosse sur le front. Il ne restait plus beaucoup de place pour la honte sur son visage, mais on la voyait pourtant clairement, comme un produit caustique, atrocement douloureux, recouvrant ses blessures. Isaiah eut pitié de lui, mais toute compassion s'évapora lorsqu'il repensa aux photos des filles.

Janine aida Benny à s'asseoir sur une chaise de jardin. « On devrait l'emmener aux urgences, dit-elle.

— Non, fit Benny. Ils me poseraient des questions.

— Et alors ? répliqua Janine. Tu as fait une chute de moto, voilà tout.

— Ça va aller. Il faut juste que je m'allonge un peu.

— Ne sois pas bête, Benny, tu as le bras cassé, et peut-être d'autres fractures. On va t'emmener aux urgences, un point c'est tout. » Elle jeta enfin un coup d'œil à son père. « Salut », lâcha-t-elle d'un ton neutre. Elle ne releva pas ses blessures. Ken hésita, s'attendant à ce qu'elle lui demande s'il allait bien, mais elle n'en fit rien.

« Je suis content de voir que tu es saine et sauve, dit-il, mais elle lui avait déjà tourné le dos.

— On peut conduire Benny à l'hôpital, tout de suite ? demanda-t-elle.

— Ken doit s'y rendre aussi », remarqua Isaiah.

Elle soupira, comme si c'était la pire des corvées. « Faut que j'aille chercher mon sac. » Elle s'avança vers le food truck. Deronda se tenait à côté de la porte, bras croisés. « Merci pour tout », lui dit Janine.

Deronda sourit. « Va te faire foutre. » Elles s'étreignirent.

« Va te faire foutre toi aussi, fit Janine. Et tu vises vraiment comme une merde. »

À sa grande surprise, Isaiah vit alors Dodson s'engager dans l'allée au volant de la Prius de Cherise. Dodson en descendit, la mine sombre et résolue. Quelque chose ne va pas du tout, pensa Isaiah. « Ça va ? demanda-t-il. Pourquoi tu n'es pas avec Cherise ? » Lorsque Dodson dégaina son revolver, il comprit.

« Tout le monde pose son téléphone par terre, ordonna Dodson. Tout de suite. » Bouche bée, Janine et Benny échangèrent un regard. Ken ne semblait pas même surpris. Deronda, elle, avait l'air offensé.

« Tu fous quoi, là, Dodson ? lança-t-elle.

— La ferme, Deronda.

— Dis-moi ce qui se passe, fit Isaiah.

— Fermez-la tous, je veux pas entendre une seule putain de question, déclara Dodson en pliant le bras pour pointer le canon de son arme droit devant lui. Je vous ai dit de poser vos putains de téléphones par terre.

— Merde, Dodson, dit Deronda. C'est quoi ton problème ? »

Dodson braqua le revolver sur elle. « Pose ton putain de téléphone de merde par terre MAINTENANT ! » Deronda obéit avec un tel empressement que l'appareil lui glissa des mains comme un savon humide.

« J'en ai pas sur moi, dit Janine en serrant Benny dans ses bras pour le protéger. Lui non plus.

— C'est toi qui es à l'origine de tout ça, espèce de pauvre conne, dit Dodson. Toi et ce putain de débile qui te fait office de mec. » Il jeta un regard à Ken. « Et je t'oublie pas, toi non plus. Putain. Le simple fait que tu respires, ce serait une bonne raison de te buter direct. » Tête baissée, Ken semblait prêt à accepter ce sort sans sourciller. « Tout le monde dans le food truck, ordonna Dodson. Deronda, tu prends le volant. »

Le groupe se dirigea vers la porte. Janine aida Benny à monter, Ken, juste derrière elle, regardait intensément la tête de sa fille, comme s'il tentait de s'excuser par télépathie.

« On s'assoit par terre, mains sur la tête, doigts croisés, dit Dodson. Essayez de jouer au plus malin et je vous bute. »

Isaiah fut le dernier à monter. « Ils ont kidnappé Cherise, c'est ça ?

— Monte dans le camion, Isaiah.

— Ils t'ont proposé de conclure un marché.

— Exactement, et c'est précisément ce que je vais faire. »

Dodson respirait entre ses dents, chaque expiration bruyante s'accompagnait d'une salve de postillons, et un désespoir sans fond se lisait dans ses yeux. Ce ne fut qu'alors qu'Isaiah comprit. *Il est vraiment prêt à me tuer. Il n'hésiterait pas une seule seconde.* Un bref instant, il envisagea de profiter de leur proximité corporelle pour lui arracher son revolver.

« N'y pense même pas, dit aussitôt Dodson en reculant d'un pas. Essaie une de tes prises de kung-fu à la con, juste histoire de voir si je te mets pas une balle entre les deux yeux. Maintenant grimpe dans ce foutu camion. »

Deronda était déjà au volant. Dodson s'assit à sa droite en lui jetant un regard terrible qui la mettait au défi de tenter quoi que ce soit.

« J'ai rien dit, moi », fit-elle en mettant le contact.

Dodson se retourna légèrement, son arme plaquée contre la poitrine. Isaiah, Ken, Benny et Janine étaient assis par terre, dos aux placards.

« Vous faites le moindre truc et je vous tue, lâcha Dodson.

— Dodson, on peut trouver une solution, dit Isaiah.

— On peut déposer Benny aux urgences ? demanda Janine.

— J'irai avec vous, proposa Ken à Dodson. Emmenez-moi et laissez les autres.

— Et moi j'ai quoi à voir avec tout ça ? lança Deronda. C'est un de ceux-là qui devrait conduire, pas moi. »

Tous parlaient en même temps, chacun plaidant sa cause, haussant de plus en plus la voix. BLAM ! Dodson tira une balle dans le toit, emplissant l'habitacle de fumée bleue et de l'odeur âcre de la poudre.

Tous se recroquevillèrent alors, telles des anémones qu'on agace avec l'extrémité d'un bâton, mains sur la tête, Janine gémissant « nous fais pas de mal, nous fais pas de mal ».

« Fermez-la, dit Dodson. Je ne veux plus rien entendre. » Il dévisagea Isaiah, qui soutint son regard. « Ma femme, mon bébé, fit-il. T'as absolument rien à dire, sur ce coup.

— On peut trouver une solution », répéta Isaiah. Ils se regardèrent dans le blanc des yeux, jusqu'à ce que Dodson tourne la tête.

Tommy avait chargé Tung des repérages pour l'échange d'otages. Celui-ci avait trouvé le coin parfait, à l'écart de l'autoroute 138, entre Llano et les collines Piñon, à environ cent trente kilomètres de Los Angeles. Une bande de désert remplie d'épineux, isolée, identique aux autres bandes de désert qui constituaient l'essentiel de la Californie. Tung avait localisé une piste qui, de l'autoroute, permettait d'accéder à ce qui avait probablement servi de parking pour les camions et les engins de chantier lors de la construction de ce tronçon. Vaguement circulaire, il était cerné de hauts remblais et de collines broussailleuses. De profondes traces de pneus étaient figées dans la boue à présent sèche, et on trouvait un peu partout des tas de gravier, des parpaings et des canalisations. Les phares de la Cadillac de Tung projetaient sur les lieux une lumière crue, digne d'un autre monde. La jeune femme se trouvait à bord sous la garde d'un des leurs. La Lexus de Ken se gara à côté.

On ordonnerait à Dodson de tourner en direction de la piste au dernier moment : elle représentait la seule voie d'accès au lieu de rendez-vous. Il arriverait de l'est : Tommy avait posté des binômes de guet jusqu'au col Cajon. Si Dodson avait la mauvaise idée de venir avec des flics, on lui dirait de continuer à rouler sur la 138. Des membres de la Chink Mob étaient postés dans les ténèbres, lourdement armés. Dans le cas peu probable où des renforts seraient nécessaires, les guetteurs seraient mis à contribution. La seule inconnue potentiellement dangereuse, c'était le Black qui se faisait appeler IQ. Celui-là était susceptible de tenter quelque chose. Mais s'il s'avisait de venir par un autre chemin, il serait immédiatement repéré et on s'occuperait de son cas.

Cet imbécile de Gujia et les Bâtons Rouges qui l'accompagnaient s'étant fait descendre, Tung avait appelé ses cousins à la rescousse, Longwei et Lok. Ils ne faisaient pas partie de la triade, mais c'était de très proches collaborateurs qui s'occupaient du trafic de drogue, dont Tommy se tenait soigneusement à l'écart. Trop de concurrence, trop de risques. Longwei était un peu plus grand que Tung, Lok un peu plus petit, mais les proportions d'armoire à glace étaient les mêmes. Les cousins portaient des chemises hawaïennes criardes, ils auraient pu passer pour des joueurs d'ukulélé à l'Hotel Luau, n'étaient-ce leur regard d'assassins sans remords et leurs mains semblables à des gants de hockey remplis de gros cailloux. Tung seul était déjà assez effrayant : flanqué de ses deux cousins, on aurait dit un groupe de super-vilains tout droit sortis d'un jeu vidéo : ceinture noire de wing chun, marchant comme des sumotoris et excellant dans l'art de faire souffrir autrui. Tommy avait déjà vu Lok frapper un type si fort à la poitrine qu'il lui avait brisé la cage thoracique, écrasant ses poumons. L'homme n'avait pas eu le temps de dire ouf avant de rendre son dernier soupir.

Tommy en était venu à la conclusion qu'IQ et Dodson ne se laisseraient ni soudoyer ni menacer. La seule solution était donc de les dresser l'un contre l'autre. Si Dodson arrivait seul, cela signifierait que le plan avait fonctionné. Si IQ l'accompagnait, ce serait le signe qu'ils manigançaient quelque chose et que Janine était en sécurité dans une planque connue d'eux seuls. Au moins un des associés, voire les deux, finirait par avouer où elle se trouvait. Tung avait un réel talent pour torturer les plus récalcitrants.

La seule chose qui inquiétait vraiment Tommy, c'était les membres de la Chink Mob tapis dans les ténèbres. Par définition, on ne pouvait se fier à des mercenaires. Pour eux, la loyauté n'entrait pas en ligne de compte : tout n'était qu'une question de rapport entre les risques encourus et la récompense à la clé. Tommy leur avait dit et répété de n'ouvrir le feu que lorsque Janine serait loin de Dodson, Benny et Ken. S'ils lui faisaient ne serait-ce qu'une égratignure, ils seraient exécutés sur-le-champ.

Au milieu du parking sauvage, Tommy discutait avec Tung en fumant. Tung était assis sur une pile de parpaings : on aurait dit qu'il couvait sa portée. La pleine lune luisait dans le ciel du désert, comme un énorme projecteur attendant que la star fasse son entrée. Tommy se souvint d'une histoire que sa mère lui avait racontée. Il y avait jadis dix soleils dans le ciel : la sécheresse tuait tout à la surface de la terre, plantes, bêtes et hommes. Houyi, fameux archer de la mythologie chinoise, abattit neuf soleils, mettant fin à la sécheresse. Chang'e, sa femme, lui vola une potion et s'envola jusqu'à la lune, acquérant le statut de déesse. La légende raconte qu'on peut la voir danser pendant la fête de la pleine lune. Tommy aurait adoré cette histoire s'il n'avait crevé de faim, et si sa mère n'avait pas été une prostituée héroïnomane.

« Tout est prêt ? demanda-t-il.

— Oui, Tommy.

— La fille est sous bonne garde ?

— Oui, Tommy. »

Rassuré, il allait pouvoir rentrer à Vegas. Inutile de s'éterniser sur la future scène de crime. « Dans ce cas j'y vais, déclara-t-il.

— T'inquiète pas, Tommy, dit Tung. Tout va bien se passer. »

Tung vit Tommy s'éloigner au volant de la voiture de Ken, en se disant qu'un de ces jours, ce serait à son tour à lui de donner des ordres en se foutant pas mal de qui se ferait buter, fort de la certitude qu'il ne ferait pas partie du lot. Longwei et Lok le rejoignirent, tous deux armés d'Uzi équipés de chargeurs de cinquante cartouches. Ils n'échangèrent pas un mot, comme à leur habitude. Qu'auraient-ils pu se dire ? « Alors ça marche cette année, le trafic de came ? »

Le téléphone de Tung vibra. Un guetteur. « Le food truck arrive.

— T'es où ? demanda Tung.

— Au niveau du pont autoroutier. »

Il se trouvait à une quinzaine de kilomètres. « Des voitures derrière ? demanda Tung.

— Non. Aucun véhicule. »

Tung leva la main. Répondant à son signal, des lampes torches clignotèrent dans l'obscurité. La Chink Mob était parée. Les autres guetteurs relayèrent la progression de la camionnette, treize kilomètres, huit kilomètres, trois kilomètres, un kilomètre, et enfin quatre cents mètres. Tung appela.

« Ouais ? fit Dodson.

— Tourne à gauche au niveau du gros panneau jaune.

— Je veux entendre Cherise. »

Tung raccrocha et attendit. Des lampes torches clignotèrent à nouveau. Le food truck venait de quitter l'autoroute. « Il arrive », dit Tung. Il tira son revolver, un Smith & Wesson .44 Magnum, le même que celui de l'inspecteur Harry. Longwey et Lok chambrèrent la première cartouche de leur Uzi. Ils virent les phares du food truck tressauter sur la piste. Dodson était au volant, les amortisseurs grinçaient, les ustensiles de cuisine bringuebalaient, le pare-chocs frôlant le sol lorsqu'il s'arrêta sur le parking. IQ n'était pas avec lui. Le plan de Tommy avait fonctionné. Néanmoins ils devaient rester prudents.

« OK », fit Tung.

Dodson aperçut trois gros Chinois sur le terrain vague. Derrière eux, à une vingtaine de mètres, une Cadillac était garée, phares allumés. Cherise devait être à son bord, elle ne pouvait se trouver ailleurs.

Dodson mourait d'envie d'écraser ces trois types pour la retrouver au plus vite, mais il se contint. Il décrivit une boucle et s'arrêta lorsque sa vitre se retrouva face à eux. Le moteur grondait comme un orage lointain.

Le mec qui portait un costume s'avança. « Bonsoir, monsieur Dodson, dit-il. Merci d'être venu.

— Va te faire enculer, répliqua Dodson.

— Coupez le contact.

— Je veux voir Cherise. »

Le type fit un signe en direction de la Cadillac. Le conducteur en descendit, un sandwich emballé dans du papier d'alu à la main, et aida Cherise à quitter la banquette arrière. Elle avait l'air épuisée mais semblait saine et sauve.

« Tout va bien ? demanda Dodson.

— Sors-nous de là, le bébé et moi, Dodson », rétorqua-t-elle, d'un ton plus furieux que terrorisé. Le conducteur la fit remonter avant de repasser à l'avant. Les portières se verrouillèrent dans un bruit sourd.

« Satisfait, monsieur Dodson ? demanda le Chinois. Maintenant, l'échange. Essayez de nous baiser et je vous flingue.

— Je vais les chercher, dit Dodson. Personne s'excite, on va faire ça proprement, OK ? Sans coups tordus. » Il passa à l'arrière du food truck.

Tung sourit. Quel abruti ! S'attendait-il vraiment à ce que tout se passe de façon réglo ? Il l'entendit se prendre la tête avec quelqu'un. Le ton monta : Ken ou Benny, sans doute. Difficile à dire, avec le bruit du moteur qui tournait toujours. Dodson repassa à l'avant.

« C'est quoi le problème ? demanda Tung.

— Ils refusent de sortir, et vous ne me forcerez pas à les buter.

— Alors, descendez, fit Tung.

— Me tirez pas dessus, dit Dodson. Je suis pas armé. » Il descendit les mains en l'air, jetant un regard en direction de la Cadillac. « J'arrive, Cherise, cria-t-il. Tout va bien se passer. »

Wing assistait à la scène du haut du remblai, se demandant pourquoi il n'était pas chez lui en train de jouer à *Call of Duty* plutôt que de rester accroupi dans la poussière, un flingue coincé derrière la ceinture, son T-shirt trempé de sueur, avec un mal de cul pas possible, séquelle des tirs de chevrotine de Deronda. Le ciel était immense ici. Vraiment trop immense. Le genre de ciel qui vous faisait comprendre très clairement quelle place vous occupiez dans l'univers : celle d'un pixel dans une photo haute définition du cosmos. Peut-être que sur une de ces étoiles quelqu'un vous observait à l'aide d'un télescope géant et se pissait dessus de rire rien qu'à l'idée que vous estimiez avoir une quelconque importance.

Wing jeta un coup d'œil à Gerald qui, survolté, affichait un large sourire, comme le clown dérangé qu'il était. S'il faisait glisser encore une fois cette putain de culasse, Wing lui arracherait le flingue des mains pour le buter avec.

« Putain, mon gars, cette merde va devenir *vraie* dans quelques instants », dit Gerald comme si c'était la veille de Noël. Pour une raison qui échappait à Wing, Huan avait été promu chauffeur de Tung. À cette heure, le volant devait déjà être poisseux de salsa, de ketchup ou de sauce au poisson, et l'odeur de bouffe devait empester l'habitacle. Wing vit le Black descendre du food truck en levant bien haut les mains.

« C'est qui ? demanda Gerald.

— Le mec dont Tommy a kidnappé la meuf. Ils vont l'échanger contre… T'écoutes vraiment jamais rien, toi ! »

Longwei fouilla Dodson puis le fit s'étendre ventre à terre. Tung dit quelque chose, et Longwei et Lok s'approchèrent du food truck.

« J'ai trop envie d'y aller, lâcha Gerald.

— Pourquoi ça ?

— Parce que j'ai envie d'être au cœur de l'action, tu vois ce que je veux dire ?

— Non, pas du tout, fit Wing. Je vois absolument pas ce que tu veux dire. »

Longwei ouvrit la portière côté passager, pointant le Uzi devant lui. Lok essayait de regarder à travers la vitre du comptoir, tapotant le canon de son arme contre le verre.

« Dehors ! s'écria Longwei. Sinon, on ouvre le feu ! » Pas de réaction. « Faites pas chier, on va tous vous tuer ! » Toujours rien. Longwei mit un pied à bord : une salve de tirs le plia en deux, et le projeta à l'extérieur. Simultanément, d'autres rafales firent voler en éclats la vitre du comptoir, perforant Lok, qui tourna sur lui-même avant de s'effondrer. Tung s'apprêtait à tirer lui aussi, mais de nouveaux coups de feu firent exploser le pare-brise avant, et des balles frappèrent de plein fouet les parpaings. Tung se mit à couvert.

« J'ai pas idée de ce qui est en train de se passer, fit Wing.

— Allez, rien à foutre, je vais tirer, moi, dit Gerald.

— Fais pas ça. Janine est peut-être à bord. »

Toutes les portières du food truck s'ouvrirent alors simultanément et des hommes se mirent à en descendre, si nombreux qu'on avait du mal à croire qu'ils avaient pu tenir à l'intérieur, la plupart armés de fusils d'assaut, mitraillant tous azimuts le parking. C'était une bande de Mexicains, qui criaient à gorge déployée : *Venganza por Ramona! Los Locos te destruiran*, bandes d'enculés! *Los Locos para siempre, tu putas! Matarlos por Ramona!*

« Putain de merde! s'écria Gerald en se mettant à leur tirer dessus. C'est qui, ces mecs?

— Le crew de la fille que tu as butée, fit Wing. Les Locos. Tu t'en souviens, au moins? »

L'un des Mexicains balança un pistolet au Black allongé par terre sans interrompre sa course. Il rejoignit les autres qui se déployaient, pointant l'emplacement des tireurs embusqués, progressant de tas de gravats en tas de gravats. Ce n'était pas du défouraillage pur et simple. Ces types avaient un vrai plan d'attaque. *Venganza por Ramona! Matarlos por Ramona!* La Chink Mob répondait à leurs coups de feu, des gerbes de flammes blanches et de puissantes étincelles illuminaient les ténèbres, les déflagrations déchiraient la nuit, chaque rafale était suivie d'une autre, un nuage de poudre brûlée épaississait dans les faisceaux aveuglants des véhicules, des silhouettes penchées couraient à toute vitesse dans cette lueur irréelle.

« Putain, j'arrive à toucher personne à cette distance », fit Gerald. Il palpa rapidement ses poches. « Merde. Passe-moi ton deuxième chargeur. Je vais descendre.

— Sois pas con, Gerald, dit Wing. Cassons-nous d'ici. » L'Acura était garée près de l'autoroute, à moins de huit cents mètres.

« Hein ? Moi, j'irai nulle part, répondit Gerald. Et puis qui c'est que tu traites de con, là ?

— Toi. T'es le mec le plus con que j'aie connu de toute ma putain de vie ! J'arrive juste pas à comprendre comment t'as fait pour survivre aussi longtemps en étant aussi con.

— Fais gaffe à ce que tu dis, Wing, rétorqua Gerald en réajustant ses lunettes de nerd à la base de son nez. Tu sais parfaitement que j'accepte ça de personne, même pas de toi.

— Si tu descends, tu vas te faire tuer. Et pour quoi ? Pour qui ? Pour Tommy Lau ? Il se fout pas mal de toi.

— Mais qui parle de Tommy Lau, mec ? Je te parle d'action, moi, et l'action, elle est en bas. Et puis tu fais ce que tu veux, si tu veux pas descendre, t'as qu'à me donner ton chargeur, qu'il serve à quelque chose. »

Wing avait presque envie de pleurer. Il se sentait con, terrorisé, ridicule, il avait l'impression de se dissoudre comme un morceau de sucre dans un grand verre d'eau. « Gerald, s'il te plaît, il faut qu'on se barre.

— Putain mais arrête de faire ton relou, là ! File-moi ton chargeur et basta.
— Non, laisse tomber.
— Laisse tomber ? Je suis pas en train de rigoler, Wing. File-moi ce putain de chargeur.
— Gerald, tu vas te faire tuer !
— Bien sûr que non.
— Mais qu'est-ce que t'es con, putain, t'es vraiment le roi des cons, toi !
— Ferme-la, Wing, je déconne pas.
— Pour la dernière fois : tu veux vraiment descendre ?
— Tu m'étonnes ! »

Wing l'abattit. Gerald se plia en deux, un flot de sang giclant de sa poitrine, les yeux écarquillés et aveugles : il tomba en avant, et se mit à dévaler le remblai. Wing descendit sur l'autre versant, rejoignit l'autoroute à toutes jambes. Dans l'obscurité argentée, on aurait dit que le désert était en deux dimensions : c'était comme de s'enfuir sur l'affiche d'un film d'horreur. Wing était terrifié à l'idée de ne pas retrouver la voiture. Il n'avait d'autre plan que de rouler jusqu'à ne plus avoir le moindre sou en poche, puis marcher, marcher et marcher encore jusqu'à ne plus en avoir la force, et finir dans un lieu reculé où il ne connaissait personne et où personne ne le connaissait.

Frankie était accroupi dans le food truck avec Manzo et d'autres Locos, serrés les uns contre les autres comme des sardines. Il faisait sombre à l'intérieur, l'atmosphère était fiévreuse, chargée de sueur et de battements cardiaques assourdissants. Frankie se sentait revivre, il avait la sensation d'être de nouveau un homme, les veines saturées d'adrénaline, sans la moindre peur. El Piedra était vraiment de retour. Lorsque le Chinois en chemise hawaïenne ouvrit la portière, Frankie lui tira dans l'abdomen avant de bondir hors de la camionnette, Glock à la main. « *Venganza por Ramona !* » hurla-t-il. Les balles fusaient dans tous les sens, sans ralentir Frankie qui continuait de crier « Ramona Ramona » comme si elle courait devant lui. Il trébucha contre un tas de pierres et s'enfonça dans un buisson, les épines s'attachant à ses vêtements et lui lacérant les mains. Les coups de feu étaient plus sonores encore, les balles passant à présent si près de lui qu'il pouvait sentir l'air qu'elles déplaçaient. Quelque part derrière lui, Manzo lui criait « baisse-toi baisse-toi », mais Frankie courait toujours.

« Butez-le ! s'écria quelqu'un. Butez cet enculé ! »

Frankie se retrouva au cœur des ténèbres, soudain aveuglé par une série de déflagrations, le cœur battant comme une batterie antiaérienne, son souffle rauque et haletant lui brûlant la gorge à chaque inspiration – et soudain, il fut touché, sans savoir où précisément. Il chancela mais continua d'avancer, une chaleur anesthésiante irradiant du centre de sa poitrine, sa vision s'obscurcissant, et bientôt ses jambes n'eurent plus la force de le porter. Une autre balle le toucha, une autre encore, et il riait à présent, du sang coulant de sa bouche, tombant à genoux, son visage heurtant presque aussitôt le sol caillouteux du désert. Il était heureux parce qu'il savait qu'il allait mourir.

Manzo jeta un pistolet à Dodson sans arrêter sa course. Dodson attrapa l'arme, se releva et se précipita vers la voiture. « Cherise ! cria-t-il. J'arrive, Cherise ! » Les balles sifflaient comme des guêpes furieuses, frappant de plein fouet canalisations et parpaings, mais il ne ralentit pas. Tel un lévrier de course, penché en avant, il se laissait porter par la peur et l'amour. Cela ne suffit pas. Le Chinois était déjà monté à bord de la voiture qui démarra brutalement dans une nuée de gravier, et se mit à traverser le parking sauvage. « Cherise ! répéta Dodson. J'arrive, Cherise ! »

Tung tourna brièvement la tête et vit Dodson leur courir après, hurlant et brandissant un pistolet. La voiture était lancée sur la piste, secouée par les nids-de-poule, l'autoroute à portée de main. La fusillade battait son plein. Que ça leur plaise ou non, les membres de la Chink Mob étaient dans l'incapacité de se replier : Tommy Lau leur avait ordonné de garer leurs véhicules aux abords de l'autoroute. La respiration de Tung s'apaisa : il allait s'en sortir. Il jeta un coup d'œil à la jeune femme. Celle-ci le dévisageait, aussi intensément que dans la chambre du motel.

« Regarde ailleurs », commanda Tung. Cherise n'en fit rien.

« Hé, merde », fit le conducteur. Un gros SUV fonçait droit sur eux, pleins phares, quelques Mexicains à cheval sur les portières, armes automatiques à la main. Mais d'où est-ce qu'ils sortaient ? Putain, pensa Tung. Tommy est pas si malin que ça, en fin de compte. Le vieux avait posté des guetteurs à l'est. Ces mecs avaient dû venir de Los Angeles par la route la plus longue, en contournant la forêt nationale d'Angeles par l'ouest. Le SUV qui leur bloquait l'accès approchait toujours.

« Je fais quoi ? Je fais quoi ? demandait le conducteur.

— Arrête-toi ! Fais marche arrière ! » s'époumona Tung. Le gamin écrasa la pédale de frein, mais était bien trop paniqué pour faire quoi que ce soit d'autre. Le SUV s'arrêta, pare-chocs avant contre celui de la Cadillac. IQ était au volant. Les Mexicains s'empressèrent de descendre pour rejoindre la bataille. Tung fut un court instant soulagé, juste avant de voir le pick-up qui venait de se matérialiser derrière sa voiture, et d'où descendait un autre groupe de types – non, de *filles*. Elles encerclèrent la Cadillac en un clin d'œil. On aurait dit une tribu tout droit sortie d'un *Mad Max*, avec leur rouge à lèvres noir, leurs foulards rouges sur la tête, créoles aux oreilles et tatouages plein les bras. Elles se mirent à donner des coups à la carrosserie, à secouer leurs armes à feu d'un air menaçant, à cracher sur les vitres, criant quelque chose à propos d'une certaine Ramona. Une fille imposante, à la poitrine énorme, porta ses mains en visière contre la vitre et regarda Tung droit dans les yeux.

« Tu croyais partir où, sale connard ? » lança-t-elle.

Isaiah descendit du SUV alors que les filles étaient en train de faire sortir de force le conducteur de la Cadillac. Elles se mirent à le tabasser, soulevant des panaches de poussière. Dodson arriva à hauteur de la voiture. « Cherise ! Cherise ! Ça va ? »

Tung baissa à moitié sa vitre. Il pointait son arme sur Cherise. « Je vais la buter, dit-il. Vous me laissez partir ou je la bute tout de suite ! »

À en juger par son expression, Dodson semblait résolu à le descendre quoi qu'il arrive.

« Doucement, dit Isaiah.

— Baby, ça va ? » répéta Dodson.

Cherise semblait plus indignée que terrifiée. « Ça irait beaucoup mieux si ce crétin ne braquait pas son arme sur mon bébé.

— Relâche-la et on te laisse partir, dit Isaiah.

— Si tu fais le moindre mal à ma fiancée, t'as intérêt à commencer à dire tes prières dès maintenant, ajouta Dodson. Parce qu'il sera trop tard une fois que je t'aurai éclaté ta putain de cervelle.

— Attends un peu, fit Cherise. Tu as bien dit fiancée ?

— Exactement, baby. Toi et moi, pour toujours et à jamais.

— Tu as une alliance ? répliqua-t-elle du ton d'un flic demandant ses papiers à un contrevenant.

— Oui madame.

— Vous me laissez partir ou je la bute, répéta Tung en collant la bouche de son canon au ventre de Cherise. Je la bute tout de suite !

— Ne pointe pas cette cochonnerie sur mon enfant, dit Cherise en détournant l'arme d'un revers de main. Si tu veux braquer quelqu'un, braque-moi, moi.

— D'abord, tu la relâches, dit Dodson.

— Non, rétorqua Tung. D'abord, je pars. Je la relâcherai quand je serai assez loin.

— Bon, j'en ai marre », lança Cherise. Elle glissa sur la banquette arrière jusqu'à la portière qu'elle ouvrit et descendit de la Cadillac.

« Hé ! » s'écria Tung. Il resta un bref instant interdit, avant de braquer maladroitement son arme sur Dodson. « Voilà, c'est fait, dit-il dans un sourire incertain. Je l'ai relâchée. Vous allez me laisser partir, maintenant, hein ?

— Passe-nous ton arme, ordonna Isaiah.

— Non. Je la garde.

— Pour quoi faire ? lança Dodson. Regarde autour de toi. » De toutes les vitres dépassait une multitude de canons, tous pointés sur lui. Les *cholas* affichaient de larges sourires, ravies de le voir se décomposer.

Tung réfléchit aux choix qu'il lui restaient, concluant très vite qu'ils étaient inexistants. Il inspira difficilement, saisit son pistolet par le canon, et tendit la crosse à Dodson. « OK, maintenant vous me laissez partir, hein ? Vous avez promis.

— On a promis ? répéta Dodson. Est-ce que quelqu'un m'a entendu promettre quoi que ce soit ? »

Cherise vint se camper à côté de Dodson. L'une des filles sortit un couteau et trancha ses liens.

« Tu n'es pas blessée ? demanda Dodson.

— Non, je suis indemne, même si ce n'est pas grâce à toi, répondit-elle. Mais on reparlera de ça plus tard.

— C'est lui qui t'a kidnappée ?

— Oui. Ce connard m'a tirée du lit, frappée, a

déchiré ma robe d'intérieur et a mis en danger mon bébé. »

Dodson hésita. Il n'avait jamais entendu Cherise prononcer un seul gros mot. « Qu'est-ce que tu veux que je fasse ? demanda-t-il.

— Rien, répondit Cherise. Je me charge de tout. » Elle prit le pistolet des mains de Dodson et tira dans la partie inférieure de la portière. BLAM ! BLAM ! BLAM ! BLAM ! Elle aurait vidé tout le chargeur si Dodson n'avait pas écarté l'arme. Tung, recroquevillé, tenait ses jambes percées de balles en gémissant.

« Va falloir que je vérifie mais à première vue, j'ai l'impression que tu l'as touché, baby. Y a pas un passage dans la Bible qui dit qu'il faut laisser la vengeance au Seigneur ?

— Tout à fait, rétorqua Cherise en lui lançant un regard furieux. Je vais devoir Lui demander pardon, mais en regard des circonstances, je pense qu'Il me donnera raison. »

Au loin, la fusillade s'était interrompue. Manzo et les Locos arrivèrent. Survoltés, trempés de sueur, à bout de souffle. Certains souriaient, heureux de s'en être sortis vivants. Manzo semblait avoir vieilli de dix ans. On voyait encore très nettement les points de suture sur son front.

« Tes gars vont bien ? demanda Isaiah.

— Tico et Morales ont été blessés », répondit Manzo. « Lupe est en train de les conduire à l'hôpital. Frankie est mort.

— Désolé. »

Manzo haussa les épaules. « Frankie n'avait plus envie de vivre, de toute façon. Il aurait fini par trouver un autre moyen de partir.

— Merci pour l'aide.

— Fallait bien en passer par là. Sans quoi les potes auraient jamais accepté d'enterrer la hache de guerre. » Un bref instant, Manzo soutint le regard d'Isaiah. « On est pas quittes pour autant, toi et moi. T'as toujours une dette envers moi », déclara-t-il. Puis il tourna les talons.

15

Osso Buco

Le bébé de Dodson et Cherise naquit deux jours plus tard au Hurston Community Hospital. Dodson choisit de rester dans la salle d'attente pendant la naissance en disant à Cherise que s'il voyait un bébé gluant recouvert de sang sortir de son vagin, il ferait un trait définitif sur toute forme de sexualité.

Isaiah leur rendit visite à la maternité. Cherise était rayonnante, tenant délicatement dans ses bras son nouveau-né, avec sa grosse tête, son visage de gnome imberbe et ses minuscules doigts parfaits. Dodson quant à lui semblait sur le point d'exploser d'amour et de fierté.

« T'as déjà vu un bébé aussi beau ? lança-t-il à Isaiah. J'hésite à lui trouver un agent, au petit gars, qu'il montre un peu sa belle petite gueule sur des paquets de couches, histoire de payer sa part de factures.

— Alors vous l'avez appelé Tupac ? demanda Isaiah.

— Jamais de la vie, répliqua Cherise. Il s'appelle Micah, comme le prophète. Il y a un verset que j'adore dans le livre de Micah : "Que te demande le

Seigneur ? D'agir justement, d'aimer la miséricorde et de marcher humblement avec ton Dieu."

— C'est très beau », dit Isaiah. La miséricorde était une qualité rare, à une époque où la moindre parole déplacée était considérée comme un affront, et où tout coup de poing ne pouvait être vengé qu'au lance-roquettes.

« Son nom complet, c'est Micah Isaiah Dodson, précisa Dodson. Ça sonne plutôt bien, non ? » Isaiah ne sut que dire. « Viens, on va boire un café, reprit-il. Cherise, tu veux quelque chose ?

— Non, j'ai tout ce qu'il me faut », répondit-elle, perdue dans le regard du bébé.

Ils traversèrent la rue pour entrer au Starbucks, prirent un café à emporter, et allèrent le boire sur le banc d'un arrêt de bus. Il était tard. Une brise fraîche et salée soufflait du port, des bus vides et des taxis en quête de clients passaient sous leur nez. Isaiah était plus à l'aise avec Dodson, à présent qu'il n'avait plus à jouer de rôle, ni à affermir sa position dominante. Il sentait que quelque chose travaillait Dodson. Pas à propos du bébé. C'était plus trivial, un truc qui les regardait tous les deux.

« Ça va, toi ? demanda Isaiah.

— Super bien, répondit Dodson. Je finis de tout préparer pour accueillir le bébé à la maison. C'est dingue, quand t'y penses. Sécuriser un appart pour son gamin. Mes parents ont jamais rien sécurisé à la maison. Mon vieux disait que si je me cognais contre le coin de la table, ça m'apprendrait à regarder où je mettais les pieds.

— T'as pas l'air au top, remarqua Isaiah.

— En fait non. C'est à cause du food truck.

— Je t'aiderai à le réparer.

— C'est pas ça. J'ai jamais voulu me lancer là-dedans, mais Cherise me harcelait pour que je fasse quelque chose d'honnête, de légal. Putain, mon vieux, j'en peux plus de rester enfermé dans cette boîte toute la journée. Tu me connais. Rester amarré au quai, c'est pas pour moi. Je suis fait pour la haute mer, pour prendre les vagues comme elles viennent, même au mépris du danger.

— Tu ne vas quand même recommencer tes embrouilles ?

— Non, carrément pas. » Dodson hésita. Isaiah se sentait de plus en plus nerveux, il avait horreur des surprises.

« Cette affaire à Vegas, reprit Dodson, je sais pas trop ce que t'en penses, mais je trouve qu'on s'en est plutôt bien sortis, tu sais, à bosser en binôme, comme ça.

— Oui, c'était pas mal, répondit Isaiah en se remémorant toutes leurs prises de bec.

— C'est clair, ce qui fait que je me demandais ce que tu penserais de… » Dodson inspira profondément, les yeux rivés au trottoir. « De, je sais pas, peut-être continuer à bosser tous les deux. »

Isaiah était stupéfait. Il n'aurait pas été plus surpris si Dodson lui avait annoncé qu'il s'engageait chez les marines. « Bosser tous les deux ? répéta-t-il, espérant avoir mal entendu. Comment ça ?

— Je t'ai bien épaulé quand on est entrés dans ce salon de massage, pas vrai ? Pareil quand on a dû se battre contre les Bâtons Rouges. Et tu te rappelles quand je t'ai sauvé de Skip, le tueur à gages ? En lui balançant un rouleau bitumé dessus ?

— Je m'en souviens. »

Dodson se leva, jetant son café dans le caniveau. « C'est pas que par goût de l'action, dit-il. Je pourrais te rapporter de grosses affaires, des VIP, m'occuper des relations avec les clients, transformer tout ça en un véritable business, faire de "IQ" une marque.

— Je sais pas trop, Dodson, répondit Isaiah. C'est pas vraiment mon trip.

— Ça t'empêcherait pas de continuer tes petites enquêtes gratuites, fit Dodson. L'un n'empêche pas l'autre. En fait, la vraie question, c'est de savoir si tu veux continuer à être un privé à la petite semaine jusqu'à la fin de tes jours. »

Isaiah ne s'était jamais considéré comme un détective à la petite semaine. Et ce fut pour lui comme une révélation, de se contempler soudain dans le miroir objectif que lui tendait Dodson.

« Et puis il y a Sarita, aussi, poursuivit Dodson.

— Quel rapport ?

— Tu crois vraiment qu'elle va se mettre avec un mec qui habite le ghetto et passe son temps à pourchasser des cassos et des gamins ? Elle fait partie du haut du panier, Isaiah. Sérieux, tu penses quand même pas qu'elle accepterait de vivre dans ton monde à toi ? Tu sais parfaitement que ça n'arrivera pas. Ce sera à toi de vivre dans le sien, et son monde, c'est le sommet de la pyramide. »

Isaiah se souvint s'être fait la même réflexion. Quand il l'avait rejointe à cette fête, à Century City, il avait eu la sensation d'être entré comme un voleur, d'être le seul dans la foule à ne pas avoir sa carte de membre.

Dodson poursuivait : « Peut-être que je suis complètement à côté de la plaque, mais j'ai l'impression que tu en as autant marre que moi de t'intéresser à la petite criminalité. Ce dont on a besoin, c'est de bosser sur des affaires qui ressemblent vraiment à quelque chose, de grosses affaires. Et qui pourrait t'en ramener, des affaires pareilles ? Toi ? Tu te vois faire ton autopromo ? Putain. T'as déjà du mal à tenir une conversation.

— Je te remercie.

— En tout cas je t'ai dit ce que j'avais sur le cœur, conclut Dodson. Si ça le fait pas pour toi, pas de problème. Quel que soit ton choix, ça me va. »

Isaiah fut heureux que cette conversation s'achève enfin. Il était d'une possessivité maladive lorsqu'il était question de son travail, et les arguments que Dodson lui avait soumis étaient pour le moins déconcertants. Plus d'une fois, il avait eu envie de dire à son coéquipier de rentrer chez lui. Mais il n'en demeurait pas moins que Dodson lui avait sauvé la peau à plusieurs reprises, et que le fait d'avoir un ami à ses côtés était… une minute, c'était donc ce qu'était devenu Dodson ? *Un ami ?* Isaiah répugnait à se l'avouer. Encore une situation confuse sur laquelle il n'avait pas le moindre contrôle. Peut-être que sortir de son isolement n'était pas une si bonne idée, en fin de compte. De toute évidence, les gens, ce n'était que des emmerdes.

Benny et Ken passèrent quelques jours à l'hôpital. Les retrouvailles de Janine et Sarita eurent lieu dans une salle d'attente. Il y eut un nombre incalculable de larmes, d'embrassades et de promesses de se voir plus souvent.

« Comment va papa ? demanda Sarita.

— Aucune idée, répondit Janine. Je ne me sens pas encore prête à le voir.

— Moi non plus.

— Je suis désolée de t'avoir causé tous ces problèmes. Je me suis vraiment comportée comme une sale conne.

— Là-dessus, je n'ai aucune raison de te contredire, répliqua Sarita. Est-ce que je t'ai dit que je n'avais toujours pas touché au compte que papa avait ouvert pour mes études ?

— Ah bon ? Ça fait un bout de temps qu'il a vidé le mien.

— Tu sais quoi ? Si tu laisses tomber les jeux d'argent et que tu viens t'installer ici, je couvre tous tes frais le temps que tu te remettes à flot.

— Tu veux dire, si je romps avec Benny.

— S'il t'aime, il viendra avec toi. S'il préfère le jeu, c'est son problème. »

Janine réfléchit un instant. « J'aime Benny, et il m'aime, répondit-elle. Il faudrait être idiot pour abandonner ça.

— Et si cet amour n'est pas bon pour toi ? répliqua Sarita.

— Et s'il l'est ? » Janine l'embrassa sur la joue. « À plus, grande sœur. »

Les funérailles de Frankie attirèrent une véritable foule. Sa famille entière, y compris des parents éloignés, des amis, les Locos, les *cholas*, leurs familles entières, et des gens du quartier. Jusqu'au garant de caution de Frankie. L'église de la Sainte-Trinité fit salle comble. Plusieurs personnes se succédèrent pour lui rendre hommage. Frankie représentait son quartier comme personne. Frankie était fidèle au *barrio*. Frankie ne reculait jamais. Frankie était une légende. Frankie vivrait à tout jamais dans les cœurs.

Manzo était assis au fond de l'église, si immobile qu'on aurait dit une statue. On s'étonna qu'il ne prenne pas la parole, mais qu'aurait-il pu dire en toute honnêteté ? Que Frankie était un meurtrier ? Qu'il avait vendu de la came, qu'il avait volé des gens, qu'il en avait racketté d'autres, en se foutant pas mal de savoir à qui il avait nui ? Et puis qu'est-ce que ça voulait dire, fidèle au *barrio* ? Qu'il n'avait jamais essayé d'être autre chose qu'un gangster ? Frankie n'était pas une légende, c'était un habitué des commissariats, un casier judiciaire long comme le bras, un détenu en combinaison orange. Ce qu'il représentait, c'était des fusillades, des civils tués, des cadavres gisant dans la rue. Et tout le reste, c'était de la connerie.

Ils enterrèrent Frankie à côté de Ramona. Sur la pierre tombale on pouvait lire : FRANKIE MONTAÑEZ. 1979-2014. TU ES À PRÉSENT ENTRE LES MAINS DE DIEU. REPOSE EN PAIX. Manzo se tint devant sa sépulture, à côté de la mère de Frankie, voilée, qui sanglotait au-dessus des bouquets de supermarché recouvrant le cercueil étincelant. À quoi pensait-elle ? Que Frankie était un gentil garçon et qu'il n'avait jamais fait de mal à personne ? Ou alors que son fils avait été l'incarnation du virus de la violence, qu'il avait contaminé sa sœur et beaucoup d'autres encore, et que la mort, c'était ce qui pouvait lui arriver de mieux ? Possible, mais il en doutait.

Manzo considéra les membres de son gang, têtes baissées, solennels et recueillis. Tous avaient déjà assisté à des funérailles semblables à celles-ci, la mise en bière d'un des leurs, tué dans une fusillade. Si on les avait interrogés à ce titre, ils auraient tous eu la même réponse : c'est la vie qu'on mène, *ese*. On tue et on meurt, on a ça dans le sang. On a ça dans le sang, vraiment ? On a ça dans le sang, putain ? Si nous sommes les premiers à le dire, pourquoi est-ce que les Blancs ne devraient pas en être convaincus ? C'est ce genre de conneries à l'état brut qui les poussent à vouloir construire un mur et expulser onze millions de personnes de leur pays. Malgré tout ce que leur culture comptait de grand et de beau, c'était cette folie-là qui perdurait, et se transmettait de génération en génération. Un héritage de mort et de néant. Manzo aurait tout donné pour que Frankie sorte de son cercueil et leur dise à tous : « J'ai foutu ma vie en l'air et j'ai laissé ma sœur faire de même avec la sienne. Ne commettez pas la même erreur. Je vous en supplie. »

Sarita partit à l'étranger pour une mission de quelques semaines, il fut donc décidé de fêter le dénouement heureux à son retour. Isaiah s'occupa avec diverses affaires et passa de longues heures à éduquer Ruffin. Le chien semblait aimer ces séances. Il devinait à demi-mot ce que voulait son maître, et obtenait une friandise quand il répondait à ses ordres.

De retour de son déplacement, Sarita appela Isaiah pour l'inviter à dîner chez elle. Jusque-là, il n'était jamais allé au-delà d'un rendez-vous au Coffee Cup ou chez Pizza Hut. Il était surexcité, terrorisé, et plus que tout, il prit la pleine mesure de son retard en la matière, comme s'il avait vu toute sa classe partir à l'université tandis que lui redoublait. Il s'acheta un costume anthracite chez Macy's, des souliers Johnston & Murphy, et passa quinze minutes à nouer sa cravate, après avoir vu un tuto sur YouTube à trois reprises.

Sarita habitait dans une tour de verre aigue-marine qui dominait Sunset Boulevard. Isaiah dut répéter deux fois son nom au vigile en uniforme dans le hall d'entrée : sa première tentative avait plus tenu du croassement qu'autre chose.

Lorsque Sarita ouvrit la porte de son appartement, elle s'exclama, radieuse : « Voici mon héros !

— Salut », dit-il dans un nouveau croassement.

Elle le serra fort dans ses bras avant de le prendre par la main. « Eh bien, entre. » L'appartement était encore plus beau que ce qu'il s'était imaginé. Le canapé était gris tourterelle (*exit* le crème brûlée), le mobilier déclinait toutes les teintes de gris, d'aigue-marine et de beige, formant un ensemble incroyablement harmonieux. La cuisine américaine présentait un comptoir en marbre, de l'électroménager en inox étincelant, des casseroles en cuivre suspendues au-dessus de la cuisinière. De la musique jouait en sourdine. Un rythme latino, doux et aguichant. Sarita était habillée de façon décontractée, ou plutôt elle portait ce que les riches portent pour paraître décontractés. Un jean, des ballerines, et un pull en cachemire qui à lui seul devait coûter plus cher que son costume à lui.

« Ça te dit, un verre de vin ?

— Volontiers.

— Un chardonnay ?

— Oui, super. »

Elle passa en cuisine et remplit deux verres. « Enfield Heron Lake, mon préféré, l'informa-t-elle. Assieds-toi, Isaiah, mets-toi à l'aise. » Il prit place au bout du canapé, comme s'il devait partir bientôt, et elle lui tendit son verre. « Santé », fit-elle. Elle tendit le sien. Il fallut un instant à Isaiah pour comprendre qu'elle l'attendait pour trinquer. « Jamais je ne te remercierai assez pour ce que tu as fait, reprit-elle. Tu as été incroyable. Enfin quoi, tu as littéralement sauvé ma famille. Dis-moi, tu vas bien, toi ?

— Oui, ça va.

— Tu as des bleus partout sur le visage, dit-elle en effleurant sa joue. Et tes phalanges sont tout écorchées. » Elle prit sa main comme si elle s'apprêtait à l'embrasser.

Isaiah s'éclaircit la gorge. « Ça va. Ce n'est rien.

— Oh, mince, j'allais oublier la polenta. » Elle se leva et bondit dans la cuisine. « J'espère que tu aimes l'osso buco. Depuis que j'en ai goûté en Italie, je suis folle de ce plat !

— Ça sent très bon », dit-il. Il avait déjà entendu parler de polenta, mais l'osso buco demeurait un mystère. Il espérait qu'il ne s'agisse ni d'une espèce d'escargots ni de quoi que ce soit qui ait des tentacules. Tandis que Sarita s'affairait aux fourneaux, il se détendit, et lorsque sa respiration eut retrouvé un rythme normal, il se leva et examina la pièce dans laquelle il se trouvait. Elle était spacieuse, avec un plafond haut comme celui d'une cathédrale, et des poutres apparentes. Le plancher était en bois massif de couleur noire. Des tableaux abstraits étaient accrochés aux murs, et un savant éclairage guidait le regard de l'un à l'autre, sans qu'on ait à y réfléchir. Il y avait également une collection de bibelots luxueux provenant des quatre coins du monde, une collection de vases émaillés, une grue en bronze à côté d'une bibliothèque remplie de beaux-livres, et une table basse en bois de récupération, très moderne. L'effet qui se dégageait de tous ces objets était une profonde sensation de luxe et de raffinement.

Des photos encadrées étaient expertement disposées sur des étagères. On y voyait Sarita en robe et toque académiques, pour la fin de son lycée, la fin de sa fac et la fin de son droit, ainsi que des photos de Janine et d'autres membres de leur famille. Aucune de Ken. Aucune de Marcus. Isaiah le prit comme une insulte. Marcus n'était-il pas assez important pour que sa mémoire perdure ? Une autre photo attira son attention : Sarita, âgée de dix-neuf ou vingt ans. Il reconnut ses vêtements. Parka de marque, bottines fauves, et une écharpe qui lui donnait un air européen, sophistiqué. Elle se tenait sur une immense pelouse d'un vert vif, et elle souriait, euphorique d'être là, un vieux bâtiment majestueux en arrière-plan.

« Où est-ce que cette photo a été prise ? demanda Isaiah.

— Celle-ci ? À Cambridge. Programme d'échange pendant ma deuxième année. J'ai eu quelques problèmes là-bas, j'ai dû rentrer avant la fin. Et c'est en revenant que j'ai fait la connaissance de Marcus. »

Isaiah se rassit et but une gorgée de vin. Son goût lui sembla moins raffiné que son arôme. C'était loin d'être la seule odeur présente dans l'atmosphère. Le plat qui mijotait, les épices, les bougies senteur vanille, les tissus, le citron et le cyprès. Autant de notes d'un seul et même parfum, celui d'une vie de privilégiée. Mais une autre fragrance titilla les narines d'Isaiah. Une fragrance boisée, évoquant le pin que Marcus utilisait pour les charpentes, avec une touche douce, sans doute de la lavande, et quelque chose de plus lourd par-dessus tout ça. Du musc. Non, ce n'était pas du parfum. *Une eau de Cologne pour homme.*

« Isaiah, dit Kevin en passant le seuil de l'appartement. Ravi de te revoir.

— Pareillement, » répliqua Isaiah. Kevin portait une chemise blanche sortie de son pantalon, manches retroussées. Du coton égyptien de premier choix. Son jean était un Levi's basique, mais il était chaussé de mocassins qui semblaient trop doux et trop confortables pour n'être qu'en cuir de vache. Isaiah eut soudain l'impression d'être un plouc endimanché, avec son costume à quatre cent trente-neuf dollars, sa cravate semblable à un nœud de pendu, son col qui s'humidifiait un peu plus à chaque seconde.

« Je regrette de m'être comporté comme je l'ai fait la première fois où nous nous sommes vus, fit Kevin en lui serrant la main. J'espère sincèrement qu'on pourra repartir sur de meilleures bases.

— Bien entendu, répliqua Isaiah. Pas de problème. »

Kevin portait un sac de courses qu'il alla déposer dans la cuisine.

« Il était temps, dit Sarita avant de déposer un baiser sur ses lèvres.

— Mieux vaut tard que jamais », rétorqua-t-il.

Isaiah était déboussolé. Qu'est-ce que Kevin faisait ici ? Pourquoi avait-il un double des clés de l'appartement ? Pourquoi Sarita l'avait-elle embrassé ? Il lui fallut deux grosses secondes pour comprendre. *Ils sont en couple.* C'était à Kevin que Sarita avait parlé lorsque Isaiah l'avait appelée de Las Vegas. Pour lui demander conseil, savoir ce qu'il pensait des avancées de l'affaire.

Kevin se servit un verre de vin, revint au salon et s'assit dans un fauteuil en croisant les jambes. Pas de chaussettes. Il avait remplacé la fausse Rolex par une vraie. Il fallait reconnaître que c'était un beau mec. Dans quel salon de coiffure s'était-il fait faire une coupe pareille ? Comment faisait-il pour avoir la peau si soyeuse ? Et puis il était costaud. Épaules larges, poitrine ample, il devait sûrement travailler ses plaquettes de chocolat quotidiennement dans une salle de sport haut de gamme. C'était à cause de lui qu'il n'y avait pas de photo de Marcus.

« Je ne peux te remercier assez pour tout ce que tu as fait pour Sarita, dit Kevin. Formidables, tes résultats, vraiment.

— Ç'a été un plaisir, répondit Isaiah.

— J'ai entendu dire que tu étais un sacré détective.

— Je m'y applique.

— Dis-moi un peu, comment en es-tu venu à exercer cette profession ?

— J'en sais trop rien », répondit Isaiah en pensant : Pourquoi je te le dirais ? « Ça m'est tombé dessus.

— Notre cabinet a constamment recours à des enquêteurs, tu sais. Peut-être qu'on pourrait te filer du boulot.

— Ce serait super. »

Un vide dans la conversation, une tension soudain palpable. Isaiah mourait d'envie de se lever et de rentrer chez lui.

« Sarita m'a parlé de Marcus, reprit Kevin en affichant ce sourire à la Lando Calrissian. C'était un homme exemplaire.

— C'est vrai », fit Isaiah. La colère lui asséchait la bouche et bourdonnait dans sa tête comme une ligne à très haute tension. *Qu'est-ce que t'en sais, espèce de connard ?*

« On passe à table, messieurs ? » proposa Sarita.

Ils dînèrent, Sarita et Kevin multipliant leurs remerciements, portant plusieurs toasts en l'honneur d'Isaiah. Le fameux osso buco s'avéra être du veau cuisiné avec sa moelle, et Isaiah se demanda si c'était le même ruminant qui avait fourni le cuir des mocassins de Kevin. Ils lui posèrent des questions assez générales sur ce qu'il s'était passé. Ses réponses furent brèves et vagues. Cela parut leur convenir : les détails ne les intéressaient pas, l'essentiel pour eux était qu'il s'en soit sorti sain et sauf. Ils se servaient de leur couteau pour pousser la nourriture sur leur fourchette. Ils parlaient des prix de l'immobilier, des résidences les plus attractives du quartier, de la nouvelle Tesla de Kevin et de l'incroyable collection de chaussures de Sarita, du fait qu'elle allait bientôt devoir empiéter sur le reste du dressing et que Kevin serait contraint de stocker ses affaires sur le balcon. Ils parlaient de l'avancement de la carrière de Sarita.

« Tu en es à combien d'heures facturables ? s'enquit Kevin du ton qu'un employé senior use vis-à-vis d'un junior.

— Deux mille deux cents, environ, répondit-elle.

— Le strict minimum pour un bonus. Il va falloir faire mieux que ça.

— Je sais.

— C'est la seule façon de se faire remarquer. Tu sais, j'ai entendu dire que Demco allait acquérir Sedgewick International, une OPA hostile. C'est ton domaine, non ?

— A priori oui. Sedgewick est basé à Londres.

— Je vais tâter le terrain avec Chapman, voir si je peux te donner un coup de main.

— Ce serait génial. Merci beaucoup. »

Ils parlèrent de leur boulimie pour *Breaking Bad*, d'un dîner au profit de PETA auquel ils se rendraient parce qu'un client était très proche de cette association, et des parties de tennis de Kevin avec Howie, qu'il ménageait sur le court parce qu'il s'agissait d'un associé.

« Tu travailles sur des affaires intéressantes, en ce moment, Isaiah ? » demanda Sarita, comme si elle se rappelait soudain de sa présence à table.

Isaiah hésita. Que pouvait-il bien lui dire ? Que le club de sciences du collège Carver souhaitait qu'il les débarrasse d'une terreur de cours d'école ? Qu'il avait des pistes intéressantes concernant le vol de la broche de Mme Myra ? Que pour l'anniversaire de Doris Sattiewhite, son ex-mari lui avait envoyé une boîte renfermant un maquereau ? Il envisagea d'aborder la mort de Marcus, mais le moment ne s'y prêtait pas. « La routine, finit-il par répondre.

— C'est vrai qu'on te paye avec des ragoûts et des bons de réduction pour le pressing ? demanda Kevin, comme s'il ne parvenait vraiment pas à le croire.

— Certains clients, oui.

— Mais comment arrives-tu à vivre de ton métier ?

— J'ai d'autres clients en mesure de me payer.

— Eh bien, je suis admiratif, tu rends vraiment un service infini à la communauté, fit Kevin. C'est tout bonnement admirable, ce que tu fais. Il nous faudrait plus de gens comme toi, qui se soucient plus des autres que d'eux-mêmes.

— C'est vrai, Kevin a absolument raison, acquiesça Sarita d'un air sincère. Je suis tellement fière de toi, Isaiah, vraiment. »

Aussitôt le dîner fini, Isaiah leur annonça qu'il avait rendez-vous avec un client. Ils parurent quelque peu soulagés. Il les remercia pour cette charmante soirée. Kevin le serra virilement dans ses bras, Isaiah dut se retenir de lui mettre un coup de poing. Sarita s'apprêtait à l'embrasser, mais il s'empressa de la saluer et de leur fausser compagnie. Dehors, il retira brutalement sa cravate et la jeta dans un bosquet. S'il n'avait pas été en pleine rue, il aurait fait de même avec son costume.

Il rentra chez lui, roulant trop lentement afin de ne pas rouler trop vite. Rien de plus logique à ce que Sarita finisse avec un type pareil. Rien de plus logique à ce qu'il n'ait pas la moindre chance de sortir avec elle. Qu'est-ce qu'il s'était imaginé, avec son costume soldé de chez Macy's, et sa maison au cœur de la cité et son allée où jamais aucune Tesla ne se garerait ? Qu'est-ce que Kevin avait dit, déjà ? « Peut-être qu'on pourrait te filer du boulot ? » *Merci, sale con, nous autres personnes défavorisées du ghetto serions vraiment ravies de recevoir pareille aumône.* Et aussi : « Je suis admiratif, tu rends vraiment un service infini à la communauté. » *Comme si j'avais besoin de ton approbation pour faire mon boulot. Comme si c'était une bonne chose que les efforts d'une poignée de gens au service de leur communauté t'épargnent de t'y intéresser. Va te faire enculer, Kevin. Toi et tes mocassins et ta chemise en coton égyptien.* Le fait que Sarita ne voie pas Kevin pour ce qu'il était, à savoir un trou du cul arrogant, en disait long sur la personne qu'elle était. Et qu'est-ce que Kevin avait dit au sujet de Marcus ? Qu'il était un homme exemplaire ? Kevin n'avait aucun droit de faire des commentaires sur Marcus, et Sarita n'avait aucun droit de lui parler de mon frère. Et elle ne deviendrait jamais procureure ou avocate pour une ONG. Ce à quoi elle aspirait vraiment, c'était plus d'espace pour sa collection de chaussures et un coup de main sur le dossier Demco. « Je suis tellement fière de toi, Isaiah, vraiment. » Comme s'il avait enfin réalisé quelque chose qui méritait ses louanges. *Eh bien, va te faire enculer toi aussi, Sarita. La prochaine fois, débrouille-toi toute seule pour sauver ta sœur. Tu n'auras qu'à demander à Kevin de traverser Vegas à 150 km/h, de se faire tabasser et tirer dessus par des mafieux chinois.*

Le lendemain matin, il se rendit à la casse avec Ruffin. Il chercha la fille à la GTI et à la montre à gousset tatouée sur le bras. Elle n'y était pas et, après tout, il n'y avait aucune raison qu'elle y soit. Il parla à TK de Sarita, de son immense déception, du fait qu'elle n'avait rien de commun avec celle qu'elle prétendait être.

« Elle fait semblant de rien du tout, dit TK. Et c'est pas sa faute si t'as cru qu'elle était quelqu'un d'autre. C'est la tienne, mon garçon.

— Pourquoi tu prends sa défense ? riposta Isaiah. Tu ne la connais même pas.

— Personne ne prend sa défense. Je suis juste en train de te dire qu'elle est qui elle est.

— Ça veut dire quoi, ça ?

— Ta vie est toute trouée, mon garçon. De sacrés gros trous. T'es seul au monde, sans famille, sans amis, pas de copine… Depuis quand déjà ? Et t'as pas la moindre idée d'où la vie t'emmène. Tellement seul que t'es obligé de venir ici pour bavasser avec une vieille épave comme moi.

— Écoute, TK…

— Toi, écoute. J'ai pas fini.

— Ah bon ? Je croyais pourtant. »

Fulminant, Isaiah attendit que TK ait sorti une Pall Mall de son paquet, frotté une allumette, allumé sa cigarette, tiré une longue bouffée, et expiré en plissant les yeux.

« T'as essayé de régler ça vite fait mal fait, dit enfin TK.

— Régler quoi ?

— T'as voulu raccommoder tous ces trous dans ta vie d'un seul coup. Sarita était censée te sauver de ta solitude, te fournir un groupe d'amis clé en main, te donner une famille, un avenir. Seulement c'est pas comme ça que ça marche, mon garçon. Si tu veux avoir une vie digne de ce nom, il faut que tu t'ouvres aux autres, pas que tu te renfermes sur toi-même.

— Je me renferme pas sur moi-même.

— Je te connais trop pour que t'essaies de m'embrouiller. Ça t'est déjà arrivé d'engager la conversation avec quelqu'un pour le plaisir ? D'inviter quelqu'un à boire une bière, à regarder un match ? D'aller quelque part juste pour voir du monde ? Dans un bar, une salle de billard, une église, un terrain de sport, dans n'importe quel lieu où il te serait impossible d'être seul ? Hein ?

— Je sais pas, ça m'arrive des fois.

— Des fois ? Putain, gamin, tu te fous de qui, là ? Et pourquoi est-ce qu'il faut que t'emmènes ce clébard partout où tu vas ? Pour décourager les gens d'aller vers toi, voilà pourquoi. Tu crois qu'un pitbull, ça te rend plus sympathique au regard des autres ?

— C'est mon chien », fit Isaiah en haussant les épaules.

Isaiah quitta les lieux, fâché et gêné. TK ne savait pas de quoi il parlait. Le vieux gérait une casse. Qui était-il pour faire de la psychologie ? Sarita l'avait dupé, l'avait amené à risquer sa vie avec des embrassades, des flatteries… et son corps gracile. Le tout à l'œil. Il devrait leur envoyer une note de frais, à Kevin et à elle, pour être des sales cons. Il s'était fait rouler en beauté, comme un bleu, mais c'était la dernière fois.

Isaiah mangea dans un Taco Bell, se demandant combien de tacos différents on pouvait inventer avec juste les mêmes quatre ingrédients. De retour chez lui, il tondit la pelouse, lava le sol de la cuisine, et joua en ligne aux échecs contre un crack de la République tchèque, le mettant mat en dix coups. Il consultait ses e-mails lorsque la photo de Sarita prise à Cambridge lui revint en mémoire. Il se redressa brusquement, Ruffin leva la tête, sentant le changement d'humeur de son maître. Ce cliché avec en arrière-plan un bâtiment. *Un bâtiment qu'il avait déjà vu quelque part.*

« Nom de… », lâcha-t-il.

C'était le même que sur la photo où Seb, dans un costume trop grand pour lui, posait sous le porche. Seb ne lui avait pas parlé d'un quelconque séjour à Cambridge, mais il ne pouvait y avoir deux bâtiments identiques au monde, et il lui avait confié avoir vu un jour un de ses anciens professeurs faire la manche, à la gare routière de Drummer Street. Isaiah vérifia. L'arrêt en question se trouvait à cinq minutes du campus de Cambridge.

Le soleil de fin d'après-midi filtrait à travers une fine couche de nuages vaporeux, baignant le jardin d'une clarté métallique. Quelques criquets stridulaient dans leurs cachettes, une odeur de feuilles s'élevait dans l'atmosphère. Isaiah alla s'asseoir sur le perron et partagea une barre énergétique avec Ruffin tout en s'escrimant à rassembler les pièces du puzzle.

Sarita est en deuxième année à la fac de Long Beach. Attirée par le droit international, elle se rend à Cambridge dans le cadre d'un programme d'échanges. C'est là qu'elle rencontre Seb durant un cours, ou ailleurs. Le timing semble coller. Sur les deux photos, la pelouse possède le même vert dense et luxuriant, et le même coin de terre nue au fond. À droite, à la limite du champ, un jardin, avec des arbres à la floraison identique. Une plate-bande sur l'une des photos, sa jumelle sur l'autre. Seb est sans doute tombé amoureux. Qui aurait pu résister au charme de Sarita ? Il lui propose de sortir avec lui. Elle l'éconduit, mais il refuse de s'arrêter à ce refus. C'est un individu profondément obsessionnel, obstiné jusqu'à la déraison. Il a chargé Gahigi de punir Laquez une deuxième fois. Il n'a eu de cesse de tenter Gahigi, qui avait pourtant décidé d'arrêter de fumer. Il est retourné au Rwanda, passant au crible Kigali et ses environs à la recherche de l'homme qui lui avait coupé la jambe. Son box au Nyanza n'est jamais assez propre. Il fait demi-tour pour vérifier que la porte de chez lui est bien verrouillée. Son rituel précis pour le thé. Seb tient à ce que tout soit tel qu'il l'entend, et il ne reculera devant rien pour arriver à ses fins.

Isaiah se figure Seb, jeune, maladroit, effacé, abordant Sarita alors qu'elle entre en bibliothèque, ou monte à bord d'un train pour Londres, ou buvant une pinte au pub avec des amies. Il voit Seb se dandiner, sourire d'un air embarrassé. « Salut, Sarita, tu es toute en beauté ce soir. Je peux me joindre à vous ? » Sarita qui s'efforce de ne pas faire la grimace, ses amies qui ricanent et roulent des yeux. Et Seb qui insiste. Peut-être qu'on pourrait assister à une conférence ensemble. Manger quelque chose ensemble. Ou aller au cinéma ? Avec sa délicatesse naturelle, elle trouve des excuses habiles. Un TD ou un partiel le lendemain, un rendez-vous chez le dentiste. Seb n'est pas idiot, il comprend, mais qu'arrive-t-il à un individu aux tendances obsessionnelles lorsqu'il se fait rembarrer ? Son obsession ne fait que gagner en importance. Il la harcèle d'appels téléphoniques, glisse des mots sous sa porte, l'épie par la fenêtre. Elle change son emploi du temps, ses trajets quotidiens, ses adresses de prédilection, ses amis interviennent mais Seb n'en démord pas. Frustré dans son désir et n'ayant pas peur de la confrontation, il se fâche. Il lui dit qu'il ne pardonne jamais un affront, Sarita prend définitivement peur. Elle se dit qu'elle en a assez, rentre plus tôt que prévu aux États-Unis, où elle rencontre Marcus.

À Cambridge, Seb reste obsédé par Sarita. Elle est sublime, intelligente, c'est vrai, mais plus encore, elle est l'incarnation de l'optimisme, de l'espoir, elle est une porte ouverte sur une nouvelle vie pour l'homme malingre venu d'Afrique, qu'on charrie et ridiculise, l'estropié qui claudique sur la seule jambe qu'il lui reste, et porte des costumes d'occasion. Isaiah peut comprendre ce que ressent Seb. Misant tout son avenir sur un fantasme, organisant sa vie en fonction de ce qui n'est que de simples plans sur la comète. Un nouveau destin, d'un seul coup, vite fait mal fait.

Toujours aussi déterminé, Seb abandonne ses études, part pour l'Amérique et retrouve Sarita à Long Beach. Comme il n'a rien à lui offrir qu'elle n'ait déjà refusé, il l'observe et attend son heure. Il découvre qu'elle est en couple avec Marcus. Un simple bricoleur. Risible, assurément, mais regardez-les un peu, à se faire constamment des mamours comme deux ados, c'est révoltant. De toute évidence, ils sont éperdument épris l'un de l'autre. Seb est anéanti, son obsession se change en haine, mais celle-ci n'est pas dirigée contre sa Sarita chérie. C'est l'intrus qui en est la seule cible. Seb garde un œil sur le couple tandis que du statut de préparateur de déclaration fiscale non assermenté, il passe à celui de criminel. Il espère de tout son cœur qu'ils finiront par rompre, mais rien n'arrive. Bientôt Seb n'en peut plus. Il lui faut découvrir ce que ce travailleur manuel a de si spécial, quelle est cette alchimie qui a eu raison de l'intelligence de Sarita. Comment ? Marcus est un ouvrier, il n'a qu'à l'engager. Le catalogue de décoration où il a trouvé son mobilier suggère un plancher de bambou gris clair pour aller avec l'ensemble canapé et fauteuils en cuir blanc. Parfait. Marcus n'aura qu'à le poser. Il l'aura ainsi sous la main un bon bout de temps. Et comme n'importe qui à sa place, à force de le voir et de lui parler, Seb ne peut que se rendre à l'évidence : Marcus est un homme chaleureux, charmant, toujours d'excellente humeur. Patient, bon et honnête. Quelqu'un de bien, avec un cœur en or. Tout ce que Seb n'est pas, et ne sera jamais. Et ensuite ? Pour un homme qui n'a pas hésité à se venger d'un homme qui l'a amputé en lui infligeant le même sort, la réponse est toute trouvée. Marcus doit mourir.

Pour une raison inconnue, Marcus a besoin d'argent, et la pose de parquets pour des particuliers est loin de suffire. Il a vent du transfert de fonds, peut-être en surprenant une conversation téléphonique entre Seb et Frankie. Marcus intercepte Frankie et le braque, lui tirant accidentellement dessus. Puis il cache l'argent dans son atelier, bien à l'abri dans une boîte à l'épreuve du feu, elle-même dissimulée dans le carton FISC 2007. Il ignore que Frankie a eu le temps de voir sa voiture et a réussi à l'identifier. Il ignore que les Locos ont mis un contrat sur sa tête, et il ignore que Seb et Gahigi sont en train d'épier ses moindres faits et gestes, d'apprendre tout de ses petites habitudes, des trajets qu'il prend semaine après semaine sans y penser. Les deux Rwandais se rendent vite compte que Marcus joue au basket tous les dimanches au parc McClarin avec son petit frère. Parfait. Le lieu est arrêté. Comment l'éliminer ? Il faut trouver quelque chose qui n'attirera pas l'attention de la police. Un accident avec délit de fuite. Mais Seb sait qu'il lui faut aussi détruire l'image que Sarita a de Marcus, sans quoi elle passera le restant de ses jours à le pleurer. Alors ce dimanche fatal, Seb met argent et drogue dans le sac à dos de Marcus. Lorsque les flics tomberont dessus, ils concluront que Marcus était lié à un trafic de drogue. Lorsque Sarita l'apprendra (et Seb s'en assurera), il ne subsistera plus rien de Marcus dans le cœur de celle qui l'aime.

Marcus et Isaiah font un match deux contre deux avec Carlos et Corey tandis que Seb et Gahigi attendent dans l'Accord, garée sur le trottoir d'en face, devant la sandwicherie Kayo. Seb fume des English Ovals, sans filtre : le temps qu'Isaiah retrouve la voiture, les mégots se seront désintégrés. Quand Isaiah est allé voir Seb au Nyanza Bar, Gahigi essayait d'arrêter le tabac, mais que pouvait-il bien fumer huit ans auparavant ? Des Marlboro, la marque de cigarettes la plus populaire au monde ?

Et les Carta Blanca ? On ne trouvait pas de Tusker au A & J Liquor, ni d'autres bières africaines : ils s'étaient sûrement rabattus sur cette marque mexicaine. A priori, Seb n'avait pas le profil d'un amateur de sandwiches XXL. C'était donc Gahigi qui avait dû se l'acheter.

Grâce à leur filature, Seb et Gahigi sont à peu près certains que les deux frères rentreront chez eux par le même trajet qu'à l'aller, et traverseront le carrefour d'Anaheim Street et Baldwin Avenue. Ils font le tour afin de se retrouver à l'ouest de leur cible. Seb est au volant. Il veut s'assurer que la tâche sera dûment remplie, sans erreur ni accroc. Il voit Marcus s'approcher de la chaussée, met pied au plancher et éclate de rire lorsque le véhicule heurte son rival de plein fouet, projetant son corps en l'air. L'ennemi juré de Seb n'est plus, mais une partie de son plan, de première importance, a échoué. La police ne trouve ni billets ni drogue. Pire encore, Sarita part faire son droit et décroche un poste à San Francisco, alors que Seb s'est implanté à East Long Beach. Les années passent. Le temps et la distance tempèrent son obsession, mais il suit Sarita sur les réseaux sociaux et il finit par apprendre qu'elle est de retour à Los Angeles.

Son obsession se ravive. Isaiah se souvint des exemplaires de *People* et du *Los Angeles Magazine* dans le bureau de Seb. Seb s'imaginait-il en photo sur papier glacé avec Sarita, montant quelque tapis rouge en compagnie de leurs amis VIP ? Seb est à présent un homme riche. Il est en mesure de faire son grand retour dans la vie de Sarita, avec classe et panache. Il achète une nouvelle maison, une nouvelle Jaguar. Il ne lui reste plus qu'à trouver une ouverture, une façon de la croiser sous couvert d'un faux hasard.

Mais pourquoi Marcus a-t-il braqué Frankie? Isaiah s'efforce de se rappeler ce qui se passait à cette époque précise. Marcus était nerveux, de mauvaise humeur, et il y avait ces appels téléphoniques sur le balcon, tous plus intenses les uns que les autres, et ces brochures de fac qui étaient mystérieusement apparues sur la table basse. Sarita avait-elle décidé de rompre? Était-ce pour cela qu'il était en colère? Peut-être bien. Elle allait partir pour Stanford, et entrer dans une nouvelle phase de son existence. Elle allait rencontrer d'autres gens, se faire de nouveaux amis, et aucun d'eux ne serait un petit artisan vivant dans le ghetto. *Marcus allait perdre l'amour de sa vie.* Il devait se battre pour ne pas la perdre, mais comment? Comment trouver un moyen de la garder dans ses bras? *En ayant un avenir.* Il devait lui prouver qu'il ne resterait pas toute sa vie dans la cité à vivre des mêmes petits boulots. Il devait reprendre ses études, devenir architecte ou ingénieur. Lui montrer qu'il était résolu à changer, et qu'il était digne d'un amour éternel. Marcus avait amassé les brochures, mais avait dû vite se rendre compte que les inscriptions étaient bien au-dessus de ses moyens. Avec Isaiah, il avait tout juste de quoi vivre au jour le jour. Alors Marcus avait braqué Frankie, uniquement par amour pour Sarita. La seule force au monde capable de le détourner du droit chemin, la seule raison valable de renier la personne qu'il avait été jusque-là. Et Seb l'avait tué.

La haine d'Isaiah était une plaie purulente qui pulsait à chaque battement de son cœur. L'heure du châtiment avait sonné pour Seb. Isaiah ne pouvait le tuer et, s'il le passait à tabac, la souffrance ne serait que temporaire. Le ruiner ? Non. Ça ne représentait rien d'autre que des chiffres sur un bilan comptable. Il fallait que ce soit plus profond, plus terrible, quelque chose qui le ferait souffrir jusqu'à son dernier souffle.

Seb était assis dans son box au Nyanza Bar, buvant du thé et fumant, éprouvant un sentiment de nostalgie. Il ne repasserait plus ici qu'à l'occasion. Une réunion par-ci, un rendez-vous par-là, pas plus. Il avait fixé les circonstances de ses retrouvailles avec Sarita. Tous les vendredis après le travail, elle se rendait avec des collègues au Ten Pound Bar à Beverly Hills, où verres et flacons étaient en cristal Lalique et la consommation la moins chère coûtait cinquante dollars. Seb entrerait d'un pas nonchalant, l'apercevrait, attendrait que son regard croise le sien, alors il inclinerait légèrement la tête, comme s'il tentait de se souvenir de ce visage, et enfin, il arborerait son plus charmant sourire. « Bonjour ! Comment vas-tu ? Ça fait si longtemps ! » Puis ils converseraient, sans se soucier du passé et de ses incidents. Et que faisait-elle à présent ? « Avocate ? Bien sûr, une femme aussi brillante que toi ne pouvait que devenir avocate. Et moi ? Oh, moi, je suis entrepreneur », répondrait-il avec désinvolture. La Bourse, l'immobilier, les métaux précieux, ce genre de choses. Le regard de Sarita se poserait sur le costume sur-mesure Anderson & Sheppard à six mille dollars, les richelieus Tom Ford à deux mille dollars et la montre Piaget Emperador en or rose à dix-huit mille dollars, achetée au marché noir douze mille cinq cents dollars. Puis il lui proposerait d'aller dîner chez Bouchon ou Spago, et après… « Un dernier verre ? Eh bien, j'habite tout près, on peut très bien aller chez moi. » Elle aurait alors tout le loisir de se rendre compte qu'il avait changé, qu'il n'était plus cet étudiant maladroit qu'elle avait connu mais un homme d'affaires charismatique à qui la chance souriait. Mais même ainsi, la décision finale reviendrait à Sarita. Aux yeux de Seb, il avait toujours paru incongru que ce soit à la femme, et à la femme seule, de décider si l'homme qui la convoitait était désirable et méritait son amour. Il se leva de la banquette, peinant à contenir son anxiété et son excitation. Ce soir, toutes ces années de désir, de convoitise et de frustration toucheraient à leur fin. Ce soir-là, ce serait le début d'une nouvelle vie.

Isaiah entra dans le bar. La chanteuse africaine psalmodiait toujours une complainte. Le barman n'était pas derrière le comptoir, mais le poste de télévision diffusait encore un match de foot. Seb quittait tout juste son box réservé.

« Isaiah ! s'exclama-t-il en affichant un sourire chaleureux et moqueur. Comment vas-tu ? Tu es venu m'insulter à nouveau ?

— Sarita », dit Isaiah.

Le sourire de Seb ne flancha pas. « Sarita ? Je ne pense pas connaître qui que ce soit de ce nom-là.

— Je lui ai dit que c'était toi. Je lui ai dit que tu avais tué Marcus. » Seb s'immobilisa, son sourire ne tenant plus qu'à un fil. « Je lui ai expliqué comment tu t'y es pris, poursuivit Isaiah. Ton plancher, posé par Marcus, l'argent et l'héroïne placés dans son sac, la longue attente devant le parc, et puis ce moment où tu l'as écrasé comme un vulgaire insecte. Et je lui ai également dit que tu étais un criminel. Que tu blanchissais de l'argent pour le compte de dealers et de gangsters, et que tu t'étais acheté une nouvelle maison et une nouvelle voiture uniquement pour l'impressionner. Je lui ai dit que tu avais coupé la jambe d'un homme de sang-froid.

— Tu n'aurais pas dû faire ça, Isaiah », fit Seb. Il semblait affligé.

« Elle ne veut plus jamais te voir, plus jamais te parler, elle ne veut même plus revoir de toute sa vie ta putain d'écriture, poursuivit Isaiah. Elle te hait. Et tu sais ce qu'elle a fait quand je lui ai dit que tu projetais de la séduire ? Elle a éclaté de rire. Sérieusement, elle était hilare ! Est-ce que ce petit reptile croit vraiment avoir la moindre chance avec moi ? Que je le laisserais un jour me toucher ne serait-ce que du bout des doigts ? Il habiterait le Taj Mahal, posséderait cinq Rolls Royce et serait même le dernier homme à la surface de la Terre que je refuserais de passer plus de cinq minutes en sa compagnie. Ce sont ses propres mots.

— Tais-toi, Isaiah ! » Seb vacilla : il fit un pas en arrière, s'appuyant un peu plus sur sa canne.

«Qu'est-ce qu'elle m'a dit d'autre? Ah oui! Elle m'a dit qu'à Cambridge, tu portais un costume qui semblait tout droit sorti de la garde-robe de ton grand-père. Elle a ajouté que tu trouvais qu'il t'allait à merveille. Ça a été une source d'amusement infini pour ses amies et elle.» Isaiah observa une pause pour ricaner d'un air mauvais. «Et elle a dit aussi que tu passais ton temps à l'importuner, la harceler, l'espionner. Que tu étais un vrai détraqué. C'est cette expression qu'elle a utilisée. Un vrai détraqué. Tu savais que c'était à cause de toi qu'elle avait quitté Cambridge?» Seb ne répondit pas. Ses rêves se disloquaient, comme le corps de Marcus sous l'impact de l'Accord. «C'est à cause de toi qu'elle est rentrée aux États-Unis.»

Seb tapa une fois de sa canne contre le plancher et bomba le torse. «Je ne te crois pas!

— Ah, vraiment? répliqua Isaiah. Elle t'a dit au revoir avant de partir? Elle t'a laissé un mot? Une adresse? Elle t'a envoyé un e-mail? Une lettre, n'importe quoi? Non, rien du tout. Elle s'est juste cassée au plus vite. Tu étais un tel fléau, un tel danger, qu'elle n'a pas pu se contenter de changer d'université : il a fallu qu'elle quitte carrément le pays, putain!

— Assez! Pas un mot de plus!» commanda Seb en martelant de sa canne comme s'il tentait d'écraser un rat.

Isaiah arbora un large sourire. «Et tu savais que c'est comme ça qu'elle a fait la connaissance de Marcus? Si elle n'était pas rentrée plus tôt que prévu, ça aurait pu ne jamais arriver. C'est marrant, non? Le fait que, sans le savoir, tu te sois baisé toi-même? Et en passant, il y a un autre homme dans sa vie. Un avocat, lui aussi. Beau mec, grand, fort, un vrai mannequin de magazine. À côté, tu ressembles à un putain de troll.

— Non ! cria Seb, qui se recroquevillait sous les paroles d'Isaiah comme des fleurs flétries par le gel. Jamais elle n'aurait fait une chose pareille ! »

Isaiah éclata de rire. « Ah bon ? Pourquoi ça ? Parce qu'elle espérait que tu fasses ton grand retour ? Parce qu'elle se languissait du reptile malingre qui l'a chassée d'Europe ? Ce détraqué incapable de s'en tenir à un refus poli ? »

Seb cacha son visage derrière son avant-bras. « Par pitié, assez. »

Mais Isaiah était incapable de s'arrêter, et il ne le désirait même pas. « Elle a dit que tu étais un tordu, quelqu'un de méprisable, et que tu avais assassiné une personne qui valait cent fois plus que ce que tu pourras jamais espérer être. Elle a dit que tu étais pitoyable. Que tu n'étais même pas un homme. »

Les lèvres de Seb tremblaient, comme s'il était pris de fièvre, et son regard était vitreux. Il hurla en abattant sa canne. Isaiah l'attrapa, la lui arracha, et la coinça sous le menton de Seb, le plaquant au mur, souriant d'un air mauvais, à un doigt de son visage. « Je veux que tu penses à Sarita chaque jour qu'il te reste à vivre. Je veux que chaque jour, tu te rappelles que tu ne pourras jamais l'avoir et que, dans sa mémoire, tu resteras à tout jamais un détraqué pitoyable flottant dans le costume de son grand-père. »

Gahigi surgit alors du couloir, pistolet à la main. Isaiah s'écarta de Seb en conservant sa canne, et fit face à Gahigi. Seb tomba à terre, toussant, peinant à reprendre son souffle.

« Tue-le, Gahigi ! s'étrangla-t-il. Tue-le ! »

Gahigi était trop loin pour qu'Isaiah puisse l'atteindre avec la canne, et il n'avait aucune intention de s'approcher. La plaie qu'il avait au cou n'avait pas encore fini de cicatriser. Il l'effleura, comme pour se rappeler que c'était Isaiah qui en était responsable. Il dévisagea Isaiah, comme si son regard las et abattu cherchait quelque chose d'irrémédiablement perdu.

« Qu'est-ce que tu attends ? grinça Seb. Tue-le, Gahigi ! Tue-le ! » Gahigi demeura immobile, et la stupéfaction qui se lisait sur les traits de Seb se changea en une forme de tristesse.

« Je ne vais pas le faire, Seb, déclara Gahigi. C'est fini pour moi, les meurtres. » Gahigi éjecta le chargeur et posa le pistolet sur le comptoir. « Je pars, Seb. Je rentre chez moi. »

Gahigi se dirigea vers la sortie, ses cinq centimètres de chaussettes blanches brillant dans la pénombre telles des bandes réfléchissantes. Il ouvrit la porte du bar, laissant entrer une explosion de lumière solaire, aussitôt étouffée par les ténèbres lorsqu'il referma le battant derrière lui.

« Tu vas regretter ce que tu as fait », dit Seb. Il respirait avec difficulté, le menton recouvert de salive.

« Non, rectifia Isaiah. Ce que je vais regretter, c'est de ne pas t'avoir tué.

— Tu es à présent mon ennemi.

— Et tu es le mien. »

Isaiah brisa la canne sur sa cuisse dans un bruit sec, assourdissant comme un coup de feu. Il jeta les deux bouts sur Seb, qui leva le bras pour se protéger, et le bois cliqueta en retombant au sol.

« Un jour, je m'occuperai de toi, Isaiah, déclara Seb. Tu n'auras pas à attendre longtemps.

— Et toi, tu n'auras pas affaire à un autre innocent traversant un carrefour. Ce que tu trouveras sur ta route, ce sera un homme qui t'attendra de pied ferme. »

16

Assis, Ruffin

La violence a de nombreux visages et dépouiller un homme de sa dignité en est un, plus atroce qu'un passage à tabac, qu'un vol, voire que la mort elle-même. Isaiah avait déjà infligé ce châtiment par le passé, à Skip, le tueur à gages. À l'époque, il ne l'avait pas compris, mais cette fois, il avait agi de façon si délibérée qu'il était bien obligé d'y penser. Il ne se sentait ni victorieux ni satisfait, le fardeau qu'il portait ne s'en trouva pas allégé. Il se sentait vidé. Comme si la haine lui avait arraché les viscères et l'avait laissé comme un ectoplasme.

Il passa les quelques semaines qui suivirent dans un état d'apathie brumeuse. Il dut se forcer à travailler sur ses dossiers en cours. Jerome, le frère de Cherise, entraînait l'équipe de football américain de la ligue des collèges. Isaiah le convainquit de recruter Rayo, la terreur de l'école, qui s'illustra aussitôt comme l'un des meilleurs défenseurs de première ligne, déchargeant son agressivité sur les équipes adverses. Un jour, il plaqua un quarterback tant de fois que ce dernier quitta le terrain avant la fin du match en disant à son père que le football était un sport d'abrutis, et qu'il voulait faire du tennis. En témoignage de reconnaissance, le club de sciences partit à la recherche de la broche de Mme Myra. Ses membres passèrent au peigne fin les environs de la maison de la vieille dame, et finirent par retrouver le bijou dans une haie. Isaiah et Ruffin se postèrent près du Shop 'n Save et, lorsque Mike, l'ex-mari de Doris, en sortit, ils le suivirent jusqu'à chez lui et le coincèrent dans son garage en se tenant là, sur le seuil, deux silhouettes menaçantes à contre-jour. Les yeux ambrés du pitbull luisaient et il haletait en cadence.

« Vous laisserez Doris tranquille, à présent, n'est-ce pas ? lança Isaiah.

— Bien sûr, pas de problème, m'sieur ! » s'exclama Mike, dos au mur, les yeux gros comme des frisbees, convaincu qu'il allait se faire dévorer vivant. « Je le jure devant Dieu, je penserai même plus jamais à elle ! »

Isaiah n'enchaîna pas sur d'autres affaires, ne répondit pas à ses e-mails, et passa tout son temps à lire, à écouter de la musique, et même, pour la première fois de sa vie, à ne rien faire du tout. Quelqu'un avait dit que quand on s'arrêtait de bouger, le monde faisait de même. Petit à petit, son humeur s'améliora, et il se remit à travailler, mais ce n'était plus pareil. Il manquait quelque chose, quelque chose d'impossible à remplacer.

Au volant de son Audi, Isaiah descendait la 7e Rue, l'artère qui traversait Long Beach de part en part. À mesure qu'on s'approchait de l'océan, les maisons et immeubles se faisaient de plus en plus cossus, et de plus en plus miteux si on se dirigeait plein est. Il conduisait Ruffin chez le vétérinaire pour un problème à l'oreille. Le chien passait son temps à la gratter, et il s'en dégageait une sale odeur. Comme à son habitude, Ruffin était assis sur le siège passager, sa ceinture de sécurité dûment attachée. Un portable à la patte, et on n'aurait eu aucun mal à croire qu'il partait travailler.

« Dis, fit Isaiah, tu peux arrêter de baver partout dans ma voiture ? »

Isaiah en était venu à considérer que TK avait raison sur toute la ligne. Il avait essayé de prendre un raccourci. De sauter les étapes nécessaires à l'éclosion de toute relation, avec les incertitudes qu'elle comporte, et de s'épargner les efforts nécessaires à leur maturation. De se tenir à l'écart de ses semblables, et de toutes les possibilités qui en découlaient. La seule chose qui le retenait dans le ghetto n'était autre que lui-même. Le meurtre de Marcus ne le condamnait pas en soi à l'existence qu'il menait. Il était libre de vivre comme il l'entendait. Cette perspective avait quelque chose d'effrayant. Il avait également revu son jugement sur Sarita, guidé jusqu'alors par le ressentiment. Il n'y avait rien à redire sur la personne qu'elle était, ni sur son mode de vie. Son ambition et son goût du luxe ne faisaient pas d'elle quelqu'un de mauvais. Elle avait grandi dans le ghetto, et s'en était sortie grâce à ses seules qualités et à sa détermination. Et pour cela, on ne pouvait que l'admirer.

Elle l'avait appelé deux fois. Une première pour l'inviter à un cocktail : il avait alors trouvé une excuse. La deuxième, ils avaient bu un café ensemble. Il la soupçonnait d'avoir compris ce qu'il avait éprouvé durant cet horrible dîner et, silencieusement, lui fut reconnaissant de ne pas aborder le sujet. Elle lui dit qu'elle allait quitter le cabinet, et qu'elle avait envoyé une candidature spontanée à la Fondation d'aide juridique de Long Beach. « Je crois que j'ai assez de paires de chaussures comme ça », avait-elle conclu. Kevin et elle s'étaient fiancés, et elle l'invita à leur mariage. Isaiah regretta alors d'avoir donné son costume à une organisation caritative. Il ne lui parla pas de Seb. À quoi bon la bouleverser avec de vieilles histoires ?

Il pensa à la proposition de Dodson. Avait-il besoin d'un associé ? Pas vraiment. Il s'en sortait bien tout seul et depuis pas mal de temps. Mais il y avait l'aspect amical de cette collaboration. Dans sa vie, Ruffin était ce qui s'approchait le plus d'un ami. C'était assez pitoyable, quand on y réfléchissait. Et puis la présence de Dodson avait bel et bien quelque chose de rassurant. Malgré les disputes récurrentes, il était loyal, sans peur, avec un cœur gros comme ça. Les moments passés en sa compagnie lui rappelaient Marcus, le fait de traverser des épreuves avec quelqu'un en qui on avait confiance, de vivre des choses qui n'appartenaient qu'aux deux individus concernés. Et pour ce qui était des enquêtes à proprement parler, Dodson avait vu juste. Isaiah en avait vraiment marre. Sortir de sa zone de confort ne pouvait être que positif. Prendre des risques. Pas le même genre qu'avec Ken et Benny, plutôt le risque banal qui consistait à plonger pleinement dans le monde et tenter d'y réaliser quelque chose, voir comment ça se passait dans le monde des privilégiés – pourquoi pas ? Si Kevin avait quelque chose à lui proposer, ce serait un début. Isaiah appellerait Dodson et trouverait un prétexte, peut-être qu'il l'inviterait à boire une bière. Il se demanda ce qu'il inscrirait sur leur plaque. QUINTABE & ASSOCIÉ ? Dodson voudrait sûrement être le premier sur la plaque. Il leur faudrait en discuter.

Il était hors de question de toucher au fruit du braquage de Marcus. Isaiah décida donc de le distribuer. Une partie servit à remettre en état la maison de Deronda et à finir de rembourser le prêt du food truck. Dodson revendit sa moitié de l'affaire à Deronda, qui continua l'aventure avec sa sœur. Le reste, Isaiah le garda pour Flaco. Aux dernières nouvelles, Janine et Benny étaient retournés à Las Vegas, et fréquentaient toujours les casinos. Et pourquoi s'en seraient-ils privés ? Ils ne devaient plus un sou à personne.

À sa sortie d'hôpital, Ken alla se terrer dans un motel. Il fit une tentative de suicide, mais la pendaison est toujours plus simple en théorie qu'en pratique. Le plus dur, ce fut de trouver un courage qui lui avait toujours fait défaut. Sarita finit par exiger qu'il se rende aux autorités, sans quoi elle informerait elle-même les flics de ses activités criminelles. Ken coopéra avec la police, leur décrivant dans le détail l'ensemble de l'organisation de Tommy. Le réseau de bordels et de salons de massage de la côte ouest détenu par la triade fut démantelé. Ken attendait à présent son jugement, ses avocats s'efforçant de trouver un accord pour alléger sa peine.

Trahi par Ken, Tommy, le Maître de la Montagne, s'enfuit à Hong Kong. La police ayant été avertie, il dut se réfugier en République populaire de Chine où il découvrit que, à l'instar de nombreux autres pays, le régime ne vouait pas un amour immodéré aux trafiquants d'êtres humains. Tommy fut jugé et condamné à quarante ans de travaux forcés à passer à la prison de Huaiji, dans la province de Guangdong, la même dont était originaire la jeune fille malade. Il y dormait à même le sol, dans un espace de trente centimètres de large, tout près des latrines, traitement réservé aux nouveaux détenus. Il se lavait à un abreuvoir extérieur qu'il partageait avec vingt autres prisonniers. Son alimentation consistait principalement en pain de millet et de maïs, et en bouillons de légumes insipides. Levé à six heures chaque matin, il passait la journée à travailler aux champs, épandant de l'engrais à base d'excréments d'humains. Sarita apprit par des contacts qu'il avait tenté de soudoyer un fonctionnaire, et avait écopé d'un doublement de sa condamnation qui, en regard de son âge, équivalait déjà à une peine de mort.

Isaiah quitta la 7e Rue pour s'engager sur Linden Avenue, et aperçut la jeune femme qu'il avait croisée à la casse. Comment s'appelait-elle, déjà ? Grace. Elle se tenait devant un magasin de fournitures pour métiers d'art, en train de parler avec une fille d'une pâleur anémique. Les cheveux de jais de celle-ci étaient rasés à blanc sur un côté, et elle avait tellement de tatouages qu'elle semblait porter un col roulé sous son marcel. Isaiah se demanda si TK avait également vu juste concernant l'orientation sexuelle de Grace. Ou bien elle avait peut-être déjà un petit copain, ou elle était mariée avec des enfants, sans compter qu'elle pouvait très bien ne pas le reconnaître et penser qu'il n'était qu'un détraqué de plus dans cette métropole qui en comptait un certain nombre.

Il se gara et l'observa dans son rétroviseur, tentant d'interpréter ses gestes. La jeune femme pâle comme un linge était-elle une amie, ou une petite amie ? Était-ce une alliance que Grace portait à l'annulaire ? Et l'autre jeune femme ? Impossible à dire. Elles riaient à présent, Grace posant une main sur le bras de l'anémique. Était-ce un geste amical ou amoureux ? Isaiah resta assis à son volant, embourbé dans ses doutes et ses questionnements, le chien le couvant d'un drôle de regard, l'air de dire « mais c'est quoi, ton problème, à la fin ? ».

OK. Décide-toi. Tu vas lui dire bonjour, oui ou non ? Non, décida-t-il. Ç'aurait été trop improvisé, trop spontané. Il avait besoin de temps pour y réfléchir, pour mettre au point un plan d'approche. Peut-être la recroiserait-il plus tard, à moins qu'il ne fasse la connaissance d'une autre fille. Ce n'était pas les opportunités qui manquaient, inutile de se mettre la pression. Il embraya et redémarra.

Grace serra Cherokee dans ses bras et se mit en chemin pour rentrer chez elle. Elle était pressée. Elle avait une toile à finir pour la foire artistique d'Ojai. Un million d'artistes y exposeraient leurs œuvres, mais la ville et ses alentours regorgeaient de gens fortunés, et elle avait vraiment besoin de vendre quelque chose. Les illustrations de manuels scolaires bilingues pour cours du soir, ce n'était pas vraiment une vocation. Elle n'avait fait que deux ou trois pas lorsqu'elle se fendit d'un sourire, un sourire épanoui et chaleureux, un sourire de pure joie. « Salut, mon pote. » Le pitbull gris ardoise aux yeux ambrés cabriolait droit dans sa direction. Il était sur le point de se jeter sur elle lorsqu'elle entendit un : « Assis, Ruffin. »

Le chien obéit aussitôt et s'assit sagement aux pieds de Grace.

REMERCIEMENTS

Ma gratitude infinie va à Esther Newberg et Zoe Sandler qui, avec un soin et une attention remarquables, ont su guider ma carrière, ainsi qu'à Josh Kendall dont le talent infaillible d'éditeur a fait de ce livre un roman dont je suis plus que fier. Un merci tout spécial à L. F. Monger, dont les observations se sont avérées cruciales sur de nombreux sujets. Sabrina Callahan, Pamela Brown, Alyssa Persons et Nicky Guerreiro ont œuvré sans relâche pour faire connaître mon travail auprès du public. Leur gentillesse, leur créativité et leur professionnalisme ne cessent de me stupéfier.

DU MÊME AUTEUR

Aux Éditions Denoël

LUCKY, 2020, Folio Policier n° 941.

GANGS OF L.A., 2019, Folio Policier n° 911.

COLLECTION FOLIO POLICIER

Dernières parutions

634. Caryl Férey	*Saga maorie*
635. James Sallis	*Le frelon noir*
636. Gabriel Trujillo Muñoz	*Mexicali City Blues*
637. Heinrich Steinfest	*Requins d'eau douce*
638. Simon Lelic	*Rupture*
639. Jenny Siler	*Flashback*
640. Joachim Sebastiano Valdez	*Les larmes des innocentes*
641. Kjell Ola Dahl	*L'homme dans la vitrine*
642. Ingrid Astier	*Quai des enfers*
643. Kent Harrington	*Jungle rouge*
644. Dashiell Hammett	*Le faucon maltais*
645. Dashiell Hammett	*L'introuvable*
646. DOA	*Le serpent aux mille coupures*
647. Larry Beinhart	*L'évangile du billet vert*
648. William Gay	*La mort au crépuscule*
649. Gabriel Trujillo Muñoz	*Mezquite Road*
650. Boileau-Narcejac	*L'âge bête*
651. Anthony Bourdain	*La surprise du chef*
652. Stefán Máni	*Noir Océan*
653. ***	*Los Angeles Noir*
654. ***	*Londres Noir*
655. ***	*Paris Noir*
656. Elsa Marpeau	*Les yeux des morts*
657. François Boulay	*Suite rouge*
658. James Sallis	*L'œil du criquet*
659. Jo Nesbø	*Le léopard*
660. Joe R. Lansdale	*Vanilla Ride*
661. Georges Flipo	*Le commissaire n'aime point les vers*
662. Stephen Hunter	*Shooter*
663. Pierre Magnan	*Élégie pour Laviolette*

664. James Hadley Chase — *Tu me suivras dans la tombe*
665. Georges Simenon — *Long cours*
666. Thomas H. Cook — *La preuve de sang*
667. Gene Kerrigan — *Le chœur des paumés*
668. Serge Quadruppani — *Saturne*
669. Gunnar Staalesen — *L'écriture sur le mur*
670. Georges Simenon — *Chez Krull*
671. Georges Simenon — *L'inspecteur Cadavre*
672. Kjetil Try — *Noël sanglant*
673. Graham Hurley — *L'autre côté de l'ombre*
674. John Maddox Roberts — *Les fantômes de Saigon*
675. Marek Krajewski — *La peste à Breslau*
676. James Sallis — *Bluebottle*
677. Philipp Meyer — *Un arrière-goût de rouille*
678. Marcus Malte — *Les harmoniques*
679. Georges Simenon — *Les nouvelles enquêtes de Maigret*
680. Dashiell Hammett — *La clé de verre*
681. Caryl Férey – Sophie Couronne — *D'amour et dope fraîche*
682. Marin Ledun — *La guerre des vanités*
683. Nick Stone — *Voodoo Land*
684. Frederick Busch — *Filles*
685. Paul Colize — *Back up*
686. Saskia Noort — *Retour vers la côte*
687. Attica Locke — *Marée noire*
688. Manotti – DOA — *L'honorable société*
689. Carlene Thompson — *Les ombres qui attendent*
690. Claude d'Abzac — *Opération Cyclope*
691. Joe R. Lansdale — *Tsunami mexicain*
692. F. G. Haghenbeck — *Martini Shoot*
693. *** — *Rome Noir*
694. *** — *Mexico Noir*
695. James Preston Girard — *Le Veilleur*
696. James Sallis — *Bête à bon dieu*
697. Georges Flipo — *Le commissaire n'a point l'esprit club*

698. Stephen Hunter	*Le 47e samouraï*
699. Kent Anderson	*Sympathy for the Devil*
700. Heinrich Steinfest	*Le grand nez de Lilli Steinbeck*
701. Serge Quadruppani	*La disparition soudaine des ouvrières*
702. Anthony Bourdain	*Pizza créole*
703. Frederick Busch	*Nord*
704. Gunnar Staalesen	*Comme dans un miroir*
705. Jack Ketchum	*Une fille comme les autres*
706. John le Carré	*Chandelles noires*
707. Jérôme Leroy	*Le Bloc*
708. Julius Horwitz	*Natural Enemies*
709. Carlene Thompson	*Ceux qui se cachent*
710. Fredrik Ekelund	*Le garçon dans le chêne*
711. James Sallis	*Salt River*
712. Georges Simenon	*Cour d'assises*
713. Antoine Chainas	*Une histoire d'amour radioactive*
714. Matthew Stokoe	*La belle vie*
715. Frederick Forsyth	*Le dossier Odessa*
716. Caryl Férey	*Mapuche*
717. Franck Bill	*Chiennes de vies*
718. Kjell Ola Dahl	*Faux-semblants*
719. Thierry Bourcy	*Célestin Louise, flic et soldat dans la guerre de 14-18*
720. Doug Allyn	*Cœur de glace*
721. Kent Anderson	*Chiens de la nuit*
722. Raphaël Confiant	*Citoyens au-dessus de tout soupçon…*
723. Serge Quadruppani	*Madame Courage*
724. Boileau-Narcejac	*Les magiciennes*
725. Boileau-Narcejac	*L'ingénieur aimait trop les chiffres*
726. Inger Wolf	*Nid de guêpes*
727. Seishi Yokomizo	*Le village aux Huit Tombes*
728. Paul Colize	*Un long moment de silence*
729. F. G. Haghenbeck	*L'Affaire tequila*

730. Pekka Hiltunen *Sans visage*
731. Graham Hurley *Une si jolie mort*
732. Georges Simenon *Le bilan Malétras*
733. Peter Duncan *Je suis un sournois*
734. Stephen Hunter *Le sniper*
735. James Sallis *La mort aura tes yeux*
736. Elsa Marpeau *L'expatriée*
737. Jô Soares *Les yeux plus grands que le ventre*
738. Thierry Bourcy *Le crime de l'Albatros*
739. Raymond Chandler *The Long Goodbye*
740. Matthew F. Jones *Une semaine en enfer*
741. Jo Nesbø *Fantôme*
742. Alix Deniger *I cursini*
743. Anders Bodelsen *Septembre rouge (Rouge encore)*
744. Patrick Pécherot *La saga des brouillards*
745. Thomas H. Cook *Secrets de famille*
746. Ken Bruen *Chemins de croix*
747. David Ellis *La comédie des menteurs*
748. Boileau-Narcejac *À cœur perdu (Meurtre en 45 tours)*
749. Boileau-Narcejac *Le mauvais œil* suivi d'*Au bois dormant*
750. Ingrid Astier *Angle mort*
751. Carlene Thompson *Jusqu'à la fin*
752. Dolores Redondo *Le gardien invisible*
753. Dashiell Hammett *Le sac de Couffignal* suivi d'*Âmes malhonnêtes* et de *Tulip*
754. Mario Falcone *L'aube noire*
755. François Boulay *Cette nuit…*
756. Didier Daeninckx *Têtes de Maures*
757. Gunnar Staalesen *Face à face*
758. Dominique Manotti *L'évasion*
759. Laurent Guillaume *Black cocaïne*
760. Jô Soares *Meurtres à l'Académie*

761. Inger Wolf	*Mauvaises eaux*
762. Jo Nesbø	*Police*
763. Jonathan Ames	*Tu n'as jamais été vraiment là*
764. Jack Vance	*Méchant garçon*
765. John le Carré	*L'appel du mort*
766. Bill Pronzini	*Mademoiselle Solitude*
767. Franz Bartelt	*Chaos de famille*
768. Thierry Bourcy	*Les ombres du Rochambeau*
769. Georges Simenon	*Nouvelles exotiques*
770. Jo Nesbø	*L'inspecteur Harry Hole. L'intégrale, I*
771. Lorenzo Lunar	*La vie est un tango*
772. Nick Stone	*Cuba Libre*
773. Jean-Claude Izzo	*Fabio Montale*
774. Boileau-Narcejac	*Les intouchables*
775. Boileau-Narcejac	*Les visages de l'ombre*
776. Joe R. Lansdale	*Diable rouge*
777. Fredrik Ekelund	*Blueberry Hill*
778. Heinrich Steinfest	*Le poil de la bête*
779. Batya Gour	*Meurtre en direct*
780. Laurent Whale	*Les Rats de poussière I Goodbye Billy*
781. Joe R. Lansdale	*Le sang du bayou*
782. Boileau-Narcejac	*Le contrat*
783. Boileau-Narcejac	*Les nocturnes*
784. Georges Simenon	*Le bateau d'Émile*
785. Dolores Redondo	*De chair et d'os*
786. Max Bentow	*L'Oiseleur*
787. James M. Cain	*Bloody cocktail*
788. Marcus Sakey	*Les Brillants*
789. Joe R. Lansdale	*Les Mécanos de Vénus*
790. Jérôme Leroy	*L'ange gardien*
791. Sébastien Raizer	*L'alignement des équinoxes*
792. Antonio Manzini	*Piste noire*
793. Jo Nesbø	*Du sang sur la glace*
794. Joy Castro	*Après le déluge*
795. Stuart Prebble	*Le Maître des insectes*

796. Sonja Delzongle — *Dust*
797. Luís Miguel Rocha — *Complots au Vatican I Le dernier pape*
798. Caryl Férey — *Saga maorie*
799. Thierry Bourcy — *Célestin Louise, flic et soldat dans la guerre de 14-18*
800. Barry Gornell — *La résurrection de Luther Grove*
801. Antoine Chainas — *Pur*
802. Attica Locke — *Dernière récolte*
803. Maurice G. Dantec — *Liber mundi I Villa Vortex*
804. Howard Gordon — *La Cible*
805. Alain Gardinier — *DPRK*
806. Georges Simenon — *Le Petit Docteur*
807. Georges Simenon — *Les dossiers de l'Agence O*
808. Michel Lambesc — *La « horse »*
809. Frederick Forsyth — *Chacal*
810. Gunnar Staalesen — *L'enfant qui criait au loup*
811. Laurent Guillaume — *Delta Charlie Delta*
812. Laurent Whale — *Les Rats de poussière II Le manuscrit Robinson*
813. J. J. Murphy — *Le cercle des plumes assassines*
814. Éric Maravélias — *La faux soyeuse*
815. DOA — *Le cycle clandestin, tome I*
816. Luke McCallin — *L'homme de Berlin*
817. Lars Pettersson — *La loi des Sames*
818. Boileau-Narcejac — *Schuss*
819. Dominique Manotti — *Or noir*
820. Alberto Garlini — *Les noirs et les rouges*
821. Marcus Sakey — *Les Brillants II Un monde meilleur*
822. Thomas Bronnec — *Les initiés*
823. Kate O'Riordan — *La fin d'une imposture*
824. Mons Kallentoft, Markus Lutteman — *Zack*
825. Robert Karjel — *Mon nom est N.*
826. Dolores Redondo — *Une offrande à la tempête*
827. Benoît Minville — *Rural noir*

828. Sonja Delzongle — *Quand la neige danse*
829. Germán Maggiori — *Entre hommes*
830. Shannon Kirk — *Méthode 15-33*
831. Elsa Marpeau — *Et ils oublieront la colère*
832. Antonio Manzini — *Froid comme la mort*
833. Luís Miguel Rocha — *Complots au Vatican II La balle sainte*
834. Patrick Pécherot — *Une plaie ouverte*
835. Harry Crews — *Le faucon va mourir*
836. DOA — *Pukhtu. Primo*
837. DOA — *Pukhtu. Secundo*
838. Joe R. Lansdale — *Les enfants de l'eau noire*
839. Gunnar Staalesen — *Cœurs glacés*
840. Jo Nesbø — *Le fils*
841. Luke McCallin — *La maison pâle*
842. Caryl Férey — *Les nuits de San Francisco*
843. Graham Hurley — *Le paradis n'est pas pour nous*
844. Boileau-Narcejac — *Champ clos*
845. Lawrence Block — *Balade entre les tombes*
846. Sandrine Roy — *Lynwood Miller*
847. Massimo Carlotto — *La vérité de l'Alligator*
848. Benoît Philippon — *Cabossé*
849. Grégoire Courtois — *Les lois du ciel*
850. Caryl Férey — *Condor*
851. Antonio Manzini — *Maudit printemps*
852. Jørn Lier Horst — *Fermé pour l'hiver*
853. Sonja Delzongle — *Récidive*
854. Noah Hawley — *Le bon père*
855. Akimitsu Takagi — *Irezumi*
856. Pierric Guittaut — *La fille de la Pluie*
857. Marcus Sakey — *Les Brillants III En lettres de feu*
858. Matilde Asensi — *Le retour du Caton*
859. Chan Ho-kei — *Hong Kong Noir*
860. Harry Crews — *Des savons pour la vie*
861. Mons Kallentoft, Markus Lutteman — *Zack II Leon*
862. Elsa Marpeau — *Black Blocs*

863. Jo Nesbø — *Du sang sur la glace II Soleil de nuit*
864. Brigitte Gauthier — *Personne ne le saura*
865. Ingrid Astier — *Haute Voltige*
866. Luca D'Andrea — *L'essence du mal*
867. DOA — *Le cycle clandestin, tome II*
868. Gunnar Staalesen — *Le vent l'emportera*
869. Rebecca Lighieri — *Husbands*
870. Patrick Delperdange — *Si tous les dieux nous abandonnent*
871. Neely Tucker — *La voie des morts*
872. Nan Aurousseau — *Des coccinelles dans des noyaux de cerise*
873. Thomas Bronnec — *En pays conquis*
874. Lawrence Block — *Le voleur qui comptait les cuillères*
875. Steven Price — *L'homme aux deux ombres*
876. Jean-Bernard Pouy — *Ma ZAD*
877. Antonio Manzini — *Un homme seul*
878. Jørn Lier Horst — *Les chiens de chasse*
879. Jérôme Leroy — *La Petite Gauloise*
880. Elsa Marpeau — *Les corps brisés*
881. Sonja Delzongle — *Boréal*
882. Patrick Pécherot — *Hével*
883. Attica Locke — *Pleasantville*
884. Harry Crews — *Car*
885. Caryl Férey — *Plus jamais seul*
886. Guy-Philippe Goldstein — *Sept jours avant la nuit*
887. Tonino Benacquista — *Quatre romans noirs*
888. Melba Escobar — *Le salon de beauté*
889. Noah Hawley — *Avant la chute*
890. Tom Piccirilli — *Les derniers mots*
891. Jo Nesbø — *La soif*
892. Dominique Manotti — *Racket*
893. Joe R. Lansdale — *Honky Tonk Samouraï*
894. Antoine Chainas — *Empire des chimères*
895. Jean-François Paillard — *Le Parisien*

896. Luca d'Andrea	*Au cœur de la folie*
897. Sonja Delzongle	*Le hameau des Purs*
898. Gunnar Staalesen	*Où les roses ne meurent jamais*
899. Mons Kallentoft, Markus Lutteman	*Bambi*
900. Kent Anderson	*Un soleil sans espoir*
901. Nick Stone	*Le verdict*
902. Lawrence Block	*Tue-moi*
903. Jørn Lier Horst	*L'usurpateur*
904. Paul Howarth	*Le diable dans la peau*
905. Frédéric Paulin	*La guerre est une ruse*
906. Paul Colize	*Un jour comme les autres*
907. Sébastien Gendron	*Révolution*
908. Chantal Pelletier	*Tirez sur le caviste*
909. Sonja Delzongle	*Cataractes*
910. Elsa Marpeau	*Son autre mort*
911. Joe Ide	*Gangs of L.A.*
912. Francesco Dimitri	*Le livre des choses cachées*
913. Jo Nesbø	*Macbeth*
914. Dov Alfon	*Unité 8200*
915. Jérôme Leroy	*Un peu tard dans la saison*
916. Pasquale Ruju	*Une affaire comme les autres*
917. Jean-Bernard Pouy	*Trilogie spinoziste*
918. Abir Mukherjee	*L'attaque du Calcutta-Darjeeling*
919. Richard Morgiève	*Le Cherokee*
920. Antonio Manzini	*La course des hamsters*
921. Gunnar Staalesen	*Piège à loup*
922. Christian White	*Le mystère Sammy Went*
923. Yûko Yuzuki	*Le loup d'Hiroshima*
924. Caryl Férey	*Paz*
925. Vlad Eisinger	*Du rififi à Wall Street*
926. Parker Bilal	*La cité des chacals*
927. Emily Koch	*Il était une fois mon meurtre*
928. Frédéric Paulin	*Prémices de la chute*
929. Sonja Delzongle	*L'homme de la plaine du nord*
930. Sébastien Rutés	*Mictlán*

Composition Utibi.
Impression Maury imprimeur
à Malesherbes, le 1er septembre 2021.
Dépôt légal : septembre 2021.
Numéro d'imprimeur : 256281

ISBN 978-2-07-292286-2. / Imprimé en France.

373615